The Casual Vacancy

캐주얼 베이컨시

1

J.K. 롤링 | 김선형 옮김

문학수첩

한국어판을 내며

《캐주얼 베이컨시》의 한국어판을 출간하게 되어 기쁘게 생각합니다. 신작 소설을 기다려주신 한국의 많은 독자들, 특히 〈해리포터〉 시리즈를 통해 성장해온 '해리포터 세대'들에게 이번 소설이 소중한 선물이 될 수 있기를 바라겠습니다.

작가란 자신이 쓰고 싶은 것, 또는 쓰지 않으면 안 되는 것을 글로 옮기는 사람이라고 생각합니다. 《캐주얼 베이컨시》는 제가 쓰지 않으면 안 되는 작품이었지요. 한국 독자들도 이 소설을 사랑해주길 바랍니다. 제 소설 속에 등장하는 주인공들도 독자 여러분에게 소중한 친구가 되었으면 좋겠습니다.

J.K. 롤링

널에게

1부

6.11 임시 공석은 다음과 같은 상황에서 발생한 것으로 간주한다.

(a) 자치의원이 정해진 시간 내에 취임을 수락하지 못할 경우

(b) 상기인의 사직서가 수락되었을 경우

(c) 상기인의 사망……

찰스 아놀드 – 베이커
《지방의회행정》, 제7판

일요일

　배리 페어브라더는 저녁때 외식을 하고 싶지 않았다. 지난 주말 내내 머리가 쿵쿵 울리는 두통에 시달렸고 지역신문 원고 마감을 넘기지 않으려 고군분투하고 있었다.

　그러나 아내가 점심때 조금 뻣뻣한 태도로 말도 잘 받아주지 않아서, 배리는 결혼기념일 카드 정도로는 오전 내내 서재 문을 잠그고 처박혀 있던 죄과를 탕감받지 못하나 보다 생각했다. 설상가상 쓰고 있던 글의 소재가 크리스털이라는 것도 문제였다. 메리는 겉으로는 아닌 척해도 사실 그 애를 싫어했다.

　"메리, 내가 근사한 데서 저녁식사 대접할게." 그래서 어색한 분위기를 깨려고 거짓말을 했던 것이다. "19년이다, 얘들아! 19년이나 살았는데 네 엄마는 어느 때보다도 사랑스럽구나!"

　메리는 기분이 누그러져 미소를 지었고, 그래서 배리는 골프클럽에 전화를 걸었다. 가깝기도 했거니와 실패 없이 자리를 잡을 수 있었기 때문이다. 그가 소소하게나마 아내에게 기쁨을 주려고 하는 것은, 근 스무 해 동안 함께 살아오면서 큰일로 실망시킨 일이 허다했기 때문이다. 절대 고의는 아니었다. 그저 인생에서 대부분의 시간을 차지해야 하는 일이 무엇인가에 대해 서로 굉장히 다른 생각을 갖고 있었을 뿐이다.

배리와 메리의 네 아이들은 베이비시터가 필요한 나이가 지났다. 배리가 마지막으로 그들에게 '갔다 올게' 하고 인사하자, 아이들은 텔레비전을 보고 있었고, 막내인 데클란만 몸을 돌려 아빠에게 손을 들어 작별 인사를 해주었다.

진입로에서 후진해 패그포드의 작고 어여쁜 시내를 가로질러 출발하는 순간에도 배리의 두통은 귀 뒤에서 계속 쿵쿵거렸다. 두 사람이 이곳에 산 지도 결혼한 세월만큼 오래되었다. 그들은 처치 로row를 따라 달렸다. 이 동네에서 가장 값비싼 집들이 빅토리아조의 화려함과 견실함을 한껏 뽐내고 있는 가파른 도로를 타고 내려가, 옛날에 배리의 쌍둥이 딸들이 〈요셉과 놀라운 색동옷Joseph and the Amasing Technicolor Dreamcoat〉 공연을 구경했던 고딕 풍 교회 모퉁이를 돌아 광장을 가로지르자, 이 동네 스카이라인을 완전히 장악하고 있는 수도원의 폐허가 시야에 또렷이 들어왔다. 언덕 꼭대기에 자리 잡은 폐허가 보랏빛 하늘과 어우러져 뒤섞이고 있었다.

운전대를 빙글빙글 돌리며 친숙한 길을 이리저리 달리는 동안에도 배리의 머릿속에는 온통, 방금 《야빌지역신문》에 이메일로 보낸 기사를 황급히 마감하려다 그만 실수하고 만 생각밖에 떠오르지 않았다. 배리는 직접 만나면 언변도 좋고 호감 가는 사람이었지만 그런 성격을 지면으로 옮기기란 힘든 일이었다.

골프클럽은 광장에서 겨우 4분 거리로, 아담한 시골집들이 뜨문뜨문 이어지다 마을이 끝나는 지점 바로 너머에 있었다. 배리는 클럽 레스토랑 '버디' 앞에 승합차를 세우고 메리가 립스틱을 덧바르는 사이 잠깐 차 옆에 서 있었다. 서늘한 밤공기가 기분 좋게 얼굴을 스쳤다. 어스름 속으로 녹아들어가는 골프 코스의 윤곽을 바라보면서 배리는 어째서 자기가 멤버십 갱신을 했을까 생각했다. 그는 골프에는 영 젬병이었다. 스윙은 들쭉날쭉했고 핸디캡도 높았다. 골프 말고 시간을 들여 해야 할 일도 너무 많았다. 이제 머리는 최악으로 쿵쿵 울리고 있었다.

메리가 거울 조명을 끄고 조수석 문을 닫았다. 배리가 손에 든 열쇠고리의 자동 잠금 단추를 눌렀다. 아내의 하이힐이 아스팔트 위에서 또각거렸고 자동차 잠금장치는 삑 소리를 냈으며, 배리는 뭘 좀 먹으면 구역질이 가라앉을까 생각했다.

그때 한 번도 겪어보지 못한 통증이 철거용 쇠공처럼 뇌를 썩 갈랐다. 차가운 아스팔트에 철퍼덕 부딪힌 무릎의 통증마저 거의 느끼지 못할 정도였다. 두개골이 타오르는 불과 피로 범벅이 되었다. 견딜 수 없을 만큼 끔찍한 고통이었지만 도리 없이 견디는 수밖에 없었다. 망각이 찾아오려면 아직도 1분이나 남아 있었다.

메리는 비명을 지르고 또 질러댔다. 몇 사람이 바에서 달려 나왔다. 한 사람이 다시 건물로 뛰쳐 들어가서 클럽 멤버 중에 은퇴한 의사가 없는지 찾아보러 갔다. 배리와 메리의 지인인 부부가 레스토랑에서 시끄러운 소리를 듣고 애피타이저도 포기한 채 뭐 도울 일이 없나 살피러 황급히 달려 나왔다. 남편이 휴대전화로 999를 불렀다.

응급차는 패그포드에서 인접한 야빌 시에서 오느라고 도착까지 25분이나 걸렸다. 깜박거리는 파란 불빛이 현장으로 미끄러지듯 들어왔을 때, 배리는 미동도 반응도 없이 땅바닥에 흥건한 자신의 토사물 속에 뻗어 있었다. 메리는 그 옆에 구부정하니 쭈그리고 앉아 있었다. 스타킹 무릎이 다 찢어진 채로, 남편의 손을 잡고 흐느껴 울며 그의 이름을 부르면서.

월요일

I

"마음 단단히 먹어." 마일스 몰리슨이 처치 로에 있는 어느 커다란 주택의 주방에 서서 말했다.

그는 전화를 걸기 위해 아침 6시 반이 지날 때까지 기다렸다. 오랜 시간 이어지는 불면과 가끔씩 짧막하고 불안한 수면으로 점철된 괴로운 밤이었다. 새벽 4시에 그는 아내도 깨어 있다는 걸 깨달았고, 두 사람은 어둠 속에서 한참 동안 조용히 대화를 나누었다. 막연하게 덮치는 충격과 공포를 쫓으려 애쓰며 어쩔 수 없이 목격한 일에 대한 이야기를 나누는 와중에도, 이 소식을 아버지에게 알릴 생각을 하니 깃털처럼 포슬포슬 일렁이며 퍼져 나가는 흥분감이 마일스의 뱃속을 간질이는 것이었다. 7시까지는 기다릴 생각이었지만 누군가 다른 사람이 끼어들까 봐 걱정이 되어 더 일찍 전화통을 붙잡았다.

"무슨 일 있냐?" 살짝 날 선 쇳소리가 섞인 하워드의 음성이 웅웅 울렸다. 마일스는 서맨사를 위해 전화를 스피커폰으로 돌렸다. 적갈색 살결 위에 연분홍색 가운을 걸친 서맨사는 일찍 일어난 김에 빛바래가는 자연스러운 태닝에 셀프 선탠 크림을 듬뿍 덧바른 참이었다. 주방에 인스턴트커피와 합성 코코넛이 뒤섞인 향이 그득했다.

“페어브라더가 죽었어요. 어젯밤에 골프클럽에서 쓰러졌어요. 샘(아내 서맨사의 애칭—옮긴이)하고 제가 버디에서 저녁을 먹고 있었거든요.”

“페어브라더가 *죽었다고?*” 하워드가 버럭 소리를 질렀다.

억양으로 보아 배리 페어브라더의 신상에 뭔가 극적인 변화를 기대하는 눈치였지만 아무리 그래도 진짜 죽었다는 것까지는 예상했을 리 없었다.

“주차장에서 쓰러졌어요.” 마일스가 거듭 말했다.

“하느님 맙소사.” 하워드가 말했다. “마흔 넘은 지 얼마 안 됐지, 안 그러냐? 이런 세상에.”

마일스와 서맨사는 하워드가 지친 말처럼 숨을 헐떡거리는 소리를 듣고 있었다. 아침에는 늘 숨차 했다.

“사인이 뭐냐? 심장?”

“뇌가 어떻게 됐다고 하더라고요. 우리가 메리하고 같이 병원에 갔거든요……”

그러나 하워드는 정신이 딴 데 팔려 있었다. 마일스와 서맨사는 그가 수화기 너머로 말하는 소리를 듣고 있었다.

“배리 페어브라더가 죽었다는군! 마일스 전화야!”

마일스와 서맨사는 커피를 홀짝이며 하워드와 다시 통화되기를 기다렸다. 서맨사가 식탁에 앉자 가운 앞섶이 벌어지며 그녀 팔뚝에 척 걸쳐진 커다란 젖가슴이 윤곽을 드러냈다. 팔이 가슴을 받쳐주니, 기댈 데 없이 축 늘어져 있을 때보다 훨씬 풍만하고 매끄러워 보였다. 위쪽 가슴골의 가죽 같은 살결에, 이젠 눌려 있지 않을 때도 없어지지 않는 작은 잔주름들이 퍼져 나갔다. 젊은 시절 선 베드를 끼고 살던 그녀다.

“뭐라고?” 하워드가 다시 전화선을 붙잡고 말했다. “방금 병원이 어쨌다고 했냐?”

“샘하고 제가 응급차를 타고 갔어요.” 마일스가 또박또박 발음했다. “메리하고 시신을 따라갔었다고요.”

서맨사는 마일스가 두 번째로 고쳐 말한 쪽이 소위 이야기의 상업적 측면을 강조하고 있다는 걸 눈치챘다. 남편을 탓할 생각은 없었다. 끔찍한 체험을 견뎌낸 보상으로, 사람들한테 떠벌릴 자격이 주어지는 법이니까. 영영 잊을 수 없을 것 같았다. 통곡하는 메리. 입마개처럼 생긴 산소마스크 위로 여전히 반쯤 치뜨고 있던 배리의 눈. 응급구조원의 표정을 읽으려 애쓰던 그녀와 마일스. 경련으로 마구 뒤틀리던 몸. 시커먼 차창. 그 공포.

“이런 세상에.” 뒤에서 이것저것 물어보는 셜리의 부드러운 말소리를 묵살하며 하워드가 세 번째로 말했다. 그의 관심은 온통 마일스에게 쏠려 있었다. “그 친구가 그냥 그렇게 주차장에서 쓰러져 죽었단 말이냐?”

“넵.” 마일스가 말했다. “처음 본 순간 이미 더 이상 아무 조치도 소용없다는 게 확실했어요.”

그건 첫 번째 거짓말이었고, 그 말을 하면서 그는 아내에게서 눈길을 돌렸다. 그녀는 남편이 커다란 팔로 보호하듯 메리의 떨리는 어깨를 감싸 안으며 했던 말을 기억했다. *괜찮을 거예요……. 괜찮을 겁니다…….*

하지만 어쨌거나, 하고 서맨사는 생각했다. 마일스의 정상을 참작해 주면서. *사람들이 마스크를 씌우고 바늘을 마구 꽂아대고 있는데 뭐가 어떻게 될지 어떻게 알아?* 그 사람들은 배리를 구하려 노력하는 것처럼 보였고, 젊은 의사가 병원에서 메리 쪽으로 다가올 때까지는 그런 조치가 아무 소용 없다는 걸 확실히 아는 사람이 아무도 없었다. 서맨사의 눈에는 아직도 또렷이 떠올랐다. 참담하도록 선명하게. 메리의 적나라한, 돌처럼 굳은 얼굴, 그리고 안경을 쓰고 매끈한 머리 모양을 한 하얀 가운 차림의 젊은 여자가 짓던 그 표정. 차분하지만 약간 조심스러운 듯한……. 텔레비전 드라마에 허구한 날 나오는 그런 류의 장면이었지만, 실제로 일어났을 때는…….

"전혀요." 마일스가 말하고 있었다. "개빈은 목요일에 그 사람하고 같이 스쿼시를 치기까지 했는걸요."

"그러면 그때는 괜찮아 보였다는 거냐?"

"아, 그럼요. 개빈을 박살냈다니까요."

"이런 세상에. 참 인간사 알 수 없지, 안 그러냐? 요지경이야. 잠깐만, 네 엄마가 한마디 하고 싶단다."

딸그락거리는 소리가 들리더니 셜리의 부드러운 목소리가 전화선을 타고 들려왔다.

"정말 충격적인 일이구나, 마일스." 그녀가 말했다. "너희는 괜찮니?"

서맨사는 어색하게 커피를 한 모금 물다 말았다. 입가로 흐른 커피가 턱을 타고 내려오는 바람에 그녀는 얼굴과 가슴을 자기 옷소매로 닦았다. 마일스는 어머니한테 자주 쓰는 말투를 쓰기 시작했다. 보통 때보다 낮고 간명하며 흰소리는 불허한다는 듯한 단호한 말투, '제가 누굽니까, 천하의 마일스잖아요'라는 어투였다. 가끔, 특히 술기운이 거나하게 오르면 서맨사는 마일스와 셜리의 대화를 흉내 내곤 했다. "걱정 마세요, 어머니. 마일스가 여기 있잖아요. 어머니의 작은 병정 말입니다." "우리 아가, 너는 정말 멋져. 덩치도 그렇게 크고 용감하고 똑똑하고." 요즈음 들어 한두 번쯤 서맨사가 다른 사람들 앞에서 이런 성대모사를 하는 바람에 마일스는 웃는 척하면서도 삐쳐서 자기방어적인 태도를 취했다. 특히 최근에는 집으로 오는 길에 자동차 안에서 말다툼을 하기도 했다.

"네가 메리와 병원까지 쭉 같이 가줬단 말이니?" 셜리가 스피커폰에서 말하고 있었다.

그럴 리가요, 서맨사가 생각했다. *반쯤 같이 가다가 지겨워져서 중간에 내려달라고 했었겠죠.*

"그 정도는 우리가 당연히 해야 할 일이죠. 뭔가 더 해줄 수 있었다면 좋았겠지만."

서맨사는 일어나서 토스트기 쪽으로 걸어갔다.

"메리가 몹시 고마워할 거야." 셜리가 말했다. 서맨사는 빵 상자 뚜껑을 쿠당탕 소리가 나게 떨어뜨리고 빵 조각 네 개를 토스트기에 처넣었다. 마일스의 목소리가 좀 더 자연스러워졌다.

"아, 네, 뭐, 의사들이 사망 확인을 한 후부터는 메리가 콜린과 테사월이 같이 있으면 하더라고요. 샘이 그쪽에 전화로 연락했고, 우리는 그 사람들이 올 때까지 기다렸다가 나왔어요."

"그래, 메리로서는 너희가 거기 있었던 게 천만다행이었을 거다." 셜리가 말했다. "아빠가 하고 싶은 말이 더 있으신가 보다, 마일스. 바꿔줄게. 나중에 또 통화하자."

"나중에 또 통화하자." 서맨사가 머리를 흔들며 주전자를 보고 입모양을 달싹거려 흉내를 냈다. 밤에 잠을 설쳐서 토스트기에 비치는 일그러진 상이 퉁퉁 부어 있었고, 밤갈색 눈은 뻘겋게 충혈되어 있었다. 하워드한테 얘기하는 순간을 놓치지 않으려고 서두르다가, 부주의하게 태닝 로션을 눈가에 발라버렸던 것이다.

"너랑 샘이랑 오늘 밤에 이리 좀 오지 그러냐?" 하워드가 쩌렁거리며 말했다. "아니, 잠깐. 엄마가 그러는데 오늘 저녁에는 불겐 부부와 브리지 약속이 있다는구나. 내일 와라. 저녁 시간 맞춰서. 7시쯤에."

"봐서요." 마일스가 서맨사를 흘끗 쳐다보며 말했다. "샘 사정이 어떤지 보고요."

그녀는 갈 것인지 가타부타 표시를 하지 않았다. 마일스가 전화를 끊자 묘하게, 탱탱하던 긴장이 허무하게 확 풀려 실망스러운 분위기가 주방에 감돌았다.

"도저히 못 믿으시겠나 봐." 아내가 전화 통화를 하나도 못 들은 것처럼 그가 말했다.

그들은 아무 말도 없이 토스트를 먹고 갓 내린 커피를 컵에 따라 마셨다. 서맨사의 짜증은 토스트를 씹다 보니 좀 걸렸다. 이른 새벽 어두운 침실에서 소스라쳐 놀라 깨어나서 자기 곁에 마일스가 그 커다랗고 퉁퉁한 몸에서 베티버 향과 묵은 땀 냄새를 풍기고 있다는 사실에 황당할 정도로 안도감과 감사함을 느꼈던 기억이 새삼 떠올랐다. 그리고 자신의 가게 손님들한테 자기 눈앞에서 한 남자가 쓰러져 죽었고, 너그럽게도 병원까지 달려가줬다는 이야기를 하는 모습을 상상했다. 병원까지 가는 길에 있었던 이런저런 일들과, 의사가 등장하는 클라이맥스 장면을 어떻게 묘사할지 여러 방법을 생각했다. 침착하던 여의사가 젊다는 사실 때문에 모든 일들이 한층 끔찍하게 느껴졌다. 사망 소식을 전하는 일은 좀 나이가 지긋한 사람들한테 맡겨야 한다. 그런데 내일 샹페트르 판매담당자와 약속을 잡았다는 생각이 떠오르자 한층 마음이 가벼워졌다. 전화로 늘 기분 좋게 말하면서 여자 마음을 설레게 하는 남자였다.

"이제 움직이기 시작해야겠는데." 마일스가 말하면서 커피 컵을 싹 비웠다. 눈으로는 창 너머 밝아오는 하늘을 바라보고 있었다. 그는 땅이 꺼져라 깊이 한숨을 쉬더니 빈 접시와 컵을 가지고 식기세척기 쪽으로 가면서 아내의 어깨를 툭툭 두드렸다.

"제기랄, 정말 이번 일로 만사가 다 달리 보이지 않아, 응?" 그는 허옇게 세기 시작한, 짧게 바짝 깎은 머리를 절레절레 흔들며 주방을 나섰다.

서맨사는 왕왕 마일스가 앞뒤가 안 맞는 사람이라는 생각이 들었고, 갈수록 남편이 더 지루해 보이기만 했다. 하지만 아주 가끔씩은, 공식 석상에서 모자 쓰기를 즐기는 것과 똑같은 차원에서, 남편의 허세가 좋을 때도 있었다. 아무튼, 오늘 아침 같은 때는 경건하게 스스로 값지다는 생각을 조금쯤 하는 것도 적절할 터다. 그녀는 토스트를 다 먹고 아침 식사 뒤처리를 하면서 머릿속으로는 그녀의 가게 점원에게 말해줄 이야기를 가다듬고 있었다.

Ⅱ

"배리 페어브라더가 죽었어." 루스 프라이스가 헉헉 숨을 몰아쉬었다.

그녀는 남편이 출근하기 전에 몇 분이라도 더 얘기하려고 쌀쌀한 정원 길을 줄곧 달려 올라오다시피 했다. 현관문 앞에 잠깐 서서 코트를 벗지도 않고 장갑도 끼고 머플러도 그대로 두른 채, 사이먼과 10대 아들들이 아침 식사를 하고 있는 주방으로 무작정 뛰쳐 들어왔다.

남편은 토스트 한 조각을 입에 물다 말고 얼어붙었다가, 과장되게 극적으로 천천히 손을 내렸다. 교복 차림의 두 아들은 은근히 흥미로워하며 부모의 얼굴을 번갈아 보았다.

"동맥류라고 하더라고." 루스가 말했다. 장갑 손가락을 하나씩 잡아

당겨 벗고, 스카프를 풀고 코트 단추를 풀면서도 숨이 차 헐떡거리고 있었다. 묵직하고 슬픈 눈빛을 한 가냘픈 검은 머리의 여자로, 꾸밈없이 파란 간호사복이 잘 어울렸다. "골프클럽에서 쓰러졌대—샘하고 마일스 몰리슨이 병원에 데리고 들어왔어—나중에는 콜린하고 테사 월 부부가 와서……."

루스는 현관문 앞으로 후다닥 달려가서 소지품을 걸어놓고 때맞춰 들어와 사이먼이 큰 소리로 외쳐 물은 질문에 대답을 했다.

"도맥류가 뭔데?"

"동. 동맥류라니까. 뇌 혈관이 터지는 거야."

그녀는 주전자 쪽으로 쪼르르 다가가 스위치를 켜고 토스트기 주변에 떨어진 빵가루를 손으로 쓰는 내내 말을 멈추지 않았다.

"어마어마한 뇌출혈이 일어나는 거야. 불쌍한, 불쌍한 아내는…… 완전히 제정신이 아니었어……."

잠시 울컥 슬픔이 복받친 루스는 주방 창문 바깥으로 펼쳐진 서리 덮인 잔디밭의 시린 흰색을, 골짜기 너머 연분홍으로 물든 잿빛 하늘을 배경으로 해골처럼 황량하게 서 있는 수도원을, 그리고 '힐톱하우스'의 자랑인 파노라마 같은 전망을 물끄러미 내다보았다. 밤이 되면 저 아래 어두운 분지에 옹기종기 모여 있는 깜박이는 불빛으로밖에 보이지 않는 패그포드가 쌀쌀한 햇빛 속으로 서서히 모습을 드러내고 있었다. 루스는 아무것도 눈에 들어오지 않았다. 그녀의 마음은 아직도 병원에 남아, 헛된 생명 유지 장치를 모두 떼어낸 채로 배리가 누워 있는 병실을 나서는 메리를 지켜보고 있었다. 루스 프라이스는, 자기와 닮았다는 생각이 드는 사람들일 경우, 진심으로 거리낌 없이 연민을 느꼈다. "아냐, 아냐, 아니, 아니야"라며 메리는 앓는 소리를 냈고 그 본능적인 부정이 루스의 내면에서 여운을 남기며 울려 퍼졌다. 그 순간 그녀는 같은 상황에 처한 자기 모습을 스치듯 보았기 때문이었다…….

생각만 해도 견디기가 힘들어 그녀는 고개를 돌려 사이먼을 보았다. 남편의 연갈색 머리카락은 아직도 숱이 무성했고 몸매는 20대 때처럼 날씬했으며 눈가의 잔주름도 그저 매력적으로 보일 뿐이었다. 하지만 오랫동안 일을 쉬다가 간호사로 돌아간 루스는 새삼스럽게 인간의 신체가 고장을 일으킬 수 있는 수많은 방법과 맞닥뜨려야 했다. 젊었을 때는 좀 더 거리를 두고 바라볼 수 있었다. 이제는 그들 모두 살아 있다는 것만 해도 얼마나 행운인지 실감했다.

"병원에서 무슨 조치를 할 수는 없었던 건가?" 사이먼이 물었다. "터진 데를 때울 수는 없었던 거야?"

답답하고 속 터진다는 말투였다. 전문 의료진이 이번에도 또 간단하고도 확실한 조치를 거부하는 바람에 일을 다 망친 거라는 듯이.

앤드루는 잔인한 쾌감에 들떴다. 최근 들어 어머니가 의학 용어를 쓸 때마다 아버지가 조잡하고도 무식한 제안을 하며 맞서는 버릇이 생겼다는 걸 알아챘던 것이다. *뇌출혈. 때워버려.* 어머니는 아버지가 하는 짓거리를 깨닫지 못했다. 원래 속 터지게 못 알아먹는 사람이었다. 앤드루는 위타빅스 시리얼을 먹으며 증오심으로 이글이글 불타올랐다.

"우리한테 데려왔을 때는 이미 너무 늦어서 뭘 해볼 수도 없었어." 루스가 티백을 주전자에 떨어뜨리며 말했다. "도착하기 직전에 응급차에서 죽었거든."

"빌어먹을." 사이먼이 말했다. "몇 살이었지, 마흔?"

그러나 루스는 정신이 딴 데 팔려 있었다.

"폴, 뒷머리가 다 납작하게 엉켜 들러붙었다. 머리를 빗기는 한 거니?"

그녀는 핸드백에서 빗을 꺼내 작은 아들의 손에 억지로 쥐어주었다.

"무슨 안 좋은 조짐이나 그런 것도 없었고?" 폴이 빗을 질질 끌며 마지못해 숱 많은 대걸레 같은 머리를 빗는데 사이먼이 말했다.

"듣자하니 2, 3일인가 지독한 두통이 있었던 모양이야."

"아." 토스트를 씹으며 사이먼이 말했다. "그런데 그냥 무시했구나?"

"아, 그럼. 대단치 않게 생각했나 봐."

사이먼이 토스트를 꿀꺽 삼켰다.

"거봐, 다 그런 거라니까?" 그가 엄숙하게 말했다. "자기 몸은 자기가 잘 살펴야 한다고."

아이고, 현명도 하셔라, 앤드루는 속으로 경멸했다. 어찌나 심오하신지. 그러니까 뇌가 터져 죽은 것도 배리 페어브라더 자기 잘못이다 이거지. 이 혼자 잘나빠진 머저리 병신아. 앤드루는 머릿속에서, 아버지에게 큰 소리로 호통을 쳤다.

사이먼은 나이프로 큰아들을 가리키며 말했다. "아, 그건 그렇고. 이 녀석이 일을 할 거래. 저기 계시는 피자 상판(여드름 난 얼굴을 놀리는 뜻―옮긴이)께서 말이야."

화들짝 놀란 루스는 남편을 보던 눈길을 아들에게 돌렸다. 당황한 앤드루는 곤죽 같은 게 담긴 그릇만 뚫어져라 내려다보았고, 그의 자줏빛 뺨에, 검푸르게 번들거리는 여드름이 유독 눈에 띄었다.

"그래." 사이먼이 말했다. "게으름뱅이 똥 덩어리가 돈을 좀 벌어보시겠대. 담배를 피우고 싶으면 자기 월급으로 사서 피우면 되겠네, 이제. 더 이상 용돈은 없다."

"앤드루!" 루스가 우는 소리를 냈다. "너 설마……?"

"아, 왜 아니겠어. 땔나무 창고에서 나한테 들켰지." 사이먼이 말했다. 악의가 고스란히 드러난 얼굴이었다.

"앤드루!"

"우리한테서는 더 이상 돈은 없다. 담배를 피우고 싶으면 네 돈으로 사라." 사이먼이 말했다.

"하지만 우리가……." 루스가 애처롭게 말했다. "우리가 그랬잖아요. 시험도 다가오고 하니까……."

"모의고사를 저따위로 망친 걸로 봐서는 한 과목 졸업 자격이라도 얻으면 다행이야. 차라리 일찍 맥도날드에나 나가서 경험이라도 쌓는 게 나아." 사이먼은 이 말과 함께 의자를 뒤로 밀치고 벌떡 일어나, 앤드루의 푹 수그러진 고개와 시퍼렇게 여드름이 난 얼굴 가장자리를 득의양양하게 보았다. "우리가 너 재수하는 것까지 돈을 대주지는 않을 거니까. 이번에 못 붙으면 다음은 없는 줄 알아."

"아, 사이먼." 루스가 원망하듯 말했다.

"뭐?"

사이먼은 발을 두 번 쿵쿵 구르며 아내 쪽으로 다가섰다. 루스는 움츠러들며 물러서 싱크대에 바짝 붙었다. 분홍색 플라스틱 빗이 폴의 손에서 뚝 떨어졌다.

"저 쪼다 같은 새끼의 더러운 버릇에까지 돈을 대줄 수는 없어! 감히 우라질 *내* 헛간에서 *뻐끔뻐끔* 담배질을 하다니. 빌어먹을 염치하고는!"

사이먼은 "내"라는 말을 하며 자기 가슴을 쳤다. 둔탁한 쿵 소리에 루스가 움찔했다.

"난 저 여드름투성이 새끼만 한 나이였을 때 벌써 집안에다 월급봉투를 갖다줬어. 담배를 피우고 싶으면 제 돈으로 피우라고 해, 알았어? 알아들었냐고?"

그는 루스의 얼굴에서 15센티미터도 못 되는 거리까지 자기 얼굴을 마구 디밀었다.

"알았어, 사이먼." 그녀는 아주 조용히 말했다.

앤드루는 내장이 흐물흐물 액체가 되어버리는 것만 같았다. 혼자서 맹세를 한 지 채 열흘도 되지 않았다. 그 순간이 이토록 빨리 왔단 말인가? 그러나 아버지는 어머니에게서 물러서더니 너무도 당당하게 주방에서 나가 현관 쪽으로 걸어가버렸다. 뒤에 남은 루스, 앤드루와 폴은 한참을 꼼짝도 하지 않았다. 아버지가 없을 때는 움직이지 않기로 약속이라도 한 것 같았다.

"당신 차에 기름은 가득 채웠어?" 사이먼이 외쳤다. 그녀가 야간 근무를 하고 온 날이면 항상 묻는 소리였다.

"응." 루스가 소리쳐 대답했다. 애써 밝은 목소리를 하려고, 어떻게든 정상으로 돌아가려고 안간힘을 쓰며.

앞문이 덜그럭거리더니 쾅 소리를 내며 닫혔다.

루스는 분주하게 주전자를 만지작거리며 긴장된 분위기가 보통 때처럼 가라앉기를 기다렸다. 앤드루가 이빨을 닦으려고 주방에서 막 나가려는 참에야 그녀는 비로소 입을 열었다.

"널 걱정하시는 거야, 앤드루. 네 건강이 걱정스러워서."

꼰대가 퍽도, 지랄.

머릿속에서, 앤드루는 사이먼에게 온갖 욕설에 욕설을 다 갖다 붙였다. 머릿속에서, 그는 정정당당하게 사이먼과 싸워 이길 수 있었다.

큰 소리로, 그는 어머니에게 말했다. "응. 알았어."

Ⅲ

에버트리 크레센트는 1930년대풍 주택들이 초승달 모양으로 늘어선 단지로, 패그포드 도심의 광장에서 2분도 안 되는 거리에 있었다. 36번지, 이 거리 어느 집보다 더 오래 세 들어 살고 있는 이 집에서는 셜리 몰리슨이 베개들을 허리에 받치고 앉아 남편이 가져다준 홍차를 홀짝거리고 있었다. 맞은편 붙박이 옷장 거울 문에 비친 자신의 모습이 희뿌옇게 보였는데, 일단은 그녀가 안경을 안 끼고 있기 때문이었고, 또 어느 정도는 장미꽃 무늬 커튼이 드리운 창으로 부드러운 빛이 들어와 방을 비추고 있기 때문이기도 했다. 아지랑이처럼 아련한, 예뻐 보이는 빛으로 자신을 비춰보니, 은색의 단발 아래 보조개가 팬 분홍빛 하얀 얼굴이 천사처럼 보였다.

침실은 셜리의 싱글 침대와 하워드의 더블 침대가 간신히 들어갈 정도의 크기였다. 꼭 붙여놓은 두 침대는 이란성 쌍둥이 같았다. 어마어마한 덩치의 자국이 아직 찍혀 있는 하워드의 매트리스는 비어 있었다. 셜리와 장밋빛 거울상이 서로 마주 보고 앉았다. 보글보글 거품이 이는 샴페인처럼 아직도 공기 중에 상쾌한 여운으로 떠다니는 그 소식을 흐뭇하게 곱씹어보고 있는 자리에서 나지막히 기분좋게 울리는 샤워 물소리가 잘 들렸다.

배리 페어브라더가 죽었다. 숨이 넘어갔다. 절명했다. 그 어떤 거국적인 사태도, 전쟁도, 증시폭락도, 테러리스트 공격도, 지금 그녀를 사로잡고 있는 이런 경외감과 열렬한 관심, 그리고 맹렬한 추측을 불러일으킬 수는 없었으리라.

셜리는 배리 페어브라더를 증오했다. 우호관계와 적대관계에 있어 한 몸처럼 보조를 맞춰왔던 셜리와 남편 하워드는 이 문제에 있어서 약간 손발이 맞지 않았다. 하워드는 패그포드 교회 강당의 흠집 많은 긴 테이블 건너에서 자기 의견에 주구장창 반대하던 턱수염 난 왜소한 사내가 가끔 은근히 재미있을 때가 있다고 솔직히 털어놓았다. 그러나 셜리는 정치와 사생활을 전혀 구분하지 않았다. 배리는 하워드가 품은 일생일대의 야망을 반대한 사람이었고, 따라서 그녀에게 배리 페어브라더는 철천지원수였다.

남편에 대한 의리가 셜리의 격한 혐오감에 주된 원인을 제공하긴 했지만 사실 유일한 이유는 아니었다. 사람에 대한 그녀의 본능은 마치 마약을 냄새로 찾아내는 탐지견처럼 오로지 한 방향으로만 정교하게 발달되어 있었다. 그녀는 항상 파르르 떨며 은근하게 사람을 깔보는 태도만 찾아내고 있었는데, 배리 페어브라더와 자치구의회Parish Council에 포진한 그 패거리들의 태도에서 이미 오래전부터 기미가 감지되었던 것이다. 이 세상의 페어브라더 같은 인간들은 대학 졸업장이 자기네들을 셜리나 하워드 같은 사람들보다 우월하게 만들어준다고 단정했다. 따라서 자기네 의견이 훨씬 더 중요하다고 믿어버린다. 뭐, 그들의 그런 오만은 바로 오늘 참담한 타격을 입은 셈이다. 페어브라더의 갑작스러운 죽음은, 그와 그의 추종자들이야 어떤 생각을 했을지 몰라도, 그가 사실은 남편보다 유약하고 저열한 부류의 인간이라는 셜리의 오랜 믿음을 더욱 굳게 다져주었다. 남편이 겸비한 온갖 다른 미덕은 말할 것도 없거니와, 일단 남편은 7년 전에 심장마비를 겪고도 살아남았던 것이다.

(남편이 수술실에 있을 때조차, 셜리는 그녀의 하워드가 죽을 거라는 생각을 한순간도 하지 않았다. 이 세상에 하워드가 존재한다는 사실은, 셜리에게 마치 햇빛과 산소처럼 당연한 사실이었다. 나중에도, 친구들과 이웃들이 기적적인 생존이라는 둥 야빌에서 이렇게 가까이에

심장외과가 있어서 얼마나 다행이냐는 둥, 또 얼마나 끔찍하게 맘고생을 했겠냐는 둥 얘기할 때도 셜리는 당당하게 소신을 피력했다.

"그이가 이겨낼 거라는 걸 난 알고 있었어요." 셜리는 동요한 기색도 없이 평온하게 말했다. "단 한 번도 의심한 적이 없답니다."

그리고 여기 이렇게 남편이 멀쩡하게 잘만 살아 있었다. 페어브라더는 영안실에 누워 있고. 이걸 보면 알 수 있지 않은가.)

이 이른 아침 득의양양한 승리감에 젖어 있는 셜리는 아들 마일스가 태어난 날을 새삼스럽게 떠올렸다. 그토록 오래전 그날도, 꼭 이렇게, 병실 창문으로 흘러 들어오는 햇살을 받으며 침대에 앉아, 누군가 타준 홍차를 손에 쥐고 사람들이 그녀의 아름다운 갓 난 남자아기를 수유하러 데리고 오기를 기다리고 있었다. 출생과 죽음, 둘 다 존재에 대한 고조된 의식과 그녀 자신의 한껏 높아진 위상이라는 측면에서 매한가지였다. 배리 페어브라더의 급작스러운 사망 소식은 통통한 갓난아기처럼, 그녀를 아는 사람들 모두가 흡족해하며 바라볼 수 있도록 그녀 무릎 위에 놓여 있었다. 그리고 그녀는 소식의 원천, 근원이 될 터였다. 왜냐하면 그 소식을 처음으로, 아니 거의 처음으로 들은 사람이 바로 그녀였으니까.

하워드가 방 안에 같이 있을 때는 셜리의 내면에서 보글거리며 알싸한 거품을 일으키고 있는 이 기쁨이 전혀 겉으로 드러나지 않았다. 하워드가 샤워하러 들어가기 전에 급작스러운 사망 소식에 적합한 말 몇 마디를 주고받았을 뿐이다. 두 사람 사이에서 의례적인 단어와 표현들이 주판알처럼 왔다 갔다 하는 사이에도, 셜리는 하워드의 마음속에도 그녀만큼이나 황홀한 기쁨이 그득하다는 사실을 당연히 알고 있었다. 그러나 부음이 막 알려지기 시작한 이때 그런 감정을 대놓고 표출한다는 건 마치 나체로 춤을 추며 음담패설을 고래고래 소리치는 거나 다를 바 없는 짓이었고, 하워드와 셜리는 언제나 보이지 않는 예법의 껍데기를 한 겹 걸치고 결코 벗지 않는 사람들이었다.

셜리는 또 하나 행복한 생각이 떠올랐다. 그녀는 침대 옆 탁자에 찻잔과 받침을 내려놓고 침대에서 내려와 도톰하게 무늬를 새긴 가운을 걸치고 안경을 쓴 후 복도를 사뿐사뿐 걸어 목욕탕 문을 똑똑 두드렸다.

"하워드?"

꾸준하게 쏟아지는 샤워 물소리 너머로 왜 부르냐는 소리가 들렸다.

"웹사이트에 내가 뭐라도 올리는 게 좋을 거 같아요? 페어브라더에 대해서?"

"좋은 생각이야." 잠시 생각에 잠긴 듯하더니, 그가 문 뒤에서 외쳤다. "훌륭한 생각이야."

그래서 셜리는 부산을 떨며 서재로 달려갔다. 전에는 이 집에서 제일 작은 침실이었지만, 런던으로 가버린 뒤로 식구들 입에 거의 오르내리지도 않는 딸 퍼트리샤가 쓰다가 비운 지 오래였다.

셜리에게는 인터넷을 능숙하게 할 줄 안다는 게 어마어마한 자랑이었다. 10년 전 야빌의 야간 강좌를 다니며 배운 것이었다. 그 반에서 그녀는 가장 나이가 많고 진도가 느린 학생이었다. 하지만 패그포드 자치구의회의 흥미진진한 새 웹사이트 운영자가 되겠다고 결심한 그녀는 끝까지 꿋꿋이 다녔었다. 그녀는 로그인을 하고 자치구의회 홈페이지를 띄웠다.

짧은 부고가 어찌나 술술 흘러나오는지 마치 그녀의 손가락이 글을 쓰는 것만 같았다.

　　자치의원 배리 페어브라더

자치의원 배리 페어브라더의 사망 소식을 전하며 명복을 비는 바
입니다. 힘든 시기를 보내고 있는 가족들에게 위로의 마음을 전합
니다.

그녀는 꼼꼼하게 다시 한 번 읽은 후 엔터 키를 누르고 게시판에 올
라온 글을 바라보았다.

다이애나 왕세자비가 죽었을 때 여왕은 버킹검 궁전에 조기를 달았
다. 셜리 내면의 삶에서 여왕 폐하는 아주 특별한 위치를 차지하고 있
었다. 웹사이트의 메시지를 계속 바라보면서 그녀는 올바른 일을 했다
는 느낌이 들어 만족스럽고 행복했다. 최고의 스승에게 사사한 덕이
다…….

그녀는 자치구의회 게시판에서 나와 제일 좋아하는 의학 사이트에
들렀다. 그리고 검색창에 "뇌"와 "죽음"이라는 단어를 공들여 쳐 넣
었다.

항목은 끝도 없었다. 셜리는 유순한 눈을 위아래로 굴리며 숱한 가능
성들을 따라 스크롤을 내렸고, 몇몇은 발음도 하기 힘든 이 많은 치명
적인 증상 중에서 무엇이 지금의 이 행복을 가져다주었을까 궁금해했
다. 셜리는 병원 자원봉사자였다. 사우스웨스트 종합병원에서 일을 시
작한 후로 의학적인 문제에 상당한 관심을 갖게 되었고, 가끔 친구들에
게 진단을 내려주기도 했다.

그러나 오늘 아침에는 긴 병명이나 증상에 도저히 집중이 되지 않
았다. 그녀의 생각은 이미 이 소식을 더욱더 널리 퍼뜨리는 일을 향해
잽싸게 달려가고 있었다. 벌써부터 머릿속으로 전화번호 목록을 작성
하고 또 고치고 있었다. 오브리와 줄리아는 알고 있을까, 또 무슨 말
을 할까 궁금했다. 하워드가 그녀가 모린에게 말해도 좋다고 허락해

줄까, 아니면 그런 즐거움은 자기가 차지하려고 벼르고 있을까도 알
고 싶었다.

이 모두가 *굉장히* 흥분되는 일이었다.

IV

앤드루 프라이스는 작은 하얀 집의 앞문을 닫고 동생을 따라 서리가
앉아 파삭거리는 가파른 정원 길을 내려갔다. 길은 울타리 덤불숲의 얼
음장처럼 차가운 철문을 지나 바깥의 도로로 이어졌다. 소년들은 둘 다
발아래에 펼쳐진 익숙한 풍경에 눈길 한번 주지 않았다. 세 개의 야산
가운데 분지 속에 쏙 들어가 있는 아주 작은 마을 패그포드, 그중 한 야
산의 꼭대기에 12세기 수도원의 폐허가 자리 잡고 있었다. 가느다란
강줄기가 산 둘레를 뱀처럼 돌아 시내를 통과했고, 그 위에 장난감 같
은 돌다리가 가로놓여 있었다. 형제들에게 그 풍경은 밋밋하게 칠해진
배경 막처럼 지루하기 짝이 없었다. 앤드루는 집에 손님이 오는 흔치
않은 일이 있을 때, 아버지가 이 모든 걸 설계하고 지은 것처럼, 다 자
기 덕분이라고 생색내는 꼬락서니를 경멸했다. 요즘 앤드루는 차라리
아스팔트, 깨진 유리창에 낙서가 즐비한 풍경이 훨씬 낫다는 생각을 굳
혔다. 그는 런던과 의미 있는 삶을 꿈꾸었다.

형제들은 길 끝까지 씩씩하게 걸어가서는, 더 넓은 도로와 만나는 교
차로에서 걸음이 느려지다 잠시 멈춰 섰다. 앤드루는 울타리 덤불 밑으
로 손을 넣어 한참 더듬더니 절반쯤 들어 있는 '벤슨앤드헤지스' 한 갑
과 약간 축축해진 성냥갑을 꺼냈다. 몇 번 그을 때마다 성냥 머리가 부
스러지는 실패 끝에, 그는 담뱃불을 붙이는 데 성공했다. 두세 번 담배

를 깊이 빨고 나자, 부릉거리는 스쿨버스 엔진 소리가 정적을 깨뜨렸다. 앤드루는 조심스럽게 불붙은 담뱃재를 손으로 털어버리고 남은 꽁초는 다시 담뱃갑에 넣었다.

힐톱하우스로 돌아 들어올 때쯤 버스는 늘 3분의 2 정도 차 있었다. 이미 교외의 농장과 주택들을 한 바퀴 돌고 왔기 때문이었다. 형제들은 보통 때와 마찬가지로 따로 떨어져 앉았고, 둘 다 2인용 좌석을 혼자 차지한 채 버스가 덜컹거리며 패그포드로 들어서는 사이 창밖을 물끄러미 내다보았다.

언덕 기슭에 쐐기 모양의 정원에 주택이 한 채 서 있었다. 페어브라더의 네 아이들은 보통 현관 앞에 서서 기다리고 있었지만 오늘은 아무도 없었다. 커튼은 모두 굳게 쳐져 있었다. 앤드루는 누가 죽으면 사람들은 대개 어둠 속에 앉아 있기 마련인 건지 궁금해졌다.

몇 주 전에 앤드루는 학교 공연장의 디스코텍에서 배리의 쌍둥이 딸 중 한 명인 나이암 페어브라더와 어울렸다. 그녀는 이후 한동안 불쾌하게도 그를 몰래 따라다니곤 했다. 앤드루의 부모는 페어브라더 가족과 거의 교류가 없었다. 사이먼과 루스에게는 친구가 거의 없었지만, 패그포드에 아직 남아 있는 유일한 은행의 미미한 지점을 운영하는 배리에게는 미적지근한 호감을 갖고 있는 것 같았다. 페어브라더의 이름은 자치구의회라든가 타운홀 연극, '교회 주최 즐거운 달리기' 같은 행사와 관련해서 여기저기서 많이 튀어나오곤 했다. 이런 행사들에 앤드루는 전혀 흥미가 없었고, 가끔 스폰서를 한다거나 복권을 뽑을 때 말고는 그의 부모 역시 별로 참여하지 않고 멀찌감치 거리를 유지했다.

버스가 좌회전을 해서 처치 로를 따라 터덜터덜 내려가며 계단식으로 늘어서 있는 널찍한 빅토리아풍 주택들을 지나치는 사이, 앤드루는 아버지가 보이지 않는 저격수의 총에 맞아 쓰러져 그대로 죽어버리는 환상을 잠시 만끽하고 있었다. 앤드루는 장의사에게 전화를 걸면서 흐느끼는 어머니의 등을 토닥이는 자기 자신의 모습을 눈앞에 떠올렸다. 제일 싸구려 관을 주문하는 그의 입에는 담배가 물려 있었다.

처치 로 맨 아래에서 자완다네 아이들 셋, 자스완트, 수크빈더와 라즈팔이 버스를 탔다. 앤드루는 일부러 앞좌석이 비어 있는 자리를 골라서 앉았기에 머릿속으로 수크빈더에게 자기 앞자리에 앉으라는 명령을 보냈다. 수크빈더 자체가 좋아서가 아니라(앤드루의 절친한 친구 팻츠는 그녀를 '젖꼭지와 콧수염Tits N' Tash'의 줄임말로 TNT라고 불렀다) '그녀'가 수크빈더 옆자리에 앉는 일이 허다했기 때문이었다. 그리고 텔레파시로 보낸 명령이 오늘 아침에 특히 강력했는지는 알 수 없지만 수크빈더는 정말로 그의 앞자리를 골라 앉았다. 신이 난 앤드루는 제대로 보지도 않으면서 더러운 차창을 물끄러미 바라보았고 버스의 심한 진동 탓에 발기한 성기를 가리기 위해 책가방을 더 바싹 당겨 끌어안았다.

거추장스러운 차량이 좁은 도로를 힘겹게 헤치고 빡빡한 모퉁이를 돌아 마을 광장으로 들어서서 '그녀의' 길모퉁이를 향해 다가가는 동안, 버스가 덜컹거리고 씩씩거릴 때마다 기대감이 점점 더 고조되었다.

앤드루는 어떤 여자애에게도 이처럼 강렬한 관심을 가져본 적이 없었다. 그녀는 새로 온 전학생이었다. GCSE(영국의 중등교육 학력인정시험―옮긴이)를 치는 해 봄 학기는 학교를 바꾸기에는 이상한 시기다. 그 여자애의 이름은 가이아Gaia였는데, 그것도 무척이나 어울렸다. 전에 그가 한 번도 들어본 적이 없는 이름이었는데 그녀 역시 전적으로 새롭기만 한 존재였으니까. 그녀는 어느 날 자연이 도달할 수 있는 숭고한 경지에 대한 단순명료한 정의처럼 걸어와 버스에 올라타서 그가 앉은 데서 두 자리 앞에 앉았다. 그는 홀린 듯이 꼼짝달싹도 못하고 그녀의 완벽한 어깨와 뒤통수만 내내 쳐다보고 있었다.

그녀의 머리카락은 구릿빛 갈색이었고 길고 출렁이는 곱슬머리를 어깨뼈 바로 밑까지 늘어뜨리고 있었다. 코는 완벽하게 곧고 좁고 짤막해서 도발적으로 풍성하고 창백한 입술이 한층 돋보였다. 눈은 사이가 멀고 속눈썹이 짙었으며 눈동자는 적갈색 사과처럼 초록빛 반점이 숱하게 박힌 헤이즐넛 빛깔이었다. 앤드루는 그녀가 화장한 얼굴을 한 번도 본 적이 없지만, 피부를 망가뜨리는 기미나 잡티 한 점 찾아볼 수 없었다. 그녀의 얼굴은 완벽한 균형과 비범한 비율의 조합이었다. 몇 시간이나 그 매혹이 어디서 나오나 찾으며 그 얼굴을 들여다보고만 있어도 좋을 것 같았다. 바로 지난주 생물 연강 시간에, 앞자리의 뒤통수들과 책상들이 어쩌다보니 기막히게 배열된 덕분에 지켜볼 수 있었다. 그리고 집으로 돌아와서 자기 방에 무사히 누운 채 (한 차례 자위를 한 후 30여 분가량 벽만 물끄러미 쳐다보고 난 후였다) "아름다움은 기하학이다"라고 썼다. 그 즉시 쪽지를 찢어버리고 기억이 떠오를 때마다 바보가 된 기분이 들었지만, 여전히 거기엔 분명 뭔가 의미가 있었다. 그녀의 화려한 미모는 말하자면 천편일률적인 원본에 약간의 수정을 가한 것과 마찬가지였는데, 그 결과 숨 막히는 조화가 탄생하게 된 거니까.

그녀는 이제 곧 버스에 탈 것이고, 행여 융통성 없고 뾰루퉁한 수크빈더 옆자리에 앉게 되면—그런 일은 왕왕 있었다—앤드루의 몸에서 나는 니코틴 냄새를 맡을 정도로 가까운 데 존재하게 될 터였다. 그는 생명이 없는 대상물들이 그녀의 몸에 반응하는 걸 지켜보기를 좋아했다. 그녀가 체중을 실으면 버스 좌석이 살짝 가라앉고, 구릿빛 풍성한 금발이 의자 위에 붙은 쇠살에 닿는 걸 보고 있는 게 좋았다.

버스 기사가 속도를 줄였고 앤드루는 문에서 눈길을 돌려 깊은 생각에 잠겨 있는 시늉을 했다. 그녀가 버스에 타면 정차했다는 걸 방금 깨달았다는 듯 고개를 들어 두리번거릴 생각이었다. 그러면 눈길이 마주치고, 고개를 까닥해 인사를 할 수도 있으리라. 문이 열리는 소리가 들릴 때까지 기다렸지만 부드럽게 맥동하는 엔진 소리는 끊이지 않았고 보통 때처럼 끼익거리고 덜컹거리며 차가 멈추는 소리도 나지 않았다.

앤드루는 슬쩍 주위를 돌아보았지만 짧고 초라한 호프 스트리트밖에 아무것도 보이지 않았다. 작은 테라스 하우스들이 두 줄로 늘어서 있었다. 버스 기사는 몸을 죽 빼고 그녀가 오지 않은 게 확실한지 살폈다. 앤드루는 버스 기사에게 기다리라고 말하고 싶었다. 지난주만 해도 그 작은 집들 중 하나에서 그녀가 뛰쳐나와 포장도로를 달려왔고(그 모습은 보고 있어도 괜찮았다. 다들 보고 있었으니까) 달려오던 그녀의 모습은 몇 시간 동안 그의 뇌리를 사로잡기에 충분했다. 그러나 버스 기사는 커다란 운전대를 잡았고 버스는 다시 출발했다. 앤드루는 심장과 불알에 통증을 안고 더러운 유리창을 빤히 바라보는 일로 돌아갔다.

V

호프 스트리트의 작은 테라스들은 한때 노동자들의 주거지였다. 개빈 휴즈는 10번지의 화장실에서 천천히, 쓸데없이 정성스럽게 면도를 하고 있었다. 피부가 너무 희고 턱수염 숱이 워낙 없어서 사실 매주 두 번이면 충분한 일이었다. 그러나 한기가 돌고 약간 더러운 화장실은 유일한 성역이었다. 여기서 8시까지만 빈둥거리면 당장 출근해야 한다고 호들갑을 떨어도 그럴싸하게 들릴 것이다. 그는 케이와 말을 섞는 게

패그포드 인물 관계도

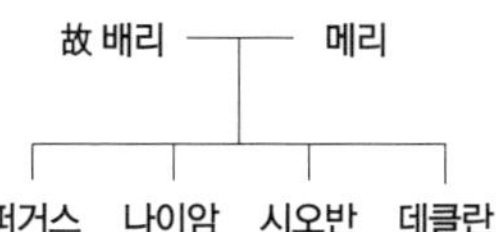

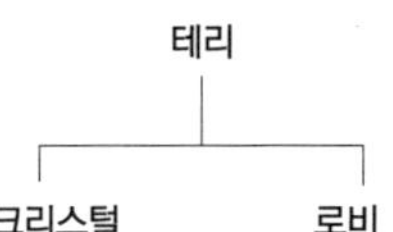

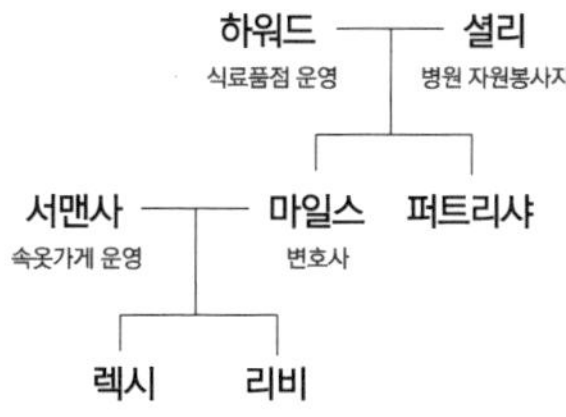

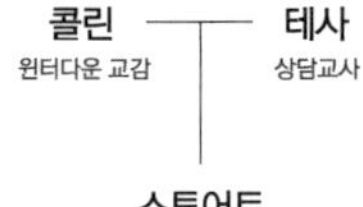

파울리 가족
오브리 —— 줄리아
지방의원

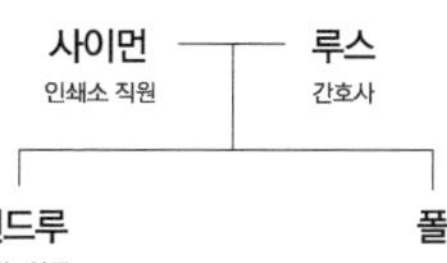

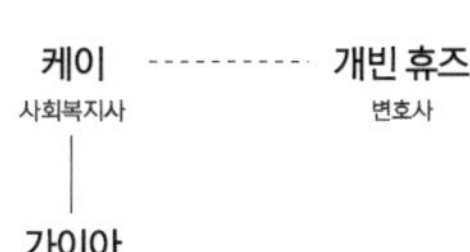

무서웠다.

전날 밤에는 대화를 피하기 위해 두 사람의 관계가 막 시작되던 초창기 이후로 가장 길고 창의적인 짝짓기를 시도하지 않을 수 없었다. 케이는 즉시, 그리고 불안할 정도로 적극적인 태도로 반응해왔다. 체위를 훌떡훌떡 바꿔가면서. 그를 위해 그 힘 좋고 땅딸막한 다리를 치켜들어주고, 슬라브족 곡예사처럼 몸을 뒤틀어가면서. 올리브색 피부며 아주 짧은 검은 머리까지, 케이는 슬라브족 곡예사를 굉장히 많이 닮았다. 그는 너무 늦게 깨달았다. 평소답지 않게 의욕적인 자신의 이런 행위를, 그녀는 그가 죽어도 말하지 않으려는 바로 그 말을 암묵적으로 고백하는 것으로 받아들인다는 사실을. 그녀는 탐욕스럽게 그에게 키스했다. 처음 정사를 시작했을 때는 그 축축하고 입안으로 마구 밀고 들어오는 키스들이 에로틱하다고 생각했지만, 이제는 막연하게 혐오스러웠다. 그는 절정에 오르기까지 오랜 시간이 걸렸고, 자기가 시작한 행위들이 오히려 계속 발기가 사그라드는 것을 방해한다는 데 놀라다 못해 겁이 났다. 심지어 이것조차 자기 맘대로 되지 않다니. 그녀는 이 흔치 않은 그의 정력을 장인적 기술의 과시라고 받아들이는 듯했다.

마침내 끝이 났을 때, 그녀는 어둠 속에서 그에게 딱 붙은 채 몸을 동그랗게 말고 누워 한참 그의 머리카락을 쓸어주었다. 참담한 기분으로 그는 허공을 멀뚱멀뚱 바라보며, 올가미를 좀 느슨하게 풀어보려던 막연한 계획들이 의도와는 달리 오히려 제 목을 더 죄었다는 실감을 하고 있었다. 그녀가 잠들고 난 후, 한쪽 팔이 덫에 걸린 듯 그녀 밑에 깔려 있고, 축축한 침대보가 기분 나쁘게 허벅지에 들러붙은 채 낡은 스프링이 울퉁불퉁하게 튀어나온 매트리스 위에 누워서 개자식이 될 용기가 있으면 얼마나 좋을까, 그래서 슬쩍 도망가서 영영 돌아오지 않아도 된다면 얼마나 좋을까 바라고 있었다.

케이의 화장실에서는 곰팡이와 눅눅한 스펀지 냄새가 났다. 작은 욕조 측면에 머리카락들이 한 뭉텅이 들러붙어 있었다. 벽에 칠한 페인트는 벗겨져 떨어지고 있었다.

"화장실을 좀 고쳐야 돼"라고 케이가 말했었다.

개빈은 나서서 도와주겠다고 하지 않으려고 말을 아꼈다. 그녀에게 하지 않은 말들은 그의 부적이자 호신용 보호막이었다. 마음속에 줄줄 꿰어놓고 묵주 알처럼 가끔 만지작거리며 확인하곤 했다. 그는 '사랑'이라는 말을 한 번도 한 적이 없었다. 결혼 얘기도 꺼낸 적이 없었다. 패그포드로 이사하라는 말도 한 적이 없다. 그런데도, 이렇게 여기 떡하니 그녀가 와 있었고 어쩐지 그에게 책임감을 떠넘기고 있었다.

그는 녹슨 거울에서 마주 보는 자기 눈을 똑바로 보았다. 눈 밑에 보랏빛 그늘이 져 있었고, 가늘어지고 있는 금발은 뻣뻣하고 건조했다. 머리 위에 드러난 전구 알이 유약하고 염소 같은 얼굴을 법의학자처럼 잔인하게 비추고 있었다.

서른넷. 그는 생각했다. 그런데 최소 마흔은 돼 보이는 얼굴이군.

그는 면도날을 들어 섬세한 손길로 두드러지게 튀어나온 목울대 양편으로 자라난 두꺼운 금색 털 두 가닥을 밀었다.

주먹들이 화장실 문을 부서져라 두들겨댔다. 개빈의 손이 미끄러졌고 얇은 목덜미에서 피가 뚝뚝 떨어져 깨끗한 흰 셔츠에 얼룩이 생겼다.

"엄마 남자 친구가," 하고 분노에 찬 여자의 비명소리가 들려왔다. "아직도 화장실에 있어서 내가 지각하게 생겼단 말이야!"

"다 끝났어!" 그가 외쳤다.

베인 상처가 쓰라렸지만 그게 무슨 상관인가? 이렇게 딱 준비된 변명이 생겼는데. *당신 딸 때문에 내가 무슨 짓을 한 줄 알아. 집에 가서*

셔츠를 갈아입고 출근해야겠어. 거의 날아갈 듯 가벼워진 마음으로 그는 문 뒤 고리에 걸어둔 넥타이와 재킷을 들고 잠근 문을 열었다.

가이아가 그를 밀치고 들어가 문을 쾅 닫고 문고리를 딱 걸어 잠갔다. 불탄 고무의 불쾌한 냄새가 진동하는 손톱만 한 층계참에 서서 개빈은 어젯밤 침대 머리판이 벽에 쿵쿵 찧어대던 소리, 싸구려 소나무 침대가 삐걱거리던 소리, 케이의 신음소리와 앓는 소리를 떠올렸다. 가끔, 딸내미가 집에 있다는 걸 너무 쉽게 잊어버리곤 했다.

그는 카펫도 깔려 있지 않은 층계를 한달음에 뛰어 내려갔다. 케이는 층계에 사포질을 하고 광택제를 바르겠다고 했지만 과연 그럴지는 의심스러웠다. 런던의 그녀 아파트도 허름하고 관리 상태가 엉망이었다. 아무튼, 그녀가 조만간 그의 집으로 들어와 살겠다는 기대를 품고 있다는 확신이 들었지만 절대 허락하지 않을 생각이었다. 그건 최후의 보루였다. 그리고 그 선에서만큼은 그도 절대 물러서지 않을 작정이었다.

"아니 당신 무슨 짓을 한 거야?" 케이가 셔츠에 묻은 피를 보고 비명을 질렀다. 그녀가 걸친 새빨간 싸구려 기모노 가운을 그는 별로 좋아하지 않았지만 어쨌든 그녀에게는 썩 잘 어울렸다.

"가이아가 문을 쾅쾅 두드리는 바람에 소스라쳐서. 집에 가서 갈아입어야겠어."

"아, 하지만 내가 아침 해놨단 말이야!" 그녀가 재빨리 말했다.

불타는 고무 냄새는 사실 스크램블드에그였다. 보기에 색깔도 허옇고 너무 익힌 것 같았다.

"안 되겠어, 케이. 셔츠를 갈아입어야 해. 일찍 가서……."

그녀는 벌써 엉겨 붙은 응어리를 접시에 덜고 있었다.

"5분만, 설마 5분도 더 못……."

재킷 주머니의 휴대전화가 시끄럽게 울렸고, 그는 전화를 꺼내며 이게 굉장히 다급한 전갈인 척할 배짱이 자기한테 과연 있을까 걱정을 했다.

"이런 세상에." 그는 꾸밈없이 경악하며 말했다.

"무슨 일이야?"

"배리. 배리 페어브라더! 그가…… 제기랄, 그가…… 죽었대! 마일스 전화야. 맙소사. 빌어먹을!"

그녀는 나무 스푼을 내려놓았다.

"배리 페어브라더가 누구야?"

"스쿼시 같이 치는 친구야. 겨우 마흔네 살밖에 안 됐는데! 이런 맙소사!"

다시 문자 메시지를 읽었다. 케이는 혼란스러운 얼굴로 그를 바라보았다. 마일스가 변호사 사무실 파트너라는 건 알고 있었지만 한 번도 소개받은 적은 없었다. 배리 페어브라더는 그저 이름에 불과했다.

계단에서 우레 같은 발소리가 들려왔다. 가이아가 쿵쾅쿵쾅 발을 구르며 뛰어 들어왔다.

"계란." 주방문 앞에서 그녀가 말했다. "엄마가 아침마다 만들어주는 음식. 됐어. 그리고 *저 사람* 덕분에." 개빈의 뒤통수를 향해 악의에 찬 눈길을 던지며. "빌어먹을 버스를 아무래도 놓친 거 같네."

"뭐, 머리 만지느라고 그렇게 오래 걸리지만 않았으면 됐잖니." 케이는 멀어지는 딸의 모습을 향해 소리를 질렀지만, 아무런 대답도 돌아오지 않았다. 가이아는 가방을 벽에 통통 튕기며 폭풍처럼 복도를 질주해 사라지더니 현관문이 부서져라 닫고 나갔다.

"케이, 나 가봐야 해." 개빈이 말했다.

"하지만 봐, 내가 준비 다 해놨단 말이야. 가기 전에 좀……."

"셔츠 갈아입어야 된다고. 게다가, 제기랄, 내가 배리의 유언장을 작성해줬기 때문에 가서 살펴봐야 해. 아니, 미안해. 가야 된다고. 이럴 수가. 믿을 수가 없군." 그는 마일스의 문자를 다시 읽으며 덧붙여 말했다. "도저히 못 믿겠군. 스쿼시를 같이 친 게 바로 지난주 목요일인데. 이거 도저히…… 빌어먹을."

한 남자가 죽었다. 그녀 입장에서는 악역을 맡지 않고는 할 말이 없다. 반응이 없는 그녀 입술에 짧게 키스를 하고 어둡고 좁은 복도를 따라 나갔다.

"우리 언제 다시 만나……?"

"내가 나중에 전화할게." 그는 못 들은 척하면서 그녀의 목소리를 지워버릴 정도로 크게 외쳤다.

개빈은 황급히 길을 건너 자기 자동차 쪽으로 갔다. 시리고 차가운 아침 공기를 헐떡거리고 들이마시며 배리가 죽었다는 사실을 조금이라도 흔들리면 터지는 불안정한 액체가 든 병처럼 마음속에서 꼭 잡고 있었다. 차 키를 돌려 시동을 걸면서 배리의 쌍둥이 딸들이 각자 작은 2층 침대에 얼굴을 묻고 엎드려 울고 있는 상상을 했다. 바로 지난번 저녁식사를 하러 갔을 때 그들의 침실 문을 지나면서, 그렇게 각자 닌텐도 DS 게임을 하며 층층이 포개어 엎드려 있던 모습을 보았던 것이다.

페어브라더 부부는 그가 아는 한 가장 서로에게 헌신적인 부부였다. 다시는 그 집에서 밥을 먹을 일은 없을 것이다. 그는 배리에게 얼마나 운이 좋은지 알아야 한다고 말하곤 했다. 결국 그렇게 운 좋은 사람은 아니었던 모양이다.

누군가 인도 저쪽에서 그를 향해 다가오고 있었다. 자기한테 악을 쓰러 오는 건지 아니면 학교까지 태워달라는 건지 다가오는 가이아를 보고 당황하여 공포에 질린 그는 후진을 너무 세게 해서 뒤에 있던 차를 들이받고 말았다. 케이의 낡은 복스홀 코르사였다. 지나가던 행인은 그의 차창 옆까지 다가왔고, 실내화를 질질 끌고 가는 깡마르고 절름거리는 할머니라는 정체를 드러냈다. 개빈은 식은땀을 흘리며 운전대를 돌려 간신히 비좁은 주차공간에서 빠져나왔다. 액셀러레이터를 밟으며 후방 거울을 슬쩍 보니, 가이아가 다시 케이의 집으로 들어가는 모습이 보였다.

아무리 숨을 쉬어도 폐에 넉넉한 공기가 들어가지 않는 것 같았다. 가슴에 딱딱한 응어리가 맺혔다. 이제야 그는 배리 페어브라더가 그에게 가장 좋은 친구였다는 걸 깨달았다.

VI

스쿨버스는 야빌 시 외곽에 퍼져 있는 주택단지 필즈에 도착했다. 더러운 회색 집들, 개중에 몇 채는 이니셜과 음란한 욕설들이 스프레이 페인트로 도배되어 있었다. 간간이 널빤지로 막아놓은 집도 있었다. 위성 TV 수신 접시들과 한참 깎지 않은 잔디(서리 덮여 반짝이는 패그포드의 수도원 폐허와 마찬가지로), 이런 풍경 어디에도 앤드루의 관심을 끌 만한 건 없었다. 앤드루도 한때 필즈에 약간 호기심도 품고 겁을 먹기도 했지만, 익숙해지다 보니 이미 모든 게 평범한 일상이 되어버렸다.

인도마다 학교로 걸어가는 아이들과 10대들이 우글거렸고, 이런 추위에도 티셔츠만 걸친 아이들도 많았다. 앤드루의 눈에 크리스털 위든이 들어왔다. 상투적이고 더러운 농담. 그녀는 혼성의 10대 무리 사이에서 요란하게 웃어대면서 팔짝팔짝 뛰어가고 있었다. 양쪽 귀에서 귀걸이가 몇 개씩 흔들거렸고, 골반까지 내려 입은 운동복 바지 위로 티

팬티 끈이 뚜렷하게 보였다. 앤드루는 초등학교 때부터 그녀를 알고 지냈고, 그녀는 그의 극단적인 어린 시절에서 가장 화려하게 채색된 추억들마다 어김없이 등장하는 인물이었다. 남자애들이 이름을 가지고 놀려대면, 다섯 살짜리 크리스털은 대부분의 어린 여자애들처럼 울음을 터뜨리기는커녕 도리어 자기가 따라하면서 깔깔 웃고 소리를 질러댔다. "위드-온! 크리스털 위드-온!('weed'는 마리화나의 속어다—옮긴이)" 그리고 그녀는 교실 한가운데에서 자기 팬티를 내리고 그 짓을 하는 시늉을 했다. 앤드루는 그녀의 벌거벗은 분홍색 음문을 생생하게 기억하고 있었다. 마치 그 사이에서 파더 크리스마스(산타클로스의 다른 이름—옮긴이)가 툭 튀어나온 것 같았다. 그리고 얼굴이 새빨갛게 물든 오우츠 선생님이 크리스털을 반에서 황급히 데리고 나가던 기억도 있다.

　열두 살이 되었을 무렵, 종합 과정으로 옮긴 크리스털은 학년에서 가장 발육이 좋은 여자애가 되었고 늘 반에서 제일 뒷자리를 어슬렁거렸다. 반 아이들은 수학 문제지를 다 풀고 나면, 그다음 차례의 문제지로 바꾸러 뒤쪽으로 가야 했는데, 어쩌다가 시작된 일인지 앤드루는 (늘 그렇듯 수학 문제를 꼴찌로 푸는 아이들 중 하나였으니까) 전혀 알지 못했지만, 그가 뒷자리 선반 위에 깔끔하게 정렬된 수학 문제지 플라스틱 상자에 도착했을 때는 이미 롭 콜더나 마크 리처즈가 교대로 크리스털의 젖가슴을 잡고 쥐어짜고 있었다. 다른 소년들 대부분은 교과서를 세워 선생님의 눈길에서 얼굴을 가린 채로, 전기에 감전된 듯 그 광경을 지켜보고 있었다. 여자아이들은 대부분 얼굴이 새빨갛게 달아오른 채로, 아예 못 본 척하고 있었다. 앤드루는 이미 남자아이들 절반이 거쳐 갔다는 걸 알고 자기도 차례가 올 거라 기대했다. 하고 싶기도 하고 하기 싫기도 한 마음이었다. 두려운 건 그녀의 젖가슴이 아니라 그녀의 얼굴에 떠오르는 대담무쌍하고 도전적인 표정이었다. 혹시 잘못할까 봐 무서워서 죽을 것만 같았다. 아이들의 안중에도 없고 아무 영향력도 없는 시몬즈 선생은 결국 고개를 들고 말했다. "너 대체 거기 언제까지 서 있을 거냐, 크리스털. 문제지를 하나 갖고 자리에 앉아라." 앤드루의 마음이 그렇게 가벼울 수가 없었다.

그 후로 전혀 다른 아이들과 어울리느라 떨어져 지내긴 했어도 둘은 여전히 같은 반이었기 때문에 앤드루는 크리스털이 가끔은 학교에 나오지만 안 나오는 날도 많으며, 끊임없이 말썽을 일으키고 있다는 걸 알고 있었다. 그녀는 겁대가리라는 걸 아예 몰랐다. 꼭 자기 손으로 문신을 새기고, 벌린 입술에 담배를 물고, 경찰과 대치했던 얘기나 마약 복용, 섹스담을 훈장처럼 달고 학교에 나오는 남자애들 같았다.

윈터다운 종합중등학교는 야빌 시 경계 바로 안쪽에 자리 잡고 있었다. 커다랗고 흉물스러운 3층 건물로, 청록색으로 칠해진 나무 사이사이에 배치된 유리창들이 건물 외벽을 장식하고 있었다. 버스 문이 끼익 소리를 내며 열렸을 때, 앤드루는 우르르 몰려가는 무리 속에 섞여들었다. 검은 블레이저에 스웨터를 걸쳐 입은 무리는 떼거지로 몰려 주차장을 지나 학교의 두 군데 정면 입구 쪽으로 흘러가고 있었다. 이중문으로 몸을 쑤셔 넣어 들어가는 번잡한 무리 속에 끼어들려는 참에, 그는 닛산 마이크라 한 대가 정차하는 걸 보고 무리에서 떨어져 나와 제일 친한 친구를 기다렸다.

터비, 텁스, 텁스터, 플러버, 월리, 월라, 팻보이, 팻츠. 스튜어트 월은 학교에서 제일 별명이 많은 소년이었다. 휘적휘적한 걸음걸이, 깡마른 몸매, 마르고 누렇게 뜬 얼굴, 지나치게 큰 귀와 항상 괴로운 듯한 얼굴표정만 해도 충분히 독특했지만, 다른 아이들과 그를 완전히 갈라놓는 건 신랄한 유머와 무심함 그리고 평정심이었다. 아무튼 맷집이 조금 덜한 아이였다면 도저히 피할 수 없었을 딱지들로부터 자기 자신을 확실히 구분할 줄 알았으니까. 동네 놀림감에 인기도 없는 교감의 아들인 데다가, 촌스러운 비만의 진로상담 교사를 어머니로 둔 창피스러움 따위는 어깨 한번 으쓱하고 털어버릴 줄 아는 녀석이었다. 그는 유례없이 독특하게 자기 자신으로 존재했다. 팻츠, 그는 학교의 명물이자 표상이었고 심지어 필즈의 아이들조차 그의 농담에 웃음을 터뜨렸으며 웬만해서는 그의 불행한 가족관계를 놀림감으로 삼지도 않았다. 어차피 너무나 쿨하고 잔인하게 농담으로 맞받아칠 테니까.

물살처럼 지나치는 학생들의 인파 속에 학부모라고는 눈을 씻고 찾아봐도 없는 오늘 아침에도, 팻츠는 어머니는 물론 보통 따로 출근하는 아버지까지 대동하고 닛산 자동차를 타고 와서 꾸역꾸역 내리면서도 전혀 빛바래지 않는 당당함을 과시하고 있었다.

"안녕, 아프?" 팻츠가 말했다.

"팻츠."

그들은 함께 무리 속으로 걸어 들어갔다. 책가방을 어깨에 들쳐 메고, 키 작은 아이들의 얼굴을 밀치며 인파 속에 작은 공간을 만들어 냈다.

"커비가 울고 있더라." 팻츠가 아이들로 들끓는 계단을 따라 올라가며 말했다.

"뭐라고?"

"배리 페어브라더가 어젯밤에 쓰러져 죽었대."

"아, 그래, 들었어." 앤드루가 말했다.

팻츠는 앤드루에게 교묘한, 약간 황당하다는 표정을 지어 보였다. 남들이 주제넘은 짓을 할 때, 그래서 자기가 아는 것보다 더 아는 척하고, 원래 자기 자신보다 더 잘난 척할 때 보내는 표정이었다.

"엄마가 병원에 있을 때 응급실에 들어왔나 봐." 짜증이 난 앤드루가 말했다. "병원에서 일하시잖아, 기억 나?"

"아, 그래." 팻츠는 그렇게 말하며 예의 교묘한 표정을 싹 지웠다. "아무튼, 커비하고 워낙 단짝 친구였잖아. 커비가 부고를 발표할 거야. 좋지 않아, 아프."

그들은 계단 꼭대기에서 헤어져 각자의 학급으로 갔다. 앤드루네 반 학생들은 벌써 거의 다 와서 책상 앞에서 다리를 흔들며 측면의 선반에 기대앉아 있었다. 의자 밑에는 가방들이 널려 있었다. 월요일 아침에는 원래 아이들의 말소리가 항상 더 시끄럽고 자유로웠는데, 그건 조회를 하려면 밖으로 나와 체육관까지 걸어가야 하기 때문이었다. 담임선생은 벌써 책상 앞 자기 자리에 앉아 아이들이 들어올 때마다 출석 확인을 하고 있었다. 그녀는 공식적으로 출석을 부르는 수고를 절대 하는 법이 없었다. 아이들의 환심을 사려는 수많은 소소한 시도 중 하나였는데, 오히려 그래서 아이들은 그녀를 경멸했다.

조회 종이 울리는 순간 크리스털이 들어왔다. 그녀는 문간에서 "저 왔어요, 선생님!" 하고 소리를 지르고는, 곧장 몸을 돌려 밖으로 다시 나갔다. 다들 계속 잡담을 나누며 그녀 뒤를 따라 나갔다. 앤드루와 팻츠는 계단 꼭대기에서 만나 인파 사이에 끼어 뒷문을 나가 넓은 회색 아스팔트 마당을 지나 흘러갔다.

체육관에서는 땀과 운동화 냄새가 났다. 질리지도 않고 떠들어대는 1,200명 10대들의 소음이 회반죽을 바른 휑한 벽에 부딪혀 메아리쳤다. 칙칙한 잿빛의 심하게 얼룩진 카펫이 바닥에 깔려 있었고, 서로 다른 색깔의 선들로 배드민턴과 테니스 코트, 하키와 풋볼 구장이 그려져 있었다. 맨다리로 넘어졌다간 쓰라린 화상을 입기 딱 좋은 소재였지만, 전 학년 조회 시간 동안 깔고 앉아 있기에는 맨 마룻바닥보다 허리가 덜 아팠다. 앤드루와 팻츠는 원통형 다리에 플라스틱 등받이가 달린 의자에 앉는 품격을 누릴 수 있었다. 이 의자들은 5학년과 6학년을 위해 강당 맨 뒤에 놓여 있었다.

맨 앞에 낡은 목제 강단이 학생들을 마주 보고 서 있었고, 그 옆에 교장선생인 쇼크로스 부인이 앉아 있었다. 팻츠의 아버지 콜린 '커비' 월이 걸어와 그녀 옆자리에 앉았다. 그는 훤칠한 키에 점점 더 숱이 적어져가는 높은 이마 그리고 엄청나게 흉내 내기 좋은 걸음걸이의 소유자였다. 팔을 뻣뻣하게 겨드랑이에 붙이고 전진 운동을 하는 데 필요 이상으로 심하게 상하로 올라갔다 내려갔다 했던 것이다. 다들 그를 커비라고 불렀는데, 사무실 바깥벽에 붙어 있는 커비홀(보관함)들을 깔끔하게 정돈하는 데 강박적으로 집착하는 악명 높은 성격 때문이었다. 출석부를 기록하고 나면 항상 그 보관함에 넣어야만 했고, 또 다른 서류들은 또 특정한 지정 보관함에 넣어야 했다. "정신 차리고 꼭 정확한 커비홀에 넣어야만 해요, 알리사!" "그렇게 밖으로 늘어지게 두지 말아요. 커비홀에서 빠져나와 떨어지겠어요, 케빈!" "그걸 밟고 가지 말아라, 애야! 집어 들어, 여기 나한테 주렴. 커비홀에 넣어야 한단 말이다!"

다른 선생님들은 다들 '커비홀'을 '서류철'이라고 불렀다. 선생님들이 그러는 건 '커비'와 같은 부류로 엮이는 게 싫어서일 거라고 다들 생각했다.

"쭉 더 들어가, 더 들어가라고." 목공 담당 미처 선생님이 앤드루와 팻츠를 보고 말했다. 케빈 쿠퍼와 그들 사이에 빈자리를 남겨두고 앉아 있었던 것이다.

커비가 강단 뒤에 섰다. 학생들은 교장선생님이 말씀하실 때와 달리 금세 정숙해지지 않았다. 마지막으로 떠들던 학생 목소리가 잦아드는 바로 그 순간, 오른편 벽의 이중문 하나가 열리더니 가이아가 걸어 들어왔다.

그녀는 강당 안을 두리번거리더니 (앤드루는 그녀를 보아도 좋다고 스스로에게 허락해주었다. 어차피 강당 절반이 그녀를 보고 있었으니까. 그녀는 지각을 했고, 낯설었고, 아름다웠으며, 어차피 강단에 서서 훈화를 하는 사람은 고작 커비에 불과했으니까) 과하지는 않게 걸음을 재촉해 (그녀 역시 팻츠의 미덕인 차분한 당당함의 소유자였으니까) 학생들 뒤편으로 돌아갔다. 계속 쳐다보기에는 앤드루의 고개가 그렇게 돌아가질 않았지만 양쪽 귀가 멍멍할 정도로 갑자기 무슨 생각이 떠올라, 그는 팻츠와 함께 자리를 옮기며 자기 옆에 빈자리를 하나 만들어두었다.

경쾌하고 재빠른 발소리가 점점 가까워지더니, 그녀가 거기 나타났다. 바로 그의 옆자리에 앉았다. 그녀의 몸이 그쪽으로 움직이며 앤드루가 앉아 있는 의자를 툭 건드렸다. 그의 콧구멍에 살짝 향수 냄새가 스쳤다. 몸뚱어리 왼편이 온통 그녀를 의식하느라 불타올랐고, 그녀와 제일 가까운 왼쪽 뺨이 오른쪽 뺨보다는 여드름이 훨씬 덜하다는 사실에 고마운 생각마저 들었다. 한 번도 이렇게 가까이 있어본 적이 없어서 감히 그녀를 보고, 안다는 내색을 해도 될지 고민이 되었다. 하지만 곧, 자기가 너무 오랫동안 마비된 사람처럼 꼼짝도 않고 있었기 때문에 이젠 자연스럽게 그러기에는 너무 늦어버렸다고 판단을 내렸다.

얼굴을 가리기 위해 왼쪽 관자놀이를 긁으며, 그는 눈알을 굴려서 허벅지에 올린 채 느슨하게 깍지를 끼고 있는 그녀의 손을 내려다보았다. 짧고 깨끗하고 매니큐어를 하지 않은 손톱이었다. 한쪽 새끼손가락에 소박한 은반지를 끼고 있었다.

팻츠가 점잖게 팔꿈치를 움직여 앤드루의 옆구리를 지그시 눌렀다.

"마지막으로," 커비가 말했고, 앤드루는 벌써 커비가 그 말을 두 번이나 되풀이하는 소리를 들었다는 생각이 퍼뜩 들었다. 그리고 강당의 정숙함이 단단히 굳어져 정적이 되었고, 시끄럽게 북적거리는 소리는 모조리 그치고 공기가 호기심과 흥분, 불안함으로 딱딱하게 굳어졌다는 것도 깨달았다.

"마지막으로," 커비가 다시 한 번 말했고, 그 목소리가 통제할 수 없이 흔들리기 시작했다. "여러분에게 아주…… 아주 슬픈 소식을 알려 드리게 되었습니다. 대단한 성……성 성과를 거둔 우리 학교의 여자 조정팀 코치를 지난 2년간 맡아주셨던…… 배리 페어브라더 씨가……."

그는 목이 메어 한 손으로 눈을 가렸다.

"……돌아가셨습니다."

커비 월은 그 많은 사람들 앞에서 울고 있었다. 울퉁불퉁한 대머리가 가슴으로 툭 떨어졌다. 헉 하는 소리와 킬킬대는 웃음소리가 이를 지켜보던 군중을 가로질러 동시에 퍼져 나갔고, 수많은 얼굴들이 휙휙 돌아가더니 팻츠를 바라보았다. 그는 숭고할 정도로 무심한 얼굴을 하고 앉아 있었다. 약간 놀란 표정이긴 했지만, 별다른 동요는 없어 보였다.

"……돌아가셨습니다." 커비가 흐느끼자 교장선생이 잔뜩 못마땅한 얼굴로 벌떡 일어났다.

"어젯밤에…… 돌아가셨습니다."

그때 강당 뒤쪽에 도열한 의자들 한가운데 어디쯤에서 커다란 꺅꺅 소리가 터져 나왔다.

"누가 웃었어?" 커비가 울부짖었고, 공기는 맛깔진 긴장감으로 터질 듯했다. "감히 어떻게 그런 짓을! 웃은 여학생 누군가? 대체 누구였어?"

미처 선생이 벌써 일어나 앤드루와 팻츠 바로 뒷줄 한가운데 앉은 누군가를 향해 맹렬하게 손짓을 하고 있었다. 앤드루의 의자가 또 밀쳐졌다. 다른 사람들이 다 그렇듯, 가이아도 구경하려고 의자를 뒤틀었기 때문이었다. 앤드루의 전신이 초감각을 장착한 것만 같았다. 가이아의 몸이 그쪽으로 휘어지는 느낌을 그대로 받을 수 있었다. 반대 방향으로 그가 몸을 돌리면, 둘의 가슴과 가슴이 맞닿을 것이다.

"누가 웃었느냐고?" 커비가 되풀이해 말했다. 그는 자기가 선 자리에서 범인을 알아볼 수 있을 것처럼, 말도 안 되게 바보처럼 까치발을 하고 올라섰다. 미처 선생은 입을 달싹이며 자기가 찾아낸 죄인을 향해 미친 듯 손짓을 하고 있었다.

"누구요, 미처 선생?" 커비가 외쳤다.

미처는 말하기 꺼림칙한 눈치였다. 아직도 범인을 설득해 자리에서 일어나게 하는 데 곤란을 겪고 있었던 것이다. 그러나 커비가 강단에서 내려와 직접 조사하겠다는 불길한 징조를 보이기 시작하자 얼굴이 새빨갛게 물든 크리스털 위든이 벌떡 일어나 통로로 나아가기 시작했다.

"조회 끝나고 당장 내 사무실로 와라!" 커비가 버럭 호통을 쳤다. "끔찍한 결례다. 존경심이라고는 전혀 보이지 않고! 내 눈앞에서 꺼져!"

그러나 크리스털은 마지막 줄에서 딱 멈추더니 커비를 향해 가운뎃손가락을 세워 소리를 질렀다. "난 아무 짓도 안 했어, 이 꼰대야!"

흥분된 수다와 웃음소리가 터져 나왔다. 선생님들은 소음을 잠재우려고 별 소용도 없이 애쓰기 시작했고, 한두 명은 자리에서 일어나 자기 반 아이들을 윽박질러 질서를 되찾으려 했다.

크리스털과 미처 선생이 나가고 이중문이 휙 닫혔다.

"정숙하세요!" 교장이 호통을 치자, 안달복달하고 속삭이는 소리들이 자자한 위태로운 침묵이 다시 강당에 퍼져 나갔다. 팻츠는 똑바로 앞만 보고 있었지만, 이번만큼은 무심한 그 태도에도 억지스러운 느낌이 있었고 안색도 한층 어두워 보였다.

앤드루는 가이아가 제자리로 물러나 앉는 걸 느꼈다. 그는 용기를 쥐어짜내 왼쪽을 쓱 보고 미소 지었다. 그녀도 그를 보고 곧 미소로 답했다.

VII

패그포드의 식료품점은 9시 반이 되어야 문을 열지만 하워드 몰리슨은 일찍부터 와 있었다. 그는 고도비만의 예순네 살 남성이었다. 거대한 앞치마 같은 뱃살이 허벅지 앞까지 깊이 처져 내려와 있어서 대부분의 사람들은 처음 눈길을 주자마자 즉각적으로 그의 성기를 떠올렸다. 저 사람이 마지막으로 자기 성기를 본 게 언제일지, 어떻게 씻는지, 성기 본연의 기능을 수행하기 위한 행위들을 대체 어떻게 하는 건지 궁금할 수밖에 없었다. 부분적으로는 그의 몸매를 보면 생각이 꼬리에 꼬리를 물기 때문에, 또 한편으로는 수다를 주고받을 때 아슬아슬하게 선을 넘나드는 그의 말재주 때문에, 하워드는 거의 동일한 비율로 사람을 불편하게 하기도 하고 또 무장해제를 시키기도 해서, 처음 방문한 손님들은 언제나 처음 생각보다 훨씬 더 많은 양의 고기를 사가곤 했다. 그는 작업을 하면서도 쉬지 않고 입을 놀리며 말대꾸를 했다. 짧은 손가락으로는 고기 슬라이서를 앞뒤로 왔다 갔다 매끄럽게 밀고 당기며, 아래로 떨어지는 실크처럼 얇은 슬라이스 햄들을 셀로판지로 받쳤고, 둥그런 파란 눈은 언제라도 윙크를 할 수 있도록 준비완료 상태로 놓았으며,

턱은 수월하게도 터져 나오는 웃음소리로 출렁거렸다.

하워드는 일할 때 입는 의상을 특별히 고안해냈다. 하얀 와이셔츠와 빳빳한 진녹색 캔버스 앞치마, 코듀로이 바지와 낚시꾼들이 쓰는 플라이 미끼들을 잔뜩 꽂은 사냥 모자였다. 옛날에는 어땠는지 몰라도, 사냥 모자가 더 이상 우스개로 쓰는 것이 아니게 된 건 이미 오래전 일이었다. 평일 아침마다 그는 직원 화장실에 있는 작은 거울의 도움을 받아 숱 많은 반백의 고수머리 위에 웃음기도 없이 정확한 각도로 모자를 정위치시키곤 했다.

아침마다 가게 문을 여는 건 하워드에게는 언제나 즐거움이었다. 소리라고는 부드럽게 윙윙대는 냉장고밖에 없는 시간에 가게 안을 돌아다니면서 모든 것에 생명을 다시 불어넣는 일이 그는 퍽 좋았다. 조명을 켜고 블라인드를 올리고 뚜껑을 들어 올려 냉장 카운터의 보물들의 모습을 드러내는 일 말이다. 연한 회녹색 아티초크, 오닉스처럼 까만 올리브, 점점이 허브가 떠 있는 오일 속에서 붉은 해마처럼 웅크리고 있는 말린 토마토들.

그러나 오늘 아침, 이 즐거움에는 조급증이 뒤섞여 있었다. 사업 파트너인 모린이 벌써 지각을 한 데다, 아까의 마일스와 마찬가지로 하워드 역시 이 자극적인 소식을 다른 사람이 자기보다 먼저 퍼뜨릴까 봐 두려웠던 것이다. 모린에게는 휴대전화가 없었다.

그는 식료품점과 옛날 구둣가게 사이의 벽에 새로 잘라 만든 아치형 통로 옆에서 잠시 발길을 멈추고 식료품점에 먼지가 앉지 않도록 막아주는 투명한 강화 플라스틱을 확인했다. 구둣가게는 이제 곧 패그포드에서 가장 새로운 카페가 될 터였다. 그들은 카페를 부활절 전에 시기적절하게 오픈해서 웨스트 카운티 관광객들을 끌어들일 생각이었다. 매년 하워드는 이들을 염두에 두고 지역 특산 사과주, 치즈, 지푸라기

인형들로 가게를 그득 채워놓곤 했다.

등 뒤에서 종이 짤랑거리자 그는 흥분으로 한층 더 빨리 뛰고 있는, 덕지덕지 덧대고 꿰맨 심장을 안고서 돌아섰다.

모린은 가냘픈 체구에 굽은 어깨를 가진 예순두 살의 여자로 하워드와 원래 동업을 하던 사람의 미망인이었다. 머리를 새까맣게 염색하고 밝은 원색 옷을 차려입고 주책맞은 하이힐을 신고 비틀거리며 걸어 다니는 등, 아무튼 온갖 방법을 다 동원해 젊음을 움켜쥐고 놓지 않으려 발악하긴 했지만 구부정한 자세 때문에 나이보다 훨씬 더 들어 보였다. 가게에 오면 하이힐은 닥터 숄 샌들로 갈아 신곤 했다.

"안녕, 모(모린의 애칭—옮긴이)." 하워드가 말했다.

그는 괜히 서두르다가 부고를 낭비하지 말아야겠다고 단단히 결심했지만, 곧 손님들이 들이닥칠 테고 워낙 할 말도 많았다.

"소식 들었어?"

그녀는 미심쩍게 그를 보고 미간을 찌푸렸다.

"배리 페어브라더가 죽었어."

그녀의 입이 떡 벌어졌다.

"*그럴 리가!* 어떻게?"

하워드가 자기 머리통 옆을 툭툭 쳤다.

"뭐가 나갔나 봐. 여기 위에서. 마일스가 현장에서 다 봤다고 하더라고. 골프클럽 주차장에서."

"*그럴 리가!*" 그녀가 다시 말했다.

"완전히 죽었다니까." 하워드의 말은 마치, 죽음에도 정도가 있고 배리 페어브라더가 걸린 죽음은 특히 고약한 종류였다는 투였다.

밝은 립스틱을 바른 모린의 입술이 힘없이 축 늘어지는 사이 그녀는 성호를 그었다. 그녀의 천주교 신앙은 늘 그런 순간에 그림 같은 느낌을 더해주곤 했다.

"마일스가 거기 있었어?" 그녀가 허스키한 목소리로 말했다. 담배 태우던 사람 특유의 낮은 목소리에 세세한 한 부분까지도 놓치지 않겠다는 갈망이 배어 있었다.

"주전자 좀 올려놓겠어, 모?"

그는 그녀의 괴로움을 최소한 몇 분이라도 더 질질 끌고 싶었다. 그녀는 다시 그에게 돌아오려고 서두르다가 펄펄 끓는 차를 손에 약간 흘리기까지 했다. 그들은 카운터 뒤, 한가한 시간을 위해 하워드가 갖다 놓은 등 없는 나무의자에 함께 앉아 있었고, 모린은 화상을 입은 손을 올리브 주변에서 긁어모은 얼음 한 주먹에 대고 식히고 있었다. 둘이서 따발총처럼 수다를 떨며 이 비극의 극히 평범한 측면들을 다시 한 번에 훑었다. 미망인("그 여자는 진짜 황망할 거야. 배리를 위해서 살았으니까"), 아이들("10대가 네 명이나 되네. 아버지 없이 키우기 진짜 부담스럽겠어"), 죽은 사내의 상대적인 젊음("마일스보다 몇 살 더 되지도 않았지, 안 그래?") 그리고 마지막으로 그들은 이 대화의 진정한 핵심에 도달했다. 사실 그 밖의 나머지는 다 하릴없는 잡담에 불과했다.

"어떻게 될까?" 모린이 하워드에게 탐욕스럽게 물었다.

"아." 하워드가 말했다. "글쎄, 자. 그게 문제야, 안 그래? 우리는 이제 임시 공석이 생긴 거야, 모. 그렇게 되면 상황이 모조리 달라지지."

"우리가 뭐……?" 모린은 자기가 혹시 뭔가 결정적으로 중요한 걸 못 알아들었을까 봐 소스라치며 물었다.

"임시 공석." 하워드가 다시 한 번 말했다. "의회의 의석이 사망으로 공석이 되는 걸 그렇게 불러. 공식용어지." 그는 강의하듯 말했다.

하워드는 자치구의회 의장이자 패그포드의 '일등시민'이었다. 이 직함은 금박과 에나멜로 된 공직 임명 목걸이와 함께 수여되었다. 목걸이는 현재 하워드와 셜리가 붙박이장 맨 밑에 설치해둔 작은 금고 속에 보관되어 있었다. 패그포드 자치구가 도시 정도의 위상만 되었더라도, 그는 시장을 자칭할 수 있었을 것이다. 그러나 아무튼, 내용으로 보나 명분으로 보나, 사실 그는 시장이었다. 셜리는 의회 사이트 홈페이지에 이 사실을 완벽하고 명료하게 밝혀두었다. '일등시민' 목걸이를 걸치고 활짝 웃는 하워드의 현란한 사진을 걸어두고, 그 밑에다가 지역사회 및 사업상 행사에 초청을 환영한다고 썼던 것이다. 불과 몇 주 전, 그는 지역 초등학교에서 사이클 숙련도 자격증명서를 수여했다.

하워드는 홍차를 홀짝이며, 말에 돋힌 가시를 감추려 미소를 띤 채 말했다. "페어브라더는 꼴통이었어, 모. 그 친구는 가끔 진짜 꼴통이었다고."

"아, 알지." 그녀가 말했다. "나도 알아."

"살아 있었다면 아마 나는 그와 결판을 지어야 했을 거야. 셜리에게 물어봐. 놈이 얼마나 음험하게 꼴통 짓을 할 수 있는지."

"아, 알지."

"자, 우리는 두고 보는 거야. 두고 보자고. 이걸로 끝을 내야만 해. 기억해, 이런 식으로는 나도 전혀 이기고 싶지 않았어." 그는 깊은 한숨을 쉬며 덧붙여 말했다. "하지만 패그포드를 위해서라면…… 우리 마을을 위해서라면…… 전적으로 나쁜 일만은 아니지……."

하워드는 시계를 확인했다.

"정각에서 벌써 30분이 넘어가는데, 모."

그들은 늦게 가게 문을 여는 일도, 일찍 문을 닫는 일도 절대 없었다. 사업 또한 사원寺院과 다를 바 없는 의례와 규칙성으로 경영했다.

모린은 비틀거리며 걸어가서 문의 잠금 장치를 풀고 블라인드를 올렸다. 블라인드가 획 올라가자 광장의 모습이 드러났다. 그림같이 잘 관리된 광장은, 상당 부분 사유재산이 광장을 바라보게 되어 있는 부동산 자산가들의 협력에 힘입은 바 컸다. 창가의 화분 걸이, 매달린 꽃바구니, 그리고 대형 꽃 화분들이 여기저기 점점이 흩뿌려져 있었다. 해마다 공동으로 합의한 색깔로 다시 심는 화초들이었다. '블랙캐넌'(영국에서 제일 오래된 펍 중 하나였다)이 광장 건너편에서 하워드가 운영하는 '몰리슨앤드로' 식료품점을 마주 보고 있었다.

하워드는 창고를 성큼성큼 들락날락하며 신선한 파테가 담긴 긴 사각형 그릇들을 가져와 반짝이는 시트러스 조각과 베리들로 보석처럼 환하게 장식해서 유리 카운터 아래에 진열했다. 이른 아침부터 수다를 떨고 일도 하려니 약간 숨이 차서, 하워드는 마지막 파테를 내려놓고 잠시 서서 광장 가운데에 있는 전쟁 기념비를 내다보았다.

오늘 아침 패그포드는 그 어느 때보다 더 아름다웠고, 하워드는 그를 위해, 또한 그의 관점에서 볼 때는 그가 속한 마을을 위해, 마치 불끈불끈 맥동하는 심장처럼, 자신이 존재한다는 사실에서 황홀한 기쁨의 한 순간을 맛보았다. 그는 여기서 이렇게 이 모든 걸—번들거리는 검은 벤치들, 붉은색과 보랏빛의 꽃들, 돌 십자가 꼭대기에 차르르 떨어지는 햇살— 온몸으로 만끽하고 있었고, 배리 페어브라더는 죽고 없었다. 그의 관점에서는 그와 배리가 그토록 오랜 시간 대치해온 전장과도 같은 상황이 이토록 급작스럽게 재정비된 작금에 있어, 배후에 있는 더 커다란 뜻을 느끼지 않기가 힘들었다.

"하워드." 모린이 날카롭게 말했다. "*하워드.*"

한 여자가 광장을 성큼성큼 가로질러 걸어오고 있었다. 호리호리한 몸매에 검은 머리, 갈색 피부를 가진 여자가 트렌치코트 차림으로 걸으면서 부츠 신은 자기 발을 보고 험상궂게 인상을 쓰고 있었다.

“혹시 저 여자가……? 들었을까?” 모린이 속삭였다.

“모르겠어.” 하워드가 말했다.

짬이 없어 미처 닥터 숄 샌들로 갈아 신지 못한 모린은 황급히 창가에서 물러서 카운터 뒤로 가려다가 하마터면 발목을 삘 뻔했다. 하워드는 제 위치로 이동하는 포병대원처럼 천천히 위풍당당하게 걸어가서 카운터의 돈궤 뒤쪽에 자리를 잡았다.

종이 딸랑거렸다. 파민더 자완다 박사가 여전히 찌푸린 표정으로 식료품점 문을 밀어젖혀 열었다. 그녀는 하워드나 모린을 본 척도 하지 않고 곧장 오일이 놓여 있는 선반으로 갔다. 모린의 눈길이 들쥐를 노리는 매처럼 눈도 깜박이지 않는 집중력으로 그 여자를 졸졸 좇았다.

“안녕하세요.” 파민더가 손에 병을 하나 들고 카운터로 다가오자 하워드가 말했다.

“안녕하세요.”

자완다 박사는 자치구의회 회의가 있을 때도, 교회 강당 밖에서 만났을 때도, 그의 눈을 똑바로 보는 일이 거의 없었다. 하워드는 항상 혐오감을 숨기지 못하는 그녀가 은근히 재미있었다. 그래서 더 쾌활해지고, 지나칠 정도로 기사도적이며 예의 바르게 행동하곤 했다.

“오늘은 출근 안 하세요?”

“안 해요.” 파민더는 핸드백을 뒤지며 말했다.

모린은 도저히 참을 수가 없었다.

“끔찍한 소식이죠.” 그녀가 걸걸한 목소리로 말했다. “배리 페어브라더 건 말이에요.”

“으음. 뭐라고요?” 파민더가 말했다.

“배리 페어브라더 건 말이에요.” 모린이 다시 말했다.

“그 사람이 왜요?”

파민더의 버밍엄 억양은 패그포드에서 16년이나 산 지금도 여전히 두드러졌다. 양 눈썹 사이에 수직으로 아로새겨진 깊은 골 때문에 언제나 강렬한 표정을 짓고 있는 것처럼 보였다. 가끔은 부루퉁해 있는 것 같고, 가끔은 집중하는 것 같았다.

"죽었대요." 모린이 인상을 쓰고 있는 얼굴을 굶주린 사람처럼 들여다보며 말했다. "어젯밤에요. 하워드가 방금 말해줬어요."

파민더는 지갑에 손을 넣은 채 미동도 없이 가만히 서 있었다. 그러더니 눈길이 스르르 옆으로 돌아 하워드를 향했다.

"골프클럽 주차장에서 쓰러져서 죽었답니다." 하워드가 말했다. "마일스가 그 자리에서 다 봤다는군요."

몇 초가 더 지났다.

"농담이죠?" 파민더가 물었다. 언성이 딱딱하고 높았다.

"농담일 리가 없죠." 모린은 나름대로 치밀어 오르는 분노를 곱씹으며 말했다. "누가 그런 농담을 한답니까?"

파민더는 유리 카운터 위에 쾅 소리가 나도록 세게 오일 병을 내려놓고는 그대로 가게에서 나가버렸다.

"허!" 모린이 못마땅하다는 듯 말했다. "'농담이죠?'라고? 웃기고 있네."

"충격을 받은 거야." 하워드가 현명하게 말했다. 그는 파민더가 트렌치코트 자락을 휘날리며 황급히 광장을 다시 건너가는 모습을 지켜보았다. "미망인 못지않게 심란할걸, 저 여자가. 내가 장담하는데, 아주 흥미진진할 거야." 그는 접힌 뱃살을 나른하게 긁으며 덧붙여 말했다. 살이 접힌 곳은 왕왕 근질거렸다. "저 여자가 어떻게 나오는지……."

그는 문장을 끝맺지 않고 말을 흘렸지만 어차피 그런 건 상관없었다. 모린은 그의 말뜻을 정확하게 알아들었으니까. 자완다 의원이 모퉁이를 돌아 사라지는 모습을 지켜보면서, 두 사람은 모두 임시 공석을 골 똘히 생각하고 있었다. 그리고 그들이 보기에는, 임시 공석이란 빈 공 간이 아니라 온갖 가능성들이 혼재하는 마법사의 주머니였다.

VIII

'올드 비카리지'는 처치 로에 있는 빅토리아풍 주택들 중에서 제일 마지막에 있는 가장 장엄한 주택이었다. 맨 아래 단층의 커다란 모퉁이 정원 안에 자리하고 '성 미카엘과 모든 성인의 교회'를 길 하나 사이에 두고 마주 보고 있었다.

마지막 몇 십 미터 길을 뛰어온 파민더는 현관문의 뻑뻑한 자물쇠를 한참 더듬다가 문을 열고 들어갔다. 누구든 다른 사람한테서 소식을 듣기 전에는 절대 믿지 않을 생각이었다. 그러나 주방의 전화기가 벌써부터 불길하게 울리고 있었다.

"네?"

"비크람이야."

파민더의 남편은 심장외과 의사였다. 야빌의 사우스웨스트 종합병원에서 일하는 그는 보통 직장에서 전화를 거는 일이 절대 없었다. 파민더는 수화기를 너무 꽉 움켜쥐는 바람에 손가락이 다 아플 지경이었다.

"나도 우연히 들었어. 동맥류인 것 같아. 후브 제프리스한테 부검 순서를 좀 당겨달라고 부탁했어. 메리도 사인을 아는 편이 낫겠지. 아마 지금쯤 부검하고 있을지도 몰라."

"알았어." 파민더가 속삭였다.

"테사 월이 왔었대." 그가 말했다. "테사한테 전화 걸어봐."

"응." 파민더가 말했다. "알았어."

그러나 전화를 끊고 나서 그녀는 주방 의자에 주저앉아, 손가락으로 입을 꼭 막은 채 초점 없는 눈으로 창밖의 뒤뜰을 하염없이 바라보고 있었다.

모든 게 산산조각 났다. 모두—벽과 의자들과 벽에 걸린 아이들 사진—제자리에 있다는 사실은 아무 의미도 없었다. 원자 하나까지 남김없이 폭발해 산산조각이 났다가 찰나에 재조립된 상황에서, 항구적이고 견고해 보이는 외양 따위는 한심한 웃음거리에 불과했다. 모든 게 갑자기 휴지처럼 얇고 부서지기 쉬운 상태가 되어버려, 손만 대면 스르르 가루처럼 사라질 터였다.

그녀의 생각은 통제 불능으로 흘러가고 있었다. 산산조각으로 부서지기까지 해서 무작위로 떠오르는 기억의 파편들이 떠올랐다가 다시 시야 밖으로 빙글빙글 돌며 사라졌다. 월 부부 집에서 가졌던 신년 파티에서 배리와 춤을 추었던 일. 자치구의회 마지막 회의를 마치고 걸어 나오면서 나누었던 바보 같은 대화.

"그쪽 집은 소 얼굴처럼 생겼어요." 그녀가 그런 말을 했었다.

"소 얼굴이오? 그게 무슨 뜻입니까?"

"뒤쪽보다 앞쪽이 좁은 모양이에요. 행운이 따르죠. 그렇지만 T자형 교차로를 내려다보고 있는데, 그건 재수가 없어요."

"그러면 우리 집은 재수 면에서는 중립이군요." 배리가 말했다.

그의 머릿속 동맥은 심지어 그때도 계속 부풀어 오르고 있었을 텐데, 두 사람 다 전혀 알지 못했다.

파민더는 맹목적으로 주방에서 나가 음침한 거실로 들어갔다. 그곳은 항상, 날씨를 막론하고 언제나 그늘져 있었다. 앞마당에 탑처럼 우뚝 솟아 있는 스코틀랜드 소나무 때문이었다. 그녀는 그 나무를 끔찍하게 싫어했지만, 저렇게 여전히 건재한 건 혹시 베어버리면 이웃들이 어떤 난리를 칠지 그녀와 비크람은 잘 알고 있기 때문이었다.

도저히 안정이 되질 않았다. 복도를 서성이다 다시 주방으로 돌아가서 전화기를 잡고 테사 월에게 전화를 걸었지만, 그녀는 받지 않았다. 출근한 게 틀림없다. 파민더는 바들바들 떨며 주방의 의자로 돌아왔다.

슬픔은 너무 크고 미칠 듯 강렬해서, 마루 널 아래에서 사악한 짐승이 툭 튀어나오기라도 한 것처럼 두려웠다. 배리, 수염투성이의 작은 배리, 그녀의 친구, 그녀의 동맹.

그녀의 아버지 역시 바로 이렇게 돌아가셨다. 그녀는 열다섯 살이었고, 식구들은 시내에 나갔다가 돌아와서 잔디 깎는 기계를 옆에 두고 마당에 얼굴을 처박고 쓰러져 있는 아버지를 발견했다. 아버지의 뒤통수가 뙤약볕을 받아 뜨거웠다. 파민더는 급사를 끔찍하게 싫어했다. 그토록 많은 사람들이 두려워하는 기나긴 소모전이 그녀에게는 오히려 위안을 얻을 수 있는 시간이었다. 정리를 하고 정돈을 할 시간, 작별 인사를 할 시간…….

두 손은 여전히 입을 꼭 막고 있었다. 그녀는 코르크 보드에 핀으로 고정되어 있는 구루 나나크(인도의 종교가이자, 시크교의 창시자—옮긴이)의 진중하고 상냥한 얼굴을 바라보았다.

(비크람은 그 사진을 싫어했다.

"저 사진은 왜 저기 있는 거야?"

"내가 좋아해." 그녀는 반항적으로 말했다.)

배리가 죽었다.

그녀는 울고 싶은 충동을 지독하리만큼 꾹꾹 눌러 담았다. 그런 그녀에게 어머니는 늘 굉장히 서운해했지만 특히나 아버지가 돌아가신 후 다른 딸들과 고모들, 사촌들이 모두 통곡을 하며 가슴을 치고 있을 때는 말도 못 했다. "게다가 아버지는 널 제일 예뻐하셨잖니!" 그렇지만 파민더는 흘리지 않은 눈물을 꼭꼭 내면에 잠가두었고, 그 눈물들은 그 속에서 연금술처럼 형질이 변형된 듯했다. 분노의 용암으로 변해 바깥 세상으로 다시 흘러가서 간헐적으로 아이들이나 직장의 안내원에게 분출되곤 하는 것이었다.

아직도 카운터 뒤에 서 있던 하워드와 모린이 눈에 선했다. 한 사람은 어마어마한 덩치의 비만, 한 사람은 깡마른 그 모습, 그리고 그녀 마음의 눈에, 그녀 친구의 죽음을 전해주는 두 사람은 까마득하게 높은 곳에서 내려다보고 있는 모습으로 보였다. 분노와 증오가 주체할 수 없이 흘러나오자 차라리 반갑기까지 했다. *그들은 기뻐하고 있어. 그들은 이제 자기네가 이길 거라고 생각한다고.*

그녀는 다시 벌떡 일어나 성큼성큼 거실로 가서 책장 맨 위 선반에서 새로 산 성경 《사인키스Sainchis(시크교가 쓰는 성서의 분권—옮긴이)》 한 권을 꺼냈다. 무작위로 펼쳐 읽은 그녀는 글귀에 전혀 놀라지 않았다. 다만 거울에 비친 자기 자신의 황망한 얼굴을 들여다보는 듯한 기분을 느꼈을 뿐이다.

오, 정신이여, 세상은 깊고 어두운 구렁텅이다. 사방팔방에서 죽음이 그물을 던지느니라.

IX

원터다운 종합중등학교의 상담 부서를 위해 따로 마련된 방은 학교

도서관을 통해 들어갈 수 있었다. 창문도 없고 조명도 휑한 알전구 하나뿐이었다.

상담부장이자 교감의 아내인 테사 월은 10시 반에 그 방에 들어섰다. 피로로 멍해진 채 교무실에서 가지고 온 진한 인스턴트커피 한 잔을 들고 있었다. 그녀는 넙데데하고 못생긴 얼굴을 한 작고 땅딸막한 여자로, 회색으로 물들어가는 머리를 제 손으로 직접 자르고—투박한 머리 끄트머리가 약간 비뚤어지는 일이 비일비재했다—수공예 스타일의 옷을 즐겨 입고 비즈와 나무 구슬로 만든 장식을 좋아했다. 오늘 입은 긴 치마는 거친 삼베 재질 같았는데, 두껍고 풍성한 완두콩 색깔 카디건을 여기에 맞춰 입었다. 테사는 전신 거울에 자기 몸을 비추어보는 일이 전혀 없었고, 꼭 그래야 하는 가게는 아예 왕래를 하지 않았다.

그녀는 감옥 같아 보이는 상담실 분위기를 누그러뜨리기 위해 학생 때부터 갖고 있던 네팔 벽걸이를 걸어두었다. 밝고 노란 해와 달이 세련된 물결 모양 빛살을 발산하는 무지개색 천이었다. 휑하게 페인트칠한 벽은 자존감을 높이는 데 도움이 되는 조언들이나 건강과 감정에 관련된 다양한 문제에 관해 익명 상담을 요청할 수 있는 전화번호를 알려주는 포스터들로 도배되어 있었다. 교장은 마지막으로 상담실을 방문했을 때 이런 걸 두고 약간 냉소적인 말을 했었다.

"이것저것 다 해봐서 안 되면 '차일드라인'에 전화를 하라, 이거군요." 제일 눈에 띄는 포스터를 손으로 가리키며, 그런 말을 했던 것이다.

테사는 나지막하게 앓는 소리를 내며 의자에 쓰러지듯 주저앉아 살을 꼬집는 손목시계를 풀어 프린트한 서류들이며 메모가 어지럽게 널려 있는 책상 위에 놓았다. 과연 원래 예정된 노선을 따라 상담이 진척될지 자체가 의심스러웠다. 심지어 크리스털 위든이 나타날지조차 알 수 없었다. 크리스털은 기분이 나쁘거나 화가 나거나 지루하면 학교 밖으로 그냥 나가버리기 일쑤였다. 정문에 도착하기 전에 붙잡혀서 욕을 퍼붓고 고래고래 악을 쓰면서 억지로 끌려 들어올 때도 있었다. 그런가 하면 성공적으로 붙잡히지 않고 도망쳐서 무단결석을 하는 날도 많았다. 10시 40분이 되고 종이 울리자, 테사는 기다렸다.

10시 51분에 크리스털이 문을 박차고 들어와 쾅 소리를 내며 닫았다. 그녀는 풍만한 젖가슴 앞으로 팔짱을 끼고 싸구려 귀걸이를 출렁거리면서 테사 앞에 불량하게 털썩 주저앉았다.

"남편한테 말하세요." 그녀의 목소리가 파르르 떨리고 있었다. "좆나 웃은 년은 내가 아니라고 해요, 알았어요?"

"제발, 나한테 욕 좀 하지 마라, 크리스털." 테사가 말했다.

"*절대 안 웃었단 말이에요. 알았어요?*" 크리스털이 악을 빽 썼다.

폴더를 든 6학년생들이 도서관에 들어왔다. 그들은 문 유리를 통해 안을 흘끔흘끔 쳐다보았다. 한 명이 크리스털의 뒤통수를 보고 씩 웃었다. 테사가 일어나 유리창 위로 블라인드를 내리고 다시 해와 달 앞에 있는 자기 자리로 돌아왔다.

"좋아, 크리스털. 그럼 어떻게 된 건지 얘기를 좀 해줄래?"

"당신 *남편*이 페어브라더 씨 얘기를 했잖아요, 네, 그런데 뭐라고 하는지 들리지가 않더라고요, 네, 그래서 니키가 말해줬어요. 그런데 좆나……."

"크리스털!"

"……믿을 수가 없는 거예요, 네, 그래서 소리를 빽 지르긴 했는데 절대 안 웃었어요! 절대 빌어먹을……."

"크리스털……."

"*절대 안 웃었다고요, 예?*" 크리스털이 더욱 단단하게 팔짱을 끼고 다리를 꼬며 말했다.

“알았어, 크리스털.”

테사는 상담실에서 제일 많이 만나는 학생들의 분노에 인이 배겨 있었다. 상당수는 일상적인 도덕관념이 결여되어 있었다. 거짓말을 하고 나쁜 짓을 하고 상습적으로 사기를 치면서도 억울한 비난을 받는다 싶으면 그 분노가 한도 끝도 없었고 또 너무나 진심이었다. 테사는 진심에서 우러나는 분노를 알아볼 수 있었다. 크리스털이 능숙하게 꾸며내곤 하는 가짜 분노가 아니었다는 말이다. 아무튼, 테사가 조회 시간에 들은 그 꺅, 하는 비명 소리도 즐거워서라기보다는 충격과 경악에 더 가깝게 들렸었다. 콜린이 공개적으로 그걸 웃음소리라고 지적하는 순간 테사는 두려움에 휩싸였다.

“내가 커비를…….”

“크리스털!”

“망할 놈의 당신 남편한테…….”

“크리스털, 마지막으로 말하는데 나한테 욕하지 마라…….”

“절대 안 웃었다고 말했다고요, 말했다고요! 그런데도 나한테 빌어먹을 근신 처분을 내렸다고요!”

분노의 눈물이 시커멓게 펜슬로 칠한 소녀의 눈에서 번득거렸다. 피가 그 애의 얼굴로 몰렸다. 진분홍색 얼굴로, 그 애는 테사를 노려보고 있었다. 당장이라도 도망치거나, 욕을 하거나, 테사에게도 가운뎃손가락을 날릴 만반의 태세를 갖추고. 2년의 세월에 걸쳐 고생스럽게 짜낸 두 사람 사이의 거미줄처럼 가냘픈 신뢰가 늘어나다 못해 찢어지기 일보 직전이었다.

“난 네 말 믿는다, 크리스털. 네가 웃지 않았다는 걸 믿어. 그렇지만 제발 나한테 욕은 하지 않았으면 좋겠다.”

갑자기, 몽툭한 손가락들이 화장이 번진 눈을 비비기 시작했다. 테사는 책상 서랍에서 휴지를 한 뭉치 꺼내 책상 너머 크리스털에게 건네주었고, 크리스털은 고맙다는 말 한마디 없이 휴지를 낚아채 양쪽 눈에 대고 꾹꾹 누르더니 코를 풀었다. 크리스털의 손이 그 애에게서 가장 짠한 부분이었다. 손톱은 짧고 넓었고, 칠칠맞게 매니큐어가 칠해져 있었으며, 손으로 하는 행동은 하나같이 어린아이처럼 꾸밈없고 직설적이었다.

테사는 크리스털의 훌쩍거리는 소리가 좀 잦아들 때까지 기다렸다. 그리고 말했다. "페어브라더 씨가 돌아가셔서 네 마음이 많이 상한 것 같구나……."

"네, 그래요." 크리스털이 상당한 공격성을 내비치며 말했다. "그래서요?"

테사의 마음속에 느닷없이 이 대화를 듣고 있는 배리의 모습이 생생히 떠올랐다. 슬픔에 잠긴 미소가 눈앞에 선했다. 그리고 그가 아주 또렷하게, "그 애 마음에 축복 있기를"이라고 말하는 소리가 귓전에 들렸다. 테사는 말이 나오질 않아, 따끔거리는 눈을 꼭 감았다. 크리스털이 가만히 있지 못하고 꼼지락거리는 소리가 들려, 천천히 열까지 세고 다시 눈을 떴다. 크리스털은 그녀를 빤히 쳐다보고 있었다. 팔짱은 그대로 끼고, 시뻘겋게 얼굴이 달아올라 반항적인 표정을 한 채로.

"나도 페어브라더 씨 일은 정말 마음이 아프단다." 테사가 말했다. "그 사람은 사실, 우리의 아주 오랜 친구였어. 그래서 월 선생님이 약간……."

"내가 절대 안 했다고 말했……."

"크리스털, 제발 선생님이 말을 끝까지 좀 하게 해다오. 월 선생님은 오늘 굉장히 심기가 불편하셔. 아마 그래서…… 그래서…… 네 행동을 오해하셨던 모양이다. 내가 말을 좀 해볼게."

"그 망할 결정은 절대로 번……."

"크리스털!"

"네, 번복 안 할 거예요."

크리스털은 테사의 책상 다리를 발로 쿵쿵 차며, 급박한 리듬을 만들어냈다. 테사는 진동을 느끼기 싫어서 책상 위에 올려두었던 팔꿈치를 내렸다. "내가 월 선생님하고 얘기를 좀 해볼게."

자기 딴에는 중립적인 표정을 하고 참을성 있게 크리스털이 다가오기를 기다렸다. 크리스털은 책상 다리를 발로 차고 중간중간 침을 삼키며, 반항 어린 침묵 속에 앉아 있었다.

"페어브라더 씨는 어디가 잘못된 거예요?" 마침내 그녀가 말했다.

"뇌의 동맥이 터진 것 같다고 하더라." 테사가 말했다.

"왜 그랬대요?"

"자기도 몰랐던 선천적 결함이 있었던 모양이야." 테사가 말했다.

테사는 크리스털이 자기보다는 급사와 훨씬 더 인연이 깊다는 걸 알고 있었다. 크리스털의 어머니 쪽 사람들은 요절이 어찌나 잦았는지 세상 사람들은 전혀 모르는 비밀 전쟁에 연루된 게 아닐까 싶을 정도였다. 크리스털은 자기가 여섯 살 때 어머니의 화장실에서 모르는 젊은 남자 시체를 발견했던 얘기를 테사에게 들려준 적이 있었다. 그 일이 촉매가 되어 그녀는 나나 캐스(크리스털의 증조할머니인 캐서린 위든의 애칭―옮긴이)에게 수도 없이 맡겨져서 키워지게 되었다. 나나 캐스는 크리스털의 어린 시절 숱한 이야기에서 커다란 존재감으로 등장하는 인물이었다. 구세주와 처단자가 기괴하게 뒤섞여 있는 존재로.

"우리 팀은 이제 완전히 좆 됐어요." 크리스털이 말했다.

"아니, 그렇지 않아." 테사가 말했다. "그리고 욕 좀 하지 마라, 크리스털, 제발 부탁이야."

"망했어요." 크리스털이 말했다.

테사는 반박을 하고 싶었지만, 그런 충동은 피로감으로 짓이겨졌다. 어쨌든, 크리스털 말이 맞아, 라고 테사의 두뇌 한구석에서 단절되어 있는 이성의 일부가 말했다. 조정팀은 끝장이 나게 되어 있었다. 크리스털 위든을 무리에 끌어들이고 또 나가지 않게 붙잡아둘 사람은 배리 말고 아무도 없었다. 크리스털은 그만둘 것이다. 테사는 알고 있었고, 아마 크리스털 자신도 알고 있었을 것이다. 그들은 한참을 아무 말 없이 앉아 있었고, 테사는 너무 피곤해서 두 사람 사이의 가라앉은 분위기를 바꿀 말을 찾아낼 수가 없었다. 파들파들 떨리고, 헐벗은 듯, 아니 뼈까지 살을 다 저며낸 기분이었다. 잠을 못 잔 지가 벌써 스물네 시간도 더 되었다.

(서맨사 몰리슨이 10시에 병원에서 전화를 했다. 테사가 한참을 목욕물에 몸을 푹 담근 후 BBC 뉴스를 보러 목욕탕에서 막 나오던 참이었다. 콜린이 알아들을 수 없는 이상한 소리를 내며 가구에 부딪히고 다니는 사이, 테사는 황급히 다시 옷을 주섬주섬 주워 입었다. 그들은 2층에 있는 아들에게 병원에 다녀오겠다고 소리를 지르고 자동차로 달렸다. 콜린은 주파 시간 신기록을 세우면 배리가 살아 돌아오기라도 할 것처럼 야빌까지 엄청나게 과속을 했다. 현실을 뛰어넘으면 원래대로 바꿀 수 있기라도 할 것처럼.)

"할 말 없으시면 나 갈래요." 크리스털이 말했다.

"제발 버릇없이 굴지 마라, 크리스털." 테사가 말했다. "오늘 아침에는 선생님도 너무 피곤해. 월 선생님하고 나는 어젯밤 페어브라더 씨의 부인과 함께 병원에 있었어. 그 사람들은 우리와 절친한 친구들이야."

(메리는 테사를 보자마자 완전히 무너졌다. 두 팔을 벌려 얼싸안고 얼굴을 테사의 목덜미에 묻더니 무시무시하게 쥐어짜는 울음소리 같

은 비명을 질렀다. 테사 자신의 눈물이 메리의 가녀린 등에 뚝뚝 떨어지는 순간에도, 굉장히 뚜렷하게 메리가 지금 내고 있는 소리를 '곡哭'이라고 하는구나, 생각했던 기억이 있다. 테사가 그토록 부러워했던 그 작고 가녀린 몸뚱이가 그녀의 두 팔 안에서 미친 듯이 떨리고 있었다. 견뎌내야만 하는 비탄을 도저히 그 한 몸에 담을 수 없다는 듯이.

테사는 마일스와 서맨사가 언제 떠났는지 기억도 나지 않았다. 그 사람들과는 별로 친하지도 않았다. 가도 된다는 사실이 아마 기뻤을 거라는 생각이 들었다.)

"부인을 본 적 있어요." 크리스털이 말했다. "금발 여자분, 우리 경기 보러 왔었어요."

"그래." 테사가 말했다.

크리스털은 손가락 끝을 잘근잘근 씹고 있었다. 그러더니 불쑥 말했다.

"내가 신문사와 얘기하게 해준다고 하셨어요."

"그게 무슨 소리니?" 어리둥절해진 테사가 말했다.

"페어브라더 씨가요. 나한테 인터뷰 따준다고 하셨어요. 단독으로."

언젠가 윈터다운 조정팀이 지역 결선에서 1등을 했다는 기사가 지역 신문에 실린 적이 있었다. 독해를 잘 못하는 크리스털이 신문을 가져와 테사에게 보여주었고, 테사는 기쁨과 감탄의 환호성을 추임새로 섞어가며 그 기사를 큰 소리로 읽어주었다. 그게 이제까지 그녀가 아는 한 가장 행복했던 상담 시간이었다.

"조정 때문에 인터뷰를 하려고 했던 거니?" 테사가 물었다. "또 팀 때문에?"

"아니요. 다른 문제예요."

크리스털이 말했다.

"장례식이 언제예요?"

"아직 모른다." 테사가 말했다.

크리스털은 손톱을 잘근잘근 깨물었지만, 테사는 그들을 둘러싸고 점점 굳어져가는 침묵을 깨뜨릴 기운이 아무리 해도 나지 않았다.

X

자치구의회 웹사이트에 공시된 배리의 부고는 일렁이는 잔물결 하나 제대로 일으키지 못하고, 들끓는 바다에 던져진 아주 작은 돌멩이처럼 가라앉았다. 그렇지만 패그포드의 전화선은 여느 월요일보다 분주했고 길을 가던 사람들은 옹기종기 무리지어 좁은 인도에 모여 서서 충격을 받은 말투로 각자의 정보가 정확한지 확인하곤 했다.

소식이 퍼져 나가면서, 이상한 변화가 하나 일어났다. 그 변화는 배리의 사무실 서류철마다 산재해 있는 그의 서명들과 그의 엄청난 수의 지인들의 받은 편지함에 보관되어 있는 배리의 이메일들에서 일어났다. 이것들이 숲 속에서 길을 잃은 소년이 뿌리고 간 빵가루 같은 애상을 띠기 시작한 것이다. 흩날려 쓴 손글씨, 앞으로는 영영 움직이지 않을 손이 정렬한 픽셀들에 쭉정이처럼 섬뜩한 면모가 생겨났다. 개빈은 벌써 자기 친구가 보낸 휴대전화 문자메시지를 보며 약간 역겨움을 느꼈고 조정팀에 속한 소녀 하나는 조회 때부터 계속 울면서 집에 돌아와서 배리가 사인해준 서류를 책가방에서 발견하고 거의 히스테리 상태가 되었다.

《야빌지역신문》의 스물세 살짜리 기자는 한때 그토록 바쁘게 돌아가던 배리의 뇌가 이제 사우스웨스트 종합병원의 금속 쟁반에 놓인 한 움큼의 스펀지 같은 조직이 되었다는 사실을 전혀 알지 못했다. 그녀는 배리가 사망하기 한 시간 전 그녀에게 보낸 이메일을 통독하고 그의 휴대전화에 전화를 걸었지만 아무도 받지 않았다. 골프클럽으로 떠나기 전 메리의 청에 따라 꺼놓은 배리의 휴대전화는 병원에서 메리에게 집에 가져가라고 준 다른 소지품들과 함께 주방 전자레인지 옆에 조용히 놓여 있었다. 아무도 그것들에 손대지 않았다. 이 친숙한 물건들은— 그의 자동차 열쇠 주머니, 휴대전화, 해어진 낡은 지갑— 그 죽은 남자의 일부 같았다. 그의 손가락, 그의 허파라 해도 될 것 같았다.

배리의 사망 소식은 꾸준히 밖으로 퍼져 나갔다. 당시 병원에 있던 사람들로부터 후광처럼 빛을 발하면서 말이다. 꾸준히 야빌 안팎으로 퍼져 나간 소식은, 배리를 얼굴이나 이름 혹은 명성으로만 알던 사람들에게까지 도달했다. 사실들은 점차 형태와 초점을 잃어버렸다. 왜곡되는 경우들도 생겼다. 가끔은 그의 죽음의 성격에 가려 배리라는 사람 자체가 소실되는 경우도 있었다. 그는 분출하는 토사물과 오줌, 경련하는 참사 덩어리 이상이 아닌 존재로 전락했다. 그리하여 한 남자가 그 잘난 골프클럽에서 그토록 지저분하게 죽었다는 사실이 어울리지도 않고, 심지어 그로테스크할 정도로 코믹하게 보이기까지 했다.

바로 그렇게 해서, 패그포드가 내려다보이는 언덕배기 집에서 배리의 사망 소식을 처음 들은 사람들 중 하나였던 사이먼 프라이스가 한참 나갔다 되튀어 돌아온 버전의 이야기를 만나게 된 건, 학교를 졸업하고 나서 내내 일한 야빌의 하코트-월쉬 인쇄소에서였다. 그 소식은 껌을 질겅질겅 씹어대는 젊은 지게차 운전사의 입술을 통해 전달되었다. 사이먼은 늦은 오후 화장실에 갔다가 돌아오는 길에 사무실 문 옆에서 어슬렁거리고 있던 그를 보았다.

청년은 애초에 배리 이야기를 하러 온 게 전혀 아니었다.

"관심 있다고 하셨던 그거 있잖아요." 그는 사이먼을 따라 사무실로 들어오면서 중얼거렸고, 사이먼은 사무실 문을 닫았다. "아직 마음이 있으시면 수요일에 해드릴 수 있어요."

"그래?" 사이먼은 책상 앞에 앉으며 말했다. "이제 다 준비됐다고 한 줄 알았는데?"

"그래요. 하지만 수요일까지는 전체적으로 손봐야 해서요."

"얼마나 달라고 했었지?"

"현금으로 80장이오."

청년은 거세게 껌을 씹었다. 침이 소화작용을 하는 소리가 사이먼에게 들릴 지경이었다. 껌을 씹는 건 사이먼이 소름 끼치게 싫어하는 몇 가지 중 하나였다.

"그런데 물건은 적절한 거지?" 사이먼이 따졌다. "무슨 거지 같은 싸구려 아니고?"

"창고에서 곧장 나온 겁니다." 짝다리를 짚고 있던 발을 바꾸며 청년이 말했다. "진품이라니까요. 상자를 뜯지도 않은."

"그럼 좋았어." 사이먼이 말했다. "수요일에 가지고 들어와."

"어디, 여기로요?" 청년이 눈을 굴렸다. "안 돼요. 직장인데……. 이봐요, 집이 어딥니까?"

"패그포드." 사이먼이 말했다.

"패그포드 어디요?"

자기 집 주소를 말해주는 걸 싫어하는 사이먼의 성향은 미신에 가까웠다. 그는 사람들이 자기 집을 찾아오는 걸 싫어했을 뿐 아니라—사생활 침해뿐 아니라 사유재산을 망칠 수도 있으니까— 힐톱하우스를 불가침의 순결한 장소로, 야빌과 이 시끄럽게 쿵쾅거리며 끽끽 돌아가는 인쇄소와 완전히 동떨어진 세계로 간주했다.

"회사 끝나고 내가 물건을 가지러 가지." 사이먼이 그 질문을 못 들은 척하고 말했다. "어디다 보관해두는데?"

청년은 썩 달갑지 않은 표정이었다. 사이먼은 그를 무섭게 노려보았다.

"뭐, 현금부터 선불로 주세요." 지게차 운전사가 우물쭈물했다.

"나한테 물건을 주면 너한테 돈이 가는 거야."

"그런 식으로 일하는 거 아니에요."

사이먼은 머리가 지끈지끈 아파온다는 생각을 했다. 그날 아침 경솔한 아내가 머릿속에 깊게 아로새겨버린 그 끔찍한 생각을 떨쳐낼 수가 없었던 것이다. 한 남자의 뇌 속에 아주 작은 폭탄이 오랜 세월 발견되지 않은 채 똑딱거리고 있었다는 그 생각. 저 문 너머에서 꾸준히 덜컥거리고 우르릉거리는 윤전기 소리가 몸에 좋을 리가 없었다. 그 가차없이 돌아가는 배터리 때문에 오랜 세월에 걸쳐 그의 동맥 혈관 벽이 얇아지고 있는지도 모른다.

"알았어." 그는 투덜거리며 뒷주머니에서 지갑을 꺼내려고 의자에서 몸을 틀었다. 청년이 손을 내밀고 책상 쪽으로 한 걸음 다가섰다.

"혹시 맥이 패그포드 골프클럽 근처에 있어요?" 사이먼이 10파운드 지폐를 세서 손바닥에 쥐어주자 그가 물었다. "내 친구가 어젯밤에 거기 있었는데, 어떤 사람이 쓰러져 죽는 걸 봤대요. 뒈지게 토하더니 그대로 엎어져서 주차장에서 죽었다더라고요."

"그래, 들었다." 사이먼이 돈을 건네주기 전에 마지막 지폐를 손가락으로 비비며 말했다. 혹시나 두 장이 붙어 있지 않나 확인하기 위해서였다.

"부정직한 자치의원이었다면서요. 그 죽은 친구, 뒷돈을 처먹고 있었대요. 그레이 쪽 사람들이 하청 유지하려고 돈을 주고 있었다던데."

"그래?" 사이먼은 갑자기 엄청나게 관심이 동했다.

배리 페어브라더가, 아니 누가 생각이나 했겠어?

"그럼 또 연락드리죠." 80파운드를 뒷주머니에 깊숙이 찔러 넣으며 청년이 말했다. "그리고 수요일에 가지러 가죠."

사무실 문이 닫혔다. 사이먼은 배리 페어브라더의 일그러진 정체에 매료된 나머지 두통도 까맣게 잊었다. 이제는 그냥 가끔씩 쿡쿡 쑤시는 정도에 불과했다. 배리 페어브라더, 그렇게 분주하고 사교적이고, 그렇게 인기도 많고 명랑하더니. 그런데 그동안 내내 그레이 쪽에서 뇌물을 받아 챙겼단 말이지.

이 소식은 배리를 알았던 거의 모든 사람들에게 엄청난 충격을 안겨주었겠지만 사이먼은 그리 놀랍지 않았다. 그에게는 배리라는 사람의 됨됨이가 더 못해 보이지도 않았다. 오히려 죽은 사람에 대한 존경심이 더 커지는 느낌이었다. 머리가 돌아가는 사람이라면 누구나, 꾸준히 그리고 내밀히, 최대한 할 수 있을 만큼 긁어모으려고 노력하는 법이다. 사이먼은 그걸 아는 사람이었다. 그는 컴퓨터 화면에 떠오른 스프레드시트를 아무 생각 없이 쳐다보고 있었다. 먼지 앉은 창문 너머에서 덜덜거리고 돌아가는 인쇄소 소리는 이제 아예 하나도 들리지 않았다.

딸린 식구가 있다면 꼼짝없이 9시에서 5시까지 일하는 수밖에 없지만, 사이먼은 다른 더 좋은 길이 있다는 걸 늘 잘 알고 있었다. 편안하고 풍족한 삶이 그의 머리 위에 거대하게 불룩한 피냐타(눈을 가리고 술래가 막대기로 허공을 치다가 맞춰서 터뜨리면 속에 든 선물들이 쏟아져 나오는 종이 인형—옮긴이)처럼 걸려 있으며, 넉넉한 크기의 막대기만 있다면, 그리고 언제 쳐야 할지만 알아내면 얼마든지 박살낼 수 있다는 것도 알고 있었다. 사이먼은 나머지 세상이 자기네들의 사적인 드라마가 벌어지는 배경으로서 존재한다는, 마치 어린애들 같은 믿음을 품고 있었다. 운명이 바로 머리 위에 매달려 그의 앞길에 단서와 징표들을 던지고 있었다. 그러니 자기가 어떤 계시, 하늘의 윙크를 보장받았다고 느끼지 않을 수 없었다.

이런 초자연적인 계시들이 과거 사이먼이 내린, 얼핏 무모해 보이기만 하는 결정들의 배후에 있었다. 수년 전, 아직 인쇄소의 미천한 도제였을 시절, 이자도 감당하기 힘든 대출금에 또 아기를 가진 아내를 부양해야 했던 그때 그는 '루시즈 베이비'라는 〈그랜드 내셔널〉 경마 우승 후보에 100파운드를 걸었고, 말은 꼴찌에서 두 번째로 들어왔다. 힐톱하우스를 구입한 뒤 얼마 되지 않아 사이먼은 루스가 커튼과 카펫에 쓰고 싶어 했던 돈 1,200파운드를 야빌 출신의 화려하고 치졸한 지인이 운영하는 공동 임차 사업에 처박았다. 사이먼의 투자금은 회사 경영진과 함께 자취를 감추었지만, 그는 죽도록 화를 내고 욕설을 퍼붓고 작은아들이 길을 막았다고 발로 차서 계단을 절반쯤 굴러떨어지게 만들긴 했어도 경찰에 신고하지는 않았다. 돈을 넣기 전부터 회사 운영 방식에 일정 부분 부정이 있었음을 알고 있었기 때문에 취조 과정에서 불편한 질문들이 예상되었기 때문이다.

그렇지만 이런 참사들과는 대조적으로, 연속된 행운도 있고 효과를 본 편법도 있고 감으로 찍었는데 대박이 난 경우들도 왕왕 있었기에 사이먼은 총점을 계산할 때는 후자에 무게를 많이 두었다. 아직도 운명을 신뢰하고 있는 건 바로 그 때문이었다. 그래서 이 우주가 그를 위해 예비해놓은 건, 기껏해야 죽거나 은퇴할 때까지 치졸한 월급이나 받고 일하는 바보 같은 짓 따위보다는 훨씬 대단한 거라 믿어 의심치 않았다. 사기와 지름길. 서로 당겨주고 등을 긁어주는 인맥과 뒷거래. 누구나 그런 짓을 하기 마련이었다. 심지어, 알고 보니, 그 배리 페어브라더까지도.

　거기, 그 갑갑한 자기 사무실에 앉아, 사이먼 프라이스는 더 이상 받아 처먹을 허벅지도 없는 텅 빈 의자로 지금 이 순간에도 현금이 뚝뚝 떨어지고 있을 바로 그 자리를 향해 진군하고 있는 일단의 내부자들 사이에 생긴 공석 한 자리를 탐욕스럽게 바라보고 있었다.

좋았던 옛날

범칙자

12.43 사유지 침입자들을 규제하기 위하여(원칙적으로, 타인의 사유지와 부속물들을 점거해야만 한다)…….

찰스 아놀드-베이커
《지방의회행정》, 제7판

I

　패그포드 자치구의회는 그 규모에 비해서 인상적인 세력이었다. 한 달에 한 번씩 어여쁜 빅토리아풍 교회 강당에서 회의를 가졌고, 자치구 예산을 감축하거나, 새로 생겨난 단일한 권력기관으로 그 권력을 조금이라도 이양하거나 흡수합병하려는 시도는 수십 년에 걸쳐 부단히, 그리고 매우 성공적으로 차단하고 있었다. 야빌 지방의회라는 상위 권력기관 치하의 지방자치단체들을 통틀어, 패그포드는 가장 시끄럽고 자기 목소리도 강하며 독자적이라는 자부심을 갖고 있었다.

　일요일 저녁까지 의회는 16인의 지역 남녀로 구성되어 있었다. 마을의 유권자들은 자치구의회에서 일하겠다는 의지가 곧 능력이라고 믿는 경향이 있었기 때문에, 16인의 의원들 모두 반대 없이 의석을 획득했다.

　그러나 이처럼 우호적으로 임명된 단체는 현재 내전 상태에 돌입해 있었다. 벌써 60년 남짓 되는 세월 동안 패그포드에 분노와 원한을 일으켜왔던 안건 하나가 결정 단계에 이르러 두 사람의 카리스마적인 지도자들을 중심으로 파당이 결성되었던 것이다.

　분쟁의 원인을 철저히 파악하기 위해서는 패그포드가 시내 북부에 자리한 도시 야빌을 얼마나 혐오하고 불신하는지 그 엄밀한 감정적 깊이를 먼저 이해해야 한다.

야빌의 상점, 사업체, 공장과 사우스웨스트 종합병원은 패그포드 인력의 상당수를 고용하고 있었다. 소읍의 젊은이들은 토요일 밤만 되면 야빌의 영화관과 나이트클럽에서 밤을 새웠다. 도시에는 대성당과 공원 몇 군데, 그리고 거대한 두 개의 쇼핑센터가 있었으며, 이런 곳들은 패그포드의 우월한 매력에 약간 물릴 만하면 한 번씩 방문하기에 좋았다. 그럼에도 불구하고 참된 패그포드인들에게 야빌은 기껏해야 필요악에 불과했다. 그들의 태도를 상징하는 것이 바로 꼭대기에 파게터 수도원이 자리하고 있는 드높은 야산이었다. 패그포드에서 보이지 않도록 야빌을 가려주고, 마을 사람들로 하여금 도시가 실제보다 훨씬 더 멀리 떨어져 있다는 행복한 착각을 갖게 해주었으니까.

II

파게터 힐은 어쩌다 보니 마을에서 또 다른 장소가 보이지 않도록 가려주었는데, 여기는 패그포드가 특별히 항상 자기 소유라고 여기는 곳이었다. 바로 수천 제곱미터에 달하는 장원莊園과 농지로 둘러싸인 꿀빛의 아름다운 퀸앤풍 장원저택 '스위트러브하우스'였다. 이 장원은 마을과 야빌 사이 중간쯤에, 패그포드 자치구 내에 자리하고 있었다.

거의 200년에 가까운 세월 동안 저택은 귀족 가문인 스위트러브 가家에서 여러 세대에 걸쳐 상속되어 내려왔으나 결국 1900년대 초반 가문의 대가 끊기고 말았다. 오늘날 패그포드와 스위트러브 가문이 맺어온 오랜 인연의 잔해라고는, 성 미카엘과 모든 성인의 교회에 자리한 가장 화려한 무덤과, 멸종 생물의 발자국과 분뇨 화석처럼 지역 기록이나 건물들 여기저기 드문드문 남아 있는 문장과 이니셜들뿐이었다.

스위트러브 가 최후의 자손이 세상을 떠난 후, 장원 저택의 주인은 불안할 정도로 빨리 바뀌곤 했다. 패그포드에는 건설업자가 그들이 사랑하는 명물을 사들여 훼손할지도 모른다는 두려움이 항상 깔려 있었다. 그러다가 1950년경, 오브리 파울리라는 사람이 그곳을 사들였다. 파울리가 상당한 자산가이며, 도시에서 신비스러운 경로로 재산을 불리고 있다는 사실이 곧 알려졌다. 그는 슬하에 자식이 넷 있었으며, 아예 장원에 정착하려는 의사도 있었다. 파울리가 스위트러브 가문의 방계 후손이라는 첩보가 신속하게 유통되자, 패그포드의 지지는 어지러울 정도로 높이 고조되었다. 파울리는 이미 절반은 토박이나 마찬가지였다. 사람들은 그가 천성적으로 야빌이 아니라 패그포드에 충성을 바칠 사람이라고 믿어 의심치 않았다. 옛 패그포드는 오브리 파울리의 등장이 마술처럼 화려하던 시절의 복귀라 믿었다. 그는 선조들과 마찬가지로 패그포드의 자갈 깔린 거리마다 은총과 매혹을 쏟아줄 요정 대부가 되어주리라.

하워드 몰리슨은 호프 스트리트의 조그만 주방에 뛰쳐 들어와 오브리가 지역 화훼 품평회의 심사위원으로 위촉되었다는 소식을 숨가쁘게 전해주던 어머니의 모습을 생생히 기억하고 있었다. 어머니의 강낭콩들이 3년 연속 야채 부문에서 수상했던 터라, 어머니는 이미 당신 눈에는 구세계의 로맨스 주인공이 되어버린 한 남자에게서 은도금 장미컵을 받는 날을 열렬히 갈망하고 있었다.

III

그러나 동네에 전해 내려오는 이야기에 따르면, 사악한 요정의 등장에 수반되는 급격한 어둠이 찾아왔다고 한다.

스위트러브하우스가 그토록 믿을 만한 사람 손에 들어갔다는 사실에 패그포드가 그토록 기뻐하는 순간에도, 야빌은 분주하게 남방에 의회 건물 한 구획을 건설하고 있었다. 새 거리들은 도시와 마을 사이에 자리한 토지 일부를 잡아먹고 있었고, 이 사실을 알게 된 패그포드는 불안해했다.

전쟁 이후로 저가 주택에 대한 수요가 늘어나고 있다는 사실은 모두 알고 있었지만, 오브리 파울리의 도착에 잠시 정신이 팔렸던 작은 마을은 야빌의 저의에 대한 불신으로 북적거리기 시작했다. 한때 패그포드의 주권을 보장해주었던 강과 야산의 보루는 붉은 벽돌 건물들이 무섭게 증식하는 속도에 비하면 왜소해 보였다. 야빌은 처분할 수 있는 땅을 1센티미터도 남김없이 꽉꽉 채웠고, 패그포드 자치구 북쪽 경계선에서 딱 멈췄다.

마을은 안도의 한숨을 쉬었으나, 그건 섣부른 생각이었다는 게 곧 밝혀졌다. 금세 캔터밀 주택단지로는 인구 수요를 감당할 수 없다는 판단이 내려졌고 도시는 더 많은 땅을 식민지화하기 위해 타진에 나섰기 때문이다.

바로 그때 오브리 파울리(패그포드 사람들에게는 여전히 사람이라기보다 신화에 가까웠다)가 60년에 걸쳐 곪아터진 분쟁을 촉발하게 된 결정을 내렸다.

신 개발단지 너머 얼마 안 되는 덤불 무성한 벌판들은 아무 쓸 데가 없었기에, 그는 좋은 값에 그 땅을 야빌 의회에 팔아넘겼고, 그렇게 챙긴 현금을 스위트러브하우스 현관의 뒤틀린 장식판자를 복원하는 데 썼던 것이다.

패그포드의 분노는 끝을 몰랐다. 스위트러브 장원의 들판은 잠식해 오는 도시에 맞서는 요새의 중요한 일부였다. 이제 자치구의 유서 깊은 경계는 굶주린 야빌 사람들이 흘러넘치는 바람에 위태로워졌다. 마을 회관에서 난장에 가까운 회의를 하고, 신문과 야빌 의회에 격분의 투서들을 보내고, 책임자들이 개인적으로 항의를 해보았지만…… 그 무엇도 대세의 흐름을 바꾸는 데 성공하지 못했다.

공영주택들이 다시금 전진하기 시작했지만, 한 가지 차이점이 있었다. 첫 주택단지가 완공되고 나서 잠시 이어진 휴지기 동안, 의회는 집들을 더 값싼 비용에 건설할 수 있다는 걸 깨달았던 것이다. 새로 툭툭 튀어나온 건물들은 붉은 벽돌이 아니라 스틸 프레임의 콘크리트로 기공되었다. 이 두 번째 단지는 부지의 이름을 따서 그 지역에서 '필즈'라는 이름으로 불리게 되었고, 열등한 소재와 설계로 인해 캔터밀 단지와 뚜렷하게 구분되었다.

1960년대 후반 이미 갈라져 터지고 일그러지기 시작하고 있던 이 필즈 단지의 철골 콘크리트 건물 중 한 채에서, 배리 페어브라더가 탄생했다.

IV

야빌 의회는 새 단지의 유지보수를 책임지겠다고 순순히 장담했지만, 머지않아 패그포드는—격분한 마을 사람들이 처음부터 예상했던 대로—새로운 비용 청구서들을 떠안게 되었다. 필즈에 제공되는 대부분의 서비스와 건물 유지보수는 야빌 의회의 책임이었으나, 도시가 그 나름의 고상한 방식으로 자치구에 떠넘긴 문제들은 여전히 남아 있었다. 바로 공공 산책로, 조명과 공용 벤치, 버스정류장과 공유지의 관리 부분이었다.

패그포드와 야빌의 도로를 아우르는 다리들마다 낙서가 꽃처럼 피어났다. 필즈의 버스 정류장들은 상습적으로 파괴되고 훼손되었다. 필즈의 10대들은 놀이터 여기저기에 맥주병들을 던져놓았고 가로등에 돌을 던졌다. 관광객들과 산책하는 사람들이 많이 아꼈던 산책로는 필즈 청소년들에게 인기 있는 만남의 터가 되었고, 하워드 몰리슨의 모친이 음침하게 표현한 대로 "더 나쁜 짓"의 온상이 되었다. 청소와 수리와 교체 비용은 패그포드 자치구의회의 몫으로 떨어졌고, 애초부터 야빌에서 떼어준 자금은 요구되는 시간과 비용에 비할 때 적정액이 못 되었다.

패그포드가 마지못해 떠안은 부담 중에서도, 필즈의 아이들이 세인트토머스 처치 잉글랜드 초등학교의 관할구역에 들어간다는 사실만큼 마을 사람들의 분노와 원망을 산 내역은 없다. 필즈의 어린이들에게는, 모두들 부러워하는 파랑과 흰색 교복을 입고 샬럿 스위트러브 부인이 손수 놓은 초석 바로 옆의 마당에서 놀고, 그 작은 교실에서 야빌 억양으로 쩌렁쩌렁 귀가 멀도록 떠들어댈 권리가 주어졌다.

학교 갈 나이의 아이들이 있는 야빌의 기초수급대상자 가족들은 누구나 필즈를 목표로 삼고 호시탐탐 노린다는 이야기가 금세 패그포드에 기정사실처럼 떠돌았다. 멕시코인들이 텍사스로 유입되는 것처럼 엄청나게 많은 사람들이 꾸준히 캔터밀 단지에서 경계선을 넘어 흘러들어오고 있다는 설이었다. 아름다운 세인트토머스 학교가—소규모 학급과 롤탑 개폐식 책상과 유서 깊은 석조건물과 탐스러운 초록색 잔디 운동장에 매료되어, 야빌로 출퇴근하는 전문직 종사자들을 끌어들이고 있는 그곳이— 날도둑들과 마약중독자들과 씨 다른 아이를 줄줄이 낳은 어미의 자식들로 들끓게 될 터였다.

이 악몽 같은 시나리오는 한 번도 제대로 현실화된 적이 없었다. 왜냐하면 세인트토머스 학교에는 물론 장점도 많지만 단점도 있었기 때문이었다. 교복을 사거나 아니면 교복 지원을 받기 위한 온갖 서류들을 다 작성해야 한다는 점. 버스 패스를 구해야 한다는 점. 게다가 아이들은 제시간에 통학하기 위해서 일찍 일어나기까지 해야 했다. 필즈에는 이런 장애물들을 성가시다고 생각하고 차라리 캔터밀 단지에 세워진, 사복을 입게 하는 대규모 초등학교에 배정되도록 하는 집들도 있었다. 세인트토머스 학교에 다니게 된 대부분의 필즈 학생들은 패그포드의 또래들과 잘 어울렸다. 심지어 몇 명은 아주 훌륭한 아이들이라는 인정마저 받게 되었다. 그리하여 배리 페어브라더는 인기 좋고 영민한 학급의 광대 노릇을 하며 학년을 차근차근 밟아 올라갔다. 다만 아주 가끔씩 사는 곳이 어디라고 말할 때 패그포드 지역 학부모의 미소가 뻣뻣하게 굳는다는 걸 눈치챌 때가 있을 뿐이었다.

그럼에도 불구하고 세인트토머스는 가끔씩, 부인할 수 없이 전복적인 성품의 필즈 학생을 어쩔 수 없이 받아들여야 했다. 크리스털 위든은 학교 갈 나이가 되었을 무렵 호프 스트리트의 증조할머니와 살고 있었기 때문에, 사실 입학을 막을 길이 전혀 없었다. 물론 여덟 살 때 어머니와 다시 필즈로 이사했을 때는 영영 세인트토머스를 떠나줬으면 하는 바람이 온 동네에 팽배했지만 말이다.

느릿느릿 학년을 올라가는 크리스털의 행적은 마치 염소가 보아뱀의 몸뚱이 속에서 소화되는 모습처럼, 두드러지게 눈에 띌 뿐 아니라 양쪽 모두에게 보기 불편한 광경이었다. 크리스털이 항상 학급에 출석해 있었다는 얘기는 아니다. 세인트토머스 재학 기간 상당 부분을 그녀는 특별 교사의 일대일 가르침을 받으며 보냈다.

사악한 운명의 장난으로 크리스털이 하워드와 셜리의 큰 손녀딸 렉시와 같은 반에 배정되었던 적이 있다. 그런데 크리스털이 렉시 몰리슨의 얼굴을 어찌나 세게 때렸는지 치아 두 개가 나간 일이 있었다. 애초에 흔들리던 치아들이었지만, 그건 렉시의 부모와 조부모에게는 참작할 만한 일이 될 수 없었다.

크리스털 같은 애들로 가득 찬 학급이 윈터다운 종합중등학교에서 자기네 딸들을 기다리고 있을 거라는 확신 때문에 마일스와 서맨사 몰리슨은 딸들을 데리고 나와 야빌의 사립 여학교인 세인트앤스에 평일 기숙생으로 입학시켰다. 손녀들이 크리스털 위든 때문에 정당한 자리를 빼앗기고 쫓겨났다는 사실은, 주택단지가 패그포드의 삶에 얼마나 지독한 폐해를 끼치고 있는지 하워드가 설명할 때 가장 즐겨 드는 사례가 되었다.

V

처음에 무섭게 분출되던 패그포드의 분노는 서서히 식어 더 조용하지만, 그렇다고 덜 강력하지는 않은 불만으로 굳어갔다. 필즈 단지가 평화와 아름다움의 거처를 오염시키고 타락시켰기에, 이글이글 조용히 타들어가는 분노를 품고 마을 사람들은 이 단지를 싹둑 잘라내버리겠다는 결심을 굳히고 있었다. 그러나 구획 조정이 몇 번씩 이루어지고 지방 행정부가 몇 번씩 물갈이됐지만 별다른 변화는 생기지 않았다. 필즈는 여전히 패그포드의 일부로 남아 있었다. 마을에 새로 이사 온 사람들은 단지를 죽도록 혐오하는 것이야말로 만사를 관장하는 패그포드의 핵심 실세의 환심을 사는 데 꼭 필요한 통행증이라는 걸 금세 깨닫게 되었다.

그러나 이제, 그놈의 오브리 파울리가 야빌에 그 치명적인 부지를 넘겨준 지 60년이 지난 지금에야—수십 년에 걸쳐 참을성 있게 작업한 끝에, 전략을 짜고 민원을 넣고 정보를 끌어모으고 하부 위원회들을 들볶은 끝에—드디어 패그포드의 반反 필즈 세력은 파르르 떨리는 승리의 문턱에 서게 되었다.

불황으로 인해 지방 정부는 어쩔 수 없이 구조조정과 감축, 재정비를 할 수밖에 없었다. 야빌 지방의회의 상부 조직에는, 어차피 중앙정부의 긴축 정책에 따라 전망도 좋지 않은 마당에 무너져가는 단지를 철거해버리고 불만투성이의 거주민들의 표를 끌어들이면 재선에 유리하겠다고 예상하는 의원들이 있었다.

패그포드 역시 야빌 의회에 대표를 두고 있었다. 지방의원인 오브리 파울리였다. 이 사람은 애초에 필즈의 건축을 허락했던 장본인이 아니라 그 아들 '젊은 오브리'였다. 그는 스위트러브하우스의 상속자였고 평일에는 런던에서 투자금융회사 간부로 일했다. 오브리가 지역 행정에 뛰어든 데는 은근한 속죄의 향기가 풍겼다. 아버지가 이 작은 마을에 부주의하게 저지른 잘못을 자신이 나서서 만회해야 한다는 책임감 같은 것 말이다. 그와 아내 줄리아는 기부도 하고 농산물 품평회에 상품도 제공했으며 지역 위원회가 열리면 빠짐없이 참석했고, 그들이 매년 여는 크리스마스 파티 초대장은 마을 사람들이라면 누구나 탐을 냈다.

필즈를 야빌로 재배정하기 위해 꾸준히 작업해오는 동안, 오브리와 막역한 동맹이 되었다는 생각은 하워드의 자랑이자 기쁨이었다. 오브리가 훨씬 고차원적인 상권에서 일한다는 사실에 매료되어 하워드는 아낌없이 존경을 바쳤다. 저녁마다 식료품점이 문을 닫고 나면 하워드는 구식 돈궤의 서랍을 열어 동전과 더러운 지폐를 센 후 금고에 넣었다. 반면 오브리는 근무시간 동안 돈에 손도 대지 않았지만 상상도 할 수 없는 액수의 돈을 이 대륙에서 저 대륙으로 움직였다. 돈을 운용하고 증식했으며, 조짐이 그리 상서롭지 않을 때는 자취도 없이 사라지는 돈을 도도하게 지켜보았다. 하워드에게, 오브리는 심지어 세계적인 경제 불황에도 꿈쩍하지 않을 신비한 마법의 소유자였다. 나라 꼴이 이 지경이 된 것은 오브리 같은 사람들 때문이라며 욕하는 사람이 있으면 이 식료품점 주인은 참지 못했다. 상황이 좋을 때는 아무도 불평을 하지 않는다는 게, 하워드가 늘 입버릇처럼 되풀이해 표명하는 견해였다. 그리고 그는 오브리에게 인기 없는 전쟁에서 부상을 당한 장군에게 바쳐 마땅한 경의를 보냈다.

한편, 지방의원으로서 오브리는 온갖 흥미로운 통계 자료에 접근할 권리가 있었고, 패그포드의 골치 아픈 위성단지에 대한 정보를 상당량 하워드와 공유했다. 두 사내는 대가도 눈에 띄는 발전도 기대할 수 없는데 필즈의 쇠락한 길거리에 쏟아져 들어가는 자치구의 재원이 정확히 얼마나 되는지 잘 알고 있었다. 그리고 필즈에는 자기 집을 소유한 사람들이 한 명도 없으며(반면 캔터밀 단지의 붉은 벽돌집들은 요즘 거의 전부 개인 소유였다. 창틀에 화분받침을 걸고 현관을 꾸미고 깔끔하게 잔디밭을 단장해 알아보기도 힘들 정도로 미화되었다), 필즈 거주자의 3분의 2에 달하는 사람들이 전적으로 생계를 국가에 의존하고 있고, 그중 상당수가 벨채플 중독 클리닉에 출입한다는 사실도 알고 있었다.

VI

하워드는 악몽의 기억처럼 머릿속에 항상 필즈의 풍경을 품고 다녔다. 음담패설로 도배된 널빤지로 막은 창문들, 연중 내내 엉망으로 훼손된 버스 정류장에서 어슬렁거리며 담배를 피우는 10대 청소년들, 음험한 금속 꽃의 벌거벗은 꽃술처럼 하늘을 쳐다보고 있는 사방의 위성방송 수신 접시들. 대체 왜 이 사람들은 정리정돈을 하고 동네를 깨끗이 가꾸지 않는 걸까, 마음속으로 의문을 던지는 일도 왕왕 있었다. 대체 여기 사는 사람들이 변변찮은 푼돈이라도 모아 잔디 깎는 기계를 사지 않는 이유가 뭘까? 그러나 그런 일은 영영 일어나지 않았다. 필즈는 지역구든 자치구든, 그저 지방의회가 나서서 청소하고 보수하고 유지해주기를 기다리고만 있었다. 퍼주고 퍼주고 또 퍼주기만 기다렸다.

그럴 때 하워드는 어린 시절의 호프 스트리트를 회상하곤 했다. 테이블보 한 장만 한 크기도 못 되는 땅뙈기였지만 집집마다 조그만 뒤뜰이 있고, 어머니 집을 포함해 대부분은 강낭콩과 감자가 빽빽하게 심어져 있었다. 하워드가 보기에는, 필즈 사람들이라고 신선한 야채를 가꾸지 못할 이유가 없을 것 같았다. 음험하게 후드를 둘러쓰고 스프레이 페인트로 낙서를 하는 자식들을 제대로 가르치지 못할 이유도 없어 보였다. 지역사회로 단결해서 먼지를 털고 추레한 외관을 가꾸지 못할 이유가 하나도 없었다. 깔끔하게 단장하고 취직을 하지 못할 이유도, 하나도 없었다. 그래서 하워드는 어쩔 수 없이 그들은 자기 자유의지로 이런 생활을 선택했다는 결론을 내릴 수밖에 없었다. 살짝 위협적인 기운이 감도는 단지의 쇠락한 분위기는 알고 보면 무지와 나태의 표출에 지나지 않았다.

반면 하워드의 마음속에서 패그포드는 일종의 도덕적 후광을 내뿜고 있었다. 단결된 지역 공동체 정신이, 자갈돌이 어여쁘게 깔린 거리와 언덕과 그림처럼 아름다운 집들에서 드러나는 것만 같았다. 하워드에게 그가 태어난 고향은 단순히 낡은 건물들과 강가에 나무들이 우거진 유속 빠른 강과 꼭대기 수도원의 장엄한 실루엣이나 광장에 걸려 있는 화분 장식들의 총합이 아니었다. 그에게 이 마을은 일종의 이상, 존재의 양식이었다. 국가적 쇠락에 맞서 굳건히 버티고 있는 축소판 문명이었다.

"나는 패그포드 사람이라오." 그는 여름철 관광객들에게 말하곤 했다. "여기서 태어나고 자란 토박이지요." 그렇게 말함으로써 그는 스스로에게 상식으로 위장된 심오한 우월감을 부여했다. 그는 패그포드에서 태어났고 거기서 죽을 것이며, 그곳을 떠날 꿈조차 꾸어본 적 없고, 환경에 변화를 주고 싶다는 생각도 해본 적이 없었다. 환경의 변화라면 주위를 둘러싼 숲과 강물의 풍광이 철따라 달라지는 걸 지켜보고, 광장이 봄에는 꽃으로 만발하고 성탄절이면 불빛으로 반짝거리는 모습을 바라보는 정도로 충분했다.

배리 페어브라더는 이 모든 걸 알고 있었다. 사실 그런 말을 한 적도 있었다. 교회 강당에서 바로 건너편 테이블에 앉아 있는 하워드의 면전에 대고 비웃었다. "있잖아요, 하워드, 나한테는 당신이 패그포드 그 자체 같아요." 그리고 하워드는 전혀 동요한 기색 없이 (왜냐하면 그는 항상 농담을 농담으로 받았으니까) 이렇게 말해주었다. "의도야 어떻든, 어마어마한 칭찬으로 알아듣겠소, 배리."

하워드는 웃어넘길 여유가 있었다. 그의 인생에서 단 하나 남아 있는 야망이 손 닿는 거리에 있었으니까. 필즈를 야빌에 돌려주는 일은 눈앞에 다가와 있는 기정사실이었다.

그런데, 주차장에서 배리 페어브라더가 쓰러져 죽기 이틀 전, 하워드는 의심의 여지가 없는 정보원으로부터 상대가 교전수칙을 모조리 깨고 크리스털 위든에게 세인트토머스에서 교육을 받은 경험이 얼마나 큰 축복이었는지를 다루는 기사를 지역신문에 기고했다는 소식을 들었던 것이다.

크리스털 위든이 필즈와 패그포드의 성공적 통합을 상징하는 모범적 사례(하워드는 아무튼 그렇게 말했다)로 독자 대중 앞에서 잘난 척한다는 생각만 따지면, 그냥 웃고 넘길 수도 있었다. 그렇게 진지하지만 않았다면 말이다. 당연히 페어브라더는 그 여자애를 코치해주었을 테고, 더러운 말본새며 끝없는 수업방해, 다른 아이들의 눈물, 계속된 정학과 복학은 거짓말 속에서 흔적도 없이 사라질 게 뻔했다.

하워드는 마을 주민들의 상식과 분별을 믿었지만, 기자들의 호도와 소위 무지한 공상적 박애주의자들의 간섭이 걱정이었다. 그의 반감은 원칙에 입각했을 뿐 아니라 사적이기도 했다. 그는 아직도 이 빠진 자리에 피 묻은 잇몸만 남은 채 자기 품에 안겨 흐느껴 울던 손녀딸을 달래며 치아 요정한테서 받을 선물을 세 배로 주겠다고 약속하던 걸 잊지 않고 있었다.

화요일

I

남편이 죽은 후 이틀이 지난 아침, 메리 페어브라더는 5시에 잠을 깼다. 그녀는 부부의 침대에서 열두 살짜리 아들 데클란을 데리고 잤다. 자정이 약간 넘은 시각에, 아들이 흐느껴 울며 기어들어 왔던 것이다. 이제 데클란은 깊이 잠들어 있었고, 메리는 방에서 슬며시 빠져나와 좀 더 마음 놓고 울기 위해 주방으로 내려갔다. 한 시간 한 시간 지날 때마다 슬픔은 깊어갔다. 점점 더 살아 있는 그 남자에게서 멀리 떠내려가고 있었기에, 그리고 지금까지는 그 없이 보내야 할 영겁의 시간을 아주 살짝 미리 맛본 데 불과하기 때문이었다. 다시, 또다시, 심장이 한 번 뛸 만한 여유가 생길 때마다, 그가 영원히 떠나버렸고 이제 그에게 달려가 위로를 받을 수는 없다는 사실을 잊고 있다는 걸 깨달았다.

여동생과 매제가 들러 아침 식사를 해줄 때, 메리는 배리의 전화를 들고 서재로 들어가 배리의 어마어마한 인맥 중 몇 사람의 전화번호를 찾기 시작했다. 채 몇 분도 지나지 않아 손에 든 배리의 휴대전화가 울리기 시작했다.

"네?" 그녀가 중얼거렸다.

"아, 안녕하세요? 배리 페어브라더 씨를 찾고 있는데요. 《야빌지역

신문》의 앨리슨 젠킨스라고 합니다."

젊은 여자의 쾌활한 목소리는 메리의 귀에 개선 팡파레처럼 시끄럽고 끔찍하게 들렸다. 뺑뺑 터지는 소리에 무슨 말을 하는지는 아예 감지조차 되지 않았다.

"죄송한데 뭐라고 하셨죠?"

"《야빌지역신문》의 앨리슨 젠킨스라고 합니다. 배리 페어브라더 씨와 통화할 수 있을까요? 필즈에 대한 기사 때문인데요."

"네?" 메리가 말했다.

"예. 말씀하신 이 소녀에 대해 자세한 사항을 첨부하지 않으셔서요. 우리가 직접 인터뷰를 해야 할 것 같습니다. 크리스털 위든이던데요?"

단어 하나하나가 메리의 뺨을 후려갈기는 것 같았다. 무슨 도착적인 심리에선지, 메리는 배리의 낡은 회전의자에 소리 없이 가만히 앉아, 비처럼 쏟아지는 연타를 고스란히 맞고 있었다.

"제 말 들리세요?"

"그래요." 메리가 말했다. 목소리가 갈라지고 있었다. "잘 들려요."

"크리스털을 인터뷰할 때 페어브라더 씨가 동석하고 싶어 하시는 건 잘 알고 있습니다만, 시간이 없어서……."

"그 사람은 동석 못 해요." 메리가 말했다. 목소리가 사라지고 새된 비명으로 변해갔다. "빌어먹을 필즈 얘기는 더 이상 못한다고요. 아니, 영영 아무 소리도 못 한단 말이에요!"

"뭐라고요?" 전화선 저편의 여자가 말했다.

"남편은 죽었어요, 알겠죠. 죽었다고요. 그러니까 필즈도 그 사람 없이 돌아가야 할 거예요. 그렇겠죠?"

메리의 손이 너무 심하게 덜덜 떨려서 휴대전화가 손가락 새로 미끄러져 떨어졌고, 간신히 통화를 끊을 때까지 몇 초간, 그녀는 기자가 자신의 거친 흐느낌 소리를 들었을 거라고 확신했다. 그리고 그녀는 배리가 지상에서 보낸 마지막 하루이자 두 사람의 결혼기념일이 필즈와 크리스털 위든에 대한 강박적 집착으로 흘러갔다는 사실을 기억해냈다. 분노가 솟구쳐올라 휴대전화를 얼마나 세게 방 저편으로 던졌는지 네아이들의 사진 액자가 맞아 마룻바닥으로 떨어져버렸다. 그녀는 비명을 지르며 울기 시작했고, 여동생과 매제가 둘 다 2층으로 뛰어올라 방안으로 들어왔다.

하지만 처음 그녀 입에서 나온 말은 그저, "필즈, 빌어먹을, 망할 필즈……"뿐이었다.

"그곳은 나와 배리가 자라난 곳이에요." 매제가 중얼거렸지만, 더 이상은 부연설명을 덧붙이지 않았다. 메리의 히스테리에 기름을 부을까 두려웠던 것이다.

II

사회복지사 케이 보든과 딸 가이아는 겨우 4주 전 런던에서 이사 와서 패그포드에서 가장 신참 주민이 되었다. 케이는 필즈의 분쟁이 어떻게 흘러왔는지 잘 몰랐다. 그저 그녀를 찾는 여러 고객들이 사는 동네에 불과했다. 배리 페어브라더에 대해 아는 거라곤 그 사람의 죽음으로 인해 자기 주방에서 한심한 꼴이 연출되었다는 것뿐이었다. 연인인 개빈이 그녀와, 그녀가 요리한 스크램블드에그를 두고 도망쳐버리고 섹스로 촉발된 희망의 싹을 모조리 짓밟아버렸던 것이다.

케이는 화요일 점심을 패그포드와 야빌 중간의 임시 정차 구역에서 보냈다. 자기 차에서 샌드위치를 먹으며 산더미처럼 쌓인 메모를 읽고 있었다. 동료 한 사람이 스트레스로 휴직을 했고, 그 즉각적 결과로 케이가 그녀가 담당했던 업무의 3분의 1을 떠맡아 고생하고 있었다. 1시가 조금 못 되어 그녀는 필즈로 출발했다.

이미 단지는 몇 번 방문했던 참이지만, 아직 미로 같은 거리가 익숙지 않았다. 우여곡절 끝에 그녀는 폴리 로드를 찾았고, 멀리에서도 한눈에 위든 가족이 사는 집을 알아볼 수 있었다. 서류만 봐도 그녀가 무슨 꼴을 보게 될지 명백했는데, 슬쩍 일별한 그 집의 모습은 기대에 부합하고도 남았다.

쓰레기 한 무더기가 집 앞 벽에 쌓여 있었다. 쓰레기가 터져나가도록 담긴 쇼핑백들 안에, 낡은 옷가지와 봉지에 싸지도 않은 더러운 기저귀들이 뒤섞여 있었다. 쓰레기 일부가 굴러떨어져 정돈되지 않은 잔디밭에 뒹굴고 있었지만, 대부분은 두 개의 1층 창문 중 한쪽 밑에 얌전히 쌓여 있었다. 맨들맨들한 낡은 타이어가 잔디밭 한가운데 놓여 있었다. 최근에 자리를 옮겼는지, 한 발자국 떨어진 곳에 풀이 납작하게 눌려 죽은 황토색 동그라미가 그려져 있었다. 초인종을 누른 후 케이는 발 바로 옆 풀 속에서 무슨 거대한 유충의 얇은 고치처럼 번들거리고 있는 다 쓴 콘돔을 발견했다.

지금 그녀가 느끼는 이 미약한 두려움은 아무리 시간이 지나도 도저히 극복이 되지 않았다. 물론 초창기에 모르는 사람들 문 앞에서 느끼던 불안과 초조와는 비할 수도 없지만. 그때는, 그간 받은 수련에도 불구하고, 또 보통 동행하는 동료가 있는데도 불구하고, 가끔씩 진짜로 겁이 나서 미칠 것만 같을 때가 있었다. 위험한 개들, 칼을 휘두르는 남자들, 기괴한 상처를 입은 아이들, 낯선 사람들의 집에 출입하며 살아온 세월 동안 그녀는 그 모든 걸 보았고, 심지어 더한 꼴도 보았다.

초인종 소리에 나오는 사람은 아무도 없었지만 왼쪽에 있는 1층 창문 너머로 어린아이가 보채는 소리가 들려왔다. 창문이 약간 열려 있었다. 그녀는 문을 두드려보기로 했다. 그러자 크림색 페인트가 아주 작은 부스러기가 되어 벗겨져 떨어지더니 구두코에 내려앉았다. 이것은 그녀의 새집 상태를 떠올리게 했다. 개빈이 실내장식을 조금이라도 돕겠다고 나서줬다면 좋았을 텐데. 하지만 그녀는 아무 말도 하지 않았다. 가끔 케이는 그가 내뱉은 말이나 해주지 않은 일들을 수전노가 차용증서를 훑어보듯 헤아리곤 했는데, 그럴 때면 억울하고 화나는 심정이 되어 꼭 보상을 얻어내리라는 결심을 다졌다.

다시 문을 두드렸다. 마치 자기 머릿속 생각을 떨쳐내려는 듯 황급히. 그리고 이번에는, 멀리서 어떤 목소리가 말했다. "씨발, 나간다니까."

문이 휙 열리자 어린애 같기도 하고 늙어빠진 것 같기도 한 여자가 모습을 드러냈다. 더러운 하늘색 티셔츠에 남자 잠옷바지를 입고 있었다. 그녀는 케이와 비슷한 키였지만 쪼그라들어 보였다. 얼굴과 가슴의 뼈가 얇고 하얀 피부를 통해 날카롭게 드러나 있었다. 집에서 염색한 머리카락은 거칠고 아주 빨간색이었는데, 해골에 걸쳐놓은 가발 같은 몰골이었다. 동공은 아주 작게 축소되어 있었고 가슴에는 유방이 거의 없다시피 했다.

"안녕하세요, 테리 씨죠? 저는 복지과에서 나온 케이 보든이라고 합니다. 매티 녹스 씨 대행인데요."

여자의 연약한 회백색 팔뚝에는 온통 은빛 주사 자국들이 나 있었고, 한쪽 팔뚝 안쪽으로 빨갛게 아물지 않은 상처가 하나 있었다. 오른팔과 목덜미에 광범위하게 화상 흉터가 있어서 피부가 플라스틱처럼 번들거렸다. 케이가 런던에서 알았던 마약중독자 중에 우연히 집에 불을 지르고 너무 늦게 상황을 파악한 사람이 있었다.

"네, 맞는데요." 테리는 지나치게 길다 싶은 침묵 뒤에 말했다. 말을 하자 훨씬 나이가 들어 보였다. 치아 몇 개가 빠지고 없었다. 그녀는 케이에게 등을 돌리고 어두운 복도를 따라 비틀거리며 불안하게 몇 발 걸어 들어갔다. 케이가 뒤를 따랐다. 집에서는 썩은 음식, 땀과 전혀 걸러지지 않은 오물 냄새가 났다. 테리는 케이를 왼쪽 첫 번째 문 안으로, 아주 작은 거실로 안내했다.

책도, 그림도, 사진도, 텔레비전도 없었다. 더러운 안락의자 한 쌍과 부서진 선반 장 하나뿐이었다. 파편이 바닥에 널려 있었다. 벽에 기대어 세워져 있는 빳빳한 새 마분지 상자들 때문에 이상하게 어울리지 않는 분위기가 풍겼다.

맨다리의 어린 남자애가 마루 한가운데 서 있었다. 티셔츠 차림에 툭 튀어나온 팬티형 기저귀를 차고 있었다. 케이는 그 애가 세 살 반이라는 걸 서류에서 보아 알고 있었다. 칭얼거리는 소리는 자기가 거기 존재한다는 걸 알리는 일종의 엔진 소리 같았다. 무의식적이고 동기도 없어 보였다. 아이는 작은 시리얼 상자를 꼭 붙들고 있었다.

"그러니까 이 아이가 로비겠군요?" 케이가 말했다.

남자아이는 자기 이름이 들리자 케이를 바라보았지만, 보채는 소리는 멈추지 않았다.

테리는 더럽고 해진 안락의자 위에 놓여 있던 할퀸 자국이 난 낡은 비스킷 상자를 한쪽으로 밀치고 의자에 쭈그리고 앉아 축축 늘어지는 눈꺼풀 아래로 케이를 지켜보았다. 케이는 다른 의자에 앉았다. 한쪽 팔걸이에 흘러넘치는 재떨이가 떡하니 놓여 있었다. 담배꽁초들이 케이가 앉은 자리로 넘쳐 떨어져 있었다. 허벅지 아래 깔고 앉은 꽁초들이 다 느껴졌다.

"안녕, 로비." 케이는 테리의 서류철을 펼치며 말했다.

어린 소년은 시리얼 상자를 흔들며 계속 보챘다. 그 안에서 뭔가 달그락거렸다.

"그 속에 뭐가 들었니?" 케이가 물었다.

아이는 대답은 하지 않고 상자를 더 격렬하게 흔들었다. 작은 플라스틱 인형이 그 안에서 휙 튀어나와 포물선을 그리며 날아가서 마분지 상자들 뒤로 떨어졌다. 로비가 소리 내어 울기 시작했다. 케이는 테리를 바라보았다. 그녀는 무표정한 얼굴로 아들을 물끄러미 바라만 보고 있었다. 한참 후에야 테리가 중얼거렸다. "왜 그러니, 로비?"

"꺼낼 수 있는지 한번 볼까요?" 일어나서 엉덩이를 털 명분이 생겨서 기쁜 마음에 케이가 말했다. "어디 한번 보죠."

그녀는 머리를 벽에 딱 붙이고 상자 뒤 틈새를 들여다보았다. 작은 피규어 인형은 맨 꼭대기 근처에 끼어 있었다. 억지로 틈새에 손을 밀어 넣었다. 상자들은 무겁고 움직이기 힘들었다. 케이는 간신히 피규어를 움켜쥐는 데 성공했는데, 손에 쥐고 보니 그건 쭈그리고 앉아 있는 부처 모양의 남자로 머리에서 발끝까지 보라색이었다.

"자, 여기 있다."

로비의 울음소리는 그쳤다. 아이는 피규어를 받아 다시 시리얼 상자에 넣더니 또 흔들기 시작했다.

케이는 주위를 슬쩍 둘러보았다. 작은 장난감 차 두 대가 부서진 선반 장 밑에 뒤집어진 채 놓여 있었다.

"자동차 좋아하니?" 케이가 그 차들을 가리키며 로비에게 물었다.

아이는 손가락이 가리키는 방향을 따라가지 않고, 계산과 호기심이 뒤섞인 눈길로 그녀만 흘겨보았다. 그러더니 아장아장 걸어가 자동차 한 대를 주워 들어 그녀에게 보여주었다.

"부릉." 아이가 말했다. "차."

"맞아." 케이가 말했다. "아주 잘하네. 차. 부릉부릉."

케이는 다시 앉아 가방에서 공책을 꺼냈다.

"그러니까, 테리. 요즘 어떻게 지냈어요?"

잠시 말이 없다가 테리가 대답했다. "좋아여."

"설명하자면, 매티가 아파서 일을 쉬고 있어요. 그래서 제가 대신 온 거예요. 인수한 정보를 좀 살펴보고, 지난주에 매티가 방문한 뒤로 변화가 없는지 살펴볼 거예요. 괜찮죠? 자, 그러니까 로비는 지금 어린이집에 다니죠? 일주일에 네 번 오전에 가고 이틀은 오후에?"

케이의 목소리는 아주 먼 데서 테리에게 닿는 것 같았다. 마치 우물 밑바닥에 앉아 있는 사람한테 말을 거는 기분이었다.

"네." 한참 후에 그녀가 말했다.

"어때요? 아이가 좋아하나요?"

로비가 성냥갑 자동차를 시리얼 상자 속에 쑤셔 넣었다. 케이의 바지에서 떨어진 담배꽁초를 하나 주워 들더니 자동차 윗면과 보라색 부처상에 대고 짓이겼다.

"네." 테리가 졸린 목소리로 말했다.

그렇지만 케이는 매티가 일을 그만두기 전에 남긴 지저분한 쪽지를 끝까지 읽느라 정신을 팔고 있었다.

"테리, 오늘도 어린이집에 가야 하는 날 아닌가요? 화요일도 가는 날이잖아요?"

테리는 잠을 자고 싶은 욕구와 싸우는 사람처럼 보였다. 한두 번인가 어깨 위에서 머리가 약간 흔들리기도 했다. 마침내 그녀가 말했다. "크리스털이 데려다주기로 했는데 절대 안 하죠."

"크리스털이 따님이죠? 몇 살이죠?"

"열넷." 테리가 꿈꾸듯 말했다. "그리고 반."

케이는 쪽지를 읽었기 때문에 크리스털이 열여섯이라는 걸 알고 있었다. 한참 아무 말도 오가지 않았다.

이 빠진 머그잔 두 개가 테리의 안락의자 발치에 놓여 있었다. 한쪽 잔에 든 더러운 액체는 피처럼 보였다. 테리는 납작한 가슴 앞으로 팔짱을 끼고 있었다.

"내가 로비 옷을 입혔어요." 테리가 말했다. 의식 깊은 곳에서 말을 질질 끌어내고 있었다.

"미안해요, 테리. 그런데 이 질문은 해야겠어요." 케이가 말했다. "오늘 아침에도 약을 했나요?"

테리는 새발톱 같은 손으로 입을 가렸다.

"아니요."

"똥 쌀래." 로비가 말하더니 황급히 문쪽으로 뛰어갔다.

"도와줘야 하나요?" 케이가 물었다. 로비가 시야에서 사라지고, 후다닥 위층으로 올라가는 아이의 발소리가 들렸다.

"아녀. 혼자 할 줄 알아여." 테리가 말을 씹듯이 웅얼거렸다. 축축 늘어지는 머리를 주먹으로 받치고, 팔꿈치로 팔걸이를 짚고 있었다. 로비가 계단에서 소리를 질렀다.

"문! 문!"

아이가 나무를 쿵쿵 치는 소리가 들렸다. 테리는 꼼짝도 하지 않았다.

"내가 가서 도와줄까요?" 케이가 말했다.

"네." 테리가 말했다.

케이는 계단을 올라가 로비를 위해 뻑뻑한 손잡이를 돌려주었다. 화장실 안에서 악취가 풍겼다. 거무튀튀한 욕조는 테두리에 물때가 끼어 있었고, 변기는 물이 내려져 있지 않았다. 케이는 로비가 변기로 기어 올라오기 전에 물부터 내렸다. 아이는 케이가 있든 말든 신경도 쓰지 않고 오만상을 찌푸리며 시끄럽게 힘을 주었다. 요란한 풍덩 소리가 나더니 벌써 더러울 대로 더러워진 공기에 새삼스럽게 코를 찌르는 새 악취가 더해졌다. 아이는 내려와 엉덩이도 닦지 않고 툭 뛰어나온 기저귀를 올렸다. 케이는 아이를 돌려세워 타일러 자기 손으로 엉덩이를 닦게 해보려 했지만, 그런 행동은 아예 생소한 눈치였다. 결국 케이는 자기 손으로 아이의 뒤를 닦아주었다. 엉덩이는 다 짓물러 있었다. 딱지가 앉고, 빨갛고, 잔뜩 자극을 받은 피부였다. 기저귀에서는 코를 찌르는 암모니아 냄새가 풍겼다. 기저귀를 벗기려 했더니 아이가 깽깽 울며 팔다리를 휘젓고 도망쳐 기저귀를 질질 끌고 거실로 후다닥 돌아가버렸다. 케이는 손을 씻고 싶었지만 비누가 없었다. 숨을 들이쉬지 않으려 애쓰며 나와 화장실 문을 닫았다.

그녀는 아래층으로 돌아가기 전에 침실들을 슬쩍 살폈다. 방 세 개의 살림이 전부 빽빽하게 어질러진 층계참까지 튀어나와 있었다. 식구들은 다 매트리스에서 자고 있었다. 로비는 어머니와 한 방을 쓰는 모양이었다. 장난감 두어 개가 마룻바닥에 온통 널린 더러운 옷들 사이에 놓여 있었다. 싸구려에 플라스틱, 로비의 나이에 맞지 않게 유치한 장난감이었다. 하지만 놀랍게도 매트리스에는 홑청이 덮여 있고 베개에도 베갯잇이 씌워져 있었다.

거실로 돌아와 보니 로비가 주먹으로 마분지 상자들을 쿵쿵 치며 또 보채고 있었다. 테리는 반쯤 감긴 눈꺼풀 아래로 멍하니 보고 있었다. 케이는 다시 자리에 앉기 전에 의자를 털었다.

"테리, 벨채플 클리닉의 메타돈(헤로인 중독 치료에 쓰이는 약물 — 옮긴이) 프로그램에 참여하고 있죠, 맞나요?"

"으음." 테리가 졸린 목소리로 말했다.

"그런데 효과가 어떤가요, 테리?"

손에는 펜을 쥔 채로, 케이는 눈앞에 앉아 있는 여자가 바로 그 대답이라는 걸 모르는 척, 테리의 말을 기다렸다.

"클리닉엔 여전히 가고 있나요, 테리?"

"지난주. 금요일, 가요."

로비가 주먹으로 상자를 쿵쿵 때렸다.

"메타돈을 얼마나 복용하는지 말해줄래요?"

"115밀리." 테리가 말했다.

테리가 이런 건 기억하면서 딸아이 나이는 모른다는 사실이 케이에게는 놀랍지 않았다.

"매티 말로는 어머님이 로비와 크리스털의 양육을 도와주신다고 했는데, 아직도 그런가요?"

로비가 그 딴딴한 작은 몸을 상자 더미에 훌렁 던지자 상자들이 흔들렸다.

"조심해, 로비." 케이가 말했다. 그러자 테리가 말했다. "그냥 놔둬." 다 죽어가는 목소리로 한 말 중에서 그나마 가장 또렷한 정신으로 한 말이었다.

로비는 주먹으로 상자를 두드리는 일로 돌아갔다. 공허한 북소리를 듣는 쾌감이 좋아서 그러는 게 분명했다.

"테리, 어머니가 아직도 로비를 돌봐주시나요?"

"우리 엄마 아니고, 할머니."

"로비의 할머니요?"

"*우리* 할머니. 바보. 할머니는…… 아파."

케이가 다시 로비를 슬쩍 바라보았다. 언제라도 쓸 수 있게 펜을 들고. 아이는 체중미달로 보이지 않았다. 반라의 아이 엉덩이를 닦아줄 때 받은 느낌과 외양으로 미루어 알 수 있었다. 티셔츠는 더러웠지만 아이 쪽으로 허리를 굽혔을 때 머리카락에서는 놀랍게도 샴푸 냄새가 났다. 우유처럼 하얀 팔다리에는 멍든 데 하나 없었지만, 다 젖어 축축 처진 기저귀는 뭘까. 아이는 세 살 반이었다.

"나 고파." 아이는 상자를 마지막으로, 헛되이 후려치며 외쳤다. "나 고파."

"비스킷 먹음 되잖아." 테리는 말을 흘렸지만, 움직이지는 않았다. 로비의 칭얼거림은 시끄러운 흐느낌과 절규로 변했다. 테리는 의자에서 일어날 생각도 하지 않았다. 아수라장 속에서 대화를 이어가기란 불가능했다.

"제가 하나 갖다줄까요?" 케이가 고함을 질렀다.

"네."

로비가 케이보다 더 빨리 주방으로 달려 들어갔다. 주방은 화장실에 버금가리만큼 더러웠다. 냉장고, 스토브, 세탁기 말고는 가전제품도 없었다. 조리대에는 더러운 접시들, 또 흘러넘치는 재떨이, 캐리어 쇼핑백, 곰팡이가 앉은 빵들만 놓여 있었다. 바닥은 끈적거리며 케이의 구두 밑창에 쩍쩍 들러붙었다. 휴지통에서 쓰레기가 흘러넘치고, 휴지통 위에 위태롭게 균형을 잡은 피자 상자가 놓여 있었다.

"저 안에." 로비가 케이를 보지도 않고 벽장을 향해 손가락을 까닥거리며 말했다. "저 안에."

케이가 예상했던 것보다 훨씬 더 많은 먹거리가 찬장에 차곡차곡 쌓여 있었다. 깡통, 비스킷 한 상자, 인스턴트커피 한 통. 상자에서 비스킷 두 개를 꺼내 아이에게 주었다. 낚아채듯 받아 들더니 아이는 다시 어머니에게로 후다닥 달려가버렸다.

"자, 어린이집 가는 거 좋아, 로비?" 마룻바닥에 앉아 비스킷을 갉

작대는 아이에게 그녀가 물었다.

대답이 없었다.

"네. 좋아해여." 테리가 약간 정신이 난 듯한 말투로 말했다. "안 그래, 로비? 좋아해여."

"마지막으로 간 게 언제예요, 테리?"

"마지막. 어제."

"어제는 월요일이었어요. 갔을 리가 없는데." 케이가 메모를 하며 말했다. "원래 가는 날이 아니잖아요."

"으응?"

"어린이집 말이에요. 로비는 오늘 어린이집에 가야 해요. 언제 마지막으로 갔었는지 알아야 해요."

"말했자나여, 네? 마지막."

그녀의 눈이 케이가 이제까지 본 중 가장 커다랗게 떠져 있었다. 목소리는 여전히 단조로웠지만 적의가 스멀스멀 표면으로 기어오르고 있었다.

"당신 레즈야?" 그녀가 물었다.

"아뇨." 계속 메모를 하며 케이가 말했다.

"레즈처럼 보여." 테리가 말했다.

케이는 계속 썼다.

"주스." 로비가 뺨에 초콜릿을 묻히며 외쳤다.

이번에는 케이도 움직이지 않았다. 다시 한 번 한참 말이 없다가 테리가 의자에서 벌떡 일어나 힘겹게 복도로 들어갔다. 케이는 허리를 굽혀 테리가 자리에 앉으면서 밀쳐낸 비스킷 깡통의 느슨한 뚜껑을 돌렸다. 안에는 주사기, 더러운 면포 몇 장, 녹슨 숟가락과 더러운 비닐 봉지가 있었다. 케이는 로비가 지켜보는 동안 뚜껑을 다시 꽉 닫았다. 테리가 먼 데서 한참 덜그럭거리더니 주스 한 컵을 들고 들어와 어린아이에게 막무가내로 쥐어주었다.

"자." 아들이 아니라 케이가 들으라고 한 말이었다. 그러더니 그녀는 다시 자리에 앉았다. 한번에 앉지 못하고 의자를 놓쳐 팔걸이에 부딪혔다. 케이는 뼈가 나무에 세게 부딪는 소리를 들었지만 테리는 통증을 전혀 느끼지 못하는 기색이었다. 그녀는 다시 축 처진 쿠션에 몸을 묻고 흐릿한 무관심으로 사회복지사를 훑어보았다.

케이는 서류를 앞장에서 맨 마지막 장까지 다 읽었다. 테리 위든의 삶에서 조금이라도 가치가 있었던 모든 것이 중독이라는 블랙홀 속으로 빨려 들어가 사라졌다는 걸 알고 있었다. 그 대가로 두 아이를 잃고, 남은 두 아이를 지키기도 버겁다는 것을. 헤로인 값을 벌기 위해 몸을 팔았고, 온갖 치졸한 범죄에 연루되었으며, 현재 하고 있는 재활 시도는 몇 번째인지 셀 수도 없다는 것까지.

그러나 느끼지도 않고, 개의치도 않는다면……. 케이는 생각했다. *지금 당장은 이 여자가 나보다 행복하네.*

Ⅲ

점심시간이 지나고 2교시가 시작될 무렵 스튜어트 '팻츠' 월이 학교 밖으로 걸어 나갔다. 그의 땡땡이 실험은 절대 섣부른 마음으로 하는 게 아니었다. 전날 밤부터 오후 수업의 대미를 장식하는 두 시간짜리 전산 수업을 빼먹기로 작정하고 있었다. 아무 수업이나 빼먹을 수 있었지만, 제일 친한 친구인 앤드루 프라이스(팻츠에게는 아프라는 이름으로 불리는)가 전산 수업에서는 조가 달랐기 때문이었다. 팻츠는 최선의 노력을 다했음에도 불구하고 친구의 조로 강등되는 데 실패했다.

팻츠와 앤드루 두 사람의 관계에서 선망의 흐름은 대체로 앤드루에서 팻츠 쪽으로 흐른다는 걸 아마 둘 다 알고 있었을 것이다. 그러나 팻츠는 속으로 앤드루가 자기를 필요로 하기보다 자기가 앤드루를 더 필요로 할지도 모른다는 생각을 하고 있었다. 최근 들어 팻츠는 이런 의존성을 유약함이라는 관점에서 바라보기 시작했지만, 앤드루와 같이 있는 게 좋긴 하니까 어차피 친구와 같이 지내지도 못할 연강 수업을 땡땡이치는 게 낫다는 결론을 내렸다.

팻츠는 믿을 만한 정보원에게서, 창문에서 지켜보는 누군가에게 들키지 않고 윈터다운 교정을 뜨는 가장 확실한 방법은 자전거 거치구역 측면 벽을 타넘는 거라는 얘기를 들었다. 그래서 그렇게 하다가 그만 손가락 끝부터 뚝 떨어지고 말았다. 그럼에도 별 참사 없이 착륙한 그는 좁은 길을 성큼성큼 걸어 나가 좌회전해 분주하고 더러운 대로로 나왔다.

무사히 출발한 그는 담배 한 대에 불을 붙이고 다 쓰러져가는 작은 상점들을 지나 계속 나아갔다. 다섯 블록을 지나쳐 팻츠는 다시 왼쪽으로 돌아 필즈 단지를 구성하는 첫 번째 거리로 접어들었다. 그는 걸어가면서 한 손으로 학교 넥타이를 느슨하게 했지만 아예 풀지는 않았다. 자기가 한눈에 봐도 학생이라는 것, 그래서 눈에 띈다는 것도 개의치 않았다. 팻츠는 어떤 식으로든 교복을 개조하려는 시도조차 한 적이 없었다. 옷깃에 배지를 단다든가 유행에 맞게 넥타이 매듭을 조절하지도 않았다. 그는 수인囚人의 경멸을 담아 교복을 걸치고 다녔다.

팻츠가 보기에, 인류의 99퍼센트가 저지르는 실수는 있는 그대로 자신을 부끄러워하는 태도였다. 자신의 정체에 대해 거짓말을 하고 다른 사람이 되려고 노력하는 것. 정직은 팻츠의 힘이요, 무기요, 방어벽이었다. 정직하게 대하면 사람들은 겁에 질려 어쩔 줄 모르고 충격을 받는다. 팻츠는 다른 사람들은 부끄러움과 가식이라는 진창에 빠져 살며 혹시라도 진실이 새어 나갈까 봐 전전긍긍하며 산다는 걸 알게 되었다. 하지만 그는 날것에, 추하지만 정직한 모든 것에, 그의 아버지 같은 사람들이 수치심과 혐오감을 느끼는 더러운 것들에 마음이 끌렸다. 팻츠는 구세주들과 버림받은 사람들에 대한 생각을 많이 했다. 광인이나 범죄자로 낙인찍힌 사람들. 잠에 취한 대중이 꺼리는 고귀한 부적응자들.

어려운 일, 영광스러운 일은, 진짜 자기 모습대로 존재하는 것이었다. 아무리 잔인하고 위험한 사람이라도, 아니 위험하고 잔인한 사람일수록 더더욱 그랬다. 자신의 짐승 같은 본질을 위장하지 않는 데 용기가 있었다. 반대로 진짜 자기 모습보다 더 야수처럼 행동하는 것도 피해야만 했다. 그 길을 걷기 시작해서 과장하거나 위장하기 시작하면 또 다른 커비가 될 테니까. 그와 다를 바 없는 거짓말쟁이, 위선자가 될 테니까. *진짜*와 *가짜*라는 두 단어는 팻츠가 머릿속으로 종종 쓰는 말이었다. 자기 자신과 다른 사람들한테 적용할 때 그 단어들에는 레이저처럼 엄밀한 의미가 담겨 있었다.

그는 자기한테 분명히 진짜 자질들이 내재해 있으며 그런 자질들은 장려하고 배양해야 한다고 결심하고 있었다. 그러나 또한 그가 지닌 사고의 습관은 불행한 양육 과정에서 체득된 부자연스러운 산물이었다. 따라서 가짜이며 씻어내야 한다고 믿었다. 최근 그는 진짜 충동에 근거해 행동하고 그런 행동이 유발하는 것으로 간주되는 (가짜) 죄책감과 두려움을 묵살하거나 억누르는 실험을 하고 있었다. 두말할 것도 없이 이는 연습을 거듭할수록 수월해졌다. 그는 내면적으로 더 강인해지고 여린 마음을 다잡고 결과에 대한 두려움 자체를 떨쳐내고 싶었다. 그리하여 선과 악이라는 겉만 번드르르한 개념을 아예 씻어내고 싶었다.

앤드루에 대한 자신의 의존성이 거슬리기 시작한 이유 중에는, 앤드루의 존재 때문에 가끔씩 팻츠의 참된 자아가 완전히 표현되지 못하고 방해받거나 제약에 부딪힌다는 사실도 있었다. 앤드루의 내면 어딘가에는 페어플레이를 구성하는 요소에 대한 자체 제작 지도가 있었고, 최근 팻츠는 오랜 친구의 얼굴에 불쾌감이나 혼란, 또는 실망감이 잘 숨겨지지 못한 채 떠오르는 걸 보게 되었다. 앤드루는 낚시와 조롱을 극단까지 밀어붙이는 걸 꺼렸다. 팻츠는 그렇다고 앤드루에게 나쁜 감정을 품지는 않았다. 앤드루가 진짜로, 진심으로 원하지 않는다면 오히려 야합하는 게 더 '가짜'일 테니까. 문제는 앤드루가 팻츠가 점점 더 결연하게 전쟁을 벌이고 있는 부류의 윤리에 애착을 보인다는 사실이었다. 팻츠는 올바른 선택, 그러니까 완전한 진정성을 추구하기 위해 마땅히 감상을 배제한 행위를 하자면 앤드루를 단호히 잘라버려야 하는 게 아닐까 생각했다. 그렇지만 여전히 그는 누구보다 앤드루와 함께 있을 때가 좋았다.

팻츠는 자기 스스로를 특별히 잘 안다고 믿어 의심치 않았다. 최근 들어 다른 무엇에도 쏟지 않은 집중력을 발휘해 그는 자기 정신세계의 그늘과 틈새를 샅샅이 탐색했다. 몇 시간 동안 자기 자신의 충동, 열망, 또는 두려움에 대해 스스로 취조하면서 진짜 자신의 감정과 교육에 의해 느끼게 된 감정을 구분하려 애썼다. 자기 자신의 애착들을 검토하고 나서(그는 자기가 아는 사람 중에 이렇게까지 자기 자신에 대해 솔직한 이는 없다고 확신했다. 그들은 반쯤 잠에 취해 인생을 표류하고 있었다) 내린 그의 결론은, 다섯 살 때부터 알고 지낸 앤드루야말로 그가 가장 진솔한 애정을 품은 인간이며, 이제는 나이가 들어 어머니 속을 뻔히 읽을 수 있게 되었지만 그녀에 대한 애착은 자기 잘못이 아니라는 것, 그리고 그는 허위의 중핵이자 정점을 상징하는 커비를 지독하게 경멸한다는 것이었다.

팻츠가 다른 무엇과도 비견할 수 없는 정성을 쏟아 진열하고 전시한 페이스북 페이지에다, 그는 부모님의 책장에서 발견한 인용문 한 구절을 강조해놓았다.

나는 신봉자들을 원치 않는다. 내가 나 자신을 믿기에는 너무 악의에 차 있다고 생각한다……. 나는 언젠가 성자로 선포될지도 모른다는 생각이 끔찍하게 두렵다……. 나는 성자가 되고 싶지 않다. 그보다 차라리 광대가 되겠다……. 어쩌면 나는 광대인지도 모른다.

앤드루는 그 구절을 아주 좋아했고, 팻츠는 앤드루가 그토록 감명을 받아서 기뻤다.

마권 영업장을 지나치는 시간 동안—몇 초에 불과했다—팻츠의 생각이 아버지의 죽은 친구, 배리 페어브라더에 머물렀다. 지저분한 유리 뒷면에 덕지덕지 붙은 경주마 포스터들을 지나쳐 성큼성큼 세 걸음을 내딛는 사이, 팻츠의 눈앞에는 농담을 던지는 배리의 수염 난 얼굴이 떠올랐고, 귓전에는 쩌렁쩌렁 웃음이랍시고 터뜨리는 커비의 목소리가 들렸다. 커비는 배리와 같이 있다는 사실만으로 흥분해서, 배리가 어설픈 농담을 하기 전부터 그렇게 쩌렁쩌렁 웃는 소리를 내곤 했었다. 팻츠는 이런 기억들을 굳이 더 파들어 가고 싶지 않았다. 본능적으로 내면에서 움츠러드는 이유가 무엇인지 캐고 싶지도 않았다. 죽은 그 사람이 진정성이 있었는지 허위에 찌들었는지 따져 묻고 싶지도 않았다. 그는 배리 페어브라더의 생각과 아버지의 터무니없는 고통을 뇌리에서 떨쳐버리고 계속 나아갔다.

팻츠는 요즘 이상하게 즐겁지가 않았다. 그 어느 때보다 더 다른 사람들을 웃게 만들면서도 말이다. 자신을 구속하는 윤리를 깡그리 벗어버리겠다는 모색은, 자기 안에서 그간 숨도 못 쉬고 억눌려 있던 그 무엇, 어린 시절을 지나면서 잃어버린 그 무언가를 회복하는 일이라고 믿고 있었다. 팻츠가 되찾고 싶은 건 일종의 순수함이었고 그리로 돌아가기 위해 스스로 선택한 우회로는 소위 나쁘다고 간주되는 모든 것들을 거쳐가야 했다. 그러나 이는 역설적으로 팻츠에게는 진정성을 향해, 일종의 순수를 향해 나아가는 유일한 참된 길로 보였다. 만물이 앞뒤가 바뀌어 있는 경우가 얼마나 잦은지, 사람들이 하는 말과 정확히 반대인 경우가 얼마나 많은지 희한할 정도였다. 팻츠는 기존의 지혜들을 모조리 거꾸로 뒤집으면 진실이 나올 거라는 생각마저 하기 시작했다. 그는 어두운 미궁을 여행하며 그 속에 숨어 있는 낯선 것들과 씨름하고 싶었다. 경건함이라는 껍데기를 때려 부숴 활짝 열어젖히고 위선을 폭로하고 싶었다. 금기를 깨고 피범벅이 된 금기의 심장에서 지혜를 쥐어짜내고 싶었다. 일종의 초도덕적 은총의 상태를 획득하고 거꾸로 세례를 받아 무지와 단순함으로 돌아가고 싶었다.

그리하여 그는 아직 위반해본 적 없는 얼마 안 되는 교칙 중 하나를 깨기로 결심하고, 필즈로 걸어 나온 것이었다. 단순히 현실의 거친 맥박이 그가 아는 다른 어떤 장소보다 이곳에서 더 가깝게 들렸기 때문만은 아니었다. 호기심이 생기는 몇몇 악명 높은 사람들을 우연찮게라도 만나게 되지 않을까 막연한 희망을 품고 있기도 했다. 그리고 아직은 자기 자신도 제대로 알아차리지 못했지만, 그건 아직 콕 짚어 표현할 말을 찾아내지 못한 갈망 중 하나였다. 그는 활짝 열린 문을, 천천히 서로를 알아보는 인연을, 그리고 자기한테 있는 줄도 몰랐던 집에서 환영받기를 갈망했다.

퍼티(유리를 창틀에 끼울 때 바르는 접착제 — 옮긴이)처럼 칙칙한 색 집들을 어머니 차를 타지 않고 도보로 지나치다 보니, 상당수 집들에는 낙서와 부서진 파편들이 없었으며 몇몇 집들은 (그의 눈에) 레이스 커튼을 치고 창턱에 장식품을 놓아 패그포드의 고상함을 모방하고 있다는 걸 알 수 있었다. 달리는 자동차에서 보면 이런 세세한 부분들이 한눈에 들어오지 않아서, 팻츠의 시선은 불가항력적으로 널빤지로 댄 창문과 파편이 널브러져 있는 잔디밭에 끌릴 수밖에 없었다. 팻츠는 깔끔한 집들에 전혀 관심이 가지 않았다. 그를 이끄는 건 혼돈과 무법의 증거가 뚜렷하게 드러나 있는 장소들이었다. 그게 기껏해야 유치한 스프레이 깡통의 다양한 변종들이라 해도 말이다.

여기 근처 어딘가에 (정확히 어딘지는 알지 못했다) 데인 털리가 살았다. 털리의 가족은 악명이 높았다. 두 형과 아버지는 감옥살이를 꽤 오래 했다. 데인이 마지막으로 싸움을 했을 때(전해지는 얘기에 따르면, 캔터밀 단지 출신의 열아홉 살짜리와 붙었다고 한다)는 아버지가 결투장소까지 동행했고, 끝까지 남아 있다가 상대편 아이의 형들과 싸웠다고 한다. 털리는 얼굴이 찢어지고 입술이 불어터지고 눈에 시커멓게 멍이 든 채 학교에 나타났다. 잘 나오지도 않던 학교에 나온 건 다친 데를 과시하기 위해서라는 데 전교생의 중지가 모였다.

팻츠는 자기라면 다르게 했을 거라고 철석같이 믿었다. 짓이겨진 얼굴을 다른 사람들이 어떻게 생각할까 신경 쓰는 건 허위였다. 팻츠도 기꺼이 싸움을 했겠지만, 그러고 나서 보통 때와 다름없이 살아갈 테고, 누가 행여 알아차린다면 우연히 그를 봤기 때문일 것이다.

팻츠는 갈수록 심한 도발을 하고 있었지만 한 번도 얻어맞은 적이 없었다. 요즘 들어 왕왕 그는 한판 싸움이 붙으면 어떤 기분이 들까 생각하곤 했다. 그가 추구하는 진정성에 폭력이 내포되어 있는 것 같다는 생각이 들었다. 아니면 적어도 폭력을 '배제'하지는 않을 것 같았다.

때릴 준비를 하고, 또 맞을 준비를 한다는 건, 그가 선망하는 용기의 한 가지 형태였다. 그동안 그는 주먹을 쓸 필요도 없었다. 혀만 있으면 충분하고도 남았다. 하지만 새롭게 모습을 드러내고 있는 팻츠는 자기 언변을 경멸하고 진정한 야수성을 동경하기 시작했다. 칼에 대한 문제는, 좀 더 조심스럽게 고민했다. 지금 칼을 구입하고, 소지하고 있다는 사실을 알리는 건 끔찍한 허위적 행위가 될 것이다. 데인 털리 같은 부류를 원숭이처럼 한심하게 모방하는 짓거리에 불과할 테니까. 팻츠의 내면은 그런 생각만 해도 절로 움츠러들었다. 꼭 *필요해서* 칼을 소지해야 할 때가 오면, 그건 얘기가 다르다. 솔직히 생각만 해도 무서웠지만, 팻츠는 그런 때가 올 거라는 가능성을 배제하지는 않았다. 팻츠는 바늘이나 칼날처럼 살점을 찌르는 것들이 무서웠다. 세인트토머스 시절에 뇌수막염 예방주사를 맞았을 때도 기절한 아이는 그뿐이었다. 팻츠의 심기를 불편하게 만드는 몇 안 되는 방법 중 앤드루가 찾아낸 한 가지는 응급 자동주사기를 들고 근처에서 얼쩡거리는 것이었다. 위험한 견과류 알레르기가 있는 앤드루가 항시 소지하는 아드레날린이 담긴 주삿바늘이었다. 앤드루가 그걸 그에게 휘두르거나 찌르는 시늉만 해도 팻츠는 속이 메슥거렸다.

특별히 갈 곳 없이 배회하던 팻츠는 폴리 로드라는 표지판을 발견했다. 그곳에는 크리스털 위든이 살고 있었다. 그녀가 오늘 학교에 나왔는지 확실치 않았는데, 마치 그 애를 찾아온 거라는 생각이 들게 하고 싶지는 않았다.

두 사람은 금요일 저녁에 만나기로 약속을 했다. 팻츠는 부모님께 영어 숙제를 같이 해야 해서 앤드루네 집에 갈 거라고 말해두었다. 크리스털은 두 사람이 뭘 하게 될지 이해하는 눈치였다. 기꺼이 해줄 분위기였다. 그녀는 지금까지는 그에게 손가락 두 개를 집어넣는 데까지만 허락해주었다. 뜨겁고 단단하고 미끈미끈했다. 그녀의 브래지어 후크를 풀고 따뜻하고 묵직한 젖가슴에 손을 대어도 된다고도 했다. 그는 마음을 먹고 크리스마스 디스코에서 그녀를 찾아 나섰다. 그리고 도저히 못 믿겠다는 듯 쳐다보는 앤드루와 다른 사람들의 시선을 한 몸에 받으며 그녀를 무도장에서 끌고 나와 공연장 뒤로 데리고 갔다. 크리스털은 다른 사람들 못지않게 놀란 기색이었지만, 그가 바라고 기대한 대로, 변변한 저항을 하지 않았다. 크리스털을 겨냥한 건 고의적인 행위였다. 그리고 친구들이 조롱하고 놀려대기라도 하면, 얼마든지 쿨하고 뻔뻔하게 대꾸해줄 말을 준비해두고 있었다.

"감자칩이 먹고 싶다고 빌어먹을 샐러드 바에 가는 사람도 있냐."

그는 미리부터 이런 비유를 생각해놓았지만, 애들한테는 또박또박 설명해줘야 했다.

"너희들은 계속 자위나 해라. 난 섹스를 하고 싶으니까."

이 말로 아이들 얼굴에 떠올랐던 미소는 싹 지워졌다. 앤드루를 포함한 그들 모두가 진짜배기, 유일하게 참된 목적을 뻔뻔스럽게 추구하는 그에게 감탄하여, 따라서 그의 선택에 대한 조롱의 말을 씹어 삼키지 않을 수 없다는 걸 알아차릴 수 있었다. 팻츠는 의심의 여지 없이 목적지에 도달하는 최단 경로를 선택했다. 그들 중 누구도 그의 상식적인 현실성을 반박할 수 없었다. 그리고 팻츠는 그들이 한 사람도 빠짐없이 왜 자기는 이렇게 만족스러운 결과를 낳는 수단을 고려해볼 배짱조차 없었을까 자문하고 있다는 걸 알았다.

"제발 부탁인데, 우리 엄마한테는 이런 얘기하지 마라, 알았지?" 팻츠는 엄지손가락으로 그녀의 젖꼭지를 앞뒤로 비벼대며 서로의 입술을 오랫동안 축축하게 탐색하다가, 숨을 쉬려고 입술을 뗀 후 크리스털한테 이렇게 한마디 던졌다.

그녀는 반쯤 킬킬 웃다시피 하더니 더욱 세차게 키스하기 시작했다. 그녀는 어째서 자기를 골랐느냐고 묻지 않았다. 사실 그에게 아무것도 묻지 않았다. 그녀는, 그와 마찬가지로, 서로의 완전히 동떨어진 무리들에게서 터져 나오는 반응을 즐기고, 구경꾼들의 혼란을 영광스럽게 여기는 것 같았다. 심지어 그의 친구들이 보여준 혐오스럽다는 무언의 몸짓까지도. 그와 크리스털은 세 번 더 이어진 격정적인 육체적 탐닉과 실험 동안에도 서로 거의 말을 섞지 않았다. 세 번 다 팻츠가 먼저 주도했지만, 그녀도 보통 때보다 훨씬 더 기꺼이 자신을 내주었다. 그가 자신을 찾기 쉬운데 어슬렁거리고 있기라도 하다는 식으로. 금요일 밤은 두 사람이 처음으로 미리 약속하고 만나기로 한 날이었다. 그는 벌써 콘돔을 사두었다.

마침내 끝까지 갈 수 있다는 예상은 오늘 그가 수업을 땡땡이치고 필즈로 오게 된 것과 무관하지 않았다. 거리 이름을 보게 될 때까지는 막상 크리스털이라는 여자(기가 막힌 젖가슴이나 기적적이리만큼 무방비 상태의 질이 아니라는 의미에서)에 대한 생각은 전혀 하지 않았지만.

팻츠는 돌연 뒤돌아 황급히 걸으며 담배 한 개비를 더 꺼내 불을 붙였다. 폴리 로드라는 이름을 보자 타이밍이 틀려먹었다는 이상한 느낌이 들었다. 오늘의 필즈는 진부했고, 속을 읽을 수 없었고, 그가 찾던 것, 찾아내면 알아볼 수 있기를 희망했던 그것은 어딘가 보이지 않는 곳에 도사리고 있었다. 그래서 그는 다시 학교로 걸어갔다.

IV

아무도 전화를 받지 않았다. 아동보호 팀 사무실로 돌아온 케이는 거의 두 시간가량 계속 위든의 내방 건강 상담자부터 주치의, 캔터밀 어린이집과 벨채플 중독 클리닉의 전화번호를 눌러대며 메시지를 남기고 전화를 받으면 답을 해달라고 부탁했다. 터질 듯 두껍고 너덜너덜해진 테리 위든의 서류가 그녀 앞 책상 위에 펼쳐져 있었다.

"또 약을 하나 보지?" 케이와 사무실을 같이 쓰는 여자 중 한 명인 알렉스가 말했다. "벨채플은 이번에는 진짜 영영 그 여자를 쫓아낼 거예요. 자기 말로는 사람들이 로비를 빼앗아갈까 봐 무서워 죽겠다지만, 약을 입에서 떼지를 못하니."

"벨채플에 다닌 게 이번이 세 번째예요." 유나가 말했다.

그날 오후 그녀가 본 것으로 미루어볼 때, 케이는 테리 위든의 인생에서 개별적인 조각들을 책임지고 있는 전문가들을 한자리에 모아놓고 다시 사례평가를 해야 할 때가 왔다고 생각했다. 그녀는 다른 일처리를 하는 사이에도 간간이 재다이얼 버튼을 계속 눌러댔고, 그동안 사무실 한쪽 구석에 놓인 전화기는 계속 울리다가 딸깍 소리와 함께 자동응답기로 연결되고 있었다. 아동보호 팀의 사무실은 비좁고 어수선했으며, 알렉스와 유나가 커피 잔에 남은 찌꺼기를 한쪽 구석에 놓인 우울한 외양의 유카 나무 화분에 쏟는 버릇이 있어서 썩은 우유 냄새가 났다.

매티가 최근에 남긴 메모는 지저분하고 혼란스럽기가 이를 데 없었다. 여기저기 쓱쓱 지운 자국들이 널려 있고, 날짜도 잘못 적혀 있는 데다 불완전했다. 몇 가지 핵심적인 서류들이 서류철에서 빠져 있었는데, 그중에는 2주 전 중독 클리닉에서 보낸 서한도 있었다. 정보를 찾으려면 알렉스와 유나에게 물어보는 편이 빨랐다.

"마지막 사례평가가 아마……." 알렉스는 유카 화분을 보고 인상을 쓰며 말했다. "1년도 넘었을걸요."

“그런데 그때, 로비가 그 여자와 같이 있어도 괜찮다는 결정이 났다는 거군요.” 케이는 속이 다 튀어나온 서류에서 사례평가에 대한 메모를 찾으려다 못 찾고 귀와 어깨 사이에 수화기를 낀 채 말했다.

“로비가 그 여자와 함께 있어도 좋은지가 안건이 아니었어요. 그 애를 엄마한테 돌려보내느냐 마느냐였죠. 테리가 손님한테 맞아서 병원에 입원하는 바람에 임시로 보육모한테 맡겼거든요. 그런데 테리가 회복하고 나와서 로비를 되찾겠다고 발광을 했어요. 벨채플 프로그램을 다시 시작하고, 약에서도 손을 떼고 제대로 노력을 했죠. 테리의 어머니도 돕겠다고 하셨고. 그래서 아이를 집에 데려온 건데, 몇 달 후에 또 약을 시작한 거예요.”

“그런데 도와주시는 분이 테리의 어머니가 아니시죠?” 케이가 말했다. 매티의 커다랗고 지저분한 글씨를 해독하려고 애쓰다 보니 머리가 지끈지끈 아파왔다. “할머니, 그러니까 아이들 증조할머니죠. 그래서 지쳐 쓰러지셨을 테고, 테리도 오늘 아침에 그분이 아프다는 얘기를 했거든요. 지금 테리의 유일한 보호자가…….”

“딸아이가 열여섯 살이에요.” 유나가 말했다. “그 애가 대체로 로비를 돌봐줘요.”

“뭐, 그렇다면 별로 잘하고 있는 거 같진 않네요.” 케이가 말했다. “오늘 아침에 갔을 때 아이 상태가 엉망진창이었거든요.”

하지만 훨씬 나쁜 꼴도 많이 봤었다. 맞은 자국에 까진 상처, 칼에 베이고 불에 탄 상처들, 타르처럼 시커먼 멍, 옴과 서캐, 개똥투성이의 카펫에 누워 있는 아기들, 골절상을 입고 기어 다니던 어린애들, 한번은 (아직도 꿈에 나오곤 했다) 정신이상 계부의 손에 닷새 동안 찬장에 갇혀 있었던 아이도 보았다. 그 아이는 전국 뉴스에 나왔다. 로비 위든의 안전을 위협하는 가장 즉각적인 위험은 어머니의 거실에 산더미처럼 쌓여 있는 무거운 상자들이었다. 아이는 그렇게 하면 케이가 온전히 자기한테 관심을 쏟는다는 걸 알아채고 나서는 자꾸 기어오르려고 시도했었다. 케이는 조심스럽게 상자들을 낮은 더미 두 개로 나눠 쌓아놓고 나왔다. 테리는 그녀가 상자에 손을 대는 걸 싫어했다. 케이가 로비의 축축한 기저귀를 벗기라고 잔소리를 하는 것도 달가워하지 않았다. 사실 테리는 흥분해서, 아직도 약 기운에 몽롱한 와중에도, 분노로 험한 말을 입에 담으며 케이에게 당장 꺼지고 다시는 오지 말라고 했다.

케이의 휴대전화가 울렸다. 테리를 담당한 마약 담당 복지사였다.

"벌써 며칠째 통화하려고 했는지 몰라요." 그 여자는 퉁명스럽게 말했다. 케이는 몇 분 동안이나 자기가 매티가 아니라고 설명했지만, 여자의 적개심은 누그러드는 것 같지 않았다.

"네, 우리가 계속 그 여자를 보러 가긴 하는데, 지난주 테스트가 양성으로 나왔어요. 한 번 더 약을 하면 퇴출이에요. 지금 그 여자 자리를 기다리는 대기자가 스무 명이나 되는데, 그럼 좀 혜택이라도 있을지 모르죠. 그 여자가 프로그램을 마치지도 못하고 나가는 게 이번이 세 번째예요."

케이는 테리가 그날 아침 약을 썼다는 사실을 말하지 않았다.

"혹시 파라세타몰 진통제 있는 분 계세요?" 케이는 마약 담당 복지사한테서 테리의 클리닉 출석 상태와 전혀 진척이 없는 현황에 대해 자세한 설명을 들은 후 전화를 끊고 알렉스와 유나에게 물었다.

케이는 미지근한 차로 진통제를 넘겼다. 일어나서 복도의 냉수기까지 갈 기력이 없었다. 라디에이터가 '고온'에 맞춰져 씽씽 돌아가고 있어서 사무실은 답답했다. 햇살이 바깥 하늘에서 사그라지고 나자, 책상 위에 달린 휑한 알전구가 환하게 밝아졌다. 강렬한 조명이 그녀의 무수한 서류들을 노란빛이 도는 눈부신 흰색으로 바꾸어놓았다. 윙윙

거리는 검은 단어들이 끝도 없이 도열해 행진하고 있었다.

"벨채플 클리닉을 폐쇄할 거예요. 어디 보세요." 케이를 등지고 컴퓨터 앞에서 일하고 있던 유나가 말했다. "예산을 절감해야 하거든요. 의회가 마약 담당 복지사 한 사람의 인건비를 대고 있어요. 패그포드 자치구가 건물주고요. 그 사람들이 건물을 꾸며서, 좀 돈이 되는 사람한테 세를 놓고 싶어 하나 봐요. 몇 년 동안 그 클리닉을 운용하고 있었으니까요."

케이의 관자놀이가 쿵쿵 울렸다. 새로 살게 된 마을 이름만 들어도 서글픈 심정이 되었다. 한번 찬찬히 생각도 해보지 않고, 그가 전화하지 않은 어젯밤 이후 결코 하지 않겠다고 맹세했던 일을 턱 저질러버렸다. 그녀는 휴대전화를 들고 개빈의 사무실 번호를 눌렀다.

"에드워드 콜린즈 사입니다." 착신음이 세 번 울리고 나서 여자가 말했다. 민간 사업자들은 재깍재깍 전화를 받기 마련이다. 돈이 걸려 있을지도 모르는 일이니까.

"개빈 휴즈 씨와 통화할 수 있을까요?" 케이는 테리의 서류를 뚫어져라 보며 말했다.

"전화하신 분 성함을 알 수 있을까요?"

"케이 보든이라고 해요." 케이가 말했다.

눈길을 들지도 않았다. 알렉스나 유나의 눈길과 마주치고 싶지 않았다. 대기 시간이 끝도 없이 길게만 느껴졌다.

(그들은 런던에서 개빈의 동생 생일 파티 때 만났다. 케이는 혼자 가기 허전하다고 친구 손에 끌려간 터라 파티에서 아는 사람이 없었다. 개빈은 리사와 막 헤어진 참이었다. 약간 술이 취하긴 했어도 점잖고 믿음직하고 극히 평범한 남자로 보였다. 케이가 보통 사귀는 부류와는 전혀 다른 스타일이었다. 그는 깨진 연애 이야기를 줄줄이 털어놓더니

해크니의 그녀 아파트까지 같이 가고 말았다. 장거리 연애를 할 때는 그도 열렬했다. 주말이면 찾아왔고 정기적으로 그녀에게 전화를 걸었다. 그러나 기적처럼 그녀가 야빌에서 박봉의 일자리를 구하고 해크니의 아파트를 매물로 내놓자 완전히 겁을 집어먹은 눈치였다…….)

"아직도 통화 중이신데요. 계속 대기하시겠습니까?"

"네, 그럴게요." 케이가 참담한 기분으로 말했다.

(개빈과 결국 잘되지 못하면……. 하지만 꼭 *잘되어야만* 했다. 그를 위해 이사를 하고, 그를 위해 직장도 바꾸고, 그를 위해 딸까지 전학을 시켰다. 설마, 진지한 의도가 아니라면 그런 일을 그냥 두고만 봤을까? 헤어지게 된다면 그 결과가 어떨지도 이미 잘 알고 있을 터였다. 패그 포드처럼 작은 마을에서 서로 계속해서 마주치게 된다면, 얼마나 어색하고 끔찍할까?)

"바꿔드릴게요." 비서가 말하자 케이의 희망이 날아올랐다.

"안녕." 개빈이 말했다. "어때?"

"좋아." 알렉스와 유나가 듣고 있었기 때문에 케이는 거짓말을 했다. "자기는 잘 지내고 있어?"

"바빠." 개빈이 말했다. "당신은?"

"나도."

그녀는 수화기를 귀에 꼭 갖다 붙인 채, 그가 자기한테 말을 거는 것처럼, 침묵에 귀를 기울이며 기다렸다.

"오늘 밤에 만날 생각 있는지 물어보려고." 결국 물어봐야만 했던 그녀는, 속이 다 메스꺼웠다.

"어…… 안 될 거 같은데." 그가 말했다.

왜 안 될 거 같은데? 대체 무슨 일인데?

"뭐 좀 할 일이 있을 거 같아……. 메리 때문에. 배리의 아내 말이야.

내가 관을 들어줬으면 하더라고. 그래서 어쩌면 아무래도……. 그게 어떻게 되는 건지 좀 알아봐야 할 거 같아."

가끔씩, 그녀가 그냥 입을 다물고 가만히 있으면, 그래서 그런 변명들이 얼마나 부적절한지 허공에 울려 퍼지게 하면, 그도 부끄러워하며 물러설 때가 있었다.

"하지만 저녁 내내 걸릴 일은 아닌 거 같네." 그가 말했다. "자기가 원한다면, 나중에 만나자."

"그럼 좋아. 내일 애가 학교 가야 하니까 자기가 우리 집으로 올래?"

"어……. 그래. 좋아."

"몇 시에?" 그녀는 제발 그가 한 가지 결정은 내려주기를 바라며 물었다.

"몰라……. 대충 9시쯤?"

그가 전화를 끊고 난 뒤에도 케이는 좀 더 수화기를 귀에 꼭 붙이고 있다가, 알렉스와 유나를 위해 말했다. "나도 사랑해. 나중에 봐, 자기."

V

상담교사인 테사의 근무시간은 남편과 달리 들쭉날쭉했다. 그녀는 보통 하교 때까지 기다렸다가 닛산 자동차로 아들을 데리고 갔고, 콜린은(테사도 아이들의 말버릇에 물든 학부모들까지 합쳐서 나머지 세상 사람들이 남편을 뭐라고 부르는지 알고 있었지만, 결코 그를 커비라고 부르지 않았다) 남아 있다가 한두 시간 후에 자기 도요타를 타고 따라오곤 했다. 그러나 오늘 콜린은 학생들이 여전히 정문에서 우글우글 몰려나와 학부모들의 자동차나 무료 운행 버스에 올라타고 있는 시각인 4시 20분에 주차장에서 테사와 만났다.

하늘은 방패 아랫면처럼 차가운 강철빛 회색이었다. 날카로운 바람 한 자락이 치맛단을 걷어 올리고 미숙한 나무들의 잎사귀를 우르르 흔들고 갔다. 악에 받친 싸늘한 바람은 목덜미나 무릎 뒤 옴폭 팬 부분처럼 제일 취약한 부분들을 골라 공략하며 꿈꾸기의 위안마저, 현실로부터 조금 후퇴해 도피하는 것마저 허락하지 않았다. 자동차 문을 닫고 들어온 후에도 테사는 사람하고 세차게 부딪치고 나서 사과의 말 한마디 못 들은 것처럼 신경이 곤두서 심란하고 기운이 쭉 빠졌다.

그녀 옆 조수석에는, 비좁은 자동차 공간 때문에 무릎을 우스꽝스럽게 치켜 올린 콜린이 20분 전 전산교사가 교감 사무실로 와서 해준 말을 테사에게 전하고 있었다.

"……안 왔대. 두 시간 연강인데 아예 나타나질 않았대. 그래서 곧장 나한테 와서 말해주는 편이 낫겠다 싶더라나. 그러니까 내일이면 교무실 전체가 다 알게 되겠지. 그 녀석이 바라는 대로 되는 거지." 콜린이 노발대발하며 말했고, 테사는 이제 전산교사 얘기를 하는 게 아니라는 걸 깨달았다. "그 녀석은 늘 그렇듯 나한테 대놓고 욕을 먹이는 거야."

남편은 피로하다 못해 하얗게 질려 있었고 시뻘겋게 핏발이 선 눈 밑에는 거뭇거뭇 그늘이 져 있었다. 그리고 서류가방을 든 손은 살짝 경련을 일으키고 있었다. 커다란 손등 뼈와 길고 늘씬한 손가락, 섬세한 손이었다. 아들의 손과 별반 다르지 않았다. 테사는 최근 남편과 아들에게 그 얘기를 해주었다. 두 사람 모두 희미하게나마 신체적으로 닮은 부분이 있다는 사실에 일말의 기쁨도 드러내지 않았다.

"내 생각에는 그런 게 아니라……." 테사가 말머리를 꺼냈지만, 콜린이 다시 말하기 시작했다.

"……그러니까, 그 녀석도 다른 학생들과 똑같이 근신 처분을 받게 될 테니 당연히 내가 집에서도 혼쭐을 내주겠다 이거야. 그러면 어디 얼마나 좋은지 보여주자고, 안 그래? 웃고 넘길 일인지 어디 본때를 보여주겠다 이거야. 일주일 외출금지부터 시작하면 되겠군. 어디 얼마나 웃기는 일인지 두고 보자."

대꾸를 하려다 이를 악물고 참은 테사는 검은 옷을 차려입은 학생들의 물결을 눈으로 훑었다. 다들 고개를 푹 숙이고 파들파들 떨면서 얇은 코트를 꼭 여미는 와중에 머리가 바람에 날려 입으로 다 들어가고 있었다. 뺨이 오동통하고 약간 당황한 표정을 한 1학년생이 아직 데리러 온 차를 못 찾았는지 사방을 두리번거리고 있었다. 군중이 갈라지고 팻츠가 나타났다. 보통 때와 다름없이 아프와 함께 휘적휘적 걸어오는 그의 머리칼이 온통 바람에 날려 깡마른 얼굴이 훤히 드러났다. 가끔, 어떤 각도, 어떤 빛에서 보면 팻츠가 어떤 모습으로 늙어갈지가 보였다. 한순간, 심연처럼 깊은 피로 속에서 보니 아들이 생판 모르는 타인 같았고, 테사는 그 애가 돌아서서 자기 차 쪽으로 오다니 얼마나 놀라운 일인가, 이 끔찍하게 초현실적인 바람 속으로 그 애를 맞으러 다시 들어가야 하는 걸까를 고민했다. 그러나 아들이 다가와 살짝 얼굴을 찌푸리듯 미소를 지었을 때, 그는 즉시 만사를 제치고 그녀가 사랑하는 아들로 다시 조립되어 변신했다. 그래서 그녀는 다시 차 밖으로 나가, 비켜줄 생각도 하지 않는 아버지와 함께 차에 타려고 아들이 꾸역꾸역 허리를 구부리고 차에 오르는 사이, 칼날처럼 아린 바람을 꿋꿋이 견디며 서 있었다.

그들은 무료 버스들보다 먼저 주차장에서 나와 야빌을 관통해 달리기 시작했다. 무너져가는 흉한 필즈의 주택들을 지나 그들을 다시 패그포드로 데리고 갈 우회도로를 향해 달렸다. 테사는 백미러로 팻츠를 살폈다. 팻츠는 부모가 어쩌다 히치하이킹으로 얻어 탄 차 주인인 것처럼, 그저 우연과 근접한 거리로만 연결된 인연인 것처럼 뒷좌석에 기대 앉아 창밖을 물끄러미 바라보고 있었다.

콜린은 우회도로에 도착할 때까지는 가만 기다리고 있었다. 그러다가 이렇게 물었다. "오늘 오후 전산 수업 안 받고 어디 갔었냐?"

테사는 짜증스럽게 다시 거울을 흘낏 살폈다. 아들이 하품하는 모습이 보였다. 가끔, 콜린에게는 끝없이 그럴 리가 없다고 변명해줬지만, 가끔씩은 테사도 팻츠가 정말로 학교 전체를 구경꾼으로 놓고 아버지에 저항해 더럽고 사적인 전쟁을 벌이고 있는 건가 싶을 때가 있었다. 아들과 관련해, 상담실에서 일하지 않았더라면 몰랐을 일들도 그녀는 다 알고 있었다. 학생들이 와서 이런저런 이야기를 흘리고 갔다. 가끔은 순수한 의도로, 또 가끔은 음흉한 속내로.

선생님, 팻츠가 담배 피우는 거 알고 계세요? 집에서 그냥 그러게 내버려두세요?

그녀는 뜻밖에 얻게 된 이런 부정한 전리품들을 따로 모아 단단히 잠가두고, 자기 발이 질질 끌리고 마음이 무겁게 짓눌릴망정, 남편에게도 아들에게도 절대 내색하지 않았다.

"산책을 하러 갔어요." 팻츠가 차분하게 말했다. "찌뿌드드한 게 다리를 좀 쭉쭉 펴줘야 될 거 같아서."

콜린은 자리에서 몸을 뒤틀어 팻츠를 보며, 안전벨트가 팽팽하게 당겨지도록 몸을 잡아 빼고 고래고래 호통을 쳤다. 외투와 서류가방 때문에 몸짓이 영 자유롭지 못하고 버거웠다. 자제력을 잃은 콜린의 언성은 점점 더 높아졌고, 결국 그는 거의 가성으로 악을 쓰게 되었다. 그동안 내내 팻츠는 조용히 앉아 있었다. 얇은 입을 오만방자하게 웃다 만 미소로 일그러뜨리고 앉아 있으니, 결국 아버지는 모욕의 언사를 고래고래 퍼붓기 시작했다. 콜린이 천성적으로 욕을 싫어했고, 행여 욕을 하더라도 스스로 굉장히 어색해했기 때문에, 그나마 수위가 좀 낮아진 편이었다.

"이 잘나빠진 자기중심적인 새끼…… 새끼…… 똥 덩어리." 그는 악을 써댔고 눈에 눈물이 너무 많이 고여 앞길이 제대로 보이지도 않는 테사는 팻츠가 틀림없이 내일 학교에 가서 앤드루 프라이스를 위해 콜린의 소심한 가성 욕설을 똑같이 흉내 낼 거라 확신해 마지않았다.

팻츠는 커비의 걸음걸이 흉내도 기가 막히게 잘 내요. 선생님도 보신 적 있으세요?

"감히 나한테 어떻게 그따위로 말할 수가 있냐? *감히 네놈이 수업을 빠져?*"

콜린은 비명을 지르며 길길이 날뛰었고, 테사는 눈을 깜빡여 고인 눈물을 떨구고 있었다. 패그포드로 돌아 들어와 광장을 지나쳐 몰리슨앤드로 가게를 지나고 전쟁기념비와 '블랙캐넌'도 지나친 다음, 성 미카엘과 모든 성인의 교회에서 좌회전을 해서 처치 로로 접어들고 드디어 자기네 집 진입로로 들어설 때까지 눈을 깜박이며 눈물을 떨궈내야만 했다. 그때쯤에 콜린은 소리를 지르다 못해 꽥꽥 소리가 간신히 날 정도로 목이 다 쉬어터졌고 테사의 뺨은 번들거리고 짠맛이 났다. 다들 자동차에서 내렸을 때, 아버지의 기나긴 악담 앞에서도 표정 하나 변하지 않던 팻츠가 자기 열쇠로 현관문을 열고 들어가더니 뒤도 돌아보지 않고 유유자적하게 위층 자기 방으로 올라갔다.

콜린은 서류가방을 어두컴컴한 복도에 던지고 빙글 돌아서서 테사를 보았다. 유일한 빛은 현관문 위의 스테인드글라스를 통해 흘러들고 있었는데, 격하게 흥분한 콜린의 반쯤 벗어진 둥근 머리 위로 반쯤은 핏빛이고 반쯤은 유령 같은 시퍼런 그림자를 드리우고 있었다.

"봤어?" 그는 긴 팔을 흔들어대며 말했다. "내가 지금 어떤 녀석을 상대하는지 봤느냐고?"

"응." 그녀는 복도 테이블에 놓인 상자에서 휴지를 한 뭉텅이 꺼내들고 얼굴을 닦고 코를 풀었다. "다 봤어."

"우리가 지금 당한 일 따위는 녀석의 안중에도 없지!" 콜린은 이렇게 말하더니 흐느껴 울기 시작했다. 크루프(아이들이 기침을 많이 하고 호흡곤란을 일으키는 병 — 옮긴이) 병에 걸린 어린애처럼 우렁차고 그르렁거리는 메마른 흐느낌이었다. 테사는 황급히 달려 나와 두 팔로 콜린의 가슴을 얼싸안았다. 워낙 키가 작고 땅딸해서 허리보다 약간 위까지밖에 손이 닿지 않았다. 그는 허리를 굽혀 그녀에게 꼭 매달렸다. 코트 밑에서 파들파들 떨리는 그의 몸과 부풀었다 가라앉는 갈비뼈의 움직임이 고스란히 느껴졌다.

몇 분 후 그녀는 부드럽게 몸을 떼고 남편의 손을 잡고 주방으로 데려가서 홍차를 한 주전자 끓여주었다.

"메리네 집에 캐서롤을 좀 갖다주고 오려고요." 한참 앉아 있다가 테사가 그의 손을 어루만지면서 말했다. "집안 식구들이 절반은 와 있는 거 같더라고요. 내가 돌아오면 우리 일찍 잠자리에 들어요."

그는 고개를 끄덕이며 코를 훌쩍거렸고, 그녀는 그의 옆머리에 키스를 해주고 냉장고로 갔다. 무겁고 꽁꽁 언 차가운 요리를 들고 돌아왔을 때, 그는 테이블에 앉아 커다란 손으로 머그잔을 쥐고 눈을 꼭 감고 있었다.

테사는 비닐봉지로 포장한 캐서롤을 현관문 옆 타일 바닥에 내려놓았다. 재킷 대신 즐겨 입는 두툼한 녹색 카디건을 걸쳐 입었지만 신발은 신지 않았다. 대신 그녀는 까치발을 하고 살금살금 2층 층계참으로 올라가서, 그때부터는 발소리 걱정을 덜고 두 번째 계단을 올라가 개조한 다락방으로 갔다.

문간으로 다가가자 쥐처럼 화다닥 움직이는 소리가 그녀를 맞았다. 그녀는 문을 두드리고, 뭔지 몰라도 인터넷으로 보고 있던 거나, 아니면 그녀가 안다는 걸 그가 알지 못하는 담배를 숨길 여유를 팻츠한테 주었다.

"네?"

그녀는 문을 밀어 열었다. 아들이 책가방을 부자연스럽게 끌어안고 구부정하니 앉아 있었다.

"하고 많은 날 중에 하필이면 오늘, 그렇게 수업을 빠져야만 했니?"

팻츠는 길고 깡마른 몸을 반듯하게 쭉 펴고 일어섰다. 그는 탑처럼 우뚝 솟아 어머니를 내려다보았다.

"갔어요. 늦게 들어갔을 뿐이에요. 베넷이 못 봤어요. 아무짝에도 쓸모없는 선생이에요."

"스튜어트, 제발. 부탁이다."

그녀도 직장에서 가끔은 아이들에게 소리를 지르고 싶을 때가 있었다. 지금도 그랬다. 너도 다른 사람들의 현실을 인정해야만 해. 그 현실이 타협해줄 거라고 생각하지. 네가 무슨 말을 하든 우리가 다 믿는다고 생각하지. 너도 우리가 너만큼이나 실재하고 있다는 사실을 인정해야 해. 네 녀석이 신이 아니라는 걸 인정해야 한단 말이야.

"아버지 심기가 굉장히 어지러우셔, 스튜. 배리 때문이야. 너도 이해해주겠니?"

"그럴게요." 팻츠가 말했다.

"내 말은, 그건 마치 너한테 아프가 죽는 일이나 마찬가지란 말이야."

그는 대답을 하지 않았고 얼굴 표정도 별로 변하지 않았지만, 그 경멸, 그 비웃음은 그녀도 느낄 수 있었다.

"너와 아프는 아버지와 배리 같은 사람들과는 완전히 다른 부류의 인간들이라고 생각한다는 건 안다만……."

"아니에요." 팻츠가 말했다. 그러나 그녀는 그저 이 대화를 끝내고 싶어서 하는 말이라는 걸 잘 알고 있었다.

"메리네 집에 음식을 좀 갖다주러 다녀오마. 내가 이렇게 빈다, 스튜어트. 내가 없는 동안 아버지 심기를 거스를 일은 이제 더 하지 말아라. 제발 부탁이야, 스튜."

"좋아요." 반쯤 웃음을 터뜨리며, 반쯤은 어깨를 으쓱하며 그가 말했다. 그녀는 아들의 주의가 미처 문을 닫고 나오기도 전에 제비처럼 휙 날아가 자기 관심사로 돌아가는 걸 느낄 수 있었다.

VI

악에 받친 바람은 늦은 오후 낮게 깔린 구름을 다 흩어버리고는, 일몰 무렵에 잦아들었다. 월 가에서 세 집 건너에 사는 서맨사 몰리슨은 화장대 거울 앞에 앉아 등불에 비친 제 모습을 마주 보며 침묵과 고요가 우울하다는 생각을 했다.

실망스러운 이틀이었다. 그녀는 거의 아무것도 못 팔았다. 샹페트르의 영업 대표는 알고 보니 불쾌한 태도에 추한 브래지어들을 여행 가방에 잔뜩 넣고 다니는 이중 턱의 사내였다. 그의 매력은 아껴뒀다 전초전에만 쓰는 게 틀림없었다. 실제로 만나보니 그는 온통 사업에만 관심을 갖고 잘난 척하며 그녀를 깎아내리고 그녀의 물건을 흠잡고 계속 주문을 요구했다. 그녀는 더 어리고 키도 훤칠하고 섹시한 사람을 상상하고 있었다. 최대한 빨리 자기 가게에서 그 사람과 그의 야한 속옷들을 다 쫓아내 버리고 싶었다.

그날 점심때 메리 페어브라더에게 주려고 "삼가 조의를 표합니다"라고 써진 카드를 한 장 샀지만, 속에 뭐라고 써야 할지 생각이 나질 않았다. 함께 병원으로 향하던 악몽 같던 일을 겪고 나니, 단순히 사인만 하는 걸로는 충분치 않게 느껴졌다. 그들은 서로 가까이 지내던 사이가 아니었다. 패그포드처럼 작은 동네에서는 항상 서로 마주치기 마련이지만, 그녀와 마일스는 사실 배리와 메리를 진짜로 '알고 지냈다'고 할 수 없었다. 오히려 하워드와 배리가 필즈를 두고 벌이는 그 끝도 없는 싸움 때문에 적진에 속했다고 해야 옳았다……. 서맨사야 그 분쟁 따위가 어떻게 되든 관심도 없었지만. 치졸한 동네 정치 따위는 우습게 보는 그녀였다.

피곤한 데다 하루 동안 무분별하게 간식을 마구 먹어댔더니 언짢고 통통 부은 기분이어서, 그녀는 마일스와 같이 시부모 댁에 저녁을 먹으러 가지 않았으면 좋겠다고 생각했다. 거울 속의 자기 모습을 바라보다가 그녀는 손을 펼쳐 얼굴 양옆에 대고 부드럽게 피부를 귀 쪽으로 쭉 당겼다. 겨우 몇 밀리미터 상관으로 더 젊은 서맨사가 나타났다. 천천히 얼굴을 이쪽저쪽으로 돌려보며 그녀는 이 팽팽한 가면을 찬찬히 살폈다. 훨씬 낫네, 훨씬 나아. 비용이 얼마나 될까 궁금했다. 얼마나 아플지, 또 정말로 용기를 내어 감행할 수 있을지도. 탱탱한 새 얼굴을 하고 나타나면 시어머니가 뭐라고 할지 상상해보려 했다. 셜리와 하워드는, 셜리가 잊을 만하면 한번씩 꼭 얘기하지만, 손녀딸의 교육비를 대고 있었다.

마일스가 침실로 들어왔다. 서맨사는 잡고 있던 피부를 놓고 눈 밑에 바르는 컨실러를 집어 들었다. 화장을 할 때면 늘 그렇듯 고개를 살짝 뒤로 젖혔다. 그러면 턱 밑으로 살짝 처진 살이 팽팽해져서 눈 아래 살

주머니가 덜 도드라져 보였다. 입술 가장자리를 따라 짤막하고 바늘 하나 들어갈 만한 주름들이 있었다. 언젠가 읽은 기사에서, 이런 주름은 합성 주사제로 채울 수 있다고 했다. 그러면 뭐가 얼마나 달라질까 궁금했다. 주름제거수술보다는 값도 훨씬 쌀 테고 아마 시어머니인 셜리도 눈치채지 못할 것이다. 거울 속 그녀 어깨 너머로 마일스가 넥타이와 셔츠를 벗는 모습이 보였다. 두툼한 뱃살이 작업복 바지 위로 출렁거렸다.

"오늘 누구 만난다고 하지 않았어? 무슨 대표인가?" 그가 물었다. 그는 옷장을 물끄러미 바라보며, 털이 북슬북슬한 배꼽을 나태하게 긁었다.

"그래, 하지만 별로 수확이 없었어." 서맨사가 말했다. "물건이 거지 같아."

마일스는 그녀가 하는 일을 재미있어 했다. 그는 소매업이 세상에서 유일하게 의미 있는 일이라고 믿는 집안에서 자랐고, 하워드가 주입한 상업에 대한 존경심을 끝까지 잃지 않았다. 게다가 농담거리도 수없이 많았고, 그쪽 계통 사업에 원래 내포된 미묘하게 위장된 자화자찬의 기회들도 많았다. 마일스는 지치지도 않고 똑같은 낡은 농담을 던지거나 은근한 인용을 멈추지 않았다.

"핏이 안 좋아?" 그는 대단히 잘 아는 사람처럼 물었다.

"디자인이 엉망이야. 색깔도 끔찍하고."

서맨사는 머리를 빗고 숱 많고 퍼석거리는 갈색 머리를 뒤로 묶으며, 면바지와 피케 셔츠로 갈아입는 마일스를 거울로 지켜보았다. 신경이 너무 날카로워져서, 조금만 건드려도 뚝 부러지거나 울음을 터뜨릴 것만 같았다.

에버트리 크레센트는 겨우 몇 분 거리였지만 처치 로의 경사가 워낙

가팔라서 그들은 차를 타고 갔다. 짙은 어둠이 깔려 있는데, 길 저 꼭대기에서 그들은 배리 페어브라더의 실루엣과 걸음걸이를 가진 어슴푸레한 남자의 모습을 지나쳤다. 서맨사는 충격을 받아 대체 누구일까 생각하며 뒤를 돌아보았다. 마일스의 자동차가 도로 꼭대기에서 좌회전을 했고, 1분도 채 못 되어 우회전을 하자 반달 모양의 1930년대식 주택이 나타났다.

하워드와 셜리의 집은 널찍한 유리창에 붉은 벽돌로 된 야트막한 건물로 앞마당과 뒷마당에 시원하게 넓은 초록빛 잔디밭을 뽐내고 있었다. 이 잔디밭은 여름철이면 마일스가 줄무늬가 생기도록 깎곤 했다. 이곳에서 살아온 긴 세월 동안 하워드와 셜리는 외등을 설치하고 하얀 단철 문을 세우고 정문 양옆에 제라늄이 가득한 테라코타 화분을 두었다. 또한 초인종 옆에 명패도 달았다. 둥글고 광택을 낸 나무판에는 고풍스러운 검은 고딕체로 따옴표까지 넣어 "앰블사이드"라고 쓰여 있었다.

서맨사는 시부모의 주택을 가지고 잔인한 재치를 발휘할 때가 있었다. 마일스는 그녀의 조소를 참고 넘겼다. 그녀와 마일스네 집에 있는 휑한 마루와 문, 맨 마루에 깐 깔개, 표구한 아트프린트들과 유행을 따른 불편한 소파가 훨씬 고상한 취향이라고 은근히 인정하기 때문이었다. 그러나 속으로는 자기가 태어나 자란 집을 더 좋아했다. 집에서는 구석구석 부드럽고 보들보들하지 않은 곳이 없었다. 거의 모든 표면이 호화롭고 부드러운 것으로 덮여 있었다. 외풍도 없는 데다 뒤로 젖혀지는 안락의자들은 달달할 정도로 편안했다. 여름에 잔디를 깎고 거기 누워 와이드스크린 TV로 크리켓을 보고 있으면 셜리가 차가운 맥주를 가져다주곤 했다. 가끔은 딸들 중 하나도 함께 와서 곁에 앉아, 셜리가 손주들을 위해 특별히 만든 초콜릿 소스가 뿌려진 아이스크림을 먹곤 했다.

"우리 아들, 왔니." 셜리가 문을 열며 말했다. 잔가지 무늬 앞치마를 두른 작고 탄탄한 몸매는 깔끔하고 작은 후추통처럼 보였다. 그녀는 까치발로 서서 키가 큰 아들에게 키스를 받고 나서 "안녕, 샘"이라고 말하더니 곧장 돌아섰다. "저녁 식사가 거의 다 됐단다. 하워드! 마일스하고 샘이 왔어요!"

집에서는 가구 광택제와 맛있는 음식 냄새가 났다. 하워드가 한 손에 와인을, 다른 손에 코르크 따개를 들고 주방에서 나왔다. 미리 연습한 동작처럼 셜리가 물 흐르듯 자연스럽게 뒷걸음질 쳐서 식당으로 들어가 복도 공간을 거의 다 채우는 덩치의 하워드가 지나갈 수 있게 비켜주고, 그다음에 총총거리며 주방으로 들어갔다.

"왔구나, 선한 사마리아인들." 하워드가 쩌렁쩌렁하게 외쳤다. "그리고 브래지어 사업은 어떠냐, 새미? 경제침체를 가슴으로 막고 버티고 있는 거냐?"

"사업은 사실 놀라울 정도로 탱탱하게 돌아가고 있어요, 아버님." 서맨사가 말했다.

하워드는 폭소를 터뜨리며 포효했고, 서맨사는 그가 코르크 따개와 술병을 들고 있지 않았다면 틀림없이 자기 엉덩이를 툭툭 쳤을 거라고 생각했다. 그녀는 시아버지가 꼬집고 철썩철썩 쳐도 웬만하면 참아 넘겼는데, 그게 다 너무 뚱뚱해지고 늙어빠져서 다른 건 못 하는 남자의 무해한 과시욕이라고 여겼기 때문이었다. 아무튼 그런 게 다 셜리의 신경을 건드리기도 했고, 그러면 서맨사는 무조건 기분이 좋았다. 셜리는 불쾌감을 공개적으로 드러내는 사람이 아니었다. 미소가 흔들리는 일도 없고, 다정하고 분별 있는 말씨가 흐트러지는 일도 없었지만 하워드가 약간 음탕하게 굴 때면 늘 포슬포슬하게 치장한 말로 위장하고 며

느리에게 가시 돋친 공격을 하곤 했다. 딸들의 치솟는 학비를 언급한다거나 서맨사의 다이어트가 어떻게 되어가느냐며 짐짓 걱정투로 묻는다든가 마일스에게 메리 페어브라더의 몸매가 기막히게 예쁘다고 생각하지 않느냐고 한다든가. 서맨사는 미소를 띤 얼굴로 묵묵히 다 견뎌내고, 나중에 마일스한테 벌을 주었다.

"안녕하세요, 모 아주머니!" 마일스는 서맨사보다 먼저 하워드와 셜리가 소위 '라운지'라고 부르는 방에 들어갔다. "여기 와 계실 줄 몰랐는데요!"

"안녕, 우리 잘생긴 젊은이." 모린이 깊고 걸걸한 목소리로 말했다. "키스 좀 해다오."

하워드의 사업 파트너가 소파 한 귀퉁이에서 아주 작은 셰리 잔을 들고 앉아 있었다. 검은 스타킹에 굽 높은 에나멜 구두를 신고 진분홍색 드레스를 입고 있었다. 칠흑처럼 검은 머리는 스프레이를 잔뜩 뿌려 심하게 부풀려져 있었고, 얼굴은 창백한 원숭이 같았다. 마일스가 허리를 굽히고 그 뺨에 키스하려 하자 선명하고 밝은 분홍색 립스틱을 바른 입술이 조그맣게 오므라들었다.

"사업 얘기를 하고 있었지. 새로 오픈하는 카페 운영 계획하고. 안녕, 샘." 모린이 자기 옆 소파를 손으로 툭툭 치며 덧붙여 말했다. "아, 넌 무척 예쁘게 태웠구나. 아직도 이비자 섬에서 태운 그대로니? 여기 와서 옆에 좀 앉으렴. 골프클럽에서 얼마나 충격을 받았니그래. 소름이 끼치는 일이었을 텐데."

"네, 그랬어요." 서맨사가 말했다.

그리고 처음으로 그녀는 자기 입으로 배리의 죽음에 대한 이야기를 하고 있다는 걸 깨달았다. 마일스는 끼어들 기회만 노리면서 주변에서 어슬렁거리고 있었다. 하워드는 커다란 잔에 피노 그리지오 와인을 따라 나눠주면서 서맨사의 이야기에 귀를 쫑긋 세우고 듣고 있었다. 점점, 하워드와 모린의 흥미가 고조되고 알코올이 내면에서 따뜻한 위로의 모닥불을 피우자, 이틀 동안 서맨사를 잠시도 떠나지 않았던 긴장이 스르르 빠져나가고 가냘픈 행복감이 꽃을 피웠다.

방은 따뜻하고 티끌 하나 없이 깨끗했다. 가스 벽난로 양편으로 세워진 선반에는 장식용 도자기들이 여럿 진열되어 있었는데, 대부분 왕실의 역사적 건물이나 엘리자베스 2세 여왕의 통치 기념일을 기리는 것들이었다. 한쪽 귀퉁이의 작은 책장에는 왕실의 전기들과 한때 주방을 장악했던 반들반들한 요리책들이 뒤섞여 꽂혀 있었다. 사진들이 선반과 벽을 장식하고 있었다. 마일스와 여동생 퍼트리샤가 교복을 맞춰 입고 쌍둥이 액자 속에서 환한 미소를 짓고 있었다. 마일스와 서맨사의 두 딸 렉시와 리비의 사진들이 아기 때부터 10대까지 줄줄이 걸려 있었다. 서맨사는 가족 갤러리에 딱 한 번밖에 등장하지 않았다. 물론 가장 크고 가장 눈에 띄는 사진이긴 했지만. 그 사진은 16년 전 그녀와 마일스의 결혼식에서 찍은 것이었다. 마일스는 젊고 멋졌으며, 또랑또랑한 파란 눈으로 사진사를 똑바로 바라보며 눈가에 주름이 자글자글 잡히게 웃고 있었다. 반면 서맨사의 눈은 반쯤 감겨 있고, 얼굴은 옆으로 돌아가 있었으며, 다른 카메라 렌즈를 보고 웃느라 턱도 이중 턱이었다. 하얀 새틴 드레스는 때 이른 임신으로 부푼 젖가슴을 꽉 조이고 있어 엄청나게 뚱뚱해 보였다.

모린의 깡마르고 발톱 같은 한 손이 항상 목에 걸고 있는 목걸이 줄을 만지작거리고 있었다. 그 목걸이 줄에는 십자가와 죽은 남편의 결혼반지가 걸려 있었다. 서맨사의 이야기가 의사가 메리에게 더 이상 할 수 있는 조치가 없다는 얘기를 했다는 대목에 다다르자, 모린이 다른 한 손을 서맨사의 무릎에 올리더니 꽉 움켜쥐었다.

"식사 준비 다 됐어요!" 셜리가 외쳤다. 오고 싶지 않았었지만 서맨사는 지난 이틀 이래로 가장 기분이 좋아졌다. 모린과 하워드는 둘 다 그녀를 영웅인 동시에 희생양으로 대접해주었고, 식당으로 가는 길에 둘 다 그녀의 등을 부드럽게 토닥거려주었다.

셜리는 조명을 어둡게 줄여놓고 벽지와 제일 좋은 냅킨에 어울리는 긴 분홍색 촛불들을 켜두었다. 어두컴컴한 와중에 수프 그릇에서 김이 모락모락 올라 심지어 하워드의 넓고 혈색 좋은 얼굴마저도 이 세상 사람 같지 않게 보였다. 커다란 와인 잔을 거의 바닥까지 비운 서맨사는 하워드가 강령회를 열어 배리를 부르고 골프클럽에서 있었던 일을 당사자한테 들어보자고 제안한다면 얼마나 웃길까 생각했다.

"자." 하워드가 목소리를 잔뜩 깔고 말했다. "배리 페어브라더를 위해 잔을 들어야 할 것 같군."

서맨사는 재빨리 잔을 기울여, 벌써 술을 거의 다 마셨다는 걸 셜리가 보지 못하도록 했다.

"뇌동맥류가 거의 확실하대요." 술잔들이 다시 식탁보 위에 놓이기가 무섭게 마일스가 말했다. 이 정보를 심지어 서맨사에게도 말해주지 않고 아껴두기를 잘했다고 생각했다. 안 그랬다면 그녀가 아까 모린과 하워드한테 얘기하면서 다 털어놓아 버렸을 테니까. "개빈이 회사 차원에서 조의를 표하고 유언장 문제로 얘기를 하려고 메리한테 전화했더니, 그렇다고 확인해줬답니다. 기본적으로 머릿속의 동맥이 부풀어 올라서 터진 거죠." (그는 사무실에서 개빈과 통화한 후 일단 철자법부터 알아내고 인터넷에서 그 용어를 검색해보았다.) "언제라도 터질 수 있는 일이었던 거죠. 일종의 선천적인 취약점이랄까요."

"섬뜩한 일이군." 하워드가 말했다. 그렇지만 그때 그는 서맨사의 술잔이 빈 걸 확인하고 의자에서 그 거대한 덩치를 힘겹게 끌고 일어나

잔을 채워주었다. 셜리는 한참 동안이나 눈을 치켜뜨고 흘끗거리며 수프를 떠먹었다. 서맨사는 반항심이 생겨 와인을 더 꿀꺽꿀꺽 마셔댔다.

"이거 아세요?" 혀가 살짝 꼬인 말투로 그녀가 말했다. "여기 오는 길에 그 사람을 본 거 같았어요. 어둠 속에서. 배리요."

"아마 그 형제들 중 하나를 봤을 거다." 셜리가 별것 아니라는 투로 말했다. "다 똑같이 생겼거든."

하지만 모린이 셜리의 말을 덮고 꺽꺽거리듯 말했다.

"나도 켄이 죽은 다음 날 밤에 그이를 본 거 같았어. 대낮처럼 또렷하게 정원에 서서 주방 창문 너머로 나를 올려다보고 있었다니까. 그이의 장미꽃들 사이에서 말이야."

아무도 대꾸를 하지 않았다. 전에도 들은 얘기였다. 부드럽게 후루룩 넘기는 소리 말고는 아무 소리도 나지 않고 1분이 흘러갔다. 그리고 모린이 갈까마귀가 우는 듯한 목소리로 다시 말했다.

"개빈은 페어브라더 형제들이랑 꽤 가깝게 지내지, 안 그러니, 마일스? 배리하고 스쿼시도 치지 않니? 아니, *쳤다고* 해야겠구나."

"네. 배리가 일주일에 한 번씩 개빈을 박살내곤 했죠. 개빈 실력이 형편없나 봐요. 배리는 구력이 10년이니까요."

테이블에 둘러앉은 세 여자의 촛불에 비친 얼굴에 거의 똑같이 내심 만족스러워 하는 즐거움의 표정이 떠올랐다. 딴 건 몰라도, 그들은 모두 마일스의 깡마른 사업 파트너에게 살짝 삐딱한 흥미를 품고 있었다. 모린의 경우에는, 그저 패그포드의 가십이라면 무조건 환장해 지칠 줄 모르고 물어뜯는 오지랖의 표현에 불과했다. 그녀에게 젊은 독신남의 일거수일투족은 일등급 쇠고기나 다름없었다. 셜리는 개빈의 열등한 점과 불안한 심리에 대한 얘기를 들으면 특히 좋아했다. 왜냐하면 그 덕분에 자기 인생에서 신이나 다름없는 두 남자 하워드와 마일스의 업

적과 자신감이 대조적으로 빛났기 때문이었다. 그러나 서맨사의 경우에는, 개빈의 수동적 성향과 신중함을 보면 고양이 같은 잔인성이 발동되곤 했다. 그를 철썩 때려서 정신을 좀 차리게 만들거나 아니면 대리로 다른 여자한테 거칠게 다뤄지는 꼴을 보고 싶다는 강렬한 욕구가 솟구쳤다. 그녀는 그가 자기를 위압적이고 다루기 힘든 여자라고 생각한다고 확신하고 만날 때마다 약간씩 그를 괴롭히며 쾌감을 느끼곤 했다.

"그런데 요즘 런던에 그 여자 친구하고는 상황이 어떻게 되어간다니?" 모린이 물었다.

"이젠 런던에 살지도 않아요, 모 아주머니. 호프 스트리트로 이사 왔어요." 마일스가 말했다. "그리고 제 생각에는, 개빈이 애초에 그 여자를 가까이한 것 자체를 후회하는 거 같아요. 개빈 아시잖아요. 천성적으로 한 여자한테 정착을 못 하니까."

마일스는 개빈에게 같은 학교 몇 년 선배였고, 따라서 사업 파트너에 대한 얘기를 할 때마다 여전히 6학년 반장의 말투를 지우지 못했다.

"검은 머리 여자? 아주 짧은 머리?"

"그 여자 맞아요." 마일스가 말했다. "사회복지사예요. 플랫슈즈를 신는."

"그러면 우리 가게에 온 적 있지, 안 그래요?" 모린이 들뜬 말투로 말했다. "외모로 판단하기는 그렇지만 요리에는 별로 재주가 없어 보이더라."

구운 돼지 허리살 요리가 수프 다음에 나왔다. 하워드의 묵인을 업고 서맨사는 술술 흡족한 취기로 미끄러져 흘러가고 있었지만, 그녀 내면에서는 무언가가 마치 바다로 휩쓸려 나가는 사람처럼, 외로운 항거를 하고 있었다. 그녀는 와인을 더 마셔서 그것을 익사시켜버리려고 했다.

짧은 침묵이, 새하얀 백지상태로 기대에 한껏 부풀어 새로 깐 식탁보처럼 테이블 건너로 굴려지며 펼쳐졌다. 그리고 이번에는 하워드가 새로운 화두를 꺼낼 차례라는 걸 모두가 알고 있는 듯했다. 그는 한참 음식을 먹고, 입안에 한껏 들어찬 음식을 와인으로 씻어 넘겼다. 겉보기에는 자기를 보는 눈길을 의식하지 못하는 듯했다. 마침내 접시를 반쯤 비운 후에야 그는 냅킨으로 입을 훔치고 말하기 시작했다.

"그래, 이제 의회에서 일이 어떻게 돌아가는지 지켜보는 게 재미있을 거야." 그는 엄청난 기세의 트림을 억누르기 위해 말을 잠시 끊을 수밖에 없었다. 잠깐이지만 금방이라도 토할 사람처럼 보였다. 그는 주먹으로 가슴을 쿵쿵 쳤다. "미안하구나. 그래, 정말 재미있을 거야. 페어브라더가 없어졌으니……." 사무적으로, 그는 자기가 습관적으로 부르던 이름을 다시 썼다. "……신문에 그 친구 기사가 나오지는 않을 것 같구나. '귀 아픈 떠버리'가 떠맡지만 않는다면 말이야." 그가 덧붙여 말했다.

하워드는 파민더 자완다가 자치구의회에 처음 출석하던 날부터 그녀를 "귀 아픈 떠버리"라는 이름으로 불렀다. 반 필즈 주의자들에게는 인기 있는 농담이었다.

"그 여자 얼굴에 그 표정 봤지." 모린이 셜리를 보고 말했다. "우리가 그 얘기를 해줬을 때, 그 여자의 표정. 뭐…… 난 늘 생각했지만……. 왜……."

서맨사는 귀를 쫑긋 세웠지만 모린의 은근한 암시는 진짜 웃기지도 않았다. 파민더는 패그포드에서 가장 잘생긴 남자와 결혼한 여자였다. 비크람은 훤칠하고 몸도 탄탄했으며 매부리코에 새까만 속눈썹이 술처럼 둘러싼 눈, 그리고 나른하고 의미심장한 미소를 지닌 남자였다. 서맨사는 벌써 몇 년 동안이나 길거리에서 비크람과 우연히 마주쳐

시간을 보내게 될 때마다 필요 이상으로 머리칼을 뒤로 찰랑거리고 넘기며 불필요하게 큰 소리로 깔깔거리고 웃었다. 비크람의 몸매는 럭비를 포기하면서 근육이 없어지고 배가 불뚝 나오기 전 옛날의 마일스 같았다.

이웃이 되고 나서 얼마 되지 않아 어디선가 서맨사는 비크람과 파민더가 중매결혼을 했다는 소리를 들었다. 그녀는 중매결혼이라는 것이 말로 못 할 정도로 에로틱하다고 느꼈다. 비크람과 결혼하라는 '명령'을 받아서, '어쩔 수 없이' 해야만 한다는 상상을 해보라. 그녀가 꾸며낸 작은 판타지 속에서 그녀는 베일을 뒤집어쓰고 방으로 안내되었다……. 운명의 노예가 된 처녀……. 고개를 들어보니, '그런' 복이 굴러 들어오다니……. 그의 직업이 또 다른 흥분의 원천이라는 건 말할 것도 없다. 그런 중책을 맡으면 훨씬 못생긴 사람이라도 섹시함을 풍기게 되어 있으니까…….

(비크람은 7년 전 하워드의 관상동맥 우회수술을 집도했다. 그 결과 비크람은 몰리슨앤드로 식료품점에 들어설 때마다 따발총처럼 쏟아지는 농담 섞인 수다를 들어야만 했다.

"줄 맨 앞으로 오십시오, 어서요, 자완다 씨! 비켜주세요, 부탁입니다, 숙녀 여러분—아니예요, 자완다 씨, 제가 꼭 그래야 되겠습니다—이분께서 제 생명을 구해주셨어요. 못쓸 뻔한 심장을 고쳐주셨죠……. 뭘 드릴까요, 자완다 씨?"

하워드는 항상 비크람에게 시식해보라며 덤을 얹어주었고 뭘 사든 정량보다 더 많이 싸주겠다고 고집을 피웠다. 서맨사는 이런 괴짜 짓 때문에, 비크람이 아예 식료품점에 발걸음을 끊었다고 생각했다.)

서맨사는 대화의 흐름을 놓쳤지만 어차피 중요하지 않았다. 다른 사람들은 여전히 배리 페어브라더가 지역신문에 기고한 글인지 뭔지에 대해서 끝도 없이 주절주절 떠들고 있었으니까.

"……어차피 내가 가서 얘기를 하려고 했었지." 하워드가 쩌렁쩌렁한 목소리로 말했다. "그건 너무 음흉하게 뒤통수를 치는 짓이었어. 자, 자, 이제는 지나간 일이 되어버렸지만.

이제 우리가 생각할 건 페어브라더 자리를 누가 대체하느냐야. 귀 아픈 떠버리를 저평가하면 절대 안 돼. 지금 아무리 그 여자 심기가 불편해도 말이야. 우습게 봤다가는 큰 코 다칠 거야. 그 여자가 십중팔구 벌써 부지런히 사람을 모으려 하고 있을 테니까, 우리 쪽에서도 적당한 대안을 생각해야만 해. 되도록 빨리 하는 쪽이 낫겠지. 잘 처리하면 간단한 문제니까."

"그게 정확하게 무슨 뜻이죠?" 마일스가 물었다. "선거인가요?"

"그럴 가능성이 높지." 하워드가 사리 판단이 분명한 풍모를 풍기며 말했다. "하지만 난 좀 회의가 들어. 기껏해야 임시 공석에 불과하잖나. 선거에 충분한 관심을 모으지 못하면—물론, 내가 말했듯이 귀 아픈 떠버리를 우리가 저평가해서는 안 되겠지만 말이야—그렇지만 그 여자가 아홉 명을 모아서 공식적인 투표를 발의하지 못한다면, 기존 의원들이 새 의원 한 명을 선출하는 간단한 문제가 되지. 그렇게 되면 선출을 비준하기 위해 아홉 명 의원들의 표만 있으면 돼. 아홉 명이 정족수거든. 페어브라더의 임기는 3년 남았어. 그럴 가치가 있지. 페어브라더 대신에 우리 사람을 심으면 판을 통째로 흔들 수 있어."

하워드는 두꺼운 손가락들로 술잔의 둥근 부분을 북 치듯 두드리며 식탁 건너편에 앉은 아들을 바라보았다. 셜리와 모린도 모두 마일스를 바라보고 있었지만, 막상 마일스는 먹이를 기대하며 흥분해 파들거리는 거대하고 뚱뚱한 래브라도 견처럼 자기 아버지를 마주 바라보고 있다고 서맨사는 생각했다.

맑은 정신이었다면 한 박자 빨랐겠지만, 아무튼 서맨사는 이 모든 게 다 어찌된 일인지 파악했다. 이상하게 테이블에 감돌던 축하의 분위기가 무엇이었는지도 깨달았다. 그녀의 취기가 아까는 해방적으로 느껴졌건만 한순간에 갑자기 구속적으로 바뀌었다. 한 병 이상의 와인과 한참 동안의 침묵 이후에도 자신의 혀가 고분고분하게 말을 들어줄지 자신이 없었다. 그래서 큰 소리로 말하지 않고 그 말들을 머릿속으로만 생각했다.

먼저 나하고 의논 좀 하겠다고 저 사람들한테 꼭 말을 하는 게 신상에 좋을 거야, 마일스.

VII

테사 월은 메리네 집에서 오래 머물 생각이 아니었지만—남편과 팻츠를 단둘이 집에 두고 나오는 것이 절대 마음이 편치가 않았다—결국 방문 시간이 길어져 두세 시간 동안 머무르고 말았다. 페어브라더의 집 안에는 간이침대며 침낭이 넘쳐났다. 죽음으로 초래된 거대한 공백을 대가족이 포위해 좁혀나가고 있었지만, 아무리 시끄러운 소리를 내고 분주하게 일해도 배리가 사라져버린 깊은 구렁을 가릴 수는 없었다.

친구가 죽은 후 처음으로 혼자 상념에 잠긴 테사는 왔던 길을 따라 처치 로의 어둠 속을 헤치고 터벅터벅 걸어 내려갔다. 발은 욱신거리고 카디건 한 장으로는 도저히 추위를 막을 수 없었다. 목덜미에 걸려 있는 나무 구슬들이 달그락거리며 부딪는 소리와 지나치는 집들에서 희미하게 들려오는 텔레비전 소리 말고는 사위가 죽은 듯 고요했다.

덜컥 테사는 그런 생각이 들었다. *배리가 알고는 있었을까.*

그녀 인생의 그 엄청난 비밀을 남편이 배리에게 말했을지도 모른다는 생각을 전에는 한 번도 해본 적이 없었다. 결혼의 핵심에 도사리고 있는 썩어빠진 그 실체를. 그녀와 콜린은 그 얘기를 절대 입에 올리지 않았다. (물론 은근한 암시가 무수한 대화들을 더럽히긴 했지만, 특히나 최근 들어…….)

하지만 오늘 밤 테사는 팻츠의 이야기가 나오자, 메리가 슬쩍 던지는 눈길이 의미심장했다는 생각이 들었다…….

녹초가 됐잖아, 그래서 없는 일을 상상하고 있는 거야, 라고 테사는 스스로를 단단히 타일렀다. 비밀을 지키려는 콜린의 습관은 너무나 강력하고, 너무나 깊이 인이 배겨 있어서, 절대로 말했을 리 없었다. 아무리 그가 우상처럼 숭배해 마지않는 배리라 하더라도 말이다. 테사는 배리가 알고 있었을지 모른다는 생각만 해도 진저리가 났다……. 콜린에게 보여준 그의 친절이 그녀, 테사가 한 짓을 딱하게 여겨서 그런 거였다면…….

거실에 들어선 그녀는 안경을 쓰고 뉴스를 배경으로 틀어놓고 텔레비전 앞에 앉아 있는 남편의 모습을 보았다. 무릎 위에 출력한 종이 한 다발을 놓고 손에 펜을 들고 있었다. 팻츠의 흔적이 보이지 않아 테사는 마음을 놓았다.

“메리는 어때?” 콜린이 물었다.

“뭐……. 그렇지 뭐……. 별로 안 좋아.” 테사가 말했다. 그리고 낡은 안락의자에 쓰러지듯 주저앉아 안심이 되는 듯 조그맣게 앓는 소리를 내며 낡아빠진 신발을 벗었다. “그렇지만 배리의 형이 아주 기가 막히게 잘해주고 있더라고.”

“어떻게?”

“뭐…… 있잖아……. 도와주는 거…….”

그녀는 눈을 감고 엄지와 검지로 콧날과 눈꺼풀을 꾹꾹 눌러 마사지 했다.

"난 왠지 늘 그 사람이 영 못 미덥더라." 콜린의 목소리가 말했다.

"정말?" 자발적으로 기어들어 간 어둠의 까마득한 깊이 속에서 테사가 말했다.

"그래. 그 사람이 자기가 와서 팩스턴 고등학교하고 대항전 할 때 심판 봐주겠다고 했던 거 기억 나? 그런데 반시간 전에 취소 통보를 하는 바람에 베이트맨이 대신 해야 했잖아?"

테사는 그 말에 맞받아치고 싶은 충동과 싸워 억눌렀다. 콜린은 첫인상이나 단 한 번의 행동으로 만사를 통째로 판단해버리는 버릇이 있었다. 그는 인간 본성이 엄청나게 변화무쌍하다는 사실을 전혀 이해하지 못했고, 별 특징 없어 보이는 모든 얼굴의 배후에 자기와 똑같이 야성적이고 독특한 모습이 있다는 걸 인정하지 않았다.

"글쎄, 아이들을 정말 다정하게 돌봐주고 있던데." 테사는 신중하게 말했다. "난 자러 가야겠어."

그녀는 움직이지 않고 앉은 채로 신체의 다른 부위들에서 별개로 느껴지는 통증에 집중했다. 발에, 허리에, 어깨에.

"테스, 내가 그동안 생각을 해봤는데."

"으음?"

안경 때문에 콜린의 눈이 두더지처럼 쪼그라들어 보였고 대머리가 되어가는 높고 울퉁불퉁한 앞이마가 훨씬 더 두드러져 보였다.

"배리가 자치구의회에서 하려던 모든 일. 그가 지키기 위해 싸웠던 모든 것들. 필즈. 중독 클리닉. 하루 종일 그 생각을 해봤어." 그는 깊게 숨을 들이쉬었다. "배리 대신 내가 나서서 그 일을 떠맡아야겠다는 결심이 거의 섰어."

불길한 예감이 와장창 테사를 덮쳐, 그녀는 못 박힌 듯 의자에서 꼼짝도 하지 못했고 잠시 말도 나오지 않았다. 그녀는 프로답게 중립적인 표정을 유지하려고 안간힘을 썼다.

"그걸 배리도 원했을 거라는 확신이 들어." 콜린이 말했다. 그의 이상한 흥분에 자기방어의 기미가 돌았다.

절대로, 하고 테사의 가장 정직한 자아가 말했다. *절대 단 한 순간도 배리는 당신이 그 일을 맡기를 원하지 않았을 거야. 당신이야말로 그 일을 결코 해서는 안 되는 사람이라는 걸 알고 있었을 테니까.*

"맙소사." 그녀가 말했다. "저, 내가 알기로 배리는 아주……. 하지만 그건 엄청난 헌신이잖아, 콜린. 그리고 파민더가 없어진 것도 아니고. 파민더가 아직 있잖아. 그녀 역시 배리가 원했던 모든 일들을 해내려고 분투할 테고."

파민더에게 전화를 걸었어야 해, 테사는 그 말을 하면서 생각했다. 뱃속에서 죄책감이 쿵 떨어졌다. *아, 하느님, 어째서 저는 파민더에게 전화를 걸 생각을 못 했던 걸까요?*

"하지만 지원군이 필요할 거야. 혈혈단신으로 저들에게 맞서 버틸 수는 없어." 콜린이 말했다. "그리고 지금 이 순간 하워드 몰리슨이 당장 배리 자리를 대체할 허수아비를 준비하고 있을 게 틀림없어. 그는 아마 이미……."

"아, 콜린……."

"확실하다니까! 그치가 어떤 인간인지 당신도 알잖아!"

콜린의 무릎에 놓여 있던 서류가 부주의로 떨어져, 마룻바닥으로 매끈하고 하얀 폭포수처럼 쏟아졌다.

"배리를 위해서 이 일을 하고 싶어. 그 친구가 못다 한 일을 내가 떠맡아 하겠어. 그가 노력했던 모든 일들이 연기처럼 사라지게 만들 수는 없어. 쟁점은 나도 알아. 배리는 늘 자칫하면 자기가 결코 누릴 수 없었을지도 모를 기회들 얘기를 했어. 게다가 그가 지역에 얼마나 많이 돌려주었는지 보라고. 나는 결연히 맞서겠어. 내일, 내가 취해야 할 조치에 대해 알아보러 갈 거야."

"좋아요." 테사가 말했다. 다년간의 경험을 통해 그녀는 콜린이 들떠 흥분하는 초기에는 절대 반대를 하면 안 된다는 걸 알고 있었다. 안 그랬다가는 오히려 강행하겠다는 다짐만 더욱 공고히 해주었으니까. 마찬가지로 같은 세월은 콜린에게 테사가 이의를 제기하기 전에 흔히 찬성하는 척 시늉만 하는 때가 잦다는 사실을 가르쳐주었다. 이런 식의 대화들에는 늘 두 사람이 똑같이 느끼는, 그러나 표출하지 않는 그 오래된 비밀에 대한 기억이 깔려 있었다. 테사는 자기가 그에게 빚을 졌다고 느꼈다. 그는 자기가 받을 빚이 있다고 느꼈다.

"이건 내가 정말 하고 싶은 일이야, 테사."

"이해해, 콜린."

그녀는 의자에서 몸을 일으켜, 위층으로 올라갈 기운이 있기나 한지 가늠했다.

"당신은 안 자?"

"좀 이따가. 먼저 이거 훑어보는 일부터 끝내고."

그는 아까 떨어뜨린 프린트 용지들을 줍고 있었다. 무모한 새 프로젝트가 그에게 맹렬한 에너지를 주는 듯했다.

테사는 침실에서 천천히 옷을 벗었다. 중력이 아까보다 더 강력해진 것 같았다. 팔다리를 들어 올리는 일조차 너무나 힘이 들었다. 도무지 말을 듣지 않는 지퍼를 억지로 여는 것도 고생스럽기가 이루 말할 수 없었다. 그녀는 가운을 걸치고 화장실로 갔다. 거기서는 머리 위에서 돌아다니는 팻츠 소리가 들렸다. 남편과 아들 사이에서 왔다 갔다 하면서 요즘 들어 부쩍 쓸쓸하고 힘이 쭉 빠지는 느낌에 젖는 일이 잦아지고 있었다. 그들은 집주인과 하숙생처럼 서로 낯설기만 한 존재로, 완전히 독립적으로 존재하는 듯 보였다.

테사는 손목시계를 가지러 갔다가 어제 어디 잘못 두었다는 걸 깨달았다. 너무 피곤한 나머지…… 계속해서 물건들을 잃어버렸다. 그런데 대체 어떻게 파민더에게 전화하는 걸 까맣게 잊었을까? 눈물이 그렁그렁한 채, 걱정이 되고 긴장이 되어, 그녀는 발을 질질 끌며 침대로 기어 들어 갔다.

수요일

I

크리스털 위든은 엄마와 보통 때보다 더 심하게 싸운 후 월요일과 화요일 밤을 친구 니키의 침실 바닥에서 보냈다. 친구들과 근처에서 어울리다가 집에 온 크리스털이 문간에서 오보와 말을 섞는 테리를 본 순간부터 시작된 싸움이었다. 필즈에서 오보를 모르는 사람은 한 사람도 없었다. 멍하고 퉁퉁 부은 얼굴과 이가 다 빠진 웃음, 술병 바닥 같은 안경에 더러운 낡은 가죽 재킷.

"우리 대신 여기 좀 맡아줘, 테르, 이틀 쯤? 그럼 떨어지는 몇 파운드쯤 그쪽도 챙기거?"

"뭘 맡아달라는 거야?" 크리스털이 물었다. 로비가 테리의 두 다리 사이에서 후다닥 뛰쳐나와 크리스털의 무릎에 딱 달라붙었다. 로비는 집에 남자들이 찾아오는 걸 좋아하지 않았다. 다 그럴 만한 이유가 있었다.

"아무것도 아냐. 컴퓨터."

"그러지 마." 크리스털이 테리에게 말했었다.

그녀는 엄마한테 현금으로 여윳돈이 생기는 게 싫었다. 테리는 오보에게 중간 단계는 다 건너뛰고 헤로인으로 지불하라고 시킬 테니까.

“받지 마.”

그러나 테리는 이미 좋다고 한 뒤였다. 크리스털이 살아오는 평생, 엄마는 뭐든지 누구한테든지 좋다고 말했다. 동의하고, 인정하고, 영원히 수긍하고. *그래, 좋아, 그렇게 해, 여기 있어, 그러지 뭐.*

크리스털은 어두워지는 하늘 아래 친구들과 함께 그네를 타고 빈둥거리다 왔다. 신경이 곤두서고 짜증이 났다. 페어브라더 씨의 죽음이 사실이라는 게 도무지 이해가 되지 않았지만, 누가 주먹으로 계속 배를 때리는 느낌이 들어 누구든 다른 사람들한테 분통이라도 터뜨리고 싶었다. 게다가 자기가 테사 월의 시계를 훔쳤다는 사실에 심란하기도 하고 죄책감도 느꼈다. 그렇지만 왜 그 멍청한 년은 크리스털 앞에다 시계를 뻔히 두고 눈을 감느냐 말이다. 대체 뭘 기대하고?

다른 사람들과 같이 있어도 나을 게 없었다. 젬마는 팻츠 월을 두고 계속 신경을 건드렸다. 결국 크리스털은 폭발해서 젬마를 덮쳤고, 니키와 리앤이 크리스털을 붙들고 말려야 했다. 그래서 성이 잔뜩 난 채 사나운 기세로 집으로 돌아왔는데, 크리스털의 눈앞에 오보의 컴퓨터들이 떡하니 도착해 있었던 것이다. 로비는 거실에 첩첩이 쌓인 상자를 기어오르려 하고 있었고, 테리는 기구들을 마룻바닥에 다 늘어놓고서 약 기운에 만사를 까맣게 잊은 채 앉아 있었다. 크리스털이 두려워했던 대로 오보는 테리에게 헤로인 한 주머니로 삯을 지불했다.

“이 좆나 멍청한 약쟁이 화냥년아, 또 빌어먹을 클리닉에서 쫓겨난단 말이야!”

그러나 헤로인은 크리스털이 닿을 수 없는 곳으로 이미 어머니를 데려가버린 후였다. 크리스털에게 쬐끄만 암캐년에 창녀라고 욕설을 하며 반응을 보이긴 했지만, 그저 공허하고 아득한 소리일 뿐이었다. 크리스털은 테리의 따귀를 철썩 때렸다. 테리는 딸에게 꺼지고 뒈져버리라고 했다.

"이 씨발 그럼 네년이 한번 애 뒤치다꺼리를 해봐, 아무짝에도 쓸모없는 약쟁이 년아!" 크리스털은 바락바락 악을 썼다. 로비가 울부짖으며 복도에서 크리스털을 따라왔지만 동생 면전에서 문을 쾅 닫아버리고 나왔다.

크리스털은 니키의 집이 다른 어떤 집보다 좋았다. 나나 캐스의 집만큼 깔끔하지는 않았지만, 훨씬 우호적이었고 기분좋게 시끄럽고 분주했다. 니키에게는 남자 형제 둘에 자매 하나가 있어서 크리스털은 자매들의 침대 사이에 요를 깔고 잤다. 사방 벽은 잡지에서 오려낸 사진들을 배열해 만든 멋진 소년들과 아름다운 소녀들의 콜라주로 뒤덮여 있었다. 자기 침실 벽을 장식해야겠다는 생각을 크리스털은 아예 해본 적이 없었다.

그러나 죄책감이 그녀의 뱃속을 온통 할퀴고 있었다. 문을 쾅 닫고 나올 때 본 로비의 겁에 잔뜩 질린 얼굴이 계속 떠올라, 수요일 아침 결국 집에 돌아왔다. 어쨌든 니키의 가족도 그녀가 연달아 이틀 이상 묵는 건 그리 달가워하지 않았으니까. 니키가 전에 특유의 직설적인 말투로 해준 말이 있었다. 엄마는 너무 자주 와서 자지만 않으면 괜찮다고 했다고, 하지만 크리스털이 자기 집을 호스텔 대신 쓰는 짓은 그만뒀으면 좋겠고 특히 12시 넘어서는 나타나지도 말라고 했다.

테리는 크리스털을 다시 만나 그 어느 때보다 기쁜 눈치였다. 새 사회복지사가 왔다 갔다는 얘기를 했고, 크리스털은 처음 보는 사람이 이 집구석을 보고 대체 무슨 생각을 했을까 불안했다. 최근 들어 안 그래도 더럽던 집이 평소의 수준 이하로 전락한 참이었다. 크리스털은 특히 로비가 어린이집에 가 있어야 하는데 집에 있는 모습을 케이한테 들켰을까 봐 걱정이 되었다. 로비가 보육모 집에 있을 때 다니기 시작한 유치원을 테리가 계속 보내겠다는 약속이 작년에 그들이 타협을 통해 로비를 집으로 돌려보내주면서 내건 핵심적인 조건이기 때문이었다. 게다가 크리스털이 로비를 그렇게 어르고 달래 변기를 쓰게 했는데 사회복지사가 왔을 때 로비가 기저귀 바람이었다는 사실에도 열통이 터져 죽을 것만 같았다.

"그래서 그 여자가 뭐라고 했어?" 크리스털이 테리에게 따져 물었다.

"다시 온다고 했어." 테리가 말했다.

크리스털은 어쩐지 나쁜 예감이 들었다. 평소에 찾아오던 사회복지사는 위든 가족에게 별 간섭을 하지 않고 그냥 알아서 살게 내버려두는 데 만족하는 눈치였다. 넋 빠지고 칠칠맞아서 보통 그들의 이름도 잘못 말하고 다른 사람들의 사정과 헷갈리기도 일쑤였던 그 여자는 2주에 한 번씩 별다른 목적도 없이 나타나서 로비가 아직 살아 있는지 생사만 확인하고 가곤 했다.

새로 등장한 위협 때문에 크리스털의 기분이 더 나빠졌다. 제정신일 때는 테리도 딸의 분노에 풀이 죽어 크리스털이 하라는 대로 끌려다니곤 했다. 임시적인 권위를 최대한 이용해서 크리스털은 테리에게 좀 제대로 된 옷을 걸치라고 명령했고, 로비한테 억지로 깨끗한 팬티를 입힌 후 이런 팬티에는 쉬야를 하면 안 된다고 한 번 더 가르치고 어린이집으로 끌고 갔다. 그녀가 떠나려 하자 로비는 고래고래 악을 쓰며 울어젖혔고, 처음에는 그런 로비에게 크리스털도 신경질을 냈지만 나중에는 결국 쪼그리고 앉아 꼭 누나가 돌아와서 1시에 데리고 가겠다고 약속했다. 그러자 로비는 누나를 보내주었다.

그리고 크리스털은 무단결석을 했다. 사실 수요일은 체육과 상담시간이 다 들어 있어서 그나마 제일 좋아하는 요일이었는데도. 그리고 집 안 청소를 시작해서 소나무 향이 나는 소독 세제를 주방에다 철벅거리도록 퍼붓고 해묵은 음식 찌꺼기며 담배꽁초들을 다 긁어 쓰레기봉투에 쓸어 담았다. 테리의 기구가 든 비스킷 상자를 숨기고 남은 컴퓨터들(세 대는 벌써 수거해간 참이었다)을 복도 벽장 속에 갖다두었다.

접시에 들러붙은 음식 찌꺼기를 벅벅 긁어 떼어내는 내내 크리스틸의 생각은 자꾸만 조정팀으로 돌아가고 또 돌아갔다. 페어브라더 씨가 아직 살아 있었다면 다음 날 밤 훈련을 했을 것이다. 보통은 페어브라더 씨가 승합차로 오가는 길 모두 크리스틸을 태워주었는데, 달리 크리스틸 혼자 야빌의 운하까지 갈 수 있는 교통수단이 없기 때문이었다. 페어브라더의 쌍둥이 딸들, 나이암과 시오반, 그리고 수크빈더 자완다도 그 차를 같이 타고 갔다. 크리스틸은 학교 수업시간 동안에 이 세 여자애들과 자주 만날 일은 없었지만, 한 팀이 되고 나서부터는 복도에서 서로 지나칠 때마다 늘 "안녕?" 하고 인사를 나누곤 했다. 크리스틸은 그 애들이 자기를 우습게 깔볼 거라 생각했지만, 일단 친해지고 나니 괜찮은 애들이었다. 그 애들은 크리스틸의 농담에 웃어주었다. 심지어 그녀가 제일 좋아하는 말투를 따라하기도 했다. 크리스틸은 어떤 의미에서 그 조정팀의 리더였다.

크리스틸의 가족 중에는 차를 가진 사람이 아무도 없었다. 열심히 정신을 집중하면 테리의 주방에서 풍기는 악취를 뚫고 승합차 실내의 냄새를 맡을 수 있었다. 그 따뜻하고 플라스틱 같은 냄새가 무척 좋았다. 다시는 그 차를 타지 못하리라. 미니버스를 빌려서 팀원 전체를 다 싣고 페어브라더 씨가 운전을 맡아 원정 경기를 가기도 했었다. 그리고 가끔 원거리의 학교들과 대항전이 있으면 하루를 묵고 오기도 했다. 팀은 자동차 뒷좌석에서 리한나의 〈우산Umbrella〉을 합창하곤 했다. 그 노래는 그들만의 행운의 의례요, 테마곡이 되었다. 크리스틸은 처음에 나오는 제이 Z의 랩을 솔로로 했다. 페어브라더 씨는 처음 그녀의 랩을 들고 거의 오줌을 지릴 뻔했다고 했다.

Uh huh uh huh, Rihanna…	어허 어허 리한나……
Good girl gone bad—	착한 소녀가 타락했네—
Take three—	테이크 쓰리—
Action.	액션.
No clouds in my storms…	내 폭풍엔 구름이 없지……
Let it rain, I hydroplane into fame	비야 내려라, 나는 명성을 스쳐가고
Comin' down with the Dow Jones…	다우존스와 함께 내려오네……

크리스틸은 그 가사가 무슨 뜻인지 끝내 이해하지 못했다.

커비 월이 팀원들 전원에게 편지를 보내어 새 코치를 구할 때까지는 팀이 모일 수 없다고 말했다. 그러나 그들은 절대 새 코치를 구하지 못할 테니 어차피 그건 똥 덩어리나 다름없는 소리였다. 그들 모두 잘 알고 있는 사실이었다.

그건 페어브라더 씨의 팀이었고, 그가 애지중지 가꾼 프로젝트였다. 크리스틸은 그 팀에 합류하는 바람에 니키와 다른 친구들한테서 엄청나게 구박을 받았다. 그들의 야유에는 도저히 믿을 수 없다는 듯한 경악이 숨어 있었고, 나중에 팀이 메달을 따오기 시작하자 슬며시 선망도 섞여 들었다. (크리스틸은 니키네 집에서 훔쳐온 상자에 메달들을 보관했다. 크리스틸은 자기가 좋아하는 사람들의 물건을 주머니에 슬쩍 넣어 가져오는 버릇이 있었다. 이 상자는 플라스틱이고 장미 장식이 붙어 있는, 사실 그저 어린이 보석함이었다. 테사의 시계는 이제 돌돌 말린 채 그 속에 들어 있었다.)

최고로 신 났던 때는 세인트앤스에서 그 오만방자한 계집애들을 박살냈을 때였다. 그날은 크리스털 평생 최고의 날이었다. 교장은 다음 조회 때 전교생 앞에 팀원들을 불러 세웠는데 (크리스털은 부끄러워서 죽을 지경이었다. 니키와 리앤이 그녀를 보고 낄낄 비웃고 있었다.) 모두가 박수갈채를 보내주었다……. 그건 대단한 일이었으니까. 윈터다운이 세인트앤스를 납작하게 깔아뭉갰다니.

그러나 다 끝났다, 끝났다, 자동차를 타고 원정 경기를 가고 노를 젓고 지역신문과 대담을 하는 일은 이제 다 끝났다. 그녀는 다시 신문에 난다는 생각이 좋았다. 페어브라더 씨는 기자들과 이야기를 할 때 같이 있어주겠다고 했다. 단둘이서만.

"제가 무슨 얘기를 하길 바라는데요?"

"네 인생. 네 삶에 관심이 있는 거야."

마치 유명인사가 된 것 같았다. 크리스털은 잡지를 살 돈이 없었지만 니키의 집에서, 그리고 로비를 데려갔던 병원에서 본 적이 있었다. 이건 팀과 함께 신문에 나는 것보다 훨씬 더 좋았을 텐데. 생각만으로도 미리부터 들떠서 가슴이 터질 것 같았지만 어쩐 일인지 크리스털은 입을 꾹 다물고 니키나 리앤에게도 자랑을 하지 않았다. 놀라게 해주고 싶었던 것이다. 차라리 아무 말도 하지 않은 편이 나았다. 다시는 신문에 날 일이 없을 테니까.

크리스털은 위장이 뻥 뚫린 것처럼 허전했다. 집 안을 돌아다니며 서툴지만 열심히 청소를 하는 동안 페어브라더 씨 생각을 더 이상 하지 않으려 애썼다. 그동안 엄마는 주방에 앉아 담배를 피우며 물끄러미 뒤쪽 창밖을 내다보고 있었다.

정오가 가까울 무렵, 한 여자가 낡은 파란색 복스홀을 타고 와서 집 앞에 차를 세웠다. 크리스털은 로비의 침실 창문에서 그녀의 모습을 보았다. 방문객은 아주 짧은 검은 머리에 검은 바지를 입고 에스닉한 구슬 목걸이를 하고 서류가 가득 든 것처럼 보이는 커다란 토트백을 어깨에 메고 있었다.

크리스털은 아래층으로 달려 내려갔다.

"그 여자 같애." 크리스털은 주방에 있는 테리에게 소리를 질렀다. "사회복지사."

그 여자가 문을 두드리자 크리스털이 문을 열었다.

"안녕, 나는 케이라고 해. 매티 대신 온 거거든. 네가 크리스털이구나."

"네." 크리스털은 굳이 케이의 미소에 답해주는 수고를 하지 않았다. 그리고 케이를 거실로 안내하고 오래가지 못할 깨끗한 새로운 모습을 천천히 감상하게 했다. 비워진 재떨이, 그리고 바닥에 굴러다니던 물건들 대부분은 부서진 장에 꾹꾹 쑤셔 넣었다. 비록 후버 청소기가 작동을 하지 않아 카펫은 아직 더러웠고, 수건과 아연화연고는 바닥에 떨어져 있었으며 로비의 성냥갑 자동차 한 대가 플라스틱 목욕통 위에 있긴 했지만. 크리스털은 로비의 엉덩이를 깨끗하게 닦아줄 때 그걸로 로비의 주의를 돌려보려 했었다.

"로비는 어린이집에 갔어요." 크리스털이 케이에게 말했다. "내가 데리고 갔어요. 다시 팬티도 입혔어요. 엄마가 계속 기저귀를 차게 해서. 그러지 말라고 내가 얘기했어요. 엉덩이에 크림도 발라줬고요. 괜찮을 거예요. 기저귀 발진일 뿐이니까."

케이는 다시 그녀를 보고 미소를 지었다. 크리스털이 문간을 돌아보고 소리를 빽 질렀다. "엄마!"

테리가 주방에서 나와 그들에게 왔다. 더럽고 낡은 스웨터와 청바지를 입고 있었다. 몸을 그렇게 가리니 훨씬 나아 보였다.

"안녕하세요, 테리." 케이가 말했다.

“안녕하세요?” 테리가 담배 연기를 깊이 한 모금 빨며 말했다.

“앉아.” 크리스털이 엄마에게 지시하자, 그녀는 전과 똑같은 의자에 앉아 몸을 동그랗게 말았다. “차 한잔이나 뭐 드실래요?” 크리스털이 케이에게 물었다.

“그러면 좋겠네.” 케이가 앉아 서류철을 펼치며 말했다. “고마워.”

크리스털은 황급히 방에서 나갔다. 조심스럽게 귀를 기울이며 케이가 어머니에게 무슨 말을 하는지 들으려 했다.

“제가 이렇게 빨리 다시 올 줄은 몰랐죠, 테리?” 케이가 하는 말이 들렸다. (억양이 이상했다. 남학생 절반이 환장하는, 학교에 새로 전학 온 부티 좔좔 흐르는 그년처럼 런던 억양 같았다.) “하지만 어제 로비가 굉장히 걱정이 되더라고요. 오늘 다시 어린이집에 갔나 봐요, 크리스털이 그러던데?”

“네.” 테리가 말했다. “걔가 데려다줬어요. 오늘 아침에 돌아왔거든요.”

“돌아왔다고요? 어디 있었는데요?”

“저는 그냥…… 그냥 친구네 집에서 자고 왔어요.” 크리스털이 황급히 거실로 들어와 변명을 했다.

“네, 그렇지만 오늘 아침에 돌아왔어요.” 테리가 말했다.

크리스털은 다시 주전자를 가지러 갔다. 물이 끓을 때가 되자 하도 시끄러운 소리가 나서 어머니나 사회복지사가 주고받는 말을 하나도 알아들을 수가 없었다. 그녀는 최대한 빨리 하려고 서두르며 머그잔에 우유를 넉넉히 붓고 티백을 넣은 다음, 펄펄 끓는 머그잔 세 개를 거실로 가져갔더니 때마침 케이가 말했다. “……어제 어린이집의 하퍼 선생님하고 의논을 좀 했어요…….”

“그 나쁜 년.” 테리가 말했다.

“여기 있습니다.” 크리스털이 케이에게 말하며, 홍차를 마룻바닥에 놓고 머그잔 손잡이를 잡을 수 있도록 돌려서 건네주었다.

“정말 고마워.” 케이가 말했다. “테리, 하퍼 선생님 말로는 지난 3개월간 로비가 부쩍 결석을 많이 했다고 하던데요. 한동안 일주일 내내 다닌 적이 별로 없다고요?”

“네?” 테리가 말했다. “아니, 못 가요. 어, 가요. 어제만 안 갔어요. 그리고 감기 걸려서 목이 아팠을 때하고.”

“그게 언제예요?”

“어? 한 달…… 한 달 반……. 대충.”

크리스털은 엄마의 의자 팔걸이에 앉았다. 높은 위치에서 케이를 이글이글 불타는 눈으로 노려보며, 질겅질겅 세차게 껌을 씹고 어머니처럼 팔짱을 끼고 있었다. 케이는 무릎에 두꺼운 서류철을 펼쳐놓고 있었다. 크리스털은 서류철들이 끔찍하게 싫었다. 자기에 대해 사람들이 쓰는 그 많은 말들, 그리고 보관해뒀다가 나중에 자기를 공격하는 데 쓰겠지.

“로비를 제가 어린이집에 데려다 줘요.” 그녀가 말했다. “학교 가는 길에요.”

“뭐, 하퍼 선생님 말씀으로는 로비의 출석률이 굉장히 떨어진 것 같더군요.” 케이는 어린이집 책임자와 대화한 내용을 적은 메모를 내려다보며 말했다. “문제는요, 테리, 작년에 로비를 돌려받을 때 어린이집에는 꼬박꼬박 보내겠다고 약속을 했다는 점이에요.”

“나는 씨발…….” 테리가 말을 꺼냈다.

“아니, 입 닥쳐, 엄마, 응?” 크리스털이 엄마에게 큰소리를 쳤다. 그리고 케이를 보고 말했다. “아팠어요. 편도선이 다 부어서. 제가 병원에 가서 항생제를 받아 먹였어요.”

"그게 언제니?"

"3주쯤 됐을 거예요……. 아무튼, 네……."

"어제 내가 왔을 때," 하고 케이가 로비의 어머니를 다시 보고 말했다. (크리스틸은 이중장벽이라도 쌓듯 두 팔로 갈비뼈를 꼭 감싸고 맹렬하게 껌을 씹고 있었다.) "로비의 요구에 반응하는 일이 꽹장히 힘들어 보이더군요, 테리."

크리스틸은 어머니를 흘끗 내려다보았다. 넓게 퍼진 자기 허벅지가 테리의 허벅지보다 두 배는 더 두꺼웠다.

"아니…… 나 절대로……." 테리는 마음을 바꿔 먹었다. "로비는 괜찮아요."

빙글빙글 원을 그리며 날고 있는 수리의 그림자처럼 크리스틸의 마음에 의혹의 그림자가 시커멓게 드리웠다.

"테리, 어제 제가 왔을 때 약을 하셨죠, 그렇죠?"

"아니, 안 했어! 그건 씨발…… 네년이…… 난 안 했다고, 알았어?"

크리스틸의 폐가 무거운 것에 짓눌렸고 귀가 윙윙 울렸다. 오보가 어머니에게 준 건, 주머니 하나가 아니라 아예 한 꾸러미였던 모양이었다. 사회복지사는 어머니가 완전히 약에 전 모습을 보았던 게 틀림없다. 테리는 다음번에 벨채플에 가면 양성 판정을 받을 테고, 또 쫓겨나고 말 것이다…….

(……그리고 메타돈이 없어지면, 그들은 또다시 테리가 절망적으로 변하는 악몽 같은 지점으로 돌아가게 된다. 테리는 핏줄에 넣을 약을 구하기 위해 이가 다 부러진 입을 벌려 낯선 남자들의 거시기를 받아줄 것이다. 그리고 로비는 다시 저들이 데려갈 테고, 이번에는 영영 돌아오지 못할지도 모른다. 크리스틸의 주머니 속 열쇠고리에 달려 있는 작고 빨간 플라스틱 심장에는 한 살 때 로비의 사진이 들어 있었다. 크리

스틸의 진짜 심장이 온 힘을 다해 노를 저어 물살을 가르고 또 가르며, 근육이 노래를 부르고, 다른 팀들이 뒤로뒤로 미끄러져 처지는 모습을 보던 그때처럼 쿵쿵 뛰기 시작했다…….)

"씨발 엄마…….' 소리를 질렀지만, 아무도 그녀 목소리를 듣지 못했다. 테리가 아직도 케이에게 고래고래 악을 쓰고 있었기 때문이다. 케이는 두 손으로 머그잔을 붙잡고 꿈쩍도 하지 않는 표정으로 앉아 있었다.

"약 안 했다니까, 너 증거 있어?"

"야! 이 바보야!" 크리스털이 더 큰 소리로 고함을 쳤다.

"나 약 안 했다고, 그건 다 좆 같은 거짓말이야." 테리가 바락바락 악을 썼다. 그물에 걸린 짐승이 몸부림을 치며 점점 더 제 몸을 옥죄고 있었다. "나 절대 안 했어. 응, 나 절대…….'

"이 병신 같은 년, 클리닉에서 또 쫓겨난단 말이야!"

"야, 너 엄마한테 그딴 식으로 말하기만 해봐!"

"알았어요." 케이가 귀가 멍멍한 소리 속에서 외치며, 머그잔을 다시 바닥에 놓고 일어섰다. 자기 때문에 벌어진 이 주체 못 할 사태에 겁이 덜컥 났다. 그때 그녀는 정말로 정신이 번쩍 들어 "테리!" 하고 소리를 질렀다. 테리가 의자에 팔을 짚고 몸을 반쯤 일으켜 딸과 대치했던 것이다. 마치 두 마리의 가고일(빗물을 받는 괴물 모양의 석조 처마 장식―옮긴이)처럼 그들은 거의 코가 닿을 정도로 얼굴을 바짝 붙이고 악을 쓰고 있었다.

"크리스털!" 크리스털이 주먹을 치켜들자 케이가 울부짖었다.

크리스털은 격하게 의자를 밀치며 엄마에게서 떨어져 물러섰다. 그녀는 뜨끈한 액체가 뺨을 타고 흘러내리는 바람에 깜짝 놀라 혼란스러운 나머지 피라고 생각했지만, 닦아 보니 손가락 끝에서 맑게 반짝이는 그건 눈물, 그저 눈물일 뿐이었다.

"됐어요." 케이가 초조해하며 말했다. "진정합시다, 제발 부탁이에요."

"씨발, 당신이나 진정해요." 크리스털이 말했다. 덜덜 떨면서 그녀는 팔뚝으로 얼굴을 훔치고 씩씩거리며 엄마의 의자 쪽으로 다시 다가갔다. 테리는 움찔했지만, 크리스털은 그저 담뱃갑을 홱 낚아채 마지막 남은 담배 한 개비와 라이터를 꺼내 불을 붙였다. 뻐끔뻐끔 담배를 피우며 그녀는 어머니를 두고 창가로 걸어가 등을 돌렸다. 눈물이 뚝뚝 떨어지기 전에 꾹꾹 눌러 담으려고 애쓰고 있었다.

"좋아요." 여전히 서서 케이가 말했다. "차분하게 이 문제를 좀 얘기해볼 수 있으면……."

"아, 꺼져버려." 테리가 멍하게 말했다.

"이건 로비에 대한 일이에요." 케이가 말했다. 아직도 긴장을 풀기에는 겁이 나서 그냥 서 있었다. "그래서 온 거예요. 로비가 무사하게 자랄 수 있도록."

"그 빌어먹을 어린이집을 빼먹어서요." 크리스털이 창가에서 말했다. "그게 무슨 죽을 죄를 진 것도 아니고."

"……죽을 죄를 진 것도 아니지." 테리가 흐릿한 메아리처럼 동의했다.

"이건 어린이집 문제만은 아니에요." 케이가 말했다. "어제 봤을 때 로비는 몸이 편치 않았고 피부도 헐어 있었어요. 기저귀를 차기에는 나이가 너무 많아요."

"내가 그 빌어먹을 기저귀를 벗겼어요. 지금은 팬티를 입고 있다고요. 말했잖아!" 크리스털이 격분해서 말했다.

"미안해요, 테리." 케이가 말했다. "그렇지만 당신은 어린아이를 혼자 책임지고 돌보기에 적합한 상태가 아니에요."

"나는 절대……."

"약을 하지 않았다고 얼마든지 말이야 할 수 있겠죠." 케이가 말했다. 그리고 크리스털은 케이의 목소리에서 처음으로 진솔하고 인간적인 감정을 들었다. 격노, 짜증. "그렇지만 클리닉에서 테스트를 받아야 해요. 우리 둘 다 양성으로 나올 걸 알고 있어요. 병원에서는 마지막 기회라고 하니까, 이제 다시 당신을 쫓아낼 거예요."

테리는 손등으로 입을 훔쳤다.

"이봐요, 둘 다 로비를 잃고 싶지 않다는 걸 알겠어요……."

"그럼 씨발 안 데려가면 되잖아요!" 크리스털이 소리를 빽 질렀다.

"그렇게 간단한 문제가 아니야." 케이가 말했다. 그녀는 다시 자리에 앉아 바닥에 떨어져 있던 무거운 서류철을 다시 허벅지에 올려놓았다. "로비가 작년에 다시 돌아왔을 때는요, 테리, 헤로인을 끊었던 상태였어요. 단단히 결심을 하고 약을 끊고 프로그램을 수행하겠다는 약속을 했고, 로비를 어린이집에 보낸다든지 하는 다른 약속들도 했어요……."

"그래요, 그래서 보냈어요……."

"……잠깐은요." 케이가 말했다. "잠깐 보냈었죠, 테리. 하지만 대충 보여주기 위한 노력으로는 부족해요. 어제 여기 방문했을 때 제가 본 것도 그렇지만, 담당 마약 상담사와 하퍼 선생님과 통화한 내용으로 봐서는 상황이 어떻게 돌아가고 있는지 다시 한 번 살펴볼 필요가 있다고 생각해요."

"그게 무슨 뜻이에요?" 크리스털이 말했다. "또 빌어먹을 사례평가를 한다는 거예요? 대체 왜 그게 필요한데요? 왜요? 로비는 괜찮아요. 내가 돌보고 있다고요……. 씨발 입 좀 닥치라고!" 의자에서 같이 소리를 지르려 하는 테리를 보고 크리스털이 호통을 쳤다. "엄마가 아니라…… 내가 돌봐요, 알아요?" 크리스털은 얼굴이 벌겋게 된 채로 케이에게 울부짖다시피 소리를 질렀다. 시커멓게 아이라인을 그은 눈이 분노의 눈물로 그렁그렁했고, 한 손가락으로 자기 가슴을 쑤시고 있었다.

크리스털은 로비가 떠났던 몇 달 동안 로비네 보육모 집을 정기적으로 방문했었다. 로비는 누나에게 딱 달라붙어서 차 한잔 마시는 동안이라도 머물러 있길 원했고 떠날 때가 되면 울었다. 마치 내장을 반으로 뚝 잘라서 어디 인질로 맡겨놓은 기분이었다. 크리스털은 테리가 넋을 놓고 폐인이 될 때면, 자기가 어린 시절 내내 그랬듯 로비가 나나 캐스의 집에 가길 바랐다. 하지만 나나 캐스는 이제 늙고 쇠약해졌고, 로비를 돌볼 시간도 없었다.

"네가 동생을 사랑하고 최선을 다하고 있다는 것도 알겠다, 크리스털." 케이가 말했다. "하지만 너는 로비의 법적인…….."

"왜 안 돼요? 빌어먹을 내가 누난데, 안 그래요?"

"좋아요." 케이가 단호한 목소리로 말했다. "테리, 아무래도 우리가 여기서 사실을 직시해야 할 것 같아요. 당신이 찾아가서 약을 쓰지 않았다고 하고 나서 양성 반응을 받으면, 벨채플이 확실히 프로그램을 중단시킬 겁니다. 담당 마약 상담사가 통화할 때 그 문제는 확실히 해두었어요."

안락의자에 쭈그러져 앉은 데다 빠진 이 때문에 노파와 아이가 이상하게 뒤섞인 몰골로 보이는 테리의 시선은 공허하고 바닥 모를 슬픔으로 가득 차 있었다.

"쫓겨나는 걸 피할 수 있는 유일한 방법은," 케이는 계속해서 말을 이었다. "솔직하게 약을 했다고 인정하고 실수에 대한 책임을 지고 나서, 처음부터 다시 시작하겠다는 결심을 보여주는 거예요.”

테리는 그저 물끄러미 바라보고만 있었다. 그녀를 비난하는 수많은 사람들을 상대하는 방법 중에 그녀가 아는 건 거짓말밖에 없었다. *네, 좋아요, 계속해봐, 그렇다면, 여기 줘요, 그러고 나서, 아뇨, 절대로, 난 아니에요, 씨발 나 절대로……*.

“이번 주에 특별히 헤로인을 쓸 만한 이유가 있었나요? 안 그래도 메타돈을 대량 복용하고 있는데?” 케이가 물었다.

“네.” 크리스털이 말했다. “네, 왜냐하면 오보가 나타났기 때문이죠. 그리고 그 사람만 보면 엄마가 싫다는 소리를 못 하니까요!”

“닥쳐.” 테리가 말했지만, 열없는 투였다. 케이가 자기한테 무슨 말을 한 건지 곱씹어보려 애쓰는 눈치였다. 진실을 털어놓는다는 이 기괴하고 위험한 충고라니.

“오보.” 케이가 따라 말했다. “오보가 누구예요?”

“빌어먹을 새끼.” 크리스털이 말했다.

“당신 마약 딜러예요?” 케이가 물었다.

“닥쳐.” 테리가 다시 크리스털에게 경고했다.

“왜 싫다고 말을 못 해?” 크리스털이 엄마를 향해 악을 쓰며 대꾸했다.

“좋아요.” 케이가 다시 말했다. “테리, 내가 다시 마약 상담사에게 전화를 걸게요. 제가 그쪽을 설득해서 프로그램 치료를 계속 받아야 가족에게 도움이 될 것 같다고 설득해보겠어요.”

“정말요?” 크리스털이 정말로 놀란 말투로 물었다. 그녀는 케이가 지독하게 못된 년이라고 생각하고 있었다. 얼룩 한 점 없이 깨끗한 주방에 친절한 말씨로 크리스털로 하여금 항상 똥 덩어리만도 못한 기분을 느끼게 하던 그 보육모보다 더 못된 년이라고 여기고 있었다.

"그래." 케이가 말했다. "그렇게. 하지만 테리, 우리 쪽 입장은, 그러니까 아동 보호팀 입장에서 보면 이 문제는 심각해요. 우리는 앞으로 로비의 가정 환경을 밀착 관찰할 생각이에요. 변화가 있어야만 해요, 테리."

"좋아요, 네." 테리는 동의했다. 누구에게나 뭐든 간에 그렇게 했듯이.

그러나 크리스털이 말했다. "변화를 보시게 될 거예요. 네, 엄마도 달라질 거예요. 제가 도울게요. 달라질 거예요."

II

셜리 몰리슨은 수요일마다 야빌의 사우스웨스트 종합병원에서 소일을 했다. 그녀와 여남은 명의 동료 봉사자들은 도서관 수레를 밀고 병상을 돌아다닌다든가 환자들의 꽃을 돌봐준다거나 자리를 보전하고 누웠는데 면회를 오는 사람들이 없는 환자를 위해 로비에 있는 가게 심부름을 하는 등 의료와 상관없는 일들을 맡아 했다. 셜리가 가장 좋아하는 일은 식사 주문을 받으며 병상을 돌아다니는 일이었다. 한번은 클립보드를 들고 코팅된 통행증을 걸고 있는 그녀를 보고 지나가던 의사가 병원 관리자로 착각한 적도 있었다.

자원봉사는 스위트러브하우스에서 열리는 훌륭한 크리스마스 파티 때 줄리아 파울리와 나눈 중에서도 가장 길었던 대화를 마치고 떠오른 생각이었다. 이 대화를 통해 셜리는 줄리아가 지역 병원 소아과 병동을 위한 모금 일을 돕고 있다는 사실을 알게 되었다.

"우리에게 정말 필요한 건 왕가의 예방이에요." 줄리아는 셜리의 어깨 너머 문 쪽으로 한눈을 팔며 말했다. "오브리에게 노먼 베일리와 조용히 얘기를 좀 해보라고 할 작정이에요. 죄송합니다, 제가 로렌스에게 인사를 해야 해서…….”

셜리는 거기 혼자 남아 그랜드 피아노 옆에 서서 허공을 보고 “아, 그럼요, 당연하죠”라고 말했다. 노먼 베일리가 누구인지는 전혀 몰랐지만 굉장히 기분이 들뜨는 것이었다. 바로 다음 날, 심지어 하워드에게도 미리 얘기하지 않고 그녀는 사우스웨스트 종합병원에 전화를 걸어 자원봉사를 문의했다. 아무 자격도 필요 없고 흠 없는 인성, 건전한 정신과 강인한 두 다리만 있으면 된다는 말에 그녀는 지원 신청서를 요구했었다.

자원봉사는 셜리에게 완전히 새로운 멋진 세계를 열어주었다. 이건 줄리아 파울리가 그랜드피아노 옆에서 무심코 그녀에게 건네준 꿈이었다. 바로 두 손을 얌전하게 앞으로 모으고 코팅된 통행증을 목에 걸고 있는 자신 앞으로, 여왕이 환히 웃으며 도열한 봉사자들 앞으로 서서히 걸어오는 꿈 말이다. 그녀는 완벽하게 무릎을 굽혀 인사하는 자기 모습을 눈앞에 떠올렸다. 여왕은 그녀를 특별히 눈여겨보아 그 자리에 멈춰 서서 몇 마디 이야기를 나눈다. 너그럽게 여유 시간을 나누는 그녀를 여왕이 치하했다……. 플래시가 터지고 사진을 찍고, 다음 날 신문에는……. *“여왕이 병원 자원봉사자인 셜리 몰리슨 부인과 대화를 나누다…….”* 가끔, 셜리가 정말로 이 상상 속의 장면에 집중할 때면, 거의 성스러운 감정이 그녀를 덮치곤 했다.

병원 자원봉사는 셜리에게 모린의 허세를 깎아내릴 수 있는 빛나는 새 무기를 주었다. 켄의 미망인이 신데렐라처럼 점원에서 사업 파트너로 변신하더니 어찌나 잘난 척을 하기 시작하는지 셜리는(고양이처럼 도도한 미소를 지으며 모조리 견뎌내긴 했지만) 볼 때마다 화가 치미는 것이었다. 그러나 셜리는 다시 유리한 고지를 수복했다. 수익이 아니라

진심 어린 선의에서 일을 했으니까. 자원봉사는 고상한 일이었다. 굳이 돈이 더 필요하지 않은 여자들이 하는 일이었다. 바로 그녀 자신과 줄리아 파울리 같은 여자들 말이다. 게다가 병원에서는 셜리에게 새로운 카페에 대해 모린이 지긋지긋하게 떠벌리는 소리를 다 묻어버리고도 남을 만큼 광대한 가십의 광산에 접근할 기회를 주었다.

오늘 아침, 셜리는 자원봉사 관리담당자에게 확고한 목소리로 28병동을 선호한다고 밝혔고, 적절한 절차에 따라 종양학과로 배정받았다. 간호사들 중에서 유일하게 사귄 친구가 28병동에 있었다. 젊은 간호사들 중에는 자원봉사자들에게 쌀쌀맞고 잘난 척하는 이들도 있었지만, 16년 동안 휴식기를 갖다가 최근 간호사 일로 돌아온 루스 프라이스는 처음부터 상냥하기 이를 데 없었다. 셜리의 말마따나, 그들은 둘 다 패그포드 여성들이었고, 이 사실이 두 사람 사이에 유대감을 형성했다.

(하지만 사실, 셜리는 패그포드 출생이 아니었다. 그녀와 여동생은 어머니와 함께 야빌의 비좁고 지저분한 아파트에서 성장했다. 셜리의 어머니는 술에 취해 있는 일이 아주 잦았다. 그녀는 딸들의 아버지와 끝까지 이혼을 하지 않았지만, 아이들은 아버지 얼굴을 보지 못했다. 동네 남자들은 모두가 셜리 어머니의 이름을 알고 있는 듯했고, 그 이름을 언급할 때마다 능글맞은 웃음을 지었다……. 그러나 그건 아주 오래전 일이고, 셜리는 말만 하지 않으면 과거는 해체되어 사라져버린다는 견해를 갖고 있었다. 그녀는 아예 기억 자체를 거부했다.)

셜리와 루스는 기쁘게 서로 인사를 나누었지만, 워낙 바쁜 아침이라 배리 페어브라더의 갑작스러운 죽음에 대해서는 지극히 기본적인 대화를 나눌 시간밖에 없었다. 그들은 12시 반에 만나서 같이 점심을 먹기로 했고, 셜리는 도서관 수레를 가지러 성큼성큼 걸어갔다.

기분은 환상적이었다. 벌써 일어난 일처럼 미래를 훤히 내다볼 수 있었다. 하워드와 마일스와 오브리 파울리는 힘을 합쳐 영원히 필즈를 잘라내 버릴 것이고, 그렇게만 된다면 스위트러브하우스에서 축하 만찬이 열릴 만한 경사가 되리라……

셜리가 보기에 스위트러브하우스는 눈부시게 근사했다. 해시계와 조각처럼 모양을 내어 깎은 관상수 울타리와 연못이 있는 그 엄청나게 큰 정원과 널찍한 패널을 댄 복도, 제1왕녀와 즐겁게 대화하는 집주인 파울리의 모습이 담긴 은제 사진 액자가 떡하니 놓인 그랜드피아노까지. 셜리는 자기나 자기 남편을 대하는 파울리의 태도에서 생색이나 잘난 척을 전혀 감지하지 못했다. 하긴 파울리 부부의 궤적에 들어갈 때마다 그녀의 주목을 끄는 향취들이 워낙 많아 이리저리 정신이 팔리긴 했지만 말이다. 그 화사하고 아담한 협실에서 그들 다섯 명만 둘러앉아 사적인 만찬을 즐기는 모습을 그녀는 생생하게 상상할 수 있었다. 하워드가 줄리아 옆자리에 앉고, 그녀는 오브리의 오른편에 앉고, 마일스가 그 사이에 앉은 모습. (셜리의 환상 속에서 서맨사는 어쩔 수 없는 다른 일이 있어 오지 못했다.)

셜리와 루스는 12시 반에 요구르트 가게 옆에서 만났다. 시끄러운 병원 식당은 1시까지는 그렇게 북적거리지 않아서, 간호사와 자원봉사자는 별다른 어려움 없이, 끈적끈적하고 빵부스러기가 널려 있는 벽쪽 테이블 하나를 찾아 앉았다.

"사이먼은 어때요? 애들은 잘 지내고?" 루스가 테이블을 닦은 후 셜리가 물었다. 두 사람은 쟁반에 받친 음식을 테이블로 가져와 마주 보고 앉아서 수다 떨 준비를 했다.

"사이먼은 잘 지내요, 고마워요. 오늘 새 컴퓨터를 집으로 가져온대요. 아이들이 목을 빼고 기다리고 있어요. 아시겠지만."

이건 사실과 전혀 달랐다. 앤드루와 폴은 둘 다 싸구려 노트북컴퓨터를 가지고 있었다. 데스크톱은 작은 거실 구석에 놓여 있었고 두 아들은 거기 손도 대지 않았다. 아버지 근처에 가야 되는 일이라면 뭐든 질색이었으니까. 루스는 셜리에게 아들들 나이가 실제보다 훨씬 어린 것처럼 말하곤 했다. 안고 다닐 수도 있고, 다루기 쉽고, 쉽게 즐거워하는 나이처럼. 어쩌면 거의 20년에 달하는 그녀와 셜리의 나이 차를 강조함으로써 안 그래도 모녀 같지만 한층 자기 자신을 어리게 만들려 했는지도 모른다. 루스의 어머니는 10년 전에 세상을 떠났고, 그녀는 연상의 여성이 자기 삶에 없는 것을 아쉬워했다. 그리고 셜리가 루스에게 은근히 시사한 바에 따르면, 셜리와 친딸의 관계는 썩 좋지 못했다.

"마일스와 나는 늘 몹시 가까운 사이였지요. 하지만 퍼트리샤는, 그 애는 항상 성격이 까탈스러웠어요. 지금은 런던에 가 있답니다."

루스는 더 파고들어 알아내고 싶었지만, 그녀와 셜리가 서로 공유하고 또 선망하는 자질은 고상한 과묵함이었다. 세상에 가볍게 흔들리지 않는 잔잔한 표면을 보여준다는 자긍심 말이다. 그래서 루스는 정점에 달한 호기심을 슬쩍 젖히고, 내심 행여라도 알게 되면 좋겠다는 희망은 버리지 않은 채, 적절한 때에 퍼트리샤는 어떤 점에서 그렇게 까탈스러웠느냐고 물었다.

셜리와 루스가 서로 보자마자 호감을 품은 건 상대가 자기와 같은 여자라는 사실을 둘 다 알아보았기 때문이었다. 바로 남편의 애정을 붙잡고 유지했다는 사실에 가장 뿌리 깊은 자긍심을 품는 여자 말이다. 프리메이슨 비밀결사처럼 그들은 근본적인 암호를 공유하고 있었고, 따라서 다른 여자들과 있을 때보다 서로 함께 있을 때 유달리 편안했다. 그런 공범 의식은 약간의 우월감이 묘미를 더해주어 훨씬 더 즐길 만해졌다. 왜냐하면 둘 다 속으로는 상대의 남편을 한심하게 여겼기 때문이었다. 루스가 보기에 하워드는 어처구니없는 외모의 소유자였고, 통통하긴 하지만 섬세하고 어여쁜 얼굴을 이제껏 간직해온 그녀의 친구가 왜 그런 사람과 결혼하겠다고 했는지 이해가 되지 않았다. 셜리로 말하자면 사이먼을 본 기억도 없었고, 패그포드의 실세들 움직임과 연관되어 사이먼의 이름이 오르내리는 걸 본 적도 없었으며, 루스가 기본적인 사교 생활도 없다는 걸 잘 알고 있었기에 루스의 남편이 은둔형 사회부적응자 같다고 생각하고 있었다.

"그런데 저 마일스와 서맨사가 배리를 데리고 오던 장면을 봤어요." 루스는 뜸 들이지 않고 곧장 화제로 들어갔다. 그녀는 셜리보다 훨씬 대화 기술이 없다 보니 패그포드의 소문에 대한 욕심을 위장하기가 힘들었다. 그녀는 사교성 없는 사이먼 때문에 고립된 채 마을 저 위 산꼭대기에 처박혀 있다 보니 뒷이야기에 늘 굶주려 있었다. "정말로 그들이 눈앞에서 봤대요?"

"아, 그럼요." 셜리가 말했다. "골프클럽에서 저녁을 먹고 있었대요. 왜, 일요일 저녁이었잖아요. 딸들이 다시 학교로 돌아간 데다 샘이 외식을 좋아해서, 그 애가 요리를 잘 못 하거든……."

같이 커피를 마시며 쉬는 동안 루스는 마일스와 서맨사의 내밀한 결혼생활 이야기들을 찔끔찔끔 알게 되었다. 셜리는 그녀에게 아들이 어쩌다가 서맨사와 결혼할 수밖에 없었는지 말해주었다. 서맨사가 렉시를 임신하게 되었기 때문이라는 걸.

"그래도 최선의 결혼 생활을 해나갔지요." 셜리는 환하게 용감한 표정을 지으며 한숨을 쉬었다. "마일스가 옳은 일을 한 거예요. 나도 달리 하길 바라지도 않았겠지만. 손녀딸들도 어여쁘지요. 마일스한테 아들이 없는 건 딱한 일이지만. 아들하고 아주 잘 지냈을 텐데. 하지만 샘은 셋째를 원치 않아요."

　루스는 셜리가 며느리에 대해 던지는 은근한 비난들을 보물처럼 소
중하게 간직했다. 벌써 수년 전 처음 봤을 때부터 서맨사가 싫었기 때
문이었다. 네 살짜리 앤드루를 데리고 세인트토머스의 유치반에 갔을
때, 거기서 서맨사와 딸 렉시를 만난 적이 있었다. 시끄러운 웃음소리
와 끝이 안 보이는 가슴골, 그리고 학교 운동장에 모인 엄마들에게 던
지는 아슬아슬한 야한 농담까지, 서맨사는 루스에게 위험하리만큼 포
식동물로 느껴졌다. 몇 년 동안, 학부모들의 밤마다 서맨사가 비크람
자완다와 이야기를 나눌 때면 루스는 그 엄청나게 커다란 가슴을 더 내
미는 모습을 경멸적으로 지켜보았고, 그녀와 괜히 말을 섞게 되는 일이
없도록 사이먼을 슬슬 교실 언저리로 데리고 나가곤 했다.

　셜리는 아직도 배리의 마지막 여행에 대해 주워들은 이야기를 다시
읊고 있었다. 응급차를 부르고, 메리 페어브라더를 부축해주고, 월 부
부가 도착할 때까지 병원에 굳이 함께 남아 있어주겠다고 했던 마일스
의 결정을 최대한 강조했다. 루스는 살짝 조급증이 들었지만 그래도 주
의 깊게 들어주었다. 셜리는 마일스의 미덕에 대해 극찬할 때보다 서맨
사의 결점을 줄줄이 늘어놓을 때 훨씬 재미있는 사람이었다. 게다가,
루스는 셜리에게 말해주고 싶은 이야기에 대한 기대감으로 부풀어 터
질 지경이었다.

　"그런데 자치구의회에 공석이 하나 난 거잖아요." 마일스와 서맨사
의 이야기를 하던 셜리가 콜린과 테사 월의 이야기로 넘어가는 대목에
서 루스가 말을 꺼냈다.

　"우리는 그걸 임시 공석이라고 불러요." 셜리가 친절하게 말해주었다.

　루스는 심호흡을 했다.

　"사이먼이 입후보할 생각이에요!" 그 말을 하는 것만으로도 루스는

흥분되었다.

셜리는 자동적으로 미소를 짓고, 예의 바르게 놀라운 듯 눈썹을 치켜세운 후, 표정을 가리기 위해 차를 한 모금 마셨다. 루스는 자기가 한 말이 친구의 심기를 상하게 했을지도 모른다는 생각 자체를 아예 하지 못했다. 그녀는 남편들이 자치구의회에 같이 앉아 있게 된다고 하면 셜리가 좋아할 줄 알았고, 그 일을 실현하는 데 도움을 줄지도 모른다고 막연히 생각했다.

"어젯밤에 말해주더라고요." 대단히 중요한 일이라는 듯, 루스가 말을 이었다. "한동안 생각해오던 일이래요."

의회 수주를 계속 받을 수 있도록 그레이 쪽에서 주던 뇌물을 인수인계할 수 있을지도 모른다는 가능성 등의 또 다른 얘기들도 오갔지만, 루스는 그런 건 마음에서 싹 치워버렸다. 그녀는 사이먼의 자잘한 술수와 치졸한 범죄들을 다 그런 식으로 마음에서 지워버리곤 했다.

"사이먼이 지역 정치에 참여하는 데 관심이 있는 줄은 전혀 몰랐네요." 셜리는 가볍고 기분 좋은 말씨로 말했다.

"아, 그래요." 역시나 아무것도 모르는 루스가 말했다. "굉장히 관심이 많아요."

"자완다 선생님과 상의를 좀 한 건가요?" 셜리는 다시 홍차를 홀짝이며 말했다. "그 여선생이 입후보를 건의한 건가요?"

루스는 이 말에 놀랐다. 정말로 당혹한 표정이 얼굴에 떠올랐다.

"아뇨, 저는……. 사이먼이 병원에 간 지는 굉장히 오래됐는데요. 제 말은, 남편은 굉장히 건강하거든요."

셜리는 미소를 지었다. 자완다 파당의 지지 없이 독자적으로 행동하는 거라면, 사이먼으로 인해 초래될 위험은 무시해도 될 만한 것일 테니까. 그녀는 심지어 루스를 동정하기까지 했다. 고약한 사태를 알고 놀랄 일만 남았으니까. 패그포드의 실세를 모두 알고 있는 셜리는 식료품점에 루스의 남편이 들어온대도 알아보기조차 힘들었다. 대체 불쌍한 루스는 누가 남편한테 투표할 거라고 생각하는 걸까? 반면, 셜리는 하워드와 오브리라면 그녀가 통과의례로 응당 단 하나의 질문을 던지기를 바랄 거라는 사실을 잘 알고 있었다.

"사이먼은 내내 패그포드에 살았죠?"

"아뇨, 그이는 필즈에서 태어났어요." 루스가 말했다.

"아." 셜리가 말했다.

그녀는 요구르트의 포일 뚜껑을 벗기고 스푼을 들어 사려 깊게 한 입을 떠먹었다. 사이먼이 친 필즈 성향을 띨 가능성이 높다는 사실은, 당선 가능성이야 어떻든 알아둬서 나쁠 일이 없었다.

"후보 신청을 어떻게 하는지는 웹사이트에 공지가 될까요?" 루스는 셜리가 늦게라도 도움을 주지 않을까, 열띤 반응을 보여주지 않을까, 여전히 바라며 물었다.

"아, 그럼요." 셜리는 애매하게 말했다. "그렇겠죠."

III

앤드루, 팻츠와 또 다른 스물일곱 명은 수요일 오후 마지막 교시에 팻츠가 소위 '경기발작수학'이라고 부르는 걸 배웠다. 이건 꼴찌에서 두 번째 조가 배우는 수학으로 수학과에서 가장 무능한 선생이 가르쳤다. 교사 연수를 갓 마친 주근깨투성이 젊은 여자로 질서를 유지할 능력 자체가 없어서 울먹거리기가 일쑤였다. 지난해 내내 작정하고 공부를 못하려고 노력했던 팻츠는 최고 우등반에서 경기발작수학반으로 강등되었다. 평생 숫자와 씨름했던 앤드루는 항상 자기가 크리스털 위든과 그녀의 사촌 데인 털리와 마찬가지로 꼴찌반으로 재배정될지도 모른다는 불안감을 안고 살고 있었다.

앤드루와 팻츠는 교실 뒤쪽에 같이 앉아 있었다. 반 애들을 즐겁게 해주거나 혼란을 선동하는 일이 가끔씩 지겨워질 때면, 팻츠는 앤드루에게 계산하는 법을 가르쳐주곤 했다. 소음의 강도는 귀가 멀 정도였다. 하비 선생은 그 시끄러운 소리를 뚫고 제발 조용히 하라고 애원하며 소리치곤 했다. 문제지는 음담패설로 엉망이 되었다. 학생들은 계속 자리에서 일어나 다른 책상으로 놀러 갔고, 의자 다리로 바닥을 벅벅 긁어댔다. 하비 선생이 눈길만 돌리면 작은 미사일들이 교실을 가로질러 날아다녔다. 가끔씩 팻츠는 핑곗거리를 만들어 교실 안을 왔다 갔다 하며, 커비의 위아래로 뻣뻣하게 팔을 튕기는 걸음걸이를 흉내 내곤 했다. 팻츠의 유머는 여기서 최고로 터지곤 했다. 그와 앤드루가 둘 다 최고 우등반에 속해 있는 영어 시간에는 절대 커비를 소재로 삼아 농담하는 법이 없었다.

수크빈더 자완다가 앤드루 바로 앞에 앉아 있었다. 오래전 초등학교에서는 앤드루, 팻츠, 그리고 다른 소년들이 수크빈더의 길고 푸른빛이 도는 검은색의 땋은 머리를 잡아당겼었다. 술래잡기를 할 때 제일 쉽게 잡을 수 있는 것이었고, 지금처럼 선생님 눈에 보이지 않게 등에서 달랑거리고 있으면 차마 저항할 수 없는 유혹을 느끼곤 했다. 그러나 앤드루는 더 이상 그걸 잡아당기고 싶지 않았다. 아니 수크빈더의 어떤 부분도 건드리고 싶지 않았다. 그녀는 그의 시선이 일말의 관심도 없이 미끄러져 지나치곤 하는 몇 안 되는 여자애들 중 한 명이었다. 팻츠가 콕 짚어낸 이후로 앤드루도 그 애의 입술 위에 부드러운 검은 솜털이 있다는 걸 알아챘다. 수크빈더의 언니 자스완트는 유연하고 굴곡

있는 몸매와 가는 허리, 그리고 가이아가 나타나기 전에는 앤드루에게
아름다워 보이는 얼굴을 갖고 있었다. 높은 광대뼈, 매끈한 황금빛 살
결과 아몬드 모양의 맑은 갈색 눈까지. 물론 자스완트는 늘 그의 손이
결코 닿을 수 없는 데 있었다. 2년이나 선배고 6학년에서 가장 똑똑한
소녀였던 그녀는 자기 매력을 끝까지 너무나 잘 알고 있다는 오라를 풍
겼다.

수크빈더는 이 반에서 절대로 시끄러운 소리를 내지 않는 유일한 학
생이었다. 구부정하니 등을 굽히고 머리는 문제지에 처박은 그녀는 마
치 고치처럼 집중력으로 온몸을 에워싼 것처럼 보였다. 스웨터 왼쪽 소
매를 손을 다 덮도록 내려서 소매 단을 오므려 보송보송한 양모 주먹을
만들고 있었다. 완벽한 침묵은 거의 여봐라는 듯 과시처럼 느껴졌다.

"거대한 양성인간이 꼼짝도 않고 쥐 죽은 듯이 앉아 있네." 팻츠가
중얼거렸다. 수크빈더의 뒤통수에서 시선을 떼지 않고 있었다. "콧수
염도 달렸는데 젖통도 크니, 털이 북슬북슬한 남자 – 여자의 모순 앞에
과학자들은 혼란을 금치 못하고 있지."

앤드루는 킬킬 웃었지만 마음이 온전히 편하지만은 않았다. 팻츠가
하는 말을 수크빈더가 못 듣는다고 생각할 수 있다면 앤드루는 아마 더
즐거워했으리라. 팻츠의 집에 마지막으로 놀러 갔을 때, 팻츠는 그가
정기적으로 수크빈더의 페이스북 페이지에 보내고 있는 메시지들을
보여주었다. 그는 인터넷을 뒤져 다모증에 대한 정보와 사진들을 샅샅
이 찾아내서 인용문이나 사진을 하루에 하나씩 보내고 있었다.

좀 웃기기도 했지만 앤드루는 왠지 마음이 불편해졌다. 엄밀하게 말
해서 그건 수크빈더 잘못이 아니었다. 그 애는 너무 만만한 표적이었
다. 앤드루는 팻츠가 그 야만적인 혓바닥을 권위적인 인물이나 허세에
전 사람들, 자기만족적인 인간들에게 돌릴 때가 제일 좋았다.

"수염을 기르고 브래지어를 차는 동족들과 헤어져 혼자 앉아 있네." 팻츠가 말했다. "염소수염이 어울릴까 고민하며 저렇게 앉아 있네."

앤드루는 폭소를 터뜨렸다가 죄책감을 느꼈지만, 팻츠는 흥미를 잃고 자기 문제지에 있는 숫자 0을 모조리 쪼글쪼글 오므린 항문으로 바꾸는 데 주의를 돌렸다. 앤드루는 다시 소수점이 어디로 가야 하는지 가늠해보려 애쓰다 집으로 가는 스쿨버스의 전망과, 가이아를 골똘히 생각하기 시작했다. 하굣길에서는 그녀를 시야에 계속 둘 수 있는 자리를 구하는 게 훨씬 더 어려웠다. 왜냐하면 그가 차에 탈 무렵이면 벌써 가이아가 온통 아이들에게 둘러싸여 있거나, 너무 멀리 있곤 했기 때문이었다. 월요일 아침 조회 때 함께 나누었던 즐거움은 그 후로 전혀 이어지지 않았다. 그 후로 이틀 동안은 아침에 버스에서도 그와 눈길을 맞추지 않았고, 세상에 그가 존재한다는 사실을 안다는 표시 자체를 어떤 식으로든 전혀 하지 않았다. 미칠 듯한 감정에 사로잡혀 보낸 4주 동안, 앤드루는 사실 한 번도 가이아와 말을 해보지 못했다. 경기발작 수학 시간의 시끄러운 난장판 소음이 그를 에워싸고 쿵쾅거리는 동안 그는 첫마디를 어떻게 꺼낼까 궁리했다. *"월요일 조회 때 진짜 웃겼지……."*

"수크빈더, 너 괜찮니?"

채점을 하려고 수크빈더의 문제집 위로 허리를 굽혔던 하비 선생이 소녀의 얼굴에 놀라 입을 떡 벌렸다. 앤드루는 수크빈더가 여전히 구부정하게 몸을 숙인 채로 고개를 끄덕이고 두 손을 올려 얼굴을 가리는 걸 보았다.

"왈래(인도사람을 뜻하는 별명—옮긴이)!" 두 줄 앞의 케빈 쿠퍼가 다 들리게 속삭였다. "왈래! 땅콩!"

그는 아이들이 이미 다 알고 있는 사실에 관심을 돌리려 애쓰고 있었다. 부드럽게 떨리는 어깨의 움직임으로 볼 때 수크빈더가 울고 있고, 하비 선생이 어찌할 바를 모르며 뭐가 문제인지 알아보려고 가망 없는 시도를 하고 있다는 것. 교사의 감시가 심지어 더 소홀해졌다는 걸 감지한 반 학생들의 난장판은 최고조에 달했다.

"땅콩! 왈래!"

앤드루는 케빈 쿠퍼가 일부러 그러는 건지 모르고 그러는 건지 도저히 알 수가 없었지만, 정말 기가 막히게 사람들 신경을 긁는 재주가 있는 놈이었다. '땅콩'이라는 별명은 굉장히 오래된 것으로 초등학교 때부터 앤드루를 따라다녔다. 그는 항상 그 별명이 싫었다. 그러나 언젠가부터 팻츠가 그 별명을 절대 쓰지 않자, 더 이상 다른 아이들 사이에서 유행하지 않게 되었다. 그런 일을 최종적으로 결정하는 건 언제나 팻츠였다. 쿠퍼는 심지어 팻츠의 이름도 잘못 불렀다. '왈래'는 작년에 잠깐 반짝 인기를 누리다 사라진 별명이었다.

"땅콩! 왈래!"

"꺼져, 쿠퍼, 이 병신 새끼야." 팻츠가 숨죽여 말했다. 쿠퍼는 의자 등에 매달리다시피 걸터앉아 수크빈더를 뚫어져라 보고 있었고, 수크빈더는 얼굴이 책상에 닿도록 엎드려 있었으며, 하비 선생님은 그 옆에 쭈그린 채 수크빈더를 차마 어루만지지 못하고 손을 우스꽝스럽게 파닥거리며 왜 그렇게 슬퍼하는지 어떤 해명도 이끌어내지 못하고 있었다. 이 흔치 않은 소란을 알아채고 구경하고 있는 아이들이 몇 사람 더 있었지만, 교실 전면에서는 남자아이들 몇 명이 자기네 놀이 말고는 아무것도 모른 채 계속 난동을 피우고 있었다. 그중 한 녀석이 하비 선생이 비운 책상에서 나무판을 댄 칠판지우개를 움켜쥐었다. 그리고 던졌다.

지우개는 치솟아 교실을 가로질러 날아가서 뒷벽에 걸려 있던 시계에 충돌했고, 시계는 바닥으로 추락해 산산조각이 났다. 플라스틱과 금속 부품의 파편이 사방으로 튀었고, 하비 선생을 비롯한 여자아이들 몇 명이 놀라서 비명을 질렀다.

학급 문이 활짝 열리더니 벽에 부딪혀 쿵 소리를 내며 도로 튕겨 나왔다. 반이 조용해졌다. 분노로 얼굴이 시뻘겋게 달아오른 커비가 서 있었다.

"이 반에서 대체 무슨 짓거리야? 왜들 이렇게 시끄러워?"

하비 선생이 수크빈더의 책상 옆에서 상자 속에 들어 있는 용수철인형처럼 펄떡 일어섰다. 죄책감에 얼룩지고 겁에 질린 얼굴이었다.

"하비 선생님! 선생님 반이 지금 끔찍한 소란을 일으키고 있지 않습니까. 대체 무슨 일입니까?"

하비 선생은 갑자기 벙어리가 된 것 같았다. 케빈 쿠퍼가 의자 등에 매달려 씩 웃으며 하비 선생과 커비, 팻츠를 번갈아 보고 있었다.

팻츠가 말했다.

"저, 아주 솔직하게 말씀드리자면, 아버지, 우리가 이 불쌍한 여자분의 혼을 쪽 빼고 있던 참이었습니다."

폭소가 터져 나왔다. 하비 선생의 목덜미가 벌겋게 달아올랐다. 팻츠는 전혀 동요하는 기색 없이 의자 뒷다리로 균형을 잡고 앉아서, 철저히 정색을 한 채 도전적인 무심함으로 커비를 바라보고 있었다.

"그만하면 됐어." 커비가 말했다. "시끄럽게 구는 소리가 또 한 번 내 귀에 들리면, 너희들 전부 다 방과 후에 집에 못 가는 줄 알아. 알아들었나? 전부 다."

그는 학생들의 폭소를 등지고 문을 닫았다.

"교감 선생님 말씀 들었지!" 하비 선생이 황급히 교실 전면으로 달려가며 말했다. "조용히 해! 정숙하라고! 너…… 앤드루…… 그리고 너, 스튜어트…… 저건 너희가 치워. 시계 조각들 전부 다 주우란 말이야!"

그들은 이 말에 여느 때처럼 부당하다며 소리를 질렀고, 여자아이들 두세 명이 새된 목소리로 덧붙여 응원을 했다. 이 파멸을 실제로 주도한 범인들, 하비 선생이 무서워한다는 걸 모두가 알고 있는 녀석들은 자기 책상에 앉아 득의양양하게 웃고 있었다. 어차피 하루 수업이 끝날 때까지 5분밖에 남지 않았기 때문에, 앤드루와 팻츠는 시간이 되면 대충 남은 건 두고 가려고 청소를 하는 둥 마는 둥 하기 시작했다. 팻츠가 팔을 뻣뻣하게 붙이고 여기저기로 껑충거리며 커비의 걸음걸이를 흉내 내고 돌아다녀 더 큰 폭소를 이끌어내는 동안, 수크빈더는 양모로 폭 감싼 손으로 몰래 눈물을 훔쳤고, 다시 아이들에게서 까맣게 잊혔다.

종이 울리자 하비 선생은 아이들을 통제하거나 우레 같은 시끄러운 소리를 억누르거나 문으로 달려가려는 시늉조차 하지 않았다. 앤드루와 팻츠는 교실 뒤편의 벽장 밑에서 시계의 이런저런 조각들을 발로 차며 다시 책가방을 어깨에 들쳐 멨다.

"왈래! 왈래!" 케빈 쿠퍼가 헐레벌떡 달려와 복도를 따라 걸어가는 앤드루와 팻츠를 붙잡았다. "정말로 집에서 커비를 '아버지'라고 부르냐? 진짜로? 너 진짜 그래?"

그는 팻츠의 대단한 약점이나 잡은 듯 말했다. 드디어 잡았다고 생각했다.

"너는 좆대가리야, 쿠퍼." 팻츠는 나른하게 말했고, 앤드루는 웃음을 터뜨렸다.

"자완다 박사님이 15분 늦으신대요." 접수 담당자가 테사에게 말했다.

"아, 괜찮아요." 테사가 말했다. "급할 거 없어요."

이른 저녁 시간이라 대기실 창문들이 벽에 맑은 감청색 조각 그림자들을 드리웠다. 그곳에는 다른 사람들이 두 명밖에 없었다. 일그러진 외모에 쌕쌕거리는 소리를 내는, 실내화를 신은 노파와, 아장거리는 아기가 한쪽 구석에 놓인 장난감 상자를 뒤지는 사이 잡지를 읽고 있는 젊은 엄마였다. 테사는 다 떨어진 옛날 《히트》 잡지를 가운데 놓인 테이블에서 주워 들고 앉아 페이지를 휙휙 넘기며 사진들을 보았다. 약속 시간이 늦어지는 바람에 파민더에게 무슨 말을 할 건지 생각할 시간이 더 생겼다.

그날 아침 전화로 짤막하게 애기를 나누긴 했었다. 테사는 당장 파민더에게 전화해서 배리 소식을 알리지 않은 것이 미안해서 죽을 지경이었다. 파민더는 테사에게 괜찮다고, 바보처럼 굴지 말라고, 자기는 전혀 기분이 상하지 않았다고 말했다. 그러나 테사는, 오랜 기간 민감하고 마음도 여린 사람들을 겪어온 경험을 통해, 파민더가 그 가시 돋친 겉껍질에도 불구하고 상처를 받았다는 걸 알아볼 수 있었다. 그녀는 지난 2, 3일 동안 완전히 녹초가 되어 있었고 메리, 콜린, 팻츠, 크리스털 위든을 상대해야만 했다는 사실을 설명하려고 애썼다. 너무 막막하고 황망해서 지금 당장 눈앞에 닥친 일밖에 생각할 여유가 없었다고. 그러나 파민더는 횡설수설하는 변명을 중간에 딱 잘라버리고 차분하게 나중에 병원에서 만나자고 말했다.

백발을 한 곰 같은 크로포드 박사가 진찰실에서 나오더니 테사에게 명랑하게 손을 흔들어 인사를 하고 말했다. "메이지 로포드?" 젊은 엄

마는 딸이 장난감 상자에서 찾아낸 바퀴가 달린 낡은 장난감 전화기를
버리게 하느라고 고생을 했다. 결국 부드러운 손길에 붙잡혀 크로포드
박사 뒤를 따라 끌려 들어가면서 어린 여자애는 어깨 너머로, 이제 영
영 발견할 수 없을 비밀을 가진 전화기를 아쉬운 눈으로 바라보았다.

그들이 들어가고 문이 닫히자 테사는 자기가 얼빠진 미소를 짓고 있
었다는 걸 깨닫고 황급히 매무새를 가다듬었다. 그녀 역시 어린아이들
을 보면 넋을 놓고 어르기도 하고 겁을 주기도 하는 그런 끔찍한 할멈
이 되어가고 있었다. 깡마른 검은 머리의 아들과 잘 어울리는 통통하고
작은 금발의 딸이 있었다면 정말 좋았을 텐데. 아장아장 걷던 팻츠를
기억하며 테사는 생각했다. 살아 있는 아이들의 작은 유령들이 마음을
사로잡다니 얼마나 끔찍한 일이야, 라고. 자식들은 절대 알지 못할 테
고, 또 알더라도 끔찍하게 싫어할 것이다. 그들의 성장은 부모에게 끊
임없는 상실의 과정이라는 걸.

파민더의 진료실 문이 열렸다. 테사가 고개를 들었다.

"위든 부인." 파민더가 말했다. 눈길이 테사와 마주치자 그녀는 미소
를 지었지만, 그건 결코 웃음이 아니라 그저 입가가 팽팽해지는 움직임
에 불과했다. 실내화를 신은 작은 노파가 힘겹게 일어나 절름거리며 파
민더를 따라 칸막이 친 벽 뒤로 사라졌다. 테사는 파민더의 진료실 문
이 딸깍 닫히는 소리를 들었다.

그녀는 한 축구선수의 부인이 지난 닷새 동안 각양각색의 옷차림을
하고 찍힌 일련의 사진들에 달린 설명을 읽었다. 젊은 여자의 늘씬한
다리를 찬찬히 살피며 테사는 자기한테 그런 다리가 있었다면 인생이
얼마나 달라졌을까 궁금해졌다. 완전히 달랐을 거라는 의혹을 품지 않
을 수 없었다. 테사의 다리는 굵고 볼품없었으며, 짧았다. 영원히 부츠
로 가리고 다니고 싶었지만, 종아리 위까지 지퍼가 잠기는 부츠를 찾기

가 쉽지는 않았다. 상담 시간에 튼실하고 땅딸막한 여자애에게 외모는 중요하지 않고 성격이 훨씬 더 중요하다고 말했던 기억이 떠올랐다. 우리는 아이들한테 별 쓰레기 같은 소리를 다 하지, 테사는 잡지를 넘기며 생각했다.

그녀 눈에는 보이지 않는 데서 문이 쾅 소리를 내며 열렸다. 누군가 갈라진 목소리로 소리를 지르고 있었다.

"당신이 내 빌어먹을 병을 심각하게 만들고 있잖아. 이건 틀렸어. 도와달라고 온 건데. 당신 일이잖아……. 당신이……."

테사와 접수 담당자의 눈길이 딱 마주쳤다가, 고함치는 소리에 다시 돌아갔다. 테사는 파민더의 목소리를 들었다. 패그포드에서 그토록 오래 살았는데도 버밍엄 억양이 여전히 꽤 두드러졌다.

"위든 부인, 담배를 피우시면 제가 처방해드리는 약의 약효에 영향이 가요. 담배를 포기하신다면…… 흡연자들은 테오필린 대사가 더 빠르기 때문에, 담배가 폐기종을 악화시킬 뿐 아니라 사실 약효까지……."

"나한테 소리 지르지 마! 당신은 지긋지긋해! 고발하겠어! 씨부럴 약을 잘못 줬잖아! 다른 선생한테 가고 싶어! 크로포드 박사한테 진료받을 거야!"

노파가 절름거리며 벽을 돌아 나왔다. 얼굴은 진홍빛으로 물들어 숨을 쌕쌕거렸다.

"저년 때문에 내가 죽을 거야, 저 파키스탄 년! 저 여자 근처에도 가지 말아요!" 그녀가 테사를 보고 악을 썼다. "씨부럴 약 가지고 사람을 죽일 기세라니까, 저 파키스탄 년이!"

그녀는 비틀거리며 출구로 향했다. 물렛가락 같은 정강이와 슬리퍼 신은 발이 불안하게 후들거렸고 숨소리는 거칠었으며, 꺼멓게 타들어가는 폐가 허락하는 한 큰 소리로 욕설을 하고 있었다. 그녀가 나가고 문이 세차게 닫혔다. 접수 담당자가 또 한 번 테사와 눈길을 마주쳤다. 그들은 파민더의 진료실 문이 다시 닫히는 소리를 들었다.

그로부터 5분 후에 파민더가 다시 나왔다. 접수 담당자는 짐짓 스크린을 들여다보는 시늉을 하고 있었다.

"월 부인." 파민더가 또 한 번 팽팽하게 긴장된 미소 아닌 미소를 지었다.

"무슨 일이에요?" 테사는 파민더의 책상 끝자리에 자리를 잡고 앉아서 물었다.

"위든 부인에게 처방한 새 약이 위장 장애를 일으키고 있나 봐요." 파민더가 차분하게 말했다. "그래서 오늘 우리가 혈액검사를 해야 하는 거죠?"

"그래요." 파민더의 차가운 전문적 태도에 겁도 나고 상처도 받은 테사가 말했다. "어떻게 지내요, 민다?"

"저요?" 파민더가 말했다. "전 괜찮죠. 왜요?"

"그러니까…… 배리가…… 당신한테 얼마나 중요한 사람이었는지, 그리고 배리한테도 당신이 얼마나 중요한 사람인지 잘 알아요."

눈물이 눈에 그렁그렁 고이자 파민더는 깜박여 참으려 했지만 너무 늦었다. 테사는 이미 눈물을 보고 말았다.

"민다." 그녀는 통통한 손을 파민더의 가냘픈 손에 얹으며 말했지만, 파민더는 테사가 자기를 찌르기라도 한 것처럼 홱 밀쳐버렸다. 자신의 반사적인 반응에 속내를 들킨 그녀는 진심으로 울기 시작했고, 아무리 회전의자가 허락하는 한 몸을 최대한 돌려봐도 그 비좁은 방에서는 도저히 숨길 수가 없었다.

"전화를 걸어 말해주지 못했다는 걸 깨닫고 속이 다 메스껍더라고요." 테사는 흐느낌을 억누르려고 미친 듯이 애쓰고 있는 파민더의 울음소리 너머로 말했다. "너무 당혹스러워서 죽어버리고 싶었어요. 전화를 할 생각이었는데……." 그녀는 거짓말을 했다. "잠도 못 자고, 거의 밤새도록 병원에 있다가 곧장 출근을 해야 했어요. 콜린은 조회 시간에 부고를 전하다가 울음을 터뜨렸고, 전교생 앞에서 크리스털 위든 때문에 말도 못 하게 끔찍스러운 광경을 연출했죠. 그리고 스튜어트가 땡땡이를 쳐버린 거예요. 그리고 메리가 제정신이 아니라서……. 하지만 정말 미안해요, 민다. 전화를 했어야 해요."

"……도 안 돼……." 파민더가 꽉 멘 목소리로 말했다. 소매에서 꺼낸 휴지로 얼굴을 가리고 있었다. "……메리……. 가장 중요한……."

"배리라면 제일 먼저 당신한테 전화를 했을 텐데." 테사는 슬프게 말했고, 그만 끔찍스럽게도 자기마저 울음을 터뜨리고 말았다.

"민다, 정말 미안해요." 그녀는 흐느껴 울었다. "하지만 콜린과 나머지 사람들을 다 상대해야 해서……."

"바보 같은 소리 말아요." 파민더가 야윈 얼굴을 문지르며 꺽꺽거렸다. "우리 지금 둘 다 바보 같아요."

아니, 그렇지 않아요. 아, 한 번이라도 감정을 다 놓아버려요, 파민더…….

그러나 의사는 깡마른 어깨를 반듯하게 펴고, 코를 풀더니 다시 똑바로 앉았다.

"비크람한테 들었어요?" 테사는 소심하게 물었다. 파민더의 책상에 놓인 상자에서 휴지를 한 움큼 뽑으면서.

"아니요." 파민더가 말했다. "하워드 몰리슨이오. 식료품점에서."

"아, 맙소사, 민다, 정말 미안해요."

"아니에요. 괜찮아요."

울고 나니 파민더의 기분이 조금 나아졌다. 테사에게도 좀 더 친절해졌다. 테사도 못생기고 상냥한 얼굴을 훔치고 있었다. 그나마 안심이었다. 배리가 없어지고 난 지금, 테사가 패그포드에서는 파민더의 유일한 진짜 친구였다. (그녀는 항상 마음속으로도 "패그포드에서는"이라고 말했다. 이 작은 마을 밖으로 나가면 마치 수백 명의 진짜 친구가 있는 척하면서. 이 친구들이라는 게 사실은 옛날 버밍엄에서 학교를 같이 다녔던, 그러나 이미 삶의 조수潮水로 서로 헤어진 지 오래인 동창 패거리의 추억으로 이루어져 있을 뿐이라는 걸 절대 스스로 인정하지 않았다. 함께 공부하고 수련을 받은 의사 동료들도 있었지만, 여전히 크리스마스 카드는 보내도 절대 그녀를 만나러 오는 일이 없었고 그녀 역시 그 사람들을 결코 방문하지 않았다.)

"콜린은 어때요?"

테사는 앓는 소리를 냈다.

"아, 민다……. 아, 하느님. 그이가 자치구의회에서 배리의 자리를 두고 선거에 출마하겠대요."

파민더의 두껍고 까만 눈썹 사이에 두드러지게 팬 일자 주름이 더 깊어졌다.

"콜린이 선거에 출마한다는 게 상상이나 가요?" 테사는 흠뻑 젖은 휴지를 구겨 주먹으로 꼭 쥐고 물었다. "오브리 파울리나 하워드 몰리슨 같은 사람들한테 맞설 수나 있겠어요? 배리의 빈자리를 채우겠다고, 자기가 배리를 위해 싸움에서 이겨야 한다고 다짐을 하고 있어요……. 그런 중책을……."

"콜린은 직장에서도 엄청난 책임을 지고 있잖아요." 파민더가 말했다.

"설마요." 테사는 별 생각도 하지 않고 말했다. 하지만 즉시 자기가 의리를 저버린 느낌이 들어 다시 울기 시작했다. 너무 이상했다. 진료실에 들어설 때만 해도 파민더를 위로해줘야겠다고 생각하고 있었는데, 정작 자기 고민거리나 쏟아내고 있다니. "콜린이 어떤 사람인지 알잖아요. 모든 걸 마음에 다 담아둬서, 전부 다 너무 *개인적*으로 받아들인다고요⋯⋯."

"아주 잘 대처하고 있는 거예요. 있잖아요, 이런저런 걸 다 고려하면." 파민더가 말했다.

"아, 나도 그렇다는 건 알아요." 테사가 기운 없이 말했다. 투지가 몸에서 다 빠져나가는 것만 같았다. "알아요."

콜린은 엄하고 자족적인 파민더가 즉각적으로 공감을 보이는 거의 유일한 사람이었다. 그 보답으로 콜린은 그녀에 대한 나쁜 말은 아예 듣지도 않으려 했다. 그는 패그포드에서 집요하게 파민더를 위해 싸우는 기사였다. "훌륭한 가정의야." 그는 감히 자기가 듣는 데서 그녀를 욕하는 사람이 있으면 누구한테든 쌀쌀맞게 쏘아붙이곤 했다. "내가 본 중 최고라고." 파민더를 두둔하는 사람은 많지 않았다. 항생제와 반복 처방을 마뜩지 않게 생각한다는 평판이 있어 패그포드의 친위대 사이에서는 인기가 없었다.

"하워드 몰리슨 마음대로 된다면 선거 자체가 아예 없을 거예요." 파민더가 말했다.

"무슨 뜻이에요?"

"그 사람이 이메일을 돌렸어요. 30분 전에 받았어요."

파민더는 컴퓨터 모니터를 보고 비밀번호를 쳐서 받은 편지함을 불러왔다. 그녀는 모니터 각도를 돌려 테사가 하워드의 메시지를 읽을 수 있게 해주었다. 첫 단락에는 배리의 죽음에 대한 유감의 말이 적혀 있었다. 다음 단락에는 배리의 임기 중 1년이 이미 지나갔으니 대리인을 내부에서 선출하는 편이 선거 전체를 번거롭게 치르는 것보다 나을 것 같다는 이야기가 나왔다.

“벌써 사람을 준비해두었을 거예요.” 파민더가 말했다. “누가 나서서 막기 전에 절친한 지인을 대신 꽂으려는 거예요. 그게 마일스라도 난 놀라지 않을 거 같아요.”

“아, 설마 그럴리가.” 테사가 즉각적으로 대답했다. “마일스는 배리하고 병원에 있었는데……. 아니, 그 일로 굉장히 속상해했는데…….”

“정말 지독하게 순진하네요, 테사.” 파민더가 말했고, 테사는 친구의 목소리에 배어 있는 냉혹함에 충격을 받았다. “하워드 몰리슨이 어떤 사람인지 전혀 이해를 못 하는군요. 그 사람은 사악한 사람이에요, 사악하다고요. 배리가 필즈에 대한 기사를 썼다는 사실을 처음 알게 됐을 때 그 사람이 한 말 못 들었죠? 그는 메타돈 클리닉을 어떻게 하려고 하는지도 모르죠? 두고 보세요. 두고 보라고요.”

그녀의 손이 너무 심하게 떨리고 있어서, 이메일을 한 번에 닫지 못하고 여러 번 시도해야 했다.

“두고 보세요.” 그녀가 되풀이해 말했다. “좋아요, 우리도 이제 진찰을 해야죠. 로라도 곧 퇴근해야 하고. 먼저 혈압부터 잴게요.”

파민더는 테사에게 특별 대접을 해주고 있었다. 방과 후 이렇게 늦은 시간에 진찰을 해주었으니 말이다. 병원 간호사는 집이 야빌이라서 퇴근길에 종합병원 실험실에 들러 테사의 혈액 표본을 갖다주기로 되어 있었다. 불안하고 이상하게 무력해진 기분으로, 테사는 낡은 녹색 카디건의 소매를 걷어 말아 올렸다. 의사가 벨크로 띠를 팔뚝 위쪽에 묶었다. 가까운 데서 보면 파민더가 둘째 딸과 굉장히 많이 닮았다는 사실이 드러났다. 그래야 워낙에 다른 체격이 (파민더는 가냘프고 수크빈더는 풍만했다) 잘 분간이 되지 않고 얼굴 생김새의 닮은 점들이 두드러져 보이기 때문이었다. 매 같은 코, 아랫입술이 풍만하고 시원하게 큰 입, 그리고 크고 둥글고 검은 눈. 살이 축 늘어진 테사의 위쪽 팔뚝을 감은 혈압계가 아플 정도로 죄어들었고, 파민더는 계기판을 읽었다.

"165에 88이네요." 파민더가 얼굴을 찡그리며 말했다. "높은데요, 테사. 너무 높아요."

민첩하고도 숙련된 움직임으로 그녀는 소독된 주사기 포장을 뜯고 테사의 창백하고 여기저기 점이 있는 팔을 똑바로 편 후 폭 팬 부분에 바늘을 찔렀다.

"내일 밤 스튜어트를 야빌로 데리고 갈 거예요." 테사는 천장을 올려다보며 말했다. "장례식에 입을 정장을 한 벌 사주려고요. 청바지를 입고 가면 무슨 소란이 벌어질지 생각만 해도 견딜 수가 없어요. 콜린이 완전히 미쳐버릴 거예요."

테사는 작은 플라스틱 튜브를 타고 올라가고 있는 시커멓고 신비스러운 액체로부터 생각을 돌리기 위해 애썼다. 그 액체가 자기 속내를 다 밝혀버릴까 봐 무서웠다. 자기가 착하게 말을 듣지 않았다는 사실이 밝혀질까 봐, 그간 먹은 숱한 초콜릿 바와 머핀들이 역적 같은 포도당이 되어 모습을 드러낼까 봐 두려웠다.

그리고 그녀는 자기 삶에 이렇게 스트레스가 심하지만 않았더라도 초콜릿을 참기가 훨씬 쉬웠을 거라는 씁쓸한 생각을 했다. 거의 모든 시간을 다른 사람들을 돕는 데 쓴다는 걸 전제하면, 머핀이 그렇게 못된 짓이라고 보기도 어려웠다. 파민더가 자신의 혈액이 든 병에 꼬리표를 쓰는 걸 보면서, 그녀는 남편과 친구가 이단이라고 생각할 줄 알면서도, 하워드 몰리슨이 승리를 거두어 아예 선거를 미연에 방지하기를 바라는 자신을 발견했다.

V

사이먼 프라이스는 날마다 5시 종이 땡 치면 어김없이 인쇄소에서 퇴근했다. 자기 근무시간만큼 일했으니, 그만하면 된 거였다. 깔끔하고 서늘한, 언덕 꼭대기의 집이 기다리고 있었다. 끝도 없이 덜컹거리고 윙윙 돌아가는 야빌 공장과는 동떨어진 세계였다. 퇴근 시간 후에 공장에 남아 어슬렁거린다는 건(이제는 경영진이 되었는데도 사이먼은 수습 시절 사고방식을 끝내 버리지 못했다) 가정생활이 결핍되어 있거나, 아니면 심지어 윗사람들에게 알랑방귀를 뀌려고 한다는 치명적인 자인을 하는 거나 마찬가지였다.

그러나 오늘 사이먼은 집에 가기 전에 먼저 들를 곳이 있었다. 껌을 씹는 지게차 운전사를 주차장에서 만나 함께 어두워지는 거리를 헤치고 달려 청년의 길 안내를 따라 필즈로 들어가서 사이먼이 자란 집을 지나가야만 했다. 그곳을 지나치지 않은 지 수년이 다 되어갔다. 어머니는 돌아가셨고 그는 열네 살 이후로 아버지를 보지 못했으며 행방도 몰랐다. 한쪽 창문은 널빤지로 막혀 있고 풀이 발목까지 자란 옛집을 보면 심란하고 우울해졌다. 돌아가신 어머니는 그 집을 자랑스럽게 여겼었다.

청년은 사이먼에게 폴리 로드 끝에 주차를 하라고 하더니 사이먼을 차에 두고 내려 유별나게 추레해 보이는 집으로 걸어갔다. 제일 가까운 가로등 불빛 덕에 사이먼 눈에 들어온 것만으로는, 1층 창문 아래 산더미처럼 오물이 쌓여 있는 것 같았다. 이제야 사이먼은 직접 와서 자기 승용차로 장물 컴퓨터를 받아 간다는 게 퍽도 똑똑한 일이었다고 스스로에게 따졌다. 당연히 요즘은 단지에 CCTV가 설치되어 있을 테고, 치졸한 깡패와 건달들을 다 감시하고 있으리라. 그는 주변을 둘러보았지만 카메라는 전혀 보이지 않았다. 작고 네모진 공공건물처럼 생긴 창을 통해 대놓고 물끄러미 바라보고 있는 뚱뚱한 여자 하나 말고는 아무도 그를 보지 않는 눈치였다. 사이먼은 그 여자를 향해 험상궂게 인상을 썼지만 여자는 담배를 피우면서 계속 그를 지켜보았고, 그래서 그는 손을 들어 얼굴을 가리고, 차창 너머로 무섭게 노려보았다.

그가 태워준 손님은 벌써 집에서 나와 상자에 든 컴퓨터를 들고 팔자걸음으로 돌아왔다. 그 뒤로, 방금 그가 나온 집 문간에서, 사이먼은 발치에 어린 남자애가 붙어 있는 10대 소녀를 보았다. 소녀는 그가 지켜보는 사이 어린애를 질질 끌고 보이지 않는 곳으로 들어가버렸다.

사이먼은 껌을 씹는 청년이 다가오자 시동을 걸고 엔진을 돌리기 시작했다.

"조심해." 사이먼이 몸을 쭉 빼고 조수석 문을 열어주며 말했다. "그냥 여기다 놔."

청년은 상자를 아직도 따뜻한 조수석에 내려놓았다. 사이먼은 상자를 열어보고 자기가 돈을 지불한 물건이 맞는지 확인할 생각이었지만, 자기가 경솔했다는 생각이 점점 짙어져 그러고 싶은 마음을 억눌렀다. 그는 상자를 한번 밀어보는 걸로 만족했다. 쉽게 옮기기엔 너무 무거웠다. 그는 어서 가고 싶었다.

"여기 내려주고 가도 되지?" 그는 벌써 청년이 차 속에 앉아 있는 자신을 두고 걸어가고 있기라도 한 것처럼 큰 소리로 외쳤다.

"크래녹 호텔까지 좀 태워주시면 안 돼요?"

"미안한데, 나는 반대쪽으로 가." 사이먼이 말했다. "그럼 잘 가."

사이먼은 액셀러레이터를 밟았다. 후방 거울로 보니 청년은 머리끝까지 화가 치민 표정으로 거기 서 있었다. 입술을 읽으니 "씨발놈아!"라고 하는 말을 알아볼 수 있었다. 그러나 사이먼은 개의치 않았다. 재빨리 빠져나가기만 하면 뉴스에 나오는 흑백 영상에 자기 번호판이 찍히는 일은 피할 수 있을 것이다.

그는 10분 후 우회도로에 도착했지만, 야빌을 떠나 이차선 도로를 벗어나 폐허가 된 수도원 쪽으로 언덕을 달려 올라간 후에도, 마음이 불안하고 긴장되어 있었다. 그리고 저녁마다 언덕 꼭대기를 넘어서는 순간, 패그포드가 자리한 분지 건너편 저 멀리, 반대편 언덕 기슭에 널려 있는 아주 작은 손수건 같은 자기 집이 처음 눈에 들어올 때 보통 느껴지는 만족감을 전혀 느끼지 못했다.

집에 온 지 채 10분이 못 되었지만 루스는 벌써 저녁거리를 올려놓고 테이블을 차리고 있었고, 바로 그때 사이먼이 컴퓨터를 안으로 가지고 들어왔다. 사이먼이 좋아하는 대로 힐톱하우스에서는 일찍 먹고 일찍 잤다. 상자를 보고 신이 난 루스의 감탄사가 남편의 신경을 건드렸다. 그가 무슨 일을 겪었는지 그녀는 전혀 몰랐다. 물건을 헐값으로 구하려면 위험이 따른다는 사실을 그녀는 도무지 이해하지 못했다. 그녀는 그녀대로, 남편을 보자마자 그가 종종 폭발하기 전에 그러하듯 기분이 딴딴하게 꼬였다는 걸 알아챘다. 그래서 알고 있는 유일한 방법으로 대처한 것이었다. 음식을 좀 먹고 나면, 그리고 남편 신경을 건드릴 만한 다른 일이 생기지만 않으면 저절로 꼬인 기분이 풀려 사라질 거라 믿으며 자신의 하루 일과에 대해 명랑하게 재잘거리는 것이었다.

6시가 되자마자 가족은 식사를 하러 식탁에 앉았는데, 이때는 사이먼이 컴퓨터를 상자에서 꺼내고 나서 사용설명서가 없다는 걸 깨달은 참이었다.

앤드루는 어머니가 안절부절못하고 있다는 걸 알아볼 수 있었다. 익히 들어 잘 알고 있는 그 말씨, 애써 꾸며낸 명랑한 어조로 횡설수설 아무렇게나 되는 대로 수다를 떨고 있었던 것이다. 그렇게 오랜 세월 그 반대의 결과를 겪어보고도, 자기가 나서서 분위기를 예의 바르게 이끌기만 하면 아버지가 감히 그 분위기를 박살내지 못할 거라 믿는 모양이었다. 앤드루는 셰퍼드 파이(루스는 직접 만들어두었다가 평일에는 해동해 먹었다)를 먹으며 사이먼과 눈길을 마주치는 걸 피했다. 부모님 아니라도 훨씬 재밌는 생각할 거리가 많았다. 가이아 보든이 생물 실험실 밖에서 정면으로 마주쳤을 때 "안녕"이라고 말했다. 자동적으로 무심코 건넨 인사였지만, 그 전 수업 시간에는 내내 그를 한 번 쳐다본 적도 없었다.

앤드루는 여자들에 대해 더 잘 알면 좋겠다고 생각했다. 그 속내가 어떻게 돌아가는지 파악할 만큼 여자와 가까이 지내본 적이 없었다. 가이아가 처음 버스에 올라타 한 개인으로서 그녀에게 레이저처럼 날카로운 관심을 불러일으키기 전까지는, 그 엄청나게 큰 지식의 빈틈이 사실 별로 큰 의미가 없었다. 이런 흥미는 젖가슴이 봉긋 솟아나고 하얀 학교 셔츠를 통해 브래지어 끈이 보이기 시작한 일과 관련해, 그리고 생리에 따르는 일이 진짜로 뭐가 있을까에 대한 살짝 민망한 관심과 연루되어 몇 년에 걸쳐 내면에서 강렬해지고 있던 광범하고 몰개성적인 매혹과는 전혀 다른 감정이었다.

팻츠는 가끔 놀러 오는 여자 사촌들이 있었다. 언젠가 앤드루는 제일 예쁜 사촌이 월네 가족 화장실에 들어갔다가 나온 직후, 화장실 쓰레기통 옆에서 투명한 생리대 포장지를 발견한 적이 있었다. 자기 근처에 있던 여자가 하필 바로 그때 거기서 생리를 하고 있다는 실체적이고 물리적인 증거를 발견한 것은, 열세 살짜리 앤드루에게 희귀한 혜성을 목격한 거나 별반 다를 게 없었다. 그는 자기가 본 게 뭔지, 그리고 그게 얼마나 흥분되는 발견이었는지 팻츠에게 털어놓고 싶었지만, 그래선 안 된다는 분별 정도는 갖고 있었다. 대신 그는 포장지를 손톱

으로 들어 올려, 재빨리 쓰레기통에 버리고 살면서 최고로 맹렬하게
손을 씻었다.

앤드루는 노트북에 가이아의 페이스북 페이지를 띄워놓고 오랜 시간
들여다보며 시간을 보냈다. 그 애가 진짜 거기 있는 것보다 더 위협적
인 느낌마저 들었다. 몇 시간 동안이나 그녀가 런던에 두고 온 친구들
의 사진을 들여다보며 상념에 빠져들었다. 그 애는 딴세상에서 온 사람
이었다. 그녀에게는 흑인 친구들, 아시아 친구들, 자기라면 발음도 잘
못 할 이름을 가진 친구들이 있었다. 거기 올라와 있던 수영복 차림의
그녀 사진 한 장과, 또 다른 사진, 더럽게 잘생긴 커피빛 피부의 소년과
딱 붙어 기대 있는 사진은 그의 뇌리에 불로 지지듯 또렷하게 새겨졌
다. 소년은 여드름도 하나 없고 수염도 없었다. 그녀의 메시지들을 전
부 찬찬히 검토한 결과, 앤드루는 이 소년이 마르코 드 루카라는 이름
의 열여덟 살짜리라는 결론을 내렸다. 앤드루는 암호 해독 전문가 버금
가는 집중력으로 마르코와 가이아 사이에 오간 이야기들을 뚫어져라
살펴보았지만, 두 사람의 관계가 계속되고 있는 건지는 도저히 결정을
내릴 수가 없었다.

페이스북을 살펴보는 일에는 불안감이 스며드는 일이 잦았는데, 그
건 인터넷이 어떻게 돌아가는지 잘 알지 못하는 사이먼이 인터넷이야
말로 자기보다 아들들이 더 자유롭고 편안하게 활개 치고 다닐 수 있는
유일한 공간으로 보고 불신했기에, 언제라도 불시에 침실 문을 박차고
들어와 그들이 뭘 보고 있는지 살펴볼 수 있기 때문이었다. 사이먼은
엄청난 청구서들을 받기 싫어서 그렇다고 했지만, 앤드루는 이것 역시
통제권을 행사하지 않고는 못 배기는 아버지의 욕구를 표출하는 또 다
른 방식이라는 걸 알고 있었다. 그래서 온라인으로 가이아의 세세한 인
적사항들을 읽고 있는 와중에도 커서는 항상 페이지를 닫을 수 있는 작

은 상자 근처에서 떠다니곤 했다.

루스는 아직도 이런저런 화제로 옮겨가며, 사이먼에게서 무뚝뚝한 대답 이상의 말을 이끌어내려는 헛된 시도를 포기 못 하고 떠들어대고 있었다.

"아 참." 그녀가 갑자기 말했다. "깜박 잊고 있었어. 사이먼, 오늘 셜리에게 당신이 어쩌면 자치구의회에 입후보할지도 모른다고 말했어."

이 말들이 앤드루를 주먹처럼 강타했다.

"아버지가 의회에 입후보한다고요?" 그는 불쑥 말해버리고 말았다.

사이먼이 천천히 눈썹을 치켜세웠다. 턱 쪽 근육 하나가 꿈틀거리고 있었다.

"문제가 있냐?" 공격적으로 맥동치는 목소리로 그가 물었다.

"아니요." 앤드루가 거짓말을 했다.

씨발 농담하는 거죠. 당신이? 선거에 입후보한다고? 아 씨발, 안 돼.

"뭐 문제 있는 말투로 들리는데." 사이먼이 말했다. 아직도 앤드루의 눈을 똑바로 노려보고 있었다.

"아니에요." 앤드루는 셰퍼즈 파이로 눈을 깔고 다시 말했다.

"내가 의회에 입후보하는 게 대체 무슨 문제인데?" 사이먼이 말했다. 절대로 그냥 놓아주지 않을 심산이었다. 카타르시스 충만한 분노의 폭발로 긴장을 배출하고 싶었다.

"문제 없습니다. 놀랐어요, 그게 다예요."

"내가 너한테 먼저 상의를 했어야 되는 일이냐?" 사이먼이 말했다.

"아니요."

"아, *거참 고맙구나.*" 사이먼이 말했다. 통제 불능으로 다가가고 있을 때 자주 그렇듯, 아래턱이 툭 튀어나와 있었다. "그나저나 일자리는 찾았냐, 이 음흉한 기생충 같은 똥 덩어리야?"

"아니요."

사이먼은 앤드루를 이글이글 불타는 눈으로 노려보았다. 먹지도 않고, 식어가는 셰퍼즈 파이를 포크에 찍어 허공에 들고 있었다. 앤드루는 더 이상 아버지를 도발해주지 않겠다 결심하고 관심을 다시 음식에 돌렸다. 주방 안의 기압이 높아진 것 같았다. 폴의 나이프가 접시에 닿아 덜덜거렸다.

"셜리가 그러는데 말이야." 루스가 다시 재잘거리기 시작했다. 언성이 높아져 있었다. 이 모든 게 없던 일이 될 때까지 만사 다 괜찮다는 시늉을 그치지 않겠다고 작정하고 있었다. "자치구의회 웹사이트에 올라올 거래, 사이먼. 어떻게 후보로 이름을 올리는지 그런 거."

사이먼은 대꾸하지 않았다.

마지막이자 최선의 시도가 무위로 돌아가자 루스도 말을 잃고 말았다. 사이먼의 꼬인 기분 근저에 뭐가 도사리고 있는지 자기가 알고 있을까 봐 두려웠다. 불안감이 그녀를 잠식했다. 그녀는 걱정을 사서 하는 사람이었다. 원래 늘 그랬었다. 도저히 그러지 않을 수가 없었다. 안심하게 해달라고 사이먼에게 애원하면 그가 미칠 듯이 화낼 거라는 걸 알고 있었다. 아무 말도 하지 말아야만 했다.

"사이먼?"

"뭐?"

"다 괜찮은 거지, 응? 컴퓨터 말이야?"

그녀는 형편없는 연기자였다. 목소리를 아무렇지도 않게 차분하게 내려 했지만, 당장이라도 바스라질 듯 불안한 고음이 나왔다.

장물이 집 안에 들어온 게 이번이 처음은 아니었다. 사이먼은 전기 계량기를 조작하는 방법도 알아냈고, 인쇄소에서도 현금을 벌기 위해 곁가지로 다른 일들을 벌이곤 했다. 이 모든 게 그녀의 위장에 경미한 통증을 유발했고, 밤잠을 못 자게 했다. 그러나 사이먼은 지름길을 타지 못하는 사람들을 경멸했다(처음부터 그녀가 남편을 사랑했던 점은, 이 거칠고 야성적인 남자의 모습이었다. 거의 누구나 경멸하고 무례하며 호전적인 남자가 수고스럽게 그녀의 마음을 끌려 했다는 것. 비위를 맞추기가 이토록 까다로운 사람이, 오로지 그녀만을 가치 있다고 선택해주었다는 사실 말이다).

"무슨 소리를 하는 거야?" 사이먼이 조용히 물었다. 그의 관심은 온전히 앤드루에게서 루스로 옮겨갔고, 똑같이 눈도 깜짝 않는 독사 같은 눈길로 표현되고 있었다.

"글쎄, 아무…… 아무 문제도 없는 거지, 그렇지?"

사이먼은 그의 두려움을 육감적으로 감지하고 자신의 불안감으로 그걸 더 부추긴 아내를 벌주고 싶다는 잔혹한 충동에 사로잡혔다.

"그래, 뭐, 아무 말도 하지 않으려 했었는데." 그는 이야기를 꾸며낼 시간을 확보하며 천천히 말했다. "알고 보니 훔쳐올 때 약간의 문제가 있었더라고." 앤드루와 폴은 먹다 말고 물끄러미 바라보았다. "어떤 경비원이 두들겨 맞았나 봐. 그걸 알게 됐을 때는 이미 너무 늦었어. 뒷일이 없기만을 바랄 뿐이지."

루스는 제대로 숨도 쉴 수가 없었다. 폭력 강도 사건을 얘기하면서 그렇게 고른 말투, 그렇게 차분한 태도라니 믿을 수가 없었다. 그가 집에 왔을 때 어째서 기분이 그 모양이었는지 이 일로 설명이 되었다. 모든 게 해명되었다.

"그래서 우리가 샀다는 걸 아무도 입밖에 내지 않는 게 중요해." 사이먼이 말했다.

그는 인성의 강렬한 힘만으로 그들에게 위험을 각인시키려고, 불타는 눈길로 한 사람 한 사람 노려보았다.

"말 안 할게." 루스가 헐떡거렸다.

재빠른 그녀의 상상력은 벌써 문간에서 경찰을 안내하고 있었다. 컴퓨터를 조사하고, 사이먼은 체포되고, 악질적인 습격 혐의를 억울하게 뒤집어쓰고…… 수감되었다.

"아빠 말 들었지?" 속삭임이라기에는 아주 조금 큰 목소리로 아들들에게 말했다. "우리가 새 컴퓨터를 샀다는 얘기는 아무한테도 하면 안 된다."

"괜찮을 거야." 사이먼이 말했다. "별 문제 없을 거다. 다들 아가리만 딱 닫고 있으면."

그는 다시 셰퍼드 파이로 관심을 돌렸다. 루스의 눈이 사이먼에게서 아들들로, 그리고 다시 사이먼에게로 정신없이 왔다 갔다 했다. 겁에 질린 폴이 아무 말도 없이 접시의 음식을 이리저리 밀고 있었다.

그러나 앤드루는 아버지가 한 말을 단 한 마디도 믿지 않았다.

거짓말이나 하는 빌어먹을 새끼. 엄마를 겁주는 게 좋아서 그럴 뿐이지.

식사를 마친 사이먼이 일어서더니 말했다. "그 빌어먹을 물건이 최소한 제대로 작동하는지 보자. 너." 그는 폴을 가리켰다. "가서 컴퓨터를 상자에서 꺼내서 조심해서…… *조심해서*…… 스탠드에 올려놔. 그리고 너는." 앤드루를 가리켰다. "컴퓨터 할 줄 알지? 어떻게 쓰는 건지 나한테 가르쳐줘."

사이먼이 두 아들을 거실로 데리고 들어갔다. 앤드루는 아버지가 꼬투리를 잡으려고 이러는 거고, 그들이 일을 망치기를 원한다는 걸 알았다. 어린 폴은 불안한 마음에 컴퓨터를 떨어뜨릴 수도 있고, 앤드루는 실수를 저지를 게 틀림없었으니까. 그들 뒤 주방에서 루스는 덜거덕거리며 저녁 먹은 그릇들을 치우고 있었다. 최소한 그녀는 직접적인 발포 사선에서 벗어나 있었다.

앤드루는 폴이 컴퓨터를 들어 올리자 도와주러 갔다.

"혼자 할 수 있어. 그렇게 계집애 같은 놈 아니다!" 사이먼이 쏘아붙였다.

기적처럼 폴은 팔을 덜덜 떨면서도 아무 불상사 없이 스탠드에 컴퓨터를 올려놓았고, 그러고 나서 두 팔을 허리 옆으로 축 늘어뜨린 후 사이먼이 컴퓨터에 접근하지 못하게 막고 서서 기다렸다.

"저리 비켜, 이 멍청한 놈 같으니." 사이먼이 고함을 쳤다. 폴은 화다닥 물러나 소파 뒤에서 구경을 하려고 숨었다. 사이먼은 아무 전선이나 되는 대로 붙잡더니 앤드루에게 물었다.

"이건 어디다 꽂는 거냐?"

네 궁뎅이에 꽂아라, 개새끼야.

"저한테 주시면……."

"내가 어디다 꽂느냐고 묻고 있잖아!" 사이먼이 고함쳤다. "너 컴퓨터 할 줄 알잖아. 어디 꽂는지 나한테 말을 해!"

앤드루는 허리를 굽히고 컴퓨터 후면을 살폈다. 처음에는 사이먼에게 잘못 알려주었지만, 그다음에는, 우연히, 제대로 된 소켓에 꽂을 수 있었다.

루스가 거실에 들어왔을 때는 일이 거의 다 끝나가고 있었다. 앤드루는 한번 슬쩍 훑어만 봐도, 어머니는 이 컴퓨터가 작동하지 않기를 바란다는 걸 알 수 있었다. 그녀는 사이먼이 어디 다른 데 컴퓨터를 갖다 버리고, 80파운드는 없는 셈 치기를 바랐다.

사이먼이 모니터 앞에 앉았다. 몇 번 아무 소용 없는 시도를 한 끝에 그는 무선 마우스에 배터리가 없다는 걸 깨달았다. 폴이 전력 질주하여 주방에 있는 건전지를 가져오라는 심부름을 떠맡았다. 그가 돌아와 아버지에게 건전지를 내밀자, 사이먼은 폴이 그걸 어디 휙 숨겨버리기라도 할 것처럼 손에서 낚아채 갔다.

아랫니와 입술 사이에 혀를 끼우고 있어 턱이 멍청하게 툭 튀어나와 보이는 꼬락서니로, 사이먼은 고작 건전지 끼우는 일을 하면서 과장되게 만지작거리고 있었다. 인내심의 끝에 달하면 그는 항상 경고로 이렇게 미친 짐승 같은 표정을 지으며 자기 행동에 책임을 지지 않아도 되는 광기의 나락으로 떨어지곤 했다. 앤드루는 아버지 혼자 두고 나가버리는 상상을 했다. 그러면 아버지는 용을 쓸 때 곁에 두길 좋아하는 관객을 잃게 될 테니까. 상상 속에서 자기가 등을 돌리는 순간 마우스가 귀 뒤를 후려치는 것이 생생하게 느껴지는 것만 같았다.

"씨발…… 쫌…… 들어가라!"

사이먼은 공격적으로 쭈그러진 얼굴에 잘 어울리는, 특유의 나지막한 동물 같은 소리를 내기 시작했다.

"어어어얼……. 어어얼……. 좆 같은 것! 씨발 네놈이 해봐! 너! 계집애 같은 손을 하고 있잖아!"

사이먼은 마우스와 건전지를 폴의 가슴에 냅다 던졌다. 작은 건전지를 제자리에 끼우는 폴의 손이 덜덜 떨렸다. 그는 플라스틱 뚜껑을 끼워 닫고 마우스를 다시 아버지에게 주었다.

"고맙구나, 우리 딸내미 폴린."

사이먼의 턱은 여전히 네안데르탈인처럼 툭 튀어나와 있었다. 그는 무슨 버릇처럼, 무생물들이 다 같이 짜고 자기 신경을 건드리는 것처럼 굴곤 했다. 그는 다시 한 번 마우스를 매트 위에 놓았다.

제발 좀 돼라.

작고 하얀 화살이 스크린에 나타나 사이먼의 명령에 따라 쾌활하게 날아다니기 시작했다.

공포의 압박 띠가 풀렸다. 지켜보던 세 사람에게서 안도의 숨이 터져 나왔다. 사이먼은 네안데르탈인 표정을 풀었다. 앤드루는 하얀 가운을 입은 일본 남녀가 일렬로 서 있는 상상을 했다. 이 무결점의 기계를 조립한 사람들, 모두 다 폴처럼 섬세하고 재주 많은 손가락들을 갖고 있겠지. 상냥하고 교양 있고 온화한 사람들은 그에게 고개 숙여 인사했다. 말없이 앤드루는 그들과 그들의 가족들을 축복했다. 바로 이 기계 한 대가 작동하는 일에 얼마나 많은 게 걸려 있었는지 그들은 결코 모를 것이다.

루스, 앤드루와 폴은 사이먼이 컴퓨터를 시운전해보는 사이 조심스럽게 기다렸다. 그는 메뉴를 불러왔다가 다시 없애느라 쩔쩔매다가 기능도 이해 못 하는 아이콘을 클릭하곤 결과에 당혹스러워하기도 했지만, 위험한 분노의 고지에서는 일단 내려온 상태였다. 이런저런 실수 끝에 다시 바탕화면으로 돌아온 그는 루스를 올려다보며 말했다. "괜찮아 보이지?"

"멋져!" 그녀는 마치 지난 30분은 애초에 없었던 일처럼 억지 미소를 지어 보이며 말했다. 마치 남편이 딕슨즈 가전에서 기계를 사서 폭력의 위협 없이 연결한 것처럼 말이다. "훨씬 빨라, 사이먼. 지난번 것보다 훨씬 빠른 거 같아."

저 인간은 아직 인터넷을 열어보지도 않았잖아, 이 바보 같은 여자야.

"그래, 나도 그렇게 생각했어."

그는 두 아들을 무섭게 노려보았다.

"이건 최신형에 값비싼 거니까 너희 둘은 존경심을 담아서 대해라, 알았지? 그리고 우리가 이거 샀다고 아무한테도 말하지 마." 사이먼이 이 말을 덧붙이자, 돌풍처럼 불어 닥친 새삼스러운 악의에 방 안이 싸늘해졌다. "알았어? 내 말 알아들었느냐고?"

그들은 다시 고개를 주억거렸다. 폴의 얼굴은 탄탄하게 굳어 긴장되어 있었다. 아버지의 눈을 피해 그는 가녀린 검지로 자기 허벅지에 8자를 그리고 있었다.

"그리고 둘 중 한 놈이 빌어먹을 커튼을 좀 쳐라. 왜 아직도 걷어놓은 거야?"

네가 병신처럼 구는 꼴을 보면서 우리가 다 여기 이렇게 서 있었으니까 그렇지.

앤드루는 커튼을 치고 거실에서 나갔다.

침실에 들어가 자기 침대에 누운 뒤에도, 앤드루는 가이아 보든에 대한 기분 좋은 명상을 다시 시작할 수가 없었다. 아버지가 자치의원이 된다는 생각이 뜬금없이 불쑥 나타나 무슨 거대한 빙산처럼 온 세상 만물에, 심지어 가이아한테까지 시커먼 그림자를 드리우고 있었다.

앤드루가 지금껏 살아오는 동안, 사이먼은 타인에 대한 경멸이라는 자신의 감옥 속에서 만족스럽게 수인으로 살아왔다. 자기 집을 요새 삼아 철통같이 세상에 맞섰고, 그 안에서는 자기 뜻이 곧 법이었으며 자기 기분이 가족들에겐 날마다 변하는 날씨가 되었다. 나이가 들어가면서 앤드루는 가족이 이렇게 남들과 철저히 격리되어 살아가는 건 정상이 아니라는 걸 알게 되었고, 약간은 창피스러워졌다. 친구들 부모님은 자기 가족을 알아보지 못했고, 어디 사느냐고 물어보곤 했다. 어머니나 아버지가 사회 행사나 기금 마련 행사에 오실 건지 아무렇지도 않게 물어보곤 했다. 가끔 초등학교 시절에 본 루스를 기억하는 사람들도 있었다. 그때는 어머니들이 놀이터에서 어울려 놀곤 했었다. 루스는 사이먼보다 훨씬 더 사교적이었다. 아마 그렇게 반사회적인 남자와 결혼하지 않았더라면, 점심이나 저녁 때 친구들도 만나고 마을 일로 분주한 팻츠의 어머니와 비슷한 사람이 되었으리라.

사이먼은 가끔 비위를 맞출 가치가 있다고 판단한 사람과 일대일로 만날 때면 자기는 세상의 소금이라는 듯 허세를 떨어서 앤드루를 민망하게 만들곤 했다. 사이먼은 사람들의 말을 끊고 서투른 농담을 하고 가끔은 자기도 모르게 온갖 예민한 문제들을 건드리곤 했다. 어쩔 수 없이 대화를 하게 된 사람들에 대해 아무것도 몰랐고 별로 신경 쓰지도 않기 때문이었다. 최근 앤드루는 사이먼이 다른 인간들을 과연 실존한다고 생각하기나 하는 걸까 자문할 때가 있었다.

어째서 그의 아버지가 더 넓은 무대에서 공연해보겠다는 야심에 사로잡혔는지 앤드루로서는 알 길이 없었지만 대참사는 불가피했다. 앤드루는 다른 부모님을 알고 있었다. 광장에 새로 설치한 크리스마스 조명 기금을 모으기 위한 자전거 경주대회를 후원하고 유년 걸스카우트 활동을 운영하거나 북클럽을 결성하는 부류의 사람들이었다. 사이먼은 협동을 요하는 일은 전혀 하지 않았고, 직접적으로 이득을 볼 수 있는 일이 아니면 털끝만 한 관심도 보이지 않았다.

끔찍스러운 장면들이 앤드루의 핑핑 도는 마음속에서 떠올랐다. 자기 아내가 깜빡 속아 넘어가주는 속이 뻔히 들여다보이는 거짓말들로 도배된 연설을 늘어놓는 사이먼. 상대를 위협하기 위해 그 네안데르탈인 같은 표정을 짓는 사이먼. 통제력을 잃고 마이크에 대고 그 좋아하는 욕설들을 퍼붓기 시작하는 사이먼. 화냥질, 씨발, 좆나, 똥덩어리…….

앤드루는 노트북을 끌어당겼다가 거의 동시에 밀쳤다. 책상에 놓인 휴대전화를 건드리려는 움직임은 전혀 하지도 않았다. 이 어마어마한 불안감과 수치심은 인스턴트 메시지나 문자에 담을 수 있는 게 아니었다. 그는 오로지 혼자였고, 아무리 팻츠라도 절대 이해하지 못할 터였다. 그래서 그는 어찌할 바를 몰랐다.

금요일

　배리 페어브라더의 시신이 장의사로 옮겨졌다. 빙판에 난 스케이트 자국처럼 하얀 두피에 생긴 깊은 검은색 자상은 숲처럼 빽빽한 머리숱으로 가렸다. 차갑고 밀랍 같고 텅 빈 배리의 시신은 기념일 정장 셔츠와 바지로 갈아입고 부드러운 음악이 깔린 침침한 조명의 접견실에 누워 있었다. 조심스러운 화장의 손길들 덕분에 피부에 살아 있는 사람처럼 홍조가 돌아왔다. 얼핏 잠든 것처럼 보일 지경이었다. 물론 정말 그렇지는 않았지만.

　배리의 두 형제, 미망인과 네 아이들은 매장 전날 시신에 작별 인사를 하러 갔다. 메리는 출발하는 마지막 순간까지도 아버지의 시신을 네 아이 모두에게 보여줘야 하는지 마음의 결정을 내리지 못했다. 데클란은 악몽을 잘 꾸는, 감수성 예민한 아이였다. 금요일 오후 그녀가 우유부단의 절정에 달했을 때 기분 나쁜 일이 벌어졌다.

　콜린 '커비' 월도 배리의 시신을 찾아보고 작별 인사를 하겠다는 것이었다. 보통은 순순하고 사람 좋은 메리도 이건 좀 지나치다는 생각이 들었다. 테사와 통화를 하면서 언성이 날카로워졌다. 그리고 다시 울기 시작했고, 자기가 계획한 건 거창한 행렬이 배리 곁을 지나치는 게 아니라고, 이건 정말 가족들만의 일이라고 말했다……. 테사는 지독히도 미안해하며 진심으로 이해한다면서 콜린에게 설명하러 갔고 콜린은 지독한 낙심과 상처로 침묵에 빠져들었다.

그는 그저 배리의 시신 옆에 혼자 서서 자기 일생에서 특별한 자리를 차지했던 한 인간에게 말 없는 경의를 표하고 싶을 뿐이었다. 콜린은 다른 어떤 친구에게도 털어놓지 못했던 진실과 비밀들을 배리의 귀에 쏟아냈고, 울새처럼 반짝거리는 배리의 작은 갈색 눈은 그럼에도 불구하고 끝까지 온기와 친절을 담고 그를 바라보아주었다. 콜린에게 있어 배리는 평생 다시없을 가까운 친구였고, 패그포드로 이사 오기 전까지는 꿈에도 몰랐고 앞으로도 다시 가져보지 못할 남자들의 동지애를 경험하게 해주었다. 항상 외부인이자 괴짜라고 느꼈던 그가, 삶이란 매일매일의 고군분투일 뿐이었던 콜린이 명랑하고 인기 좋고 끝도 없이 낙천적이었던 배리와 우정을 맺을 수 있었다는 사실은 항상 작은 기적처럼 느껴졌었다. 콜린은 그에게 남은 마지막 품위를 꼭 붙잡고 결코 메리에게 원망을 품지 않으리라 결심했고 그날 하루 종일 배리는 분명히 미망인의 태도에 몹시 놀라고 상처받았을 거라는 생각에 잠겨 보냈다.

패그포드에서 약 5킬로미터 떨어진 외곽 지역에 있는 '스미디'라는 이름의 매력적인 목조주택에서 개빈 휴즈는 점점 짙어지는 우울을 물리치려 애쓰고 있었다. 메리가 아까 전화를 했었다. 눈물의 무게에 짓눌려 떨리는 목소리로 아이들이 모두 내일 있을 장례식에 대한 아이디어를 내놓았다고 설명했다. 시오반이 씨를 심어 해바라기를 키웠는데 그걸 잘라 내일 관 위에 놓을 거라고 했다. 네 아이들 모두가 아버지 관 속에 넣을 편지를 썼다. 메리도 한 장을 썼으며, 그건 배리의 심장 위 셔츠 주머니 속에 넣을 거라고 했다.

개빈은 수화기를 내려놓자 욕지기를 느꼈다. 아이들 편지나 오랫동안 가꾼 해바라기에 대해 알고 싶지도 않았지만, 혼자 주방 식탁에서 라자냐를 먹는 동안 생각이 계속 그리로 돌아갔다. 무슨 짓을 해서라도 절대 읽지 않았을 테지만, 메리가 편지에 뭐라고 썼을까 계속 상상해보려 애썼다.

그의 침실에는 검은 정장이 세탁소의 비닐 포장으로 싸여 달갑지 않은 손님처럼 어정쩡하게 걸려 있었다. 인기 만점의 배리와 가장 가까웠던 사람 중 하나로 공공연히 인정해줌으로써 메리가 베풀어준 영예는 이미 두려움에 압도된 지 오래였다. 개수대에서 설거지를 끝냈을 무렵 개빈은 아예 장례식을 통째로 빠지게 되면 차라리 기쁘겠다는 생각이 들었다. 죽은 친구의 시신을 본다는 생각으로 말하자면, 그의 마음속에 단 한 번도 떠오르지 않았고, 떠오를 수도 없었다.

그와 케이는 전날 밤 지독하게 말다툼을 했고 그 후로 말도 하지 않았다. 케이가 개빈에게 자기가 장례식에 같이 가도 되느냐고 물어본 데서 모든 게 시작되었다.

"맙소사, 안 되지." 개빈은 차마 자제할 겨를도 없이 말해버리고 말았다.

그는 그녀의 표정을 보았고 그녀가 들어버렸다는 걸 즉시 알아차렸다. *맙소사, 안 되지. 사람들이 우리가 커플이라고 생각할 거 아니야. 맙소사, 안 되지, 내가 왜 당신을 원하겠어?* 이 감정들이 정확한 그의 진심인데도 불구하고 그는 허풍을 떨어 위기를 모면하려 했다.

"내 말은, 당신은 그 사람을 모르잖아, 안 그래? 좀 이상할 거 아니야?"

그러나 케이는 노발대발해 떠들어대기 시작했다. 그를 코너로 몰아가며 진심을 말하라고, 뭘 원하는지, 두 사람의 장래를 어떻게 생각하는지 말하라고 다그쳤다. 그는 무기고에 구비해둔 무기를 모조리 동원해 맞서 싸웠다. 둔한 척하다가 둘러대다가 다 아는 척 뻐기기를 반복했다. 정확성을 찾는 척하면서 감정적인 문제를 가릴 수 있다면 정말 멋진 일이었으니까. 마침내 그녀는 당장 자기 집에서 꺼지라고 말했고, 그는 순순히 말을 들었지만 그게 끝이 아니라는 걸 알고 있었다. 이 걸로 끝이라면 차마 바라기도 황송한 만큼 좋을 텐데. 주방 창에 비친 개빈의 모습은 우울하고 비참한 표정이었다. 배리의 빼앗긴 미래가 까마득한 절벽처럼 자기 삶 위에 드리워져 있는 것 같았다. 그는 도리가 아니라는 느낌과 죄책감에 시달렸지만, 그래도 여전히 케이가 다시 런던으로 이사하기를 바라는 마음에는 변함이 없었다.

패그포드에 밤이 깔렸고, 올드 비카리지에서는 파민더 자완다가 무슨 옷을 입고 배리에게 작별 인사를 할지 고민하며 옷장을 찬찬히 살피고 있었다. 검은 드레스나 정장이 몇 벌 있었고, 그 가운데 무엇이든 적당할 터였지만, 그럼에도 불구하고 옷걸이를 따라 걸려 있는 옷들을 앞뒤로 샅샅이 살피며 결정을 못 해 괴로워하고 있었다.

사리(인도의 여성들이 입는 민속 의상 — 옮긴이)를 입어. 셜리 몰리슨이 기분 나빠할 거야. 어서, 사리를 입으라고.

멍청한 생각이었고—정신 나가고 틀려먹었다—그런 생각을 배리의 목소리로 한다는 건 더 나빴다. 배리는 죽었다. 깊은 비탄 속에서 닷새를 견뎌내고 나니, 이제 내일 그가 땅에 묻힌다. 그런 생각에 파민더는 기분이 나빠졌다. 그녀는 늘 매장이라는 관념 자체를 끔찍하게 싫어했다. 시체가 온전히 땅속에 누워 구더기와 파리가 들끓는 와중에 서서히 썩어가다니. 시크교의 방식은 화장해서 재를 흐르는 물에 흩뿌리는 것이었다.

그녀는 걸려 있는 옷들을 위아래로 살피며 훑었지만, 옛날 버밍엄 시절 가족 결혼식과 집안 모임에 갈 때 입었던 사리가 자꾸 그녀를 부르는 것 같았다. 사리를 입고 싶은 이 이상한 충동은 대체 뭘까? 그녀 성격답지 않게 과시적이라는 느낌이 들었다. 손을 뻗어 제일 아끼는 감색과 황금빛의 사리 주름을 만져보았다. 이 사리를 입고 페어브라더의 집에서 열린 신년 파티에 참석했었다. 그때 배리는 그녀에게 자이브 춤을 가르쳐주려 했었다. 그 실험의 결과는 참담한 실패였는데, 주된 원인은 배리 자신도 뭘 어떻게 하는지 전혀 모른다는 것이었다. 그러나 그녀는 그렇게 주체할 수 없이, 미친 듯이, 술 취한 여자들처럼 웃어본 기억이 그때 말고는 없었다.

사리는 우아하고 여성적이었으며, 중년의 퍼진 몸매를 너그럽게 가려주었다. 여든두 살인 파민더의 어머니는 매일 사리를 입었다. 파민더로 말하자면 몸매를 가려주는 사리의 장점이 별 필요가 없었다. 스무 살 때와 마찬가지로 날씬했으니까. 그러나 그녀는 길고 부드러운 짙은 색 천을 꺼내 잠옷 가운 위에 대보았다. 천 자락이 툭 떨어져 맨발을 어루만지게 하고, 긴 천에 수놓인 정교한 자수를 내려다보았다. 그걸 입고 가면 그녀와 배리 단둘이 나누는 내밀한 농담처럼 느껴지리라. 소 얼굴 모양의 집이라든가, 그 끝도 없이 이어지던 고약한 자치구의회 회의 때마다 같이 걸어 나오면서 배리가 하워드에 대해 했던 온갖 웃기는 농담들처럼 말이다.

끔찍한 부담감이 파민더의 가슴을 짓누르고 있었지만 구루 그란스 사힙Guru Granth Sahib이 망자의 친척과 친지는 슬픔을 보이지 말고 사랑하는 사람이 신과 다시 하나가 된 것을 축하해야 한다고 말씀하지 않았는가? 불충한 눈물을 삼키기 위해 애쓰며, 파민더는 말없이 밤시간의 기도인 키르탄 소힐라kirtan sohila를 읊조렸다.

친구여, 그대에게 촉구하니 지금이야말로 성자들을 모시기에 길한 시간이니라.

이 세상에서 신의 이익을 거두고 다음 세상에서 평화와 안위 속에서 살아라.

인생은 밤낮으로 짧아지고 있다.

오 정신이여, 구루를 만나 만사를 올바르게 하라…….

어두운 밤 침대에 누워 수크빈더는 가족들 모두가 무슨 일을 하고 있는지 소리를 들어 알 수 있었다. 바로 밑에서 텔레비전이 아득하게 웅얼거리는 소리가 들렸고, 금요일 밤의 코미디 쇼를 보고 있는 남동생과 아버지의 숨죽인 웃음소리가 뜨문뜨문 터져 나오곤 했다. 층계참 건너에서 휴대전화로 숱한 친구들 중 하나와 통화하고 있는 언니의 말소리도 다 알아들을 수 있었다. 제일 가까운 데서 나는 소리는 엄마로, 벽 반대편 붙박이장 속에서 덜거덕거리고 긁는 소리가 났다.

수크빈더는 자기 방 창문에 커튼을 치고 문 아래 기다란 핫도그 소시지처럼 생긴 외풍 방지용 받침을 덧대두었다. 자물쇠가 없어서 그 소시지가 문이 열리는 걸 저지했다. 그녀에게 경고를 해주는 셈이었다. 하지만 아무도 들어오지 않을 거라 확신하고 있었다. 그녀는 해야 할 일을 하면서 있어야 할 자리에 있었으니까. 아니 적어도 가족들은 그렇게 생각했다.

그녀는 방금 끔찍한 하루 일과를 끝낸 참이었다. 페이스북 페이지를 열고 모르는 사람이 보낸 글을 지웠다. 이런 메시지들을 보내는 사람을 아무리 차단해도 프로필을 바꾸고 더 많은 글을 보내오곤 했다. 언제 또 누가 나타날지 알 수가 없었다. 오늘 온 건 흑백사진이었다. 19세기 서커스 포스터 사본이었다.

진짜 수염 난 여인, 미스 앤 존스 엘리엇 *La Véritable Femme à Barbe, Miss Anne Jones Elliot*

포스터에는 길고 검은 머리에 풍성한 콧수염과 턱수염을 기르고 야한 드레스를 차려입은 여자의 사진이 나와 있었다.

그녀는 내심 이런 걸 보내는 범인은 팻츠 월이라고 확신하고 있었다. 물론 다른 사람일 수도 있었다. 예를 들자면 그녀가 영어로 말할 때마다 나직하게 으르렁거리며 원숭이 소리를 내는 데인 털리와 그 친구들처럼 말이다. 그녀와 같은 피부색이라면 누구한테든 그랬을 녀석들이었다. 윈터다운에는 갈색 얼굴의 학생이 거의 없었다. 그럴 때면 수치스럽고 멍청한 기분이 들었다. 특히 개리 선생님은 절대 그들을 야단치지 않았기 때문에 더 그랬다. 그는 놀림 소리를 못 들은 척하거나 아니면 뒤에서 수다를 떠는 소리만 골라 듣곤 했다. 어쩌면 개리 선생님 역시 수크빈더 카우르 자완다가 원숭이, 털이 북슬거리는 원숭이라고 생각하는지도 모른다.

수크빈더는 이불 위에 똑바로 누워 온 몸과 마음을 다해 죽어버리고 싶다고 생각했다. 단순히 의지로만 자살을 할 수 있다면, 망설임 없이 감행했을 것이다. 죽음은 페어브라더 씨에게 찾아왔다. 어째서 그녀에게는 찾아올 수 없었던 걸까? 두 사람의 입장이 바뀌었다면 더 좋지 않았을까? 나이암과 시오반은 아버지를 되찾을 수 있고, 그녀, 수크빈더는 그냥 존재하지 않는 상태로 스르륵 사라지면 되는데. 싹, 자취도 없이 깨끗하게.

그녀의 자기혐오는 쐐기풀로 짠 옷 같았다. 온 몸과 마음 구석구석을 따끔따끔 찌르고 타들어가듯 아프게 했다. 도움이 될 유일한 방법을 성급히 감행하지 않기 위해서, 그녀는 참고 흔들리지 않으려 매 순간 굳은 의지를 다져야만 했다. 행동하기 전에 일단 온 식구가 잠자리에 들어야만 했다. 그러나 이렇게 자기 숨소리를 듣고 있으면서 침대 위에 놓인 쓸데없이 무겁기만 한 추하고 혐오스러운 몸뚱어리를 의식하는 건 너무 괴로운 일이었다. 그녀는 익사하는 상상을 즐겨 했다. 서늘한 녹색 물속으로 가라앉아, 서서히 짓눌려 아무것도 아닌 것이 되어가는 자기 자신을 느끼는······.

거대한 양성인간이 꿈쩍도 않고 앉아 있네······.

수치심이 어둠 속에 누워 있는 그녀의 몸을 두드러기처럼 뜨겁게 훑어 내려갔다. 팻츠 월이 수요일 수학 시간에 그 말을 하기 전까지는 들어본 적도 없는 단어였다. 어차피 사전을 찾아볼 수도 없었으리라. 그녀는 난독증이었으니까. 그러나 그가 친절하게도 무슨 뜻인지 다 알려줬으니, 그럴 필요도 없었다.

털이 북슬거리는 남자 – 여자······.

그는 데인 털리보다 더 심했다. 데인 털리의 조롱에는 다양성이 결여되어 있었다. 팻츠 월의 사악한 혀는 그녀를 볼 때마다 새롭게 맞춰낸 듯한 고문을 만들어냈고 따라서 도저히 귀를 막고 듣지 않을 수가 없었다. 모욕과 조롱 하나하나가 수크빈더의 기억 속에 불도장처럼 찍혔고, 도대체 쓸모 있는 사실은 붙어 있지를 않는 그녀 기억력에 철썩 들러붙어 지워지질 않았다. 그가 부른 별명들에 대해서 시험을 봤더라면 아마 평생 처음 A를 받았으리라. *수염과 젖꼭지. 양성인간. 수염 난 바보.*

털도 나고 뚱뚱하고 멍청하고. 못생기고 서투르고. 날마다 그녀에게 비판과 분노를 비처럼 내리 퍼붓는 엄마의 말대로 게으르고. 아버지의 말대로 약간 느리고. 그 말을 하는 아버지 말투에는 애정이 묻어났지만 그렇다고 무관심이 상쇄되는 건 아니었다. 아버지는 그녀의 형편없는 성적을 너그럽게 봐줄 여유가 있었다. 아버지에게는 자스완트와 라즈팔이 있었으니까. 둘 다 무슨 수업을 듣든 1등만 했다.

"불쌍한 우리 졸리." 비크람은 그녀의 성적표를 슬쩍 훑어보고는 별생각 없이 말하곤 했다.

하지만 아버지의 무관심은 어머니의 분노보다 나았다. 파민더는 자기가 영재가 아닌 자식을 낳았다는 걸 이해하지도 받아들이지도 못하는 눈치였다. 교과목 선생님이 수크빈더가 조금 더 노력하면 될 것 같다고 슬쩍 말을 흘리기라도 하면, 파민더는 득의양양하게 그 말을 붙들었다.

"'수크빈더는 쉽게 좌절하는데, 자기 능력에 대해 좀 더 믿음을 가져야 합니다.' 자! 이것 봐! 선생님께서 노력이 부족하다고 하시잖니, 수크빈더."

수크빈더가 2등급 반으로 올라갈 수 있었던 유일한 과목인 전산으로 말하자면, 팻츠 월이 없어서 가끔씩 용기를 내어 질문에 답을 하기도 했다. 파민더는 그런 건 아무것도 아니라는 듯이 말했다. "요즘 애들이 인터넷에 쏟아붓는 시간을 생각해봐라. 네가 1등급 반이 아니라는 게 놀랍구나."

부모에게 원숭이 소리나 스튜워트 월의 끝도 없이 쏟아붓는 악담 이야기를 할 생각은 수크빈더의 머릿속에 떠오를 수도 없었다. 가족이 아닌 사람들한테도 자기가 평균 이하의 아무 쓸데없는 존재로 보인다는 고백이나 마찬가지였다. 아무튼, 파민더는 스튜어트 월의 어머니와 친구였다. 수크빈더는 가끔 스튜어트 월은 왜 어머니들의 사이를 걱정하지 않을까 이상할 때가 있었지만, 자기가 일러바치지 않을 거라는 확신이 있어서라는 결론을 내렸다. 그는 그녀를 꿰뚫어 보고 있었다. 그녀가 자기 자신에게 품는 최악의 생각들을 낱낱이 알고 있는 것처럼, 그래서 앤드루 프라이스를 웃기기 위한 농담거리로 삼는 것처럼, 그는 그녀가 겁쟁이라는 것도 다 꿰뚫어 보고 있었다. 수크빈더는 한때 앤드루 프라이스를 좋아했었다. 자기가 누구를 좋아하기에 철저히 모자란 인간이라는 걸 깨닫기 전에, 자기가 웃음거리에 불과한 이상한 존재라는 걸 깨닫기 전에 말이다.

수크빈더는 계단을 올라오는 아버지와 라즈팔의 목소리가 점점 커지는 걸 들었다. 라즈팔의 웃음소리가 자기 방문 바로 앞에서 최고조에 다다랐다.

"늦었어." 어머니가 침실에서 외치는 소리가 들렸다. "비크람, 그 애는 잠자리에 들어야 해."

비크람의 목소리가 수크빈더의 문을 통해, 아주 가깝게, 크고 따뜻하게 들려왔다.

"벌써 자고 있는 거냐, 졸리(Jolly, 즐겁다는 뜻의 애칭―옮긴이)?"

그건 어렸을 때 그녀의 별명이었다. 아이러니하게 붙여진 이름이었지만. 자스완트는 재지(Jazzy, '화려한'이란 뜻의 애칭―옮긴이)였고, 수크빈더는, 웃는 일도 거의 없이 보채기만 하는 불행한 아기였던 그녀는, 졸리가 되었다.

"아니요." 수크빈더가 큰 소리로 대답했다. "방금 침대에 누웠어요."

"그럼 말이지, 네 동생이 ……… 다는데 재미있지 않니."

하지만 라즈팔이 한 짓은 뭔지 몰라도 큰 소리로 항의하는 녀석의 목소리와 깔깔거리는 웃음소리에 파묻혀버렸다. 그녀는 비크람이, 여전히 라즈팔을 놀리며 멀어져가는 소리를 들었다.

수크빈더는 집 안이 조용해질 때까지 기다렸다. 그녀는 유일한 위로의 시간이 다가올 거란 기대감에 매달려, 구명줄을 껴안듯, 그들 모두가 잠자리에 들기만 기다리고, 기다리고, 또 기다렸…….

(기다리면서 그녀는 그리 오래전도 아닌 어느 날 저녁 조정 훈련이

끝나고, 팀원들이 어둠을 헤치고 운하 옆 주차장을 향해 걷던 때를 떠올렸다. 노를 젓고 나니 너무 피곤했다. 팔과 배 근육이 쑤셨지만 기분 좋고 깔끔한 통증이었다. 그녀는 늘 조정을 하고 나면 잠을 제대로 잘 수 있었다. 그런데 수크빈더와 팀의 후방을 맡았던 크리스털이 그녀를 바보 같은 '파키' 계집애라고 불렀던 것이다.

정말 뜬금없이 튀어나온 소리였다. 그들은 다 같이 페어브라더 씨와 장난을 치고 있었다. 크리스털은 자기가 웃기는 소리를 했다고 생각했다. '아주' 대신 '좆나'를 쓰고 둘 사이의 차이점을 전혀 모르는 것과 같았다. 이제 그녀는 '파키'라는 말을 '멍청한'이나 '둔한' 정도로 알고 쓰는 모양이었다. 수크빈더는 자기 얼굴이 구겨지는 걸 의식했고, 뱃속이 허물어지며 쓰라리게 아파오는 그 친숙한 느낌을 다시금 받았다.

"뭐라고 했냐?"

페어브라더 씨가 빙글 돌아 크리스털을 똑바로 마주 보았다. 그들 중 누구도 페어브라더 씨가 그렇게 정색을 하고 화내는 걸 본 적이 없었다.

"별 뜻 아니었어요." 크리스털은 반쯤은 놀라고 덜컥 겁이 나서, 반쯤은 반항심에서 말했다. "그냥 농담이었어요. 내가 그냥 농담한 건 쟤도 알아요, 안 그래?" 크리스털이 수크빈더에게 묻는 바람에, 그녀는 소심하게 농담인 줄 알았다고 말했다.

"다시는 그 말을 안 썼으면 좋겠다."

그들은 그가 크리스털을 얼마나 아끼는지 알고 있었다. 그가 자기 호주머니를 털어서 크리스털의 원정 경기 비용을 두세 번 내줬다는 것도 다 알고 있었다. 크리스털의 농담에 페어브라더 씨만큼 크게 웃는 사람은 아무도 없었다. 그 애는 가끔 정말 웃기는 말을 할 때가 있었다.

다들 계속 걸었고 모두가 민망해하고 있었다. 수크빈더는 크리스털을 쳐다보기가 무서웠다. 늘 그렇듯 괜히 자기가 잘못했다는 느낌이 들었다.

다 같이 승합차로 가고 있는데 크리스털이 말했다. 너무 작은 소리로 말해서 페어브라더 씨조차 듣지 못했다. "장난이었어."

그리고 수크빈더는 재빠르게 말했다. "알아."

"그래, 뭐, 미안."

뭉그러진 단음절이 되어 나온 사과였고, 수크빈더는 모른 척하는 게 낫겠다는 생각을 했다. 그럼에도 불구하고 마음속이 깨끗하게 씻겨 나갔다. 자존감이 되살아났다. 패그포드로 돌아오는 길에 수크빈더는 처음으로 팀의 행운을 비는 노래를 부르자고 제안했고, 크리스털에게 제이 Z의 랩 부분을 선창하라고 부탁했다.)

천천히, 아주 천천히, 가족은 마침내 하나씩 잠자리에 드는 것 같았다. 자스완트는 딸그락거리고 쿵쾅거리며 한참을 화장실에 들어앉아 있었다. 수크빈더는 자스완트가 몸단장을 끝낼 때까지, 그리고 부모님이 자기 방에서 대화를 나누는 소리가 그칠 때까지, 집 안이 고요해질 때까지 기다렸다.

그리고 마침내 안전해졌다. 그녀는 똑바로 일어나 앉아 옛날에 안고 자던 토끼 봉제인형 귀에 뚫어놓은 구멍에서 면도날을 꺼냈다. 화장실 장에 있던 비크람의 물건 중에서 훔친 면도날이었다. 침대에서 내려와 자기 선반에 놓아둔 손전등과 한 뭉텅이의 휴지를 손으로 더듬어 찾아 자기 방에서 가장 후미진 구석으로 갔다. 여기서는 손전등 불빛이 막혀서 문틈 너머로 보이지 않을 거라는 걸 그녀는 잘 알고 있었다. 벽에 등을 기대고 앉아서 잠옷 소매를 걷어 올리고 손전등으로 지난번에 난 흉터들을 살펴보았다. 지그재그로 시커멓게 팔뚝에 그려져 있는 상처들은 그래도 나아가고 있었다. 살짝 두려움에 떨리는 느낌은 초점이 즉각적이고 또렷해서 축복된 안심이기도 했다. 그런 마음으로 면도날을 팔뚝 한가운데쯤 대고 자기 살을 베었다.

날카롭고 뜨끈한 통증과 피가 한꺼번에 나왔다. 팔꿈치에 다 닿도록 칼로 긋고 나서 긴 상처에 휴지 뭉텅이를 대고 눌렀고, 잠옷이나 카펫에 아무것도 묻지 않게 조심했다. 1, 2분 후 그녀는 다시 한 번 처음 벤 상처와 교차해 수직으로 그어가며 사다리 모양을 만들었다. 그녀는 상처를 낼 때마다 닦고 누르고를 반복했다. 면도날은 마음속에서 비명을 질러대는 생각의 아픔을 덜어주었고 그걸 피부와 신경줄이 타는 듯한 고통으로 변형시켜주었다. 한 번 벨 때마다 안도와 해방감이 몰려왔다.

마침내 그녀는 칼날을 깨끗하게 닦고 자기가 만든 끔찍한 꼴을 찬찬히 살폈다. 상처들은 서로 교차하며 피를 흘렸고 눈물이 얼굴을 타고 줄줄 흘러내릴 정도로 끔찍하게 아팠다. 고통 때문에 눈이 떠지지만 않는다면 잠을 잘 수 있을지도 몰랐다. 그러나 방금 생긴 상처에 피가 굳어 딱지가 앉을 때까지 10분이나 20분 정도는 기다려야 했다. 무릎을 세우고 앉아서 젖은 눈을 감고 창 아래 벽에 기대었다.

피와 함께 자기 혐오도 일부 빠져나갔다. 그녀 마음은 둥실둥실 가이아 보든에게로 흘러갔다. 그녀에게 이해할 수 없는 호감을 품은, 새로 전학 온 소녀였다. 가이아는 그런 미모에 런던 억양까지 갖췄으니 그 누구와도 어울릴 수 있었지만, 점심시간과 버스에서 계속 수크빈더를 찾았다. 수크빈더는 그게 이해가 되지 않았다. 가이아에게 대체 무슨 꿍꿍이로 장난을 치는 거냐고 물어보고 싶을 정도였다. 날이면 날마다 수크빈더는 자기가 털이 많고 원숭이 같고 느리고 멍청해서, 그래서 경멸과 야유와 모욕을 받아 마땅한 사람이라는 걸 새로 온 소녀가 오늘은 깨달을 거라 예상했다. 당연히 그 애는 자기 실수를 조만간 깨달을 테고, 수크빈더는 늘 그렇듯, 결국 가장 오래된 친구들인 페어브라더 쌍둥이의 권태로운 연민에 홀로 맡겨질 것이다.

토요일

I

처치 로의 주차 공간은 아침 9시에 모두 다 찼다. 검은 옷을 입은 문상객들은 하나둘씩, 또는 삼삼오오 무리 지어 도로 양방향으로, 철가루가 자석에 이끌려 흘러가듯 이동하다가, 성 미카엘과 모든 성인의 교회로 모여들었다. 교회 문으로 이어지는 길은 인파로 가득 차다 못해 흘러넘쳤다. 자리를 찾지 못한 사람들은 묘지들 사이로 퍼져 나가 묘석들 가운데 무탈하게 서 있을 만한 자리를 모색했다. 망자를 밟기라도 할까 걱정하면서도 교회 입구에서 너무 멀리까지 가고 싶지는 않은 눈치들이었다. 누가 봐도 배리 페어브라더에게 작별 인사를 하러 온 사람들이 모두 앉을 만한 자리는 없는 게 확실했다.

그의 은행 동료들은 스위트러브 가의 묘지들 중에서도 가장 화려한 묘석을 에워싸고 무리 지어 본사에서 나온 엄격한 대표가 제발, 그 어리석은 수다며 서투른 농담을 다 가지고 가버렸으면 좋겠다는 얘기를 하고 있었다. 조정팀의 로렌, 홀리와 제니퍼는 부모님들과 떨어져 이끼가 군데군데 뒤덮인 주목 그늘 아래 옹기종기 모여 있었다. 온갖 부류의 사람들이 모여 있는 자치의원들은 통로 한가운데에서 진지하게 이야기를 나누었다. 머리가 벗겨지기 시작한 이들과 두꺼운 안경을 쓴

이들의 무리, 까만 밀짚모자를 썼거나 양식 진주목걸이를 건 사람들. 옛 대학 친구들은 멀리서도 서로 알아보고 다 같이 찔끔찔끔 몰려다녔다. 그리고 그 사이사이에 대부분의 패그포드 사람들이 제일 말쑥하고 차분한 색깔의 옷을 차려입고 북적거리고 있었다. 나직한 대화들로 공기가 웅웅거렸다. 지켜보고 기다리고, 얼굴들이 실룩거렸다.

테사 월이 가진 옷 중에 제일 좋은 것으로 골라 입은 회색 모직 코트는 팔 진동이 너무 끼어 가슴 위로 팔이 올라가지 않았다. 교회 통로 한쪽에 아들 옆에 서서, 그녀는 지인들과 슬픈 미소나 손짓을 주고받는 한편으로 너무 입술을 눈에 띄게 움직이지 않으려 애쓰면서 팻츠와 말싸움을 하고 있었다.

"제발 부탁이다, 스튜. 네 아버지의 가장 친한 친구분이 돌아가셨어. 이번 한 번만 좀 배려를 해라."

"아무도 이렇게 좆나 길어질 거라는 말은 안 해줬다고요. 11시 반이면 끝날 거라고 했잖아요."

"욕하지 마. 성 미카엘에서 11시 반쯤 나올 거라고 했지."

"그러니까 끝날 줄 알았다고요, 네? 그래서 아프를 만나기로 약속했단 말이에요."

"하지만 너는 장례식에 참석해야 돼. 아버지가 운구를 하시잖니! 아프에게 전화해서 대신 내일 만나자고 해."

"내일은 앤드루가 안 돼요. 아무튼, 휴대전화도 없어요. 커비가 교회에 갖고 오지 못하게 했잖아요."

"아버지를 커비라고 부르지 마! 내 전화로 아프한테 전화해라." 테사가 호주머니를 뒤지며 말했다.

"걔 전화번호 못 외워요." 팻츠는 싸늘하게 거짓말을 했다.

테사와 콜린은 전날 밤 팻츠 없이 저녁을 먹었다. 팻츠는 앤드루네 집에 자전거를 타고 가서 같이 영어 숙제를 한다고 했다. 아무튼, 그게 팻츠가 어머니한테 한 변명이었고 테사는 믿는 척했다. 팻츠가 걸리적 거리지 않고 콜린의 심기를 건드리지 않는다면 그녀로서는 아무래도 좋았다.

적어도 팻츠는 테사가 야빌에서 사준 새 양복을 입고 있었다. 그녀는 세 번째 가게에서 평정심을 잃고 벌컥 화를 내고 말았다. 안 그래도 깡 마르고 멋이 없는 애가 입는 옷마다 허수아비처럼 보여서 그녀는 그가 일부러 그러는 게 아닌지 화가 나서 생각했다. 아이가 마음만 먹으면 양복에 딱 맞게 몸을 불려 채울 수 있기라도 한 것처럼.

"쉬이잇!" 테사가 미리부터 입을 막으며 말했다. 팻츠는 아무 말도 하고 있지 않았지만 콜린이 자완다 가족 앞에 서서 그들 쪽으로 걸어 오고 있었다. 감정이 격한 상태다 보니 운구자 역할을 안내자 역할과 혼동하고 있는 모양이었다. 그는 문간에 서서 조문객들을 맞이하고 있었다. 사리를 입은 파민더는 우울하고 수척해 보였고, 그 뒤로 그녀 의 아이들이 따라오고 있었다. 검은 양복을 입은 비크람은 영화배우 같았다.

교회 문에서 몇 미터 떨어진 곳에서 서맨사 몰리슨이 남편 옆에서 기 다리며, 회색을 띤 하얀 하늘을 올려다보며 높은 천장처럼 깔린 구름 위로 쏟아져 헛되이 낭비된 햇살이 얼마나 될까 생각하고 있었다. 발목 이 시린데도 풀밭에 서 있는 노부인들이 아무리 많아도 자기는 절대로 단단한 오솔길에서 비켜날 생각이 없었다. 뾰족한 에나멜 구두가 부드 러운 흙 속에 푹푹 빠져서 더러워질 수도 있으니까.

지인들이 인사를 하자 마일스와 서맨사는 기분 좋게 대답했지만 두 사람은 서로 말을 섞지 않고 있었다. 전날 밤에 언쟁이 있었던 것이다. 몇 사람이 렉시와 리비의 안부를 물었다. 딸들은 보통 주말에는 집에 왔지만 둘 다 친구네 집에 가서 자고 오기로 했다. 서맨사는 마일스가 딸들이 없어서 아쉬워한다는 걸 알고 있었다. 그는 공식적인 자리에서 가장 노릇을 하기를 좋아했다. 분노의 상상이 최고의 쾌감을 찾아 비약적으로 발전해서, 어쩌면 마일스가 선거 팸플릿에 쓸 사진을 찍자며 그녀와 딸들에게 부탁할지 모른다는 생각이 들었다. 그런 아이디어에 대한 그녀 생각을 말해주면 얼마나 기분이 좋을까.

서맨사는 남편이 조문객의 숫자에 놀랐다는 걸 알 수 있었다. 앞으로 있을 장례식 행사에서 스타 역할을 하지 못하는 걸 아쉬워하고 있을 게 틀림없다. 오도 가도 못 하고 붙들린 유권자들이 이렇게 많이 모여 있으니, 자치구의회에서 배리의 의석을 두고 은밀히 정치운동을 하기에 이상적인 기회가 되었을 터였다. 서맨사는 마음속으로 적당한 기회가 오면 잊지 말고 아까운 기회를 놓쳤다며 은근히 비꼬아주어야겠다고 새겨놓았다.

"개빈!" 마일스가 낯익은 금발의 좁은 머리통을 보고 불렀다.

"아, 안녕하세요, 마일스. 안녕하세요, 샘."

새로 장만한 개빈의 검은 넥타이가 하얀 셔츠에 대조되어 빛났다. 연한 색깔 눈 밑이 보랏빛으로 축 늘어져 있었다. 서맨사는 까치발을 하고 다가가 고개를 디밀었다. 그러면 그가 점잖게 그녀의 뺨에 키스를 하며 사향 향수 냄새를 맡지 않을 수 없을 테니까.

"사람들이 정말 많이 왔죠, 네?" 개빈이 사방을 둘러보며 말했다.

"개빈이 운구를 해." 마일스가 아내에게 말했다. 작고 재주도 별로 없는 아이가 열심히 노력해서 도서상품권을 받았다고 발표할 때와 똑같은 말투였다. 사실, 그는 개빈이 이런 영예를 얻게 되었다고 말했을 때 약간 놀랐다. 마일스는 막연하게 그와 서맨사가 특별한 손님이 될 거라 상상하고 있었다. 임종의 순간에 함께 있었다는 신비스럽고 의미

심장한 오라를 풍기면서 말이다. 메리나, 메리와 가까운 사람이 마일스에게 성경말씀 강독이나 배리의 마지막 순간에 그가 했던 중요한 역할에 대해 몇 마디 연설을 부탁했더라면 좋았을 뻔했다.

서맨사는 개빈이 특별히 지목되었다는 사실에 일부러 전혀 놀라지 않았다.

"배리하고는 꽤 친하셨죠, 안 그래요, 개브?"

개빈이 고개를 끄덕였다. 신경이 바짝바짝 곤두서 속이 약간 메스꺼웠다. 밤에 잠을 심하게 설쳤던 것이다. 이른 새벽부터 첫째, 자기가 관을 떨어뜨리는 바람에 배리의 시체가 교회 바닥에 나뒹굴거나, 둘째, 자기가 늦잠을 자서 장례식을 놓치고 성 미카엘과 모든 성인의 교회에 도착했을 때는 무덤에 창백한 얼굴의 메리가 혼자 남아 있다가, 그를 보고 격노해 당신이 모두 망쳤다며 비명을 질러대는 끔찍한 꿈들을 꾸다가 한밤중에 눈을 뜨곤 했다.

"어디 있어야 할지 잘 모르겠어요." 그는 주위를 두리번거리며 말했다. "전에 한 번도 해본 적이 없는 일이라서요."

"별거 없어, 친구." 마일스가 말했다. "사실, 딱 한 가지 조건이 있을 뿐이지. 아무것도 떨어뜨리면 안 돼, 헤헤헤."

마일스의 계집애 같은 웃음소리는 저음의 목소리와 이상하게 대조되었다. 개빈도 서맨사도 미소를 짓지 않았다.

콜린 월이 무수한 사람들의 인파 속에서 나타났다. 높고 울퉁불퉁한 앞이마에 커다랗고 어색한 덩치를 한 그를 보면 서맨사는 항상 프랑켄슈타인의 괴물이 떠올랐다.

"개빈." 그가 말했다. "여기 있었군요. 아무래도 우리가 인도로 나가 있어야 할 거 같아요. 몇 분 안에 올 거 같으니까."

"좋았어요." 차라리 지시를 받으니 마음이 편해진 개빈이 대답했다.

"콜린." 마일스가 고개를 끄덕여 인사하며 말했다.

"네, 안녕하세요." 몹시 당황한 콜린은 말하자마자 돌아서서 수많은 조문객들을 헤치고 다시 가버렸다.

그리고 또 작은 파문 같은 소란이 일었고, 서맨사의 귀에 하워드의 시끄러운 목소리가 들려왔다. "실례합니다……. 우리 가족들하고 모이기로 해서요……." 그의 뱃살을 피하기 위해 인파가 반으로 갈라졌고 벨벳 외투를 입은 어마어마한 덩치의 하워드가 나타났다. 셜리와 모린이 그 뒤를 총총걸음으로 따라왔다. 셜리는 감색의 깔끔하고 차분한 차림이었고 시체 파먹는 새들처럼 앙상한 모린은 작고 검은 베일이 붙은 모자를 쓰고 있었다.

"안녕, 안녕." 하워드가 서맨사의 양쪽 뺨에 꾹꾹 눌러 입을 맞추며 말했다. "새미도 잘 지내지?"

그녀의 대답은 넓고 서툴게 질질 끄는 발걸음 소리에 묻혀 들리지 않았다. 모두들 뒤로 물러나 통로를 비우기 시작했다. 자리를 잡으려고 점잖게 몸싸움이 벌어지기도 했다. 교회 입구에 가까운 자리를 차지할 권리를 아무도 포기하려 하지 않았다. 군중이 양쪽으로 쩍 갈라지자, 그 갈라진 자리를 따라 점점이 낯익은 사람들이 모습을 드러냈다. 서맨사는 자완다 가족을 찾았다. 하얀 얼굴들 사이로 커피 같은 갈색 얼굴들이 보였다. 비크람은 검은 양복을 입으니 터무니없이 잘생겨 보였다. 파민더는 사리를 차려입고 있었다. (왜 그랬을까? 하워드나 셜리 같은 부류의 계략에 곧장 빠져드는 길이라는 걸 몰랐을까?) 그리고 그 옆에, 땅딸막하고 볼품없는 테사 월이 버튼이 터질 것만 같은 회색 코트를 입고 있었다.

메리 페어브라더와 아이들이 천천히 통로를 따라 교회로 걸어오고 있었다. 메리는 끔찍할 정도로 안색이 창백했고, 몇 킬로그램은 더 말라 보였다. 엿새밖에 안 됐는데 저렇게 살이 빠질 수가 있나? 쌍둥이 딸 중 하나의 손을 잡고 다른 손으로는 어린 아들의 어깨를 감싸고, 장남인 퍼거스는 그 뒤에서 씩씩하게 걸었다. 메리는 똑바로 앞만 보고 부드러운 입술을 꼭 다문 채 걸었다. 다른 가족들은 메리와 아이들을 뒤따랐다. 행진이 교회 문턱을 넘어 교회의 음침한 실내로 들어가 사라졌다.

다른 사람들은 모두 한꺼번에 문으로 향했고, 볼썽사나운 정체가 초래되었다. 몰리슨 가족은 자기네가 자완다 가족과 맞부딪혔다는 걸 깨달았다.

"먼저 가요, 자완다 씨. 선생님 어서……." 하워드가 한 손을 치켜들고 외과의사에게 먼저 가라며 쩌렁쩌렁 외쳤다. 그러나 하워드는 그 어마어마한 덩치를 써서 다른 사람은 아무도 자기 앞에 오지 못하게 막고 비크람이 입구로 들어가자마자 자기가 뒤따라 들어가 식구들이 쫓아오도록 했다.

감청색 카펫이 성 미카엘과 모든 성인의 교회 앞에서 뒤까지 쫙 깔려 있었다. 황금빛 별들이 둥근 천장에서 은은히 빛났다. 구리 명판들이 매달아놓은 조명 빛을 반사하고 있었다. 스테인드글라스 유리창은 정교하고 색채가 무척 아름다웠다. 교회 신도석을 따라 반쯤 가다 오른쪽에, 은색 갑옷을 입은 성 미카엘이 제일 큰 유리창에서 아래를 내려다보고 있었다. 그의 어깨에서 하늘색 날개들이 펼쳐져 있었다. 한쪽 손에는 장검을, 다른 손에는 황금 저울을 치켜들었다. 샌들을 신은 발은 박쥐 날개를 단 꿈틀거리는 사탄의 허리를 밟고 있었다. 사탄의 색깔은 짙은 잿빛이고 몸을 일으키려 애쓰는 모습이었다. 성인의 표정은 고요했다.

하워드는 성 미카엘과 나란히 서더니 자기 일행이 줄지어 들어가도록 왼쪽 좌석을 가리켰다. 비크람이 오른쪽으로 돌아 건너편 의자에 앉았다. 나머지 몰리슨 가족과 모린은 그를 지나쳐 자리에 앉았고, 하워드는 감청색 카펫에 꿈쩍도 않고 서 있다가 파민더가 곁을 지나치자 말을 걸었다.

"끔찍한 일이오, 이거. 배리. 엄청난 충격이지."

"네." 그녀는 그를 혐오하며 말했다.

"나는 항상 그 옷이 굉장히 편할 거 같다고 생각했는데, 그렇소?" 그는 사리를 보고 고갯짓을 하며 덧붙여 말했다.

그녀는 대답하지 않고 자스완트 옆자리에 앉았다. 하워드 역시 자리에 앉았고, 긴 의자 끄트머리에 그가 그렇게 앉자 다른 사람들이 못 들어오게 길을 단단히 막아버리는 어마어마하게 큰 봉인 역할을 하게 되었다.

셜리의 눈은 공손하게 무릎에 고정되어 있었고, 두 손은 기도하듯 꼭 맞잡고 있었지만, 사실은 하워드와 파민더가 사리를 두고 나눈 짤막한 대화를 머릿속으로 곱씹고 있었다. 셜리는 오래전 텁수룩한 턱수염을 기른 고교회파 목사가 빳빳하게 풀 먹인 앞치마를 걸친 하인들을 대동하고 살던 올드 비카리지에 이제는 힌두교 가족(셜리는 자완다 가족의 종교가 무엇인지 끝내 정확히 알지 못했다)이 살게 되었다는 사실을 소리 없이 개탄하는 패그포드의 일부 사람 중 한 명이었다. 그녀는 자기와 하워드가 사원이나 모스크나 아무튼 자완다 가족이 섬기는 그 어디든 가게 되면, 머리를 가리고 신발을 벗고 또 별별 일을 다 해야 할 거라고 생각했다. 안 그러면 격한 항의에 부딪힐 테니까. 그런데 파민더가 교회에 당당하게 사리를 입고 나타나는 건 괜찮다는 말인가. 날마다 입고 출근하는 걸 보면 파민더한테 평범한 옷이 없는 것도 아닌데 말이다. 그런 이중 잣대야말로 속을 긁는 주원인이었다. 그들의 종교는 물론이고, 나아가 소위 자기가 그렇게 좋아한다는 배리 페어브라더한테까지 불경을 저지른다는 생각은 안중에 없었다.

셜리는 깍지를 풀고 고개를 들어 지나치는 사람들의 옷차림에 주의를 돌렸다. 그리고 배리한테 들어온 조화들이 얼마나 크고 많은지를 살폈다. 조화들 일부는 성체조배대 앞에 산더미처럼 쌓여 있었다. 셜리는 그녀가 하워드와 함께 기금을 모아 마련한 자치구의회의 조화를 발견했다. 패그포드 문장의 색깔인 흰색과 파란색 꽃으로 만든 커다랗고 둥근 전통적 화환이었다. 그들이 보낸 꽃과 다른 조화들 전부를 압도하고 빛바래게 하는 건, 황동빛 국화로 만든 실물 크기의 노였는데, 이는 여자 조정팀에서 헌화한 것이었다.

수크빈더는 의자에서 돌아앉아 로렌을 찾아보았다. 플로리스트인 로렌 어머니가 노를 만들었던 것이다. 수크빈더는 조화를 봤는데 맘에 들더라고 손짓으로 말해주고 싶었는데, 사람들이 하도 빽빽하게 앉아서 어디서도 로렌을 찾을 수가 없었다. 수크빈더는 그들이 그 꽃을 보냈다는 사실이 슬프면서도 뿌듯했다. 특히나 사람들이 자리에 앉으면서 그 꽃을 서로 가리키며 이야기를 나누는 걸 보니 더욱 그랬다. 팀원 여덟 명 중 다섯 명이 노를 만들 돈을 모았다. 로렌은 수크빈더에게 점심시간에 크리스털 위든의 행방을 찾아 돌아다니다가 그만 신문판매소 옆 낮은 벽에 앉아 담배를 피우고 있던 위든의 친구들한테 놀림감이 되고 말았다는 얘기를 해주었다. 로렌은 크리스털에게 혹시 돈을 좀 보태고 싶은 생각이 있느냐고 물었다. "그래, 그럴게, 좋아." 크리스털은 말은 그렇게 했지만 돈은 내지 않아서 카드에 이름이 없었다. 아니, 수크빈더가 보기에는 아무래도 장례식조차 오지 않은 것 같았다.

수크빈더는 속이 납덩이처럼 무거웠지만, 움직일 때마다 쿡쿡 쑤셔 오는 왼쪽 팔뚝의 쓰린 아픔이 자극을 상쇄했다. 그리고 일단 검은 양복을 입고 험상궂게 인상을 쓰고 있는 팻츠 월이 그녀에게서 멀찌감치 떨어져 있었다. 두 가족이 잠깐 교회 마당에서 만났을 때 그는 그녀와 눈을 마주치지 않았다. 가끔 앤드루 프라이스가 같이 있을 때 자제하듯, 부모님이 동행하자 자제하고 있었다.

전날 밤 늦게, 익명의 사이버 고문관이 그녀에게 까맣고 부드러운 솜털로 뒤덮인 벌거벗은 빅토리아 시대 아이의 흑백사진을 보내왔다. 그녀는 장례식에 올 준비를 하며 옷을 입다가 그걸 보고 지웠다.

그녀가 마지막으로 행복했던 때가 언제였던가? 아무도 그녀를 보고 짐승 소리를 내지 않던 옛날 옛적 다른 삶에서는, 몇 년 동안 이 교회에 이렇게 앉아 있으면서도 꽤나 만족스러웠던 때가 있었다는 걸 그녀는 알았다. 크리스마스, 부활절과 추수감사절 축제 때 목청껏 찬송가를 불렀었다. 예쁘고 여성적이고 라파엘전파의 그림에 나오는 것 같은 얼굴에 곱슬거리는 금발을 한 성 미카엘을 그녀는 늘 좋아했었다……. 그러나 오늘 아침, 처음으로 그녀는 그를 다른 눈으로 보았다. 꿈틀거리며 몸을 뒤트는 검은 악마를 한쪽 발로 아무렇지도 않다는 듯 밟고 있는 그 평온한 표정을 보고 사악하고 오만하다는 느낌을 받았던 것이다.

교회 신도석은 꽉꽉 들어찼다. 운이 없는 사람들이 교회 뒷좌석으로 계속 줄지어 들어가 앉고 왼쪽 벽을 따라 입석을 채우는 사이, 숨죽인 듯 덜컹거리는 소리, 울리는 발걸음과 조용히 바스락거리는 소리가 텁텁한 공기에 생기를 불어넣었다. 희망을 잃지 않은 일부 사람들은 까치발로 통로를 따라가며 꽉꽉 들어찬 신도석 중간에 혹시 사람들이 놓친 자리가 있는지 살폈다. 하워드는 꿈쩍도 않고 버티고 있었는데, 그때 셜리가 그의 어깨를 툭툭 두드리며 속삭였다. *"오브리와 줄리아예요!"*

이 말에 하워드는 어마어마한 덩치를 돌려 식순이 적힌 종이를 흔들어 파울리 부부의 주목을 끌었다. 그들은 씩씩하게 카펫이 깔린 통로로 걸어왔다. 키가 훤칠하고 마른 체격에 탈모가 진행되고 있는 오브리는 검은 정장을 입고 있었고, 줄리아는 밝은 빨강머리를 뒤로 넘겨 올렸다. 그들은 하워드가 옆으로 이동하며 넉넉한 자리를 확보해주려고 다른 사람들을 밀치는 사이, 고맙다는 뜻으로 미소를 지었다.

서맨사는 마일스와 모린 사이에 너무 꼭 끼어서 모린의 뾰족한 골반 관절이 한쪽 살에 배겼고 다른 쪽에서는 마일스의 주머니에 든 열쇠들이 찌르고 있었다. 걷잡을 수 없이 화가 치민 그녀는 1센티미터라도 더 자리를 확보하려고 시도했지만, 마일스도 모린도 어디 더 갈 데도 없었고, 그래서 그녀는 똑바로 앞을 바라보며 복수심에 불타 생각을 비크람에게로 돌렸다. 그는 마지막으로 본 후 한 달 남짓의 시간 동안에도 매력을 전혀 잃지 않았다. 너무나도 눈에 띄게, 반박의 여지없이 잘생겨서 황당할 지경이었다. 보는 사람이 웃음을 터뜨리고 싶게 만들었다. 긴 다리와 넓은 어깨, 셔츠를 바지 속으로 밀어넣은 날씬한 배, 짙고 검은 속눈썹이 가지런한 검은 눈동자, 그는 칠칠맞고 창백하고 돼지처럼 디룩디룩한 다른 패그포드 남자들에 비하면 신 같았다. 마일스가 허리를 굽히고 줄리아 파울리에게 속삭여 농담을 던지는 동안, 열쇠가 서맨사의 위쪽 허벅지를 아프도록 쑤셨다. 그래서 그녀는 비크람이 자기가 지금 입고 있는 감색 랩드레스를 찢어 벗기는 상상을 했고, 그 환상 속에서 그녀는 깊은 골짜기 같은 자신의 가슴골을 가려주는 같은 색의 속옷을 생략하고 입지 않았다……

오르간 건반이 끽 소리를 내며 멈추자 계속해서 나지막이 바스락거리는 소리를 제외하고는 침묵이 깔렸다. 고개들이 휙휙 돌아갔다. 관이 통로를 따라 들어오고 있었다.

운구자들은 거의 희극적일 정도로 서로 어울리지 않았다. 배리의 형제들은 둘 다 167센티미터였고 뒤쪽을 떠멘 콜린 월은 187센티미터여서 관 뒤쪽이 앞보다 상당히 높았다. 관 자체도 광택 있는 마호가니가 아니라 고리버들 세공으로 짜여 있었다.

빌어먹을 피크닉 바구니잖아! 하워드가 격분해서 생각했다.

고리버들 궤짝이 지나가자 숱한 얼굴들에 놀라운 표정이 스쳤지만, 어떤 이들은 미리부터 관에 대해 다 알고 있었다. 메리는 테사에게 소재를 선택한 건 배리의 장남 퍼거스라고 말해주었다(테사는 파민더에게 말했다). 퍼거스는 오랫동안 지속가능하고 빨리 성장하는 소재라서 친환경적이라는 이유로 버드나무를 원했다. 퍼거스는 환경친화적이고 생태학적으로 건강한 모든 것을 열렬히 지지했다.

파민더는 대부분의 영국인이 고인을 모시는 탄탄한 나무궤짝보다 버드나무 관이 훨씬, 훨씬 더 좋았다. 그녀의 할머니는 영국 장의사들이 관 뚜껑을 못으로 박는 걸 개탄하면서 영혼이 무겁고 견고한 관 안에 갇히게 될 거라는 미신적인 두려움을 갖고 있었다. 운구자들이 관을 두꺼운 비단을 씌운 관대 위에 놓고 물러섰다. 배리의 아들, 형제들, 매제가 맨 앞자리로 나와 앉았고, 콜린이 비트적거리면서 뒤로 돌아 가족들이 있는 곳으로 걸어갔다.

떨리는 2초간 개빈이 망설였다. 파민더는 그가 어디로 가야 할지 모른다는 걸 알아챘다. 유일한 대안은 300명의 시선을 받으며 통로를 따라 다시 걸어가는 것뿐이었다. 그러나 메리가 신호를 보냈는지, 개빈은 엄청나게 얼굴을 붉히며 맨 앞자리 배리의 모친 곁으로 황급히 숨어들어갔다. 파민더는 성병인 클라미디아 검사를 하고 치료를 해줬을 때 딱 한 번 개빈과 이야기를 해보았을 뿐이다. 그 후로 다시는 그녀와 눈길을 마주치려 하지 않았다.

"예수께서 이르시되 나는 부활이요 생명이니 나를 믿는 자는 죽어도 살겠고 무릇 살아서 나를 믿는 자는 영원히 죽지 아니하리니 이것을 네가 믿느냐……."(요한복음 11장 25절―26절. 개역개정 성경―옮긴이)

목사는 자기 입에서 흘러나오는 말들의 뜻은 생각하지 않고 단조롭게 노래하듯 운율과 리듬을 타며 읊조리는 것만 같았다. 파민더는 목사의 스타일을 익히 알고 있었다. 다른 세인트토머스 학부모들과 함께 몇 년 동안이나 찬송가 예배에 참석했었다. 오래 보고 지냈는데도 여전히 그녀를 가만히 내려다보는 하얀 얼굴의 전사 성인과 시커먼 목재, 딱딱한 신도석, 보석이 박힌 금색 십자가를 모신 낯선 제단은 끝내 적응이 되지 않았고 처량한 찬송가들은 싸늘하고 심란하기만 했다.

그래서 그녀는 목사의 자의적인 설교에서 주의를 돌려 또 자기 아버지에 대한 생각을 하기 시작했다. 토끼장 위에 놓아둔 라디오가 계속 뺑뺑 울려대는데, 얼굴을 처박고 엎드려 있는 아버지의 모습을 그녀는 주방 창문으로 보았다. 아버지가 거기서 두 시간을 그렇게 누워 있는 사이, 그녀의 어머니와 자매들은 톱숍(영국의 패션 브랜드―옮긴이)에서 구경을 하고 있었다. 그녀가 흔들었을 때 뜨거운 셔츠 아래 느껴지던 아버지의 어깨가 아직도 손끝에 생생했다. *"아빠아아. 아빠아아아아."*

그들은 다르샨의 뼛가루를 버밍엄에 있는 작고 초라한 리 강에 뿌렸다. 파민더는 구름이 잔뜩 낀 6월의 어느 날, 탁한 진흙 같던 수면과 한 줄기 하얀 잿가루가 멀리멀리 흘러가던 광경이 기억났다.

오르간이 덜컹거리며 다시 살아났고, 그녀는 다른 모든 사람들과 같이 일어났다. 나이암과 시오반의 붉은 금빛 뒤통수가 슬쩍 보였다. 다르샨을 잃었을 때 그녀의 나이와 똑같았다. 파민더는 솟구치는 안쓰러움, 끔찍한 통증을 느꼈고 혼란스럽게도 그 애들을 꼭 안고 안다고, 안다고, 그녀는 이해한다고 말해주고 싶은 열망을 느꼈다……

개빈은 앉은 줄에서 새된 고음역대의 목소리를 들었다. 배리의 어린 아들 목소리는 아직 변성기가 지나지 않았다. 데클란이 그 찬송가를 골랐다는 걸 그는 알고 있었다. 메리가 그에게 결국 말해준 장례식 식순의 소름 끼치는 세부사항들 중 한 가지였다.

장례식은 그가 예상했던 것보다 더 견디기 힘든 시련이었다. 나무관이라면 더 나았을 것 같았다. 배리의 시체가 저 가벼운 버들고리 궤짝에 들어 있다는 사실을 지독하게, 온몸으로 절절히 실감할 수 있었다. 그 물리적 중량감은 충격적이었다. 그가 통로를 걸어 들어올 때 온화한 표정으로 물끄러미 바라보던 그 많은 사람들, 그가 진짜로 들고 들어온 게 뭔지 그 사람들은 이해를 못 하는 걸까?

그리고 아무도 자기 자리를 맡아놓지 않았다는 사실을 깨달았던 그 소름 끼치는 순간이 닥쳤다. 그래서 모든 사람들의 시선을 한 몸에 받으며 다시 맨 뒤로 돌아가 뒤에 서 있는 사람들 사이에 숨어야 하는 사태가……. 그러나 그 대신 그는 어쩔 수 없이 맨 앞줄에 앉아 끔찍하게 노출된 상태로 있게 되었다. 마치 무서운 추락과 뒤틀기가 닥칠 때마다 제일 먼저 몸으로 받아내는 롤러코스터 첫 줄에 탄 손님들 같았다.

노란 프리지어와 원추리들이 만발한 가운데, 꽃이 냄비 뚜껑만큼이나 큰 시오반의 해바라기와 몇 미터 안 되는 거리에 앉아서, 그는 차라리 케이가 같이 왔더라면 좋았을 거라는 생각을 했다. 도저히 믿을 수 없었지만 그게 사실이었다. 자기편인 사람이 있다면 위로가 될 것 같았다. 그저 단순히 자기 자리를 맡아놓을 사람이라도. 이렇게 식장에 혼자 나타난 자신이, 오히려 얼마나 한심하고 덜떨어진 병신으로 보일지, 미처 생각지 못했다.

찬송가가 끝났다. 배리의 형이 연설을 하러 나왔다. 개빈은 자기 바로 앞 해바라기 밑에 배리의 시체가 떡하니 누워 있는데(그것도 씨앗을 심어서 몇 달 동안 기른 해바라기라는데) 어떻게 참고 연설을 할 수 있나 알 수가 없었다. 메리가 어떻게 저렇게 고개를 푹 숙이고 무릎 위에 깍지 낀 손만 바라보면서 조용히 앉아 있을 수 있는지도 이해가 되지 않았다. 개빈은 연설의 충격을 희석하기 위해, 열심히 속으로 이런저런 잔소리를 해댔다.

일단 어렸을 때 얘기를 다 하면 배리가 메리를 만난 사연을 얘기하겠지⋯⋯. 행복한 어린 시절, 행복한 난장판, 암, 그렇고 말고⋯⋯. 자, 빨리빨리 진행해⋯⋯.

그들은 배리를 다시 차에 싣고 야빌까지 달려가서 그곳의 공동묘지에 매장해야 했다. 왜냐하면 성 미카엘과 모든 성인의 교회의 손바닥만 한 묘지는 벌써 20년 전에 주인이 다 찼기 때문이었다. 개빈은 이 많은 사람들이 쳐다보는 가운데 고리버들 관을 무덤으로 내리는 상상을 했다. 그에 비하면 관을 들쳐 메고 교회에 들어갔다 나가는 건 아무것도 아닐 것이다⋯⋯.

쌍둥이 딸 하나가 울고 있었다. 개빈이 곁눈질로 보니 메리가 한 손을 내밀어 딸의 손을 꼭 잡아주었다.

빌어먹을, 제발 빨리 해치우자고. 제발.

"배리는 항상 자기 마음을 잘 알았다고 해도 좋을 것 같습니다." 배리의 형이 쉰 목소리로 말하고 있었다. 그는 어렸을 때 배리가 자초한 말썽들 얘기로 몇 번인가 웃음을 이끌어냈다. 목소리에 밴 긴장감은 잡힐 듯 뚜렷했다. "스물네 살 되던 해 우리는 남자들끼리 주말에 총각 파티를 할 겸 리버풀에 갔었습니다. 첫날 우리가 캠프장을 떠나 술집에 갔는데, 거기 바에 주인장의 학생 따님이, 아름다운 금발 아가씨가 토요일 밤이라 일손을 도와주고 있었죠. 배리는 그날 밤새도록 바에 죽치고 앉아서 그녀와 수다를 떠느라 그녀가 아버지한테 혼나게 하고, 한쪽 구석에 앉아 있는 시끄러운 패거리들은 알지도 못하는 척하며 보냈죠."

약한 웃음소리. 메리의 머리가 수그러지고 있었다. 그녀는 양손으로 자기 양편에 앉은 아이들 손을 하나씩 꼭 움켜쥐고 있었다.

"그날 밤 텐트로 돌아와서 그 아가씨와 결혼하겠다고 하더군요. 그래서, *어라, 술에 취해야 할 사람은 난데,*라고 생각했죠." 또 조그만 웃음소리. "바즈(배리의 애칭—옮긴이)는 그다음 날에도 우리를 다 끌고 같은 술집에 갔어요. 집에 돌아왔을 때, 그가 처음 한 일은 엽서를 한 장 사서 그녀에게 보내 그다음 주말에 다시 가겠다고 얘기하는 것이었습니다. 그들은 만난 날로부터 정확히 1년 뒤 결혼했으니, 배리가 좋은 걸 알아보는 눈 하나는 제대로였다는 데 여러분 모두 동의하실 줄 믿습니다. 그들은 그렇게 해서 어여쁜 네 아이들을 낳았지요. 퍼거스, 나이암, 시오반, 그리고 데클란……."

개빈은 조심스럽게 숨을 들이쉬었다 내쉬고, 들이쉬었다 내쉬며, 듣지 않으려 애썼다. 그러면서 한편으로 자기 형이라면 똑같은 상황에서 할 말이 뭐가 있을까 생각했다. 그는 배리처럼 운이 좋지 못했다. 연애사라고 해봤자 그리 예쁜 사연이 못 됐다. 술집에 걸어 들어갔더니 완벽한 금발의 아내가 거기 서서 맥주 한 잔 건넬 준비를 하며 미소 지어준 적도 없었다. 아니, 그에게 리사가 있긴 했었다. 그를 발톱의 때만큼도 여기지 않던 여자. 7년에 걸쳐 점점 고조되어가던 전쟁은 성병으로 막을 내렸다. 그리고 거의 쉴 틈도 없이 케이가 나타났다. 공격적이고 위협적인 거머리처럼 들러붙는 그 여자…….

하지만 아무리 그래도 그는 나중에 케이에게 전화를 할 생각이었다.

이런 일을 겪고 텅 빈 그의 집으로 돌아간다는 건 도저히 견딜 자신이
없었다. 솔직하게 장례식이 얼마나 끔찍하고 스트레스가 심했는지 말
하고, 같이 갔다면 좋았을 거라고 생각했다고 털어놓으리라. 그러면
틀림없이 언쟁의 후유증이 남아 있다 해도 피할 수 있으리라. 그는 오
늘 밤 혼자 있고 싶지 않았다.

　두 줄 뒤에 콜린 월이 작지만 다 들리게 훌쩍거리면서 커다랗고 축축
한 손수건에 대고 흐느껴 울고 있었다. 테사가 그의 허벅지에 손을 놓
고 살짝 누르고 있었다. 그녀는 배리를 생각하고 있었다. 그녀와 콜린
일을 도와주어서 테사가 그에게 얼마나 의지했는지. 함께 나누던 웃음
이 주던 위로에 대해서. 배리의 끝 모를 관용의 정신에 대해. 그녀에게
는 키 작고 활기차던 배리의 모습, 마지막 파티에서 파민더와 자이브를
추던 것이며, 필즈를 압박하는 하워드 몰리슨을 흉내 내던 모습이 눈앞
에 생생했다. 오로지 세상에 그만 할 수 있는 방식으로, 팻츠의 행위를
반사회적 인격장애가 아니라 사춘기 청소년의 행위로 받아들이라고,
재치있게 콜린에게 충고하던 모습까지도.
　테사는 배리 페어브라더를 잃게 된 일이 자기 옆에 앉아 있는 이 남
자에게 어떤 의미를 가지게 될지가 두려웠다. 이 거대하고 너덜너덜한
부재를 그들이 어떻게 수용할 수 있을지 겁이 났다. 콜린이 고인에게
지킬 수 없는 약속을 해서 두려웠고, 그가 그렇게 말을 걸고 싶어하는
메리가 사실은 그를 얼마나 안 좋아하는지 끝내 눈치채지 못하고 미련
하게 굴까 봐 두려웠다. 그리고 테사의 불안과 슬픔을 관통하는 건, 간
지러운 작은 벌레 같은, 늘 하는 걱정이었다. 팻츠와, 어떻게 하면 폭발
을 피할 수 있을까 하는 문제, 어떻게 하면 장지까지 같이 가게 만들 수
있을지, 아니면 팻츠가 안 왔다는 걸 콜린한테 어떻게 하면 숨길 수 있

을지—사실 그쪽이 쉬울지도 모를 일이었다.

"오늘의 예배를 노래 한 곡으로 마치려 합니다. 배리의 딸들인 나이 암과 시오반이 고른 노래로서, 그들과 아버지에게 특별한 의미가 있었다고 합니다." 목사가 말했다. 어투로 봐서 앞으로 일어날 일들과 개인적으로 거리를 두려는 눈치였다.

숨겨진 스피커들로부터 드럼비트가 너무나 시끄럽게 울려 퍼져 회중이 대경실색을 했다. 시끄러운 미국인 목소리가 "어허, 어허"라고 하더니 제이 Z가 랩을 했다.

Good girl gone bad—	착한 소녀가 타락했네—
Take three—	테이크 쓰리—
Action.	액션.
No clouds in my storms…	내 폭풍엔 구름이 없지……
Let it rain, I hydroplane into fame	비야 내려라, 나는 명성을 스쳐가고
Comin' down with the Dow Jones…	다우존스와 함께 내려오네……

실수인 줄 아는 사람들도 있었다. 하워드와 셜리는 치를 떨며 서로 눈길을 교환했지만, 아무도 정지 버튼을 누르거나 사과를 하며 통로로 달려오지 않았다. 그러더니 강력하고 섹시한 여자 목소리가 노래를 하기 시작했다.

You had my heart	그대는 내 심장을 가졌고
And we'll never be worlds apart	우리는 절대 헤어지지 않을 거예요
Maybe in magazines	잡지에서는 모르겠지만
But you'll still be my star…	당신은 여전히 나의 스타……

운구하는 사람들이 고리버들 관을 다시 메고 통로를 걸어갔고, 메리
와 아이들이 뒤를 따랐다.

······이제 그 어느 때보다 비가 쏟아지고 있어요

우리에겐 여전히 서로가 있다는 걸 알아야 해요

당신은 내 우산 아래 서 있으면 돼요

당신은 내 우산 아래 서 있으면 돼요

회중은 서서히 교회에서 줄지어 빠져나왔다. 노래의 박자에 맞춰 걷
지 않으려 애쓰면서.

II

앤드루 프라이스는 아버지의 경주용 자전거 핸들을 잡고 자동차를
긁지 않도록 조심하며 차고 밖으로 끌고 나갔다. 돌계단을 내려가 철문
을 지나서도 계속 끌고 갔다. 그리고 도로로 나오자 그는 한쪽 발을 페
달에 놓고 몇 미터 뛰어가는가 싶더니 반대편 다리를 안장 너머로 휙
넘기는 것이었다. 그는 왼편으로 날아올라 거의 수직 경사가 진 언덕길
을 타고 브레이크에 손도 대지 않은 채 패그포드로 질주해 내려갔다.
울타리 덤불과 하늘의 경계가 번지듯 흐려졌다. 바람이 깨끗한 머리

카락과 방금 벅벅 문질러 씻어서 따가운 얼굴을 때리자, 그는 자기가 경륜장 안에 있다는 상상을 했다. 페어브라더 가의 쐐기 모양 정원 높이까지 내려와서 그는 브레이크를 밟았다. 몇 달 전 너무 빨리 급회전을 하다가 넘어져서 청바지가 다 찢어져 벌어지고 한쪽 얼굴을 전부 바닥에 쓸린 채 당장 집으로 돌아가야 했기 때문이었다……

그는 한 손으로만 핸들을 잡은 채 관성으로만 달려 처치 로로 들어서서는, 아까만은 못하지만 그래도 두 번째로 폭발적인 낙하의 속도감을 만끽하려다가, 문득 교회 밖에서 장의차에 관을 싣고 검은 옷을 차려입은 사람들이 묵직한 나무 문 사이로 쏟아져 나오는 광경을 보고 살짝 속력을 줄였다. 앤드루는 미친 듯 페달질을 해서 모퉁이를 돌아 보이지 않는 곳으로 갔다. 어제 영어 시간에 희극적으로 과장된 혐오감을 담고 묘사한 싸구려 양복과 넥타이를 맨 차림으로 상심한 커비와 함께 교회에서 나오는 팻츠를 보고 싶지는 않았다. 그건 마치 친구가 똥 싸는 걸 중간에서 방해하는 거나 마찬가지일 테니까.

앤드루는 자전거를 타고 천천히 광장을 돌아 달리면서 얼굴로 쏟아진 머리카락을 한 손으로 쓸어 넘겼고, 찬바람을 맞아 붉은 보랏빛 여드름이 어떻게 됐는지, 항균 세안제가 성난 여드름을 좀 진정시키기는 했는지 궁금해했다. 그리고 핑계로 댈 거짓말을 혼자 늘어놓아 봤다. 그는 팻츠의 집에서 오는 길이고(그랬을 수도 있다. 안 그러라는 법이 어디 있나) 따라서 강쪽으로 내려가려면 첫 번째 곁길로 가로지르는 것보다는 호프 스트리트가 뻔한 길이었다. 따라서 가이아 보든이(혹시라도 우연히 그녀가 창가에서 밖을 보다가 어쩌다 그를 보고 어쩌다 그를 알아봤을 경우에 말이다) 자기 때문에 이 길로 왔을 거라고 생각할 이유는 딱히 없었다. 앤드루는 그녀가 사는 거리를 자전거로 지나치고 있는 이유를 해명해야 할 거라고 생각지는 않았지만, 그래도 그 가짜 핑계를 마음속에 간직하고 있었다. 그래야 쿨한 거리감을 가질 수 있다고 믿기 때문이었다.

그는 그저 그녀 집이 어디인지 알고 싶었을 뿐이다. 벌써 두 번이나, 주말에 그는 이 짧고 테라스가 있는 거리를 자전거로 지나쳐갔었다. 온몸의 신경이 다 짜릿했지만 아직 어느 집에 성배가 안치되어 있는지 알아내지를 못했다. 더러운 스쿨버스 차창을 통해 은밀하게 시선을 던지며 알아낸 건, 그녀가 길 오른쪽에 위치한, 그러니까 번지수가 짝수인 집에 산다는 것밖에 없었다.

모퉁이를 돌던 그는 표정을 가다듬고서, 제일 가까운 경로를 따라 강가로 천천히 자전거를 타고 가는 한 남자를 연기하기 시작했다. 자기만의 진지한 생각에 빠져 있지만, 학급 친구가 나타나기만 한다면 얼마든지 알아볼 준비가 되어 있는…….

그 애가 거기 있었다. 인도에. 앤드루의 다리는 페달을 느끼지도 못한 채 계속 밟아댔고, 그러자 갑자기 그는 자기 몸의 균형을 잡고 있는 타이어가 얼마나 얇은지 의식하게 되었다. 그녀가 가죽 핸드백 속을 뒤지고 있어, 구릿빛 갈색 머리칼이 얼굴로 흘러내렸다. 그녀 뒤로 문이 살짝 열려 있는 10번지가 있었고, 검은 티셔츠가 허리에 못 미쳐 한 줄 맨살이 보였고, 묵직한 벨트와 타이트한 청바지가……. 그가 그녀를 하마터면 지나칠 뻔한 순간, 그녀가 문을 닫고 돌아섰다. 머리카락이 다시 뒤로 넘어가 아름다운 얼굴이 보였고, 그녀가 아주 또렷하게, 런던 억양으로 말했다. "아, 안녕."

"안녕." 그가 말했다. 다리로는 계속 페달을 밟으면서. 2미터, 3미터……. 어째서 멈추지 않았을까? 충격에 그는 계속 움직였고, 감히 용기가 없어 돌아보지도 못했다. 그는 벌써 거리 끝에 다다라 있었다. *씨발 절대 넘어지면 안 돼.* 그는 그녀를 두고 와서 차라리 마음이 놓이는

지 실망스러운지조차 가늠하기 힘들 정도로 넋이 빠진 상태로 모퉁이를 돌았다.

맙소사.

그는 계속 달려서 파게터 힐 기슭의 숲이 우거진 곳까지 갔다. 나무들 사이로 강물이 뜨문뜨문 반짝거리고 있었지만, 네온사인처럼 홍채에 불로 새겨진 가이아 말고는 아무것도 보이지 않았다. 좁은 도로는 흙길로 바뀌고, 강물 쪽에서 불어오는 부드러운 산들바람이 그의 얼굴을 어루만졌다. 너무 빨리 일어난 일이라서 얼굴이 붉어질 시간도 없었을 것 같았다.

"젠장 빌어먹을!" 그는 맑은 공기와 인적 없는 길에 대고 외쳤다.

그는 들뜬 마음으로 이 뜻밖에 발견한 근사한 보물단지를 허겁지겁 긁어모았다. 타이트한 청바지와 딱 달라붙는 면 옷으로 드러난 그녀의 완벽한 몸매, 그녀 등 뒤로 페인트가 벗겨진 추레한 파란 문에 쓰인 10이라는 숫자, 자연스럽고도 편안하게 흘러나왔던 "아, 안녕"이라는 인사……. 그러니까 그의 생김새는 그 놀라운 얼굴 뒤에 살고 있는 마음 어딘가에 분명히 저장되어 있었다.

거친 자갈길로 들어서자 자전거가 심하게 덜컥거렸다. 들뜨다 못해 황홀했던 앤드루는 균형을 잃고 넘어갈 지경이 되어서야 자전거에서 내렸다. 그는 나무들 사이로 자전거를 끌고 걸어 좁은 강둑으로 나왔다. 거기서 지난번에 왔던 후로 작은 하얀 별들처럼 피어난 아네모네 꽃들 가운데 땅바닥에 자전거를 눕혀놓았다.

그가 처음 자전거를 빌리기 시작했을 때 아버지는 말했었다. "가게에 가면 꼭 사슬로 묶어놔라. 경고하는데, 그걸 도둑맞기라도 하면……."

하지만 체인은 여기 나무들에 묶기에는 너무 짧았고, 어쨌든 아버지에게서 멀리 벗어날수록 앤드루는 그가 덜 무서워졌다. 여전히 판판한 맨살의 복부와 가이아의 어여쁜 얼굴을 생각하면서 앤드루는 강둑이 침식된 언덕등성이와 만나는 곳까지 성큼성큼 걸어갔다. 물살이 빠른 초록색 강물 위로 흙과 바위가 다 드러난 침식 면이 절벽처럼 걸려 있었다.

미끄럽고 흙덩이가 부스러져 떨어지는 강둑 끄트머리가 언덕등성이 맨 밑을 따라 이어졌다. 처음 이곳을 지나갈 때보다 발이 두 배로 커진 지금, 무사히 지나가는 방법은 나무뿌리나 튀어나온 바위 조각에 단단히 매달려 벽면에 몸을 딱 붙이고 옆걸음으로 조심조심 가는 것뿐이었다.

강과 축축한 흙의 관능적인 초록빛 냄새는 앤드루에게 너무나 친숙했다. 그가 밟고 있는 이 좁은 암반의 흙과 풀의 촉감, 그리고 손으로 언덕 기슭에서 더듬어 잡고 있는 틈새와 바위들도 마찬가지로 익히 아는 것이었다. 그와 팻츠는 열한 살 때 이 비밀 장소를 찾았다. 자기네들이 하는 짓이 금지되고 위험한 장난이라는 걸 그들은 알고 있었다. 강에 대해 어른들이 경고하는 말도 들었다. 겁에 질렸지만 서로에게 그런 말은 절대 하지 않겠다고 결심한 채, 그들은 이 아슬아슬한 암반을 따라 바위투성이 벽에서 튀어나와 있는 건 닥치는 대로 붙잡고서, 제일 좁은 지점에서는 서로의 티셔츠를 주먹으로 움켜쥐고는 옆걸음으로 전진했다.

수년간의 연습 덕분에 앤드루는 정신을 딴 데 팔다시피 하면서도 운동화 아래 1미터 지점에 세차게 흘러가는 물살을 두고도 단단한 흙과 바위의 벽을 타고 게처럼 옆걸음질 칠 수 있었다. 그리고 민첩하게 펄쩍 뛰어 핑글 돌아, 오래전 그들이 발견했던 언덕등성이의 틈새 안으로 들어갔다. 그 당시에는 이곳이 대담무쌍한 모험에 주어진 신의 선물처럼 느껴졌었다. 이젠 똑바로 일어서 있을 수도 없었다. 그러나 2인용

텐트보다 약간 더 큰 동굴은, 10대 소년 둘이 나란히 누워 있기에는 충분히 컸다. 급류가 바로 옆을 스쳐 흐르고 삼각형 모양의 입구에 가려져 보이는 하늘 한 점은 나무들로 얼룩덜룩했다.

여기 처음 왔을 때 그들은 뒷벽을 나뭇가지로 쿡쿡 찌르고 파보았지만, 머리 위 수도원으로 통하는 비밀 통로는 찾지 못했다. 그래서 이 은닉처를 발견한 사람은 그들뿐이라는 사실을 자랑스러워하고 앞으로도 영원히 비밀로 지키자고 맹세했다. 앤드루는 침을 뱉고 욕을 했던 경건한 맹세의 희미한 기억을 간직하고 있었다. 처음 발견했을 때는 이곳을 '동굴'이라고 불렀지만 이제는 '커비홀'이라고 부르기 시작한 지 오래였다.

천장의 경사면은 암반이었지만 이 은닉처에서는 흙냄새가 났다. 짙은 녹색 수위선을 보면 옛날에는 잠겨 있었지만, 천장까지 물이 차지는 않았던 것으로 보였다. 바닥에는 그들이 버린 담배꽁초와 마리화나 꽁초들이 잔뜩 널려 있었다. 앤드루는 진창 같은 녹색 강물 위로 다리를 덜렁덜렁 걸치고 앉아서, 이제 용돈이 끊기는 바람에 마지막 남은 생일 축하금으로 산 담배와 라이터를 재킷에서 꺼냈다. 담배에 불을 붙여 깊이 빨아들이면서, 그가 짜낼 수 있는 한 최대로 세세한 부분까지 가이아 보든과의 영광스러운 조우를 되살려보고자 했다. 좁은 허리통과 굴곡진 엉덩이, 가죽과 티셔츠 사이 크림빛 피부, 도톰한 입술, 시원하게 큰 입, "아, 안녕." 교복을 입지 않은 그녀 모습을 본 건 처음이었다. 가죽 핸드백만 달랑 메고 어디로 가고 있었을까? 토요일 아침에 그녀가 패그포드에서 할 일이 뭐가 있지? 야빌로 가는 버스를 타려는 거였을까? 그의 시야에서 벗어나 있을 때 그녀는 무슨 일을 하면서 살까? 어떤 여성스러운 비밀들이 그녀를 사로잡을까?

그리고 그는 스스로에게 헤아릴 수도 없이 여러 번 묻고 또 물었다.

대체 그렇게 근사하게 세공된 육신 속에 진부한 인격이 들어 있을 수도 있을까, 하고. 그에게 그런 궁금증을 품게 한 건 오로지 가이아 한 사람뿐이었다. 몸과 영혼이 별개의 존재라는 생각은, 그녀에게 눈길이 고정되던 그 순간까지는 단 한 번도 해본 적이 없었다. 속이 살짝 비치는 학교 셔츠를 통해 수집한 시각적 증거와 하얀 브래지어에 대해 그가 알고 있는 지식을 총동원해 그녀의 젖가슴이 어떻게 생겼을지 어떤 촉감일지 상상하려 애쓰는 순간에도, 그를 사로잡는 그녀의 매력이 순전히 육체적인 거라고는 믿기지가 않았다. 그녀의 움직임은 음악만큼이나 그를 감동시켰다. 세상에 음악만큼 그를 감동시키는 건 없었다. 분명저 비길 데 없는 육신을 살아 움직이게 하는 정신 또한 특출하지 않을까? 훨씬 더 값진 무언가를 담으려는 의도가 아니라면 자연이 뭐하러 저런 그릇을 빚었겠는가?

앤드루는 나체의 여자들이 어떤 모습인지 알고 있었다. 팻츠의 개조된 침실 컴퓨터에는 부모님의 통제가 전혀 닿지 않았기 때문이다. 그들은 함께 공짜로 접근할 수 있는 온라인 포르노란 포르노는 샅샅이 탐색해보았다. 털을 깎은 음문들, 시커멓게 갈라진 틈새가 다 보이도록 활짝 벌어진 분홍빛 음순, 오므린 항문을 드러낸 엉덩이, 짙게 립스틱을 바른 입, 뚝뚝 떨어지는 정액. 앤드루의 흥분은 늘 윌 부인이 끽끽거리는 층계를 반쯤 다 올라왔을 때쯤에야 다가오는 인기척을 느낄 수 있다는 사실로 더욱 강렬해졌다. 가끔 그들은 진짜 기괴해서 배를 잡고 웃을 수밖에 없는 것들도 발견했는데, 그럴 때도 앤드루는 자기가 흥분한 건지 혐오감을 느낀 건지 확신할 수가 없었다. (채찍과 안장, 마구, 밧줄, 호스 등. 그리고 한번은 금속 볼트가 달린 기묘한 장치의 클로즈업 사진과 부드러운 살점에서 튀어나온 바늘들, 그리고 얼어붙어 비명을 지르고 있는 여자의 얼굴들을 본 적도 있었다. 이걸 보고는 심지어 팻츠조차 웃지 못했다.)

그와 팻츠는 둘 다 실리콘으로 보강한 어마어마하게 크고 둥근 젖가슴들을 식별하는 감별사가 되었다.

"플라스틱이야." 팻츠의 부모님이 들어올까 봐 쐐기로 문을 고정해둔 채 모니터 앞에 같이 앉아 있다보면, 한 사람이 사무적으로 지적하곤 했다. 화면에 떠 있는 금발 미녀가 팔을 치켜들고 털복숭이 남자 위에 걸터앉아 있었고, 갈색 유두가 달린 커다란 젖가슴이 볼링공처럼 가녀린 갈비뼈에서 늘어져 있었다. 그 밑에 실리콘이 삽입된 자리를 표시하는 얇고 반짝거리는 보랏빛 선이 그려져 있었다. 그걸 보고 있으면 어떤 느낌일지 알 수 있을 것 같았다. 피부 아래 축구공이 있는 것처럼 탱탱할 터였다. 앤드루는 자연스러운 젖가슴만큼 에로틱한 건 상상할 수 없었다. 부드럽고 폭신하고 약간 탄력 있고, 유두는 (그의 바람대로라면) 대조적으로 단단하고.

그런데 이 모든 이미지들은 늦은 밤 진짜 소녀들, 진짜 여자들에게서 찾을 수 있는 가능성과 최대한 가까이 다가가 옷 너머로 느낄 수 있었던 그 촉감들을 상상하면 마음속에서 흐릿하게 번져버렸다. 나이암은 페어브라더 쌍둥이들 중에서는 안 예쁜 축이었지만 크리스마스 디스코가 열리던 답답한 공연장에서 훨씬 적극적이었다. 컴컴한 모퉁이에서 곰팡내 나는 커튼에 반쯤 몸을 가린 채 그들은 서로에게 몸을 밀착했고, 앤드루는 그녀 입에 혀를 집어넣었다. 그의 손은 찔끔찔끔 그녀의 브래지어 끈까지 갔지만 상대가 계속 몸을 빼는 바람에 그 이상은 나가지 못했다. 무엇보다 그는, 저 바깥 어둠 속에서 팻츠는 진도를 훨씬 더 나가고 있을 거라는 생각에 시달리고 있었다. 그런데 이제 그의 뇌는 온통 가이아로 채워져 가이아로 쿵쿵 뛰었다. 그녀는 이제까지 그가 본 가장 섹시한 여자였고 또 다른, 전혀 말로 형용할 수 없는 갈망의

원천이었다. 어떤 코드 변화, 어떤 비트를 들으면 그는 존재의 핵심까지 전율할 때가 있는데, 가이아 보든의 어떤 면이 바로 그랬다.

그는 첫 번째 꽁초로 새 담배에 불을 붙이고 꽁초를 발밑 물에다 던져버렸다. 그때 익숙한 발소리가 들려왔고 허리를 굽히니 팻츠가 보였다. 그가 아직도 장례식 복장을 하고 언덕 흙벽에 사지를 쫙 펴고 매달려 좁은 강둑을 따라 한 손 한 손 붙잡아가며 이동해 앤드루가 앉아 있는 굴 입구로 오고 있었다.

"팻츠."

"아프."

앤드루는 다리를 끌어 팻츠가 커비홀로 올라올 수 있는 공간을 만들어주었다.

"빌어먹을 지옥이었어." 팻츠는 안으로 낑낑 기어오르며 말했다. 긴 팔다리와 깡마른 몸매가 검은 양복 때문에 강조되는 바람에, 어색한 몸짓이 거미 같았다.

앤드루가 담배 한 개비를 건넸다. 팻츠는 언제나 강풍을 막는 것처럼 한 손을 동그랗게 쥐고 불꽃을 감싼 채 살짝 인상을 쓰며 담뱃불을 붙였다. 그는 연기를 빨아 커비홀 밖으로 동그란 담배 연기를 송송 불어 올리며 목을 감은 짙은 회색 타이를 느슨하게 풀었다. 훨씬 나이가 들어 보였고, 어쨌든 양복을 입어도 그렇게 바보처럼 보이지 않았다. 동굴로 오느라 양복 무릎과 소매 끝에 흙이 묻어 있었다.

"둘이 무슨 불알친구라도 되는 줄 알겠더라고." 팻츠는 또 한 번 힘차게 담배를 빨아 마신 후 말했다.

"커비가 마음이 많이 상했어?"

"마음이 상했냐고? 아주 씨발 발광을 하더라. 딸꾹질까지 하더라니까. 빌어먹을 미망인보다 더해."

앤드루가 웃음을 터뜨렸다. 팻츠는 또 담배 연기 고리를 불고 지나치게 큰 귀를 잡아당겼다.

"난 일찍 실례했어. 아직 매장도 못 했어."

그들은 잠시 동안 말없이 담배를 피웠다. 둘 다 진창 같은 강물을 물끄러미 바라보고 있었다. 담배를 피우면서 앤드루는 "일찍 실례했다"는 말을 곰곰 되씹어보면서 팻츠가 지닌 자율권이 자기에 비해 얼마나 큰 걸까 생각했다. 사이먼과 그의 분노 때문에 앤드루는 충분한 자유를 도저히 누릴 수가 없었다. 힐톱하우스에서는 가끔 그냥 거기 있다는 이유만으로 붙잡혀 혼이 나기 일쑤였다. 한때 철학종교 과목의 이상한 작은 조 단위 수업에 앤드루의 상상력이 온통 휘어잡혔던 적이 있었다. 태초의 신들이 무작위적인 분노와 폭력을 휘두르는 모습으로 나타나고, 그 분노를 진정시키기 위한 초기 문명들의 시도를 살피는 수업이었다. 그는 그때, 그가 알게 된 정의의 본질에 대해 생각했었다. 자신의 아버지는 이교도의 신으로서 군림하고, 추종집단의 대사제인 어머니는 해석하고 중개하고자 노력하지만 보통 실패하고, 그래도 여전히, 모든 반증에도 불구하고 자기가 섬기는 신에게는 근저에 깔린 관용과 합리가 있다고 믿고 고집스럽게 밀고 나간다.

팻츠는 머리를 커비홀의 돌벽에 대고 천장으로 연기 고리를 불었다. 앤드루에게 하고 싶은 말이 있어 생각하고 있었다. 장례식 내내, 아버지가 손수건에 대고 꿀떡거리고 흐느껴 우는 동안, 말머리를 어떻게 꺼내야 할까 마음속으로 연습했다. 팻츠는 얘기하고 싶어 들뜬 나머지, 자제력을 지키기가 어려웠다. 그러나 불쑥 뜬금없이 터뜨리지는 않겠다고 작정하고 있었다. 팻츠에게는 그 얘기를 한다는 것이 실제로 그것을 행하는 것과 동등하게 중요한 일이었다. 자기가 그 말을 하려고 여기로 서둘러 달려왔다는 인상을 앤드루에게 주고 싶지는 않았다.

"페어브라더가 자치구의회에 있었던 거 알지?" 앤드루가 말했다.

"그래." 팻츠는 앤드루가 막간을 메꿔줄 얘깃거리를 먼저 꺼내줘서 기뻤다.

"사이파이가 그 자리에 입후보하겠대."

"사이파이가?"

팻츠가 앤드루를 보고 인상을 썼다.

"대체 무슨 귀신이 씐 거야?"

"페어브라더가 무슨 하청업자한테서 뒷돈을 받고 있었다고 생각하고 있어." 앤드루는 사이먼이 그날 아침 주방에서 루스와 의논하는 얘기를 들었다. 모든 게 깔끔하게 이해되는 얘기였다. "자기도 좀 끼고 싶어 하는 거지."

"그건 배리 페어브라더가 아니었어." 팻츠가 동굴 바닥에 재를 툭툭 털며 웃음을 터뜨렸다. "자치구의회도 아니었고. 그건 이름이 뭐더라, 프라이얼리라는 사람이야. 야빌에. 윈터다운 학교 이사회에 있었어. 커비가 지랄 발광을 했다니까. 지역신문이 자기한테 논평을 부탁했다나 뭐라나. 프라이얼리는 그 일로 잘렸어. 사이파이는 《야빌지역신문》도 안 읽냐?"

앤드루는 팻츠를 멍하니 바라보았다.

"빌어먹을 딱 자기 같은 짓만."

그는 아버지의 백치 같은 행동에 부끄러워져서 흙바닥에 담배를 비벼 껐다. 사이먼은 또 헛다리를 짚었다. 그는 지역사회를 얕보고 그들의 관심사를 조롱하고 언덕 꼭대기에 있는 하찮은 집 한 채에 혼자 고립되어 사는 걸 자랑스러워했다. 그러고는 어디서 잘못된 정보를 주워듣고 와서 온 집안 식구들을 굴욕으로 내몰다니.

"좆나 뒤틀린 인간이야, 사이파이는. 그렇지 않나?" 팻츠가 말했다.

루스가 남편을 사이파이(Si-Pie, Simon과 사랑스럽다는 뜻의 Pie를 합친 애칭—옮긴이)라고 부르기 때문에 그들도 사이파이라는 별명을 썼다. 팻츠는 티타임에 놀러와서 루스가 그 별명으로 부르는 걸 한번 듣더니 그 후로 사이먼을 부를 때 다른 이름을 절대 쓰지 않았다.

"그래, 맞아." 앤드루가 말했다. 아버지가 잘못 알고 있었다고 말해주면 입후보를 하지 않도록 만류할 수 있을까 생각하면서.

"일종의 우연의 일치지." 팻츠가 말했다. "커비도 입후보한다니까."

팻츠는 콧구멍으로 연기를 뿜으며, 앤드루의 머리 위로 갈라진 벽을 바라보았다.

"그러니까 유권자들이 쌍놈을 뽑을 것이냐, 등신을 뽑을 것이냐, 이 문제구나?" 그가 말했다.

앤드루가 웃었다. 팻츠가 아버지를 쌍놈이라고 욕하는 소리를 들을 때가 그는 제일 좋았다.

"이제 여기 변화를 좀 줘보자면." 팻츠가 입술로 담배를 물고 봉투가 상의 주머니 안에 들어 있다는 걸 잘 알면서도 엉덩이를 툭툭 털며 말했다. "여기 있다." 봉투를 꺼내 열어 앤드루에게 내용물을 보여주며 그가 말했다. 갈색 후추알만 한 크기의 꼬투리들이 쭈그러든 줄기와 잎사귀들 사이로 가루처럼 바스라져 섞여 있었다.

"센시밀리아라는 거야."

"그게 뭔데?"

"기본적으로 유기농 마리화나의 새순과 싹이야." 팻츠가 말했다. "특별히 애연가님의 즐거움을 위해 준비했지."

"그거하고 보통 물건하고 뭐가 달라?" 팻츠가 커비홀에서 미끈미끈하고 까만 마리화나 수지를 몇 덩어리 나눠줘서 피워본 적이 있는 앤드루가 물었다.

"그냥 연기가 다르려나?" 팻츠가 자기 담배를 비벼 끄며 말했다. 그는 주머니에서 리즐라(담배 마는 종이 상표—옮긴이) 종이 한 갑을 꺼내서 얇은 종이 세 장을 꺼내 붙였다.

"그거 커비한테서 난 거니?" 앤드루는 봉투 속에 든 내용물을 쿡쿡 찌르고 킁킁 냄새를 맡으며 물었다.

마약을 구하려면 스카이 커비한테 가야 직통이라는 걸 모두가 알고 있었다. 그는 1년 선배로 6학년 열등반에 있었다. 할아버지가 늙은 히피로, 직접 마리화나를 재배해서 몇 번 재판을 받은 적도 있었다.

"그래. 게다가, 오보라는 녀석도 있어." 팻츠가 담배를 갈라 담뱃잎을 종이 위에 쏟으며 말했다. "필즈에. 뭐든지 갖다주는 친구야. 원하기만 하면 빌어먹을 헤로인까지."

"헤로인은 안 하는 게 좋아." 앤드루가 팻츠의 얼굴을 바라보며 말했다.

"그럼." 팻츠가 봉투를 다시 받아 들더니 센시밀리아를 담뱃잎 위에 뿌렸다. 그리고 다시 담배를 말고 종이 끝을 핥아 붙인 후 깔끔하게 마리화나를 집어넣고 끝을 꼬아 뾰족하게 만들었다.

"멋진데." 그는 행복하게 말했다.

그는 센시밀리아를 흥을 돋우기 위한 일종의 준비운동으로 소개한 후 앤드루에게 그 소식을 전할 계획이었다. 그는 손을 뻗어 앤드루의 라이터를 잡고 꽁초 끄트머리를 양 입술로 물고 불을 붙인 후, 생각에 잠겨 깊이 한 모금을 빨고 길고 푸른 연기를 뿜어내더니, 한 번 더 같은 과정을 되풀이했다.

"으으음." 그는 폐에 연기를 머금고 테사가 어느 크리스마스에 와인 코스를 대접해주었을 때 커비가 하던 행동을 똑같이 따라했다. "허브 향이 나. 강렬한 뒷맛도 나고. 함축적으로…… 씨발……"

그는 앉아 있는데도 강렬한 약 기운이 머리로 치솟는 걸 느꼈다. 숨을 내뿜으며 깔깔 웃어댔다.

"한번 해봐."

앤드루는 허리를 굽혀 담배를 받아, 기대감에 낄낄거렸다. 지금 팻츠의 얼굴에 떠오른 환한 미소는 변비에 걸린 듯 쏘아보던 보통 때의 표정과는 굉장히 어울리지 않았다.

앤드루는 연기를 들이마셨고 약의 효과가 폐에서 뿜어져 나와 그를 해체하고 느슨하게 풀어헤치는 느낌에 사로잡혔다. 한 번 더 빨자, 자기 마음을 이불 홑청처럼 탈탈 터는 기분이 들었다. 그래서 주름살이 하나도 없이 새로 정돈되고, 모든 게 매끄럽고 단순하고 수월하고 좋아지는 기분이었다.

"멋진데." 그는 자기 목소리가 마음에 들어 미소를 지으며 팻츠의 말을 메아리처럼 따라했다. 그는 기다리고 있는 팻츠의 손가락에 담배를 다시 건네주고 이 기분 좋은 느낌을 만끽했다.

"그런데 재밌는 얘기 하나 들을래?" 팻츠가 주체 못 하고 웃음을 지으며 말했다.

"해봐."

"어젯밤에 걔하고 그 짓 했다."

앤드루는 "누구?"라고 말할 뻔했지만, 그때 정신없이 뒤죽박죽이 된 그의 뇌가 기억해냈다. 크리스털 위든이지, 당연히. 크리스털 위든이겠지, 달리 누구겠어?

"어디서?" 그는 멍청하게 물었다. 알고 싶은 건 그런 게 아니었다.

팻츠는 장례식 양복을 입은 채 다리를 강쪽으로 하고 몸을 쭉 펴고 똑바로 드러누웠다. 아무 말 없이 앤드루는 그 옆에 반대 방향으로 드러누웠다. 그들은 어렸을 때 서로의 집에 가서 잘 때면 '머리와 꼬리'

라고 부르며 이런 식으로 잠도 잤었다. 앤드루는 바위투성이 천장을 물끄러미 바라보고 있었다. 파란 연기가 둥둥 떠서 천천히 감아 올라갔다. 그리고 낱낱이 얘기를 듣게 되기를 기다렸다.

"커비와 테스한테는 너네 집에 갔었다고 했어, 너도 알아둬." 팻츠가 말했다. 그는 치켜든 앤드루의 손가락에 담배를 쥐어주고 긴 손을 가슴 위에서 깍지 끼고 자기가 하는 얘기를 들었다. "그리고 필즈까지 버스를 타고 갔어. 오드빈즈 밖에서 만났지."

"테스코 옆에?" 앤드루가 물었다. 왜 자꾸 이런 병신 같은 질문을 하는지 자기도 알 수가 없었다.

"그래." 팻츠가 말했다. "유원지로 갔어. 한쪽 구석 공중변소 뒤쪽으로 나무들이 있어. 한적하고 좋더라고. 어두워지고 있었고."

팻츠는 자세를 바꾸었고 앤드루가 그에게 마리화나를 다시 건넸다.

"들어가는 게 생각보다 어렵더라." 팻츠가 말했다. 그리고 앤드루는 완전히 넋을 놓고 이야기에 빠져들었다. 웃음을 터뜨리고 싶은 생각이 반쯤 들었지만 팻츠가 그에게 들려줄 수 있는, 있는 그대로의 세세한 부분 하나라도 놓치게 될까 봐 겁이 났다. "손가락으로 만질 때보다 더 젖었더라고."

앤드루의 가슴에서 킬킬거리는 웃음소리가 꽉 막힌 가스처럼 솟아올랐지만, 거기서 막혔다.

"제대로 넣으려고 여러 번 삽질했어. 생각했던 것보다 더 꽉 조여서."

앤드루는 팻츠의 머리가 있는 쪽에서 한 줄기 연기가 피어오르는 것을 보았다.

"10초쯤 들어가 있었어. 일단 들어가면 기분이 좆나 좋아."

앤드루는 혹시 더 나올 얘기가 있을까 싶어 터져 나오는 웃음을 애써 꾹꾹 눌렀다.

"콘돔을 하고 있었어. 없으면 훨씬 더 좋을 것 같아."

그는 마리화나를 앤드루의 손에 다시 밀어주었다. 앤드루는 생각에 잠겨 담배를 빨았다. 생각보다 훨씬 들어가기가 힘들다. 10초 안에 끝났다. 얘기만 들으면 별것 아닌 것 같다. 하지만 할 수만 있다면 세상에 못 줄 게 뭐가 있으랴? 가이아 보든이 그를 위해 누워 있는 상상을 했다가 자기도 모르게 자그맣게 신음소리를 냈지만, 팻츠는 못 들은 눈치였다. 퀴퀴한 공기 중에 가득 찬 에로틱한 이미지들 속에 빠져 앤드루는 자기 몸뚱어리의 체온으로 데워지고 있는 땅바닥 위에 발기한 채 누워 담배를 빨며, 머리에서 몇 미터 떨어진 급류 소리에 귀를 기울였다.

"뭐가 중요한 거냐, 아프?" 오랫동안 몽롱한 침묵이 흐른 후 팻츠가 물었다.

기분 좋게 핑글핑글 돌아가는 머리로 앤드루가 대답했다. "섹스."

"그래." 팻츠가 신이 나서 말했다. "그 짓. 그게 중요한 거지. 종족을 벙…… 번식시키고. 콘돔은 다 갖다 버려. 번식을 해야지."

"그래." 앤드루가 소리 내어 웃어댔다.

"그리고 죽음." 팻츠가 말했다. 관의 실체성에 충격을 받은 터였다. 그리고 구경하는 대머리수리들과 실제 시체 사이에 가로놓인 물질이 얼마나 적은가, 하는 사실에도. 그는 관이 땅속으로 사라지기 전에 나온 게 전혀 미안하지 않았다. "그럴 수밖에 없잖아? 죽음."

"그래." 앤드루는 전쟁과 자동차 충돌사고, 그리고 속도와 영광의 섬광 속에 죽어가는 걸 생각하며 말했다.

"그래." 팻츠가 말했다. "섹스와 죽음. 바로 그거야, 안 그래? 섹스와 죽음. 그게 산다는 거지."

"섹스를 좀 해보려고 아등바등하고 죽지 않으려고 아등바등하는 거지.”

“아니면 못 죽어서 안달이든가.” 팻츠가 말했다. “어떤 사람들은 죽음을 무릅쓰잖아.”

“그렇지. 죽음을 무릅쓰지.”

더 긴 침묵이 이어졌고, 그들의 은신처는 서늘하고 연기로 흐릿했다.

“그리고 음악도.” 앤드루가 조용히, 푸른 연기가 어두운 바위 아래 떠다니는 걸 바라보며 말했다.

“그래.” 팻츠가 아득히 먼 곳에서 말했다. “음악도.”

강은 커비홀을 지나 빠르게 흘렀다.

2부

공정한 논평

7.33 공공의 이해가 달린 문제에 대한 공정한 논평은 기소할 수 없다.

찰스 아놀드-베이커
《지방의회행정》, 제7판

I

배리 페어브라더의 무덤에 비가 내렸다. 카드의 잉크가 번졌다. 시오반의 통통한 해바라기는 후두둑 떨어지는 커다란 빗방울들을 견뎌냈지만, 메리의 원추리와 프리지어들은 구겨지고 꽃잎을 다 떨구었다. 노 모양의 국화꽃 화환은 시들면서 시커멓게 변했다. 비는 강물을 붇게 만들고 시궁창에 급류가 흐르게 하고 패그포드로 들어오는 가파른 도로들을 반들반들하고 위태롭게 만들었다. 스쿨버스 유리창은 습기로 뿌얘졌다. 광장에 걸려 있는 꽃바구니들은 지저분해졌고 서맨사 몰리슨은 와이퍼를 최대 속도로 올리고 도시에서 퇴근하던 길에 작은 추돌 사고를 겪었다.

호프 스트리트의 캐서린 위든 부인네 집 문간에는 《야빌지역신문》 한 부가 사흘 동안 꽂혀 있다가 다 젖어서 읽지도 못하게 되었다. 결국 사회복지사 케이 보든이 편지함에서 신문을 꺼내고 녹슨 편지함 뚜껑을 열고 안을 들여다보다가 계단 밑에 사지를 뻗고 쓰러진 노파를 발견했다. 경찰관의 도움으로 현관문을 부수고 들어갔고, 위든 부인은 응급차로 사우스웨스트 종합병원으로 이송되었다.

비는 계속 내렸다. 옛날 구둣가게 간판을 바꾸는 일을 맡은 간판장이는 작업을 미루었다. 비는 며칠 동안이나 밤까지 내렸고 광장은 방

수복을 입은 곱사등이들로 가득 찼다. 우산들이 좁은 인도에서 서로 부딪혔다.

하워드 몰리슨은 캄캄한 유리창을 때리는 부드러운 빗소리가 마음을 달래준다고 생각했다. 한때 딸 퍼트리샤의 침실이었던 서재에 앉아 지역신문에서 받은 이메일을 읽고 있었다. 신문 측에서는 필즈가 패그포드의 일부로 남아야 한다는 페어브라더 의원의 기사를 게재하기로 결정했지만, 균형을 맞추기 위해 그다음 호에 다른 의원이 재배정에 찬성하는 글을 기고해주기를 바란다고 했다.

제 발을 찍었지, 안 그런가, 페어브라더? 하워드는 행복하게 생각했다. *모든 게 자네 뜻대로 되어간다고 생각하고 있었겠지만……*

그는 이메일을 닫고 곁에 놓인 작은 서류 더미를 집어 들었다. 배리의 공석을 채울 선거를 요청하는 서한들이 그간 찔끔찔끔 들어오고 있었다. 규정에 따르면 9인의 청원이 있으면 공식 선거를 시행해야 하는데, 현재 그가 받은 게 열 건이었다. 그는 편지들을 찬찬히 다시 읽었다. 그사이 주방에서는 늙은 위든 할멈이 쓰러졌는데 한참 후에야 발견되었다는 짭짤한 스캔들을 샅샅이 파헤치느라 언성이 높아졌다 낮아졌다 하는 아내와 사업 파트너의 대화 소리가 들려왔다.

"……괜히 의사 진찰실을 박차고 나왔겠어요? 아주 바락바락 악을 썼다고 카렌이 그러던데……."

"……약을 잘못 줬다고 그랬대요, 그래요, 암요." 셜리가 말했다. 병원에서 자원봉사를 한다는 근거로 의학적인 추정이라면 자기한테 독점권이 있다고 생각하는 셜리가 말했다. "병원에서 테스트를 몇 가지 할 거라고 하더군요."

"내가 자완다 선생이라면 굉장히 걱정되겠어요."

"위든 가족이 너무 무식하니까 소송을 못 하기만 바라고 있겠지만,

병원에서 투약이 잘못됐다는 게 밝혀지면 어차피 그런 건 상관도 없겠죠."

"잘릴 거예요." 모린이 고소하다는 듯 말했다.

"그래요." 셜리가 말했다. "그리고 안타깝지만 잘됐다고 생각하는 사람들이 많이 있을 거예요. *잘리길 잘했다고요.*"

하워드는 편지들을 몇 개의 서류 더미로 질서정연하게 분류했다. 마일스가 작성을 마친 신청서는 따로 두었다. 나머지 서한들은 동료 자치의원들에게서 온 것이었다. 여기에 별로 놀라운 건 없었다. 파민더가 배리 대신 입후보할 다른 사람을 알고 있다는 이메일을 보내자마자 이여섯 명이 그녀를 중심으로 연대해 선거를 요구할 거라 예상하고 있었다. 귀 아픈 떠버리 본인까지 묶어서 하워드는 그들을 '시끄러운 파벌'이라고 불렀는데, 이들의 지도자가 바로 최근에 쓰러졌던 것이다. 이 서류 더미에다, 하워드는 그들이 선택한 후보인 콜린 월의 작성 완료된 신청서를 놓았다.

세 번째 더미에는 넉 장의 편지를 놓았는데, 이들 역시 예상했던 쪽에서 보내온 것이었다. 패그포드의 민원 전문가들이었다. 하워드가 알기로는 늘 불만과 의심에 싸여 사는 위인들로, 하나같이 《야빌지역신문》에 활발하게 기고하는 사람들이었다. 다들 남들은 잘 알지도 못하는 비밀스러운 지역 문제에 하나씩 강박적으로 관심을 갖고, 스스로 '독립 정신'을 지녔다고 자부했다. 마일스가 의원으로 선출되면 '인척 등용'이라며 누구보다 길길이 뛸 테지만, 이 마을에서 필즈에 반대하기로는 둘째 가라면 서러워할 인물들이기도 했다.

하워드는 마지막 두 장의 편지를 양손에 하나씩 들고 무게를 가늠해 보았다. 하나는 만나본 적도 없는 여자가 보낸 편지였다. 그 여자 말로는(하워드는 절대로 그 무엇도 무조건 믿지 않았다) 자기가 벨채플 중독 클리닉에서 일한다고 했다(자칭 "미즈Ms."라는 호칭을 썼기 때문에 하워드는 좀 믿음이 간다고 여겼다). 잠시 주저하다가, 그는 이 서한을 커비 월의 신청서 위에 놓았다.

마지막 편지는 서명도 없고 워드프로세서로 작성한 것으로, 무절제한 용어를 써서 선거를 요구하고 있었다. 황급하고 경솔한 분위기를 풍겼고 오자가 널려 있었다. 이 편지는 배리 페어브라더의 미덕을 칭송하며 마일스를 특별히 지칭해 "그의 후임이 되기에는 부적격자"라고 지적했다. 하워드는 마일스한테 불만을 품고 골칫거리를 만들려고 하는 고객이 있는 게 아닌가 의아했다. 그런 잠재적 위험을 미리 알고 경계하는 건 좋은 일이었다. 그러나 하워드는 익명의 그 서한을 선거 개최 청원에 한 표를 던지는 걸로 셈해야 할지 회의가 들었다. 그래서 셜리가 크리스마스 선물로 준 소형 세단기에 편지를 쓱 넣어버렸다.

II

패그포드 법률 사무소인 에드워드 콜린즈 사는 1층에 안과가 있는 테라스 딸린 벽돌 건물의 2층을 차지하고 있었다. 에드워드 콜린즈는 별세했고 그의 회사는 변호사 둘로 구성되어 있었다. 봉급 파트너 개빈 휴즈의 사무실에는 유리창이 한 개 있었고, 지분 파트너 마일스 몰리슨의 사무실에는 창문이 두 개 나 있었다. 그들은 스물여덟 살에 독신이고 못생겼지만 몸매는 좋은 비서 한 사람을 같이 쓰고 있었다. 쇼나는 마일스가 농담을 할 때마다 좀 지나치다시피 오래 웃었지만, 개빈을 대할 때는 기분 나쁠 정도로 생색을 냈다.

배리 페어브라더의 장례식이 있던 주 금요일 1시에 마일스는 개빈의 사무실 문을 두드리고는 대답도 기다리지 않고 들어갔다. 파트너는 비로 얼룩진 차창 밖 진회색 하늘을 바라보고 있었다.

"점심 먹으러 후다닥 나갔다 오려고 하는데." 마일스가 말했다. "루시 비반이 좀 일찍 오면, 내가 2시에 올 거라고 자네가 좀 전해주겠나? 쇼나가 외출했어."

"그러죠, 좋아요." 개빈이 말했다.

"다 잘돼가?"

"메리가 전화를 했어요. 배리의 생명보험 때문에 약간 문제가 있어서요. 그거 처리하는 걸 좀 도와줬으면 하네요."

"좋아, 뭐, 자네가 알아서 처리할 수 있잖아? 아무튼 나는 2시에 돌아올게."

마일스는 외투를 걸쳐 입고 가파른 계단을 뛰어 내려가 광장으로 이어진 비에 젖은 작은 거리를 씩씩하게 걸어갔다. 구름 사이로 잠깐 생긴 틈새로 한 줄기 햇살이 반들거리는 전쟁 기념비와 꽃바구니들 위로 쏟아졌다. 마일스는 바삐 광장을 건너 몰리슨앤드로로 가면서 인간 본래의 자긍심을 느꼈다. 저 패그포드의 명물, 저 고전적이고 우아하기 짝이 없는 상점. 아무리 친숙해도 시들기는커녕 깊어지고 농익어만 가는 자부심이었다.

마일스가 문을 밀어 열자 종이 딸랑거렸다. 점심시간이라 상당한 인파가 북적이고 있었다. 여덟 명이 카운터에 줄을 서서 기다리고 있었고, 하워드는 상인의 위풍당당한 예복을 두른 채로 혀를 최고 단계로 놀리고 있었다.

"……그리고 로즈마리, 당신은 올리브 4온스. 더 필요한 건 없고요? 로즈마리…… 더 필요한 것 없으시면…… 8파운드 62펜스입니다. 우리 가게 단골이시니 8파운드만 주시지요."

사냥 모자에 주렁주렁 달린 낚시꾼의 미끼들이 번득거렸다.

킬킬거리는 웃음소리와 고맙다는 인사. 돈궤가 달각거리고 철컹 닫히는 소리.

"여기 우리 변호사님이 납셨네. 내가 잘사나 보려고." 하워드가 쩌렁쩌렁한 목소리로 말하며, 줄을 선 사람들의 머리 위로 마일스를 보고 눈을 찡긋하며 킬킬 웃었다. "저 뒤에서 좀 기다리고 계시면 하우슨 부인한테는 절대 해가 될 만한 소리를 하지 않을죠."

마일스는 중년 부인들에게 미소를 지었고, 환한 미소로 답례를 받았다. 바짝 깎은 숱 많은 반백의 머리칼에 키가 훤칠하고 크고 둥글고 푸른 눈, 진한 색 코트로 뱃살을 가린 마일스는 수제 비스킷과 지역 특산 치즈에 대도 썩 훌륭한 상품이었다. 그는 진미가 산더미처럼 쌓인 작은 테이블 사이를 조심스럽게 요리조리 지나쳐 식료품점과 옛 구둣가게 사이에 뚫린 커다란 아치 앞에서 발길을 멈추었다. 아치를 보호하고 있던 플라스틱 커튼을 처음으로 걷은 모습이었다. 모린은 (마일스는 글씨체를 알아보았다) 아치 한가운데 놓인 광고판에 안내문을 붙여 올려놓았다. *들어오지 마시오. 개점 박두⋯⋯ '코퍼케틀(구리주전자)'*. 마일스가 슬쩍 들여다보니 곧 패그포드에서 최신의, 그리고 최고의 카페가 될 깔끔하고 널찍한 공간이 보였다. 석고와 페인트칠로 마감하고 발밑에는 새로 광택을 낸 검은 마루를 깔았다.

카운터 모퉁이를 돌아 들어간 그는, 연방 거칠고 상스러운 웃음소리를 내며 미트 슬라이서를 조작하는 모린 곁을 지나 허름한 뒷방으로 이어지는 작은 문으로 머리를 숙이고 들어갔다. 여기에는 포마이카 테이블이 놓여 있고, 그 위에 모린의 《데일리메일》이 접힌 채 놓여 있었다. 하워드와 모린의 코트가 옷걸이에 걸려 있었고, 인위적인 라벤더 향이 풍기는 화장실로 이어지는 문이 하나 있었다. 마일스는 자기 외투를 걸고 낡은 의자를 끌어당겨 테이블 앞에 앉았다.

하워드는 식료품점의 진미를 산더미처럼 쌓은 접시 두 개를 들고 1, 2분 후에 나타났다.

"그럼 코퍼케틀로 확실히 결정한 겁니까?" 마일스가 물었다.

"뭐, 모가 좋아하니까." 하워드가 아들 앞에 접시를 내려놓으며 말했다.

그는 뒤뚱뒤뚱 나가서 맥주 두 병을 들고 다시 돌아와 발로 문을 닫았고, 그러자 창문도 없는 방 안의 어둠을 밝히는 건 침침한 펜던트 조명밖에 남지 않았다. 하워드는 나직하게 꿍 소리를 내며 자리에 앉았다. 오전에 전화 통화를 할 때 하워드는 뭔가 공모라도 할 것 같은 말투였다. 마일스는 아버지가 술병 뚜껑을 따는 동안 조금 더 기다려야만 했다.

"윌이 신청서를 제출했어." 마침내 그는 맥주를 건네며 말했다.

"아." 마일스가 말했다.

"마감을 정할 생각이다. 지금부터 2주 내에 의사가 있는 사람은 공시하도록."

"그 정도면 괜찮네요." 마일스가 말했다.

"엄마는 프라이스인가 하는 녀석이 아직도 관심이 있다고 하더라. 어떤 사람인지 혹시 아는 게 있냐고 샘한테 물어봤냐?"

"아니요." 마일스가 말했다.

하워드는 뱃살이 접힌 부분을 긁었다. 끽끽거리는 의자에 앉아 있으니 접힌 뱃살이 거의 무릎에 닿도록 내려왔다.

"너하고 샘 사이는 괜찮냐?"

마일스는 늘 그렇듯, 아버지의 거의 점쟁이 같은 육감을 동경했다.

"썩 좋지는 않아요."

어머니였다면 그리 순순히 고백하지 않았을 것이다. 셜리와 서맨사 사이에서 끊임없이 벌어지고 있는 냉전을 부추기지 않으려고 애쓰고 있었기 때문이다. 그 싸움에서 마일스는 인질이자 전리품이었다.

"제가 입후보하는 걸 좋아하지 않아요." 마일스가 설명했다. 하워드는 연한 눈썹을 치켜세웠다. 음식을 씹느라 턱살이 출렁거렸다. "대체 무슨 바람이 들었는지 모르겠어요. 또 패그포드라고 하면 무조건 싫다는 때가 돌아온 거 같아요."

하워드는 천천히 씹는 데 공을 들였다. 종이 냅킨으로 입가를 훔친 그는 트림을 했다.

"일단 네가 당선되면 금방 마음이 달라질 거다." 하워드가 말했다. "사교적인 측면 때문에. 아내들에게도 떨어지는 게 많으니까. 스위트 러브하우스에서 행사도 하고. 물 만난 고기 같을 거야." 그는 또 한 번 에일주를 벌컥벌컥 마시고 배를 긁적댔다.

"이 프라이스라는 사람은 얼굴이 생각나지 않아요." 마일스가 요점으로 돌아가며 말했다. "그렇지만 아이가 세인트토머스에서 렉시와 한 반에 있었던 거 같은데."

"하지만 필즈 태생이야. 그게 문제라고." 하워드가 말했다. "필즈 태생이니, 우리 쪽에 유리하게 돌아갈 수 있지. 친 필즈 파당의 표가 그 친구와 월 두 사람으로 갈릴 테니까."

"네." 마일스가 말했다. "무슨 말씀인지 알겠어요."

그는 미처 하지 못한 생각이었다. 아버지의 사고가 돌아가는 방식은 경이로울 정도였다.

"이미 네 엄마가 그 사람 아내에게 전화해서 신청 양식을 다운로드하라고 알려줬다. 오늘 엄마한테 그 친구에게 다시 전화를 해서 2주간 시간 여유가 있다는 걸 알려주라고 할 생각이다. 되도록 그 친구가 움직이게 하려고."

"그럼 후보가 셋이 되는 겁니까?" 마일스가 말했다. "콜린 월까지 해서."

"다른 사람은 들은 바가 없어. 구체적인 세부사항이 웹사이트에 올라오면 또 다른 사람이 나설 가능성도 있지. 하지만 우리는 확실히 이길 수 있어. 자신 있다고. 오브리가 전화를 했더라." 하워드가 덧붙여 말했다. 오브리 파울리를 이름으로 부를 때 하워드의 말투에는 항상 거창한 느낌이 배가되곤 했다. "너를 전적으로 밀어주겠다고 했다, 두말할 필요도 없지만. 오늘 저녁에 돌아온대. 그동안은 시내에 있었거든."

보통 패그포드 사람들이 '시내'라고 하면 '야빌'에 있다는 뜻이었지만, 하워드와 셜리는 오브리 파울리를 따라서 이 표현을 '런던에 있다'는 뜻으로 썼다.

"우리 모두 한번 모여서 이런저런 얘기 좀 하자는 말을 하더라. 어쩌면 내일. 저택으로 우리를 초청할 수도 있고. 그러면 샘이 좋아하겠지."

마일스는 방금 소다브레드와 간 파테를 한입 잔뜩 문 상태였지만 힘주어 고개를 끄덕임으로써 동의를 표했다. 오브리 파울리가 "자신을 전적으로 밀어준다"는 생각만 해도 좋았다. 서맨사는 부모님이 파울리의 족쇄에 묶여 있다며 비웃었지만, 마일스는 매우 흔치 않은 일이지만 간혹 서맨사가 오브리나 줄리아와 일대일로 대면하게 되면 미묘하게 억양이 바뀌고 몸가짐도 눈에 띄게 얌전해진다는 걸 눈치채고 있었다.

"또 다른 얘기가 있는데." 하워드가 다시 배를 긁으면서 말했다. "《야빌지역신문》에서 오늘 아침에 이메일을 하나 받았다. 필즈에 대한 내 견해를 묻더구나. 자치구의회 의장 자격으로 말이야."

"정말요? 그건 페어브라더가 땜빵한 줄 알았는데……."

"자기 발등을 찍은 거지, 안 그러냐?" 하워드가 무한한 만족감을 표하며 말했다. "그 친구 기사를 낼 건데, 그다음 주에 누가 반대 의견을 내주었으면 하더라. 반대 입장의 얘기도 듣자는 거지. 도와주면 좋겠구나. 변호사용 표현방식이라든가 그런 거."

"당연하죠." 마일스가 말했다. "그 빌어먹을 중독 클리닉 얘기를 할 수도 있죠. 그러면 핵심을 찌르게 될 테니까."

"그래, 아주 좋은 생각이야. 훌륭해."

열의가 복받쳐 그는 한 번에 음식을 너무 많이 삼켰고, 결국 기침이 가라앉을 때까지 마일스가 그의 등을 두드려줘야 했다. 마침내 눈에 고인 눈물을 냅킨으로 훔치면서 하워드가 숨차게 말했다. "오브리가 자치구 쪽에서 나오는 기금을 감축하는 건의를 올린다고 했으니까, 나는 우리 쪽에서 건물 임대를 끝내는 일을 처리해야지. 언론에 우리 입장을 밝힌다고 나쁠 건 없을 거야. 그 빌어먹을 건물에 시간과 돈이 얼마나 들어갔는데 아무것도 나오는 게 없잖냐. 나한테 수치가 다 있어." 하워드는 낭랑하게 트림을 했다. "꼴이 아주 한심하구나. 미안하다."

Ⅲ

개빈은 그날 밤 자기 집에서 케이에게 요리를 해주었다. 깡통들을 따고 마늘을 으깨며 뭔가 재료를 잘못 쓰고 있다는 생각을 했다.

언쟁을 하고 나면 휴전을 하기 위해 몇 가지 해야 할 말들이 있다. 그게 법칙이고, 그걸 모르는 사람은 없다. 개빈은 배리의 장례식장에서 돌아오는 길에 차 안에서 케이에게 전화를 걸어 그녀가 같이 갔더라면 좋았을 거라고, 처음부터 끝까지 끔찍한 하루였고, 밤에 만나고 싶다는 얘기까지 했다. 이런 겸손한 수긍은 조건 없이 하룻밤 같이 있어주는 대가 그 이상도 이하도 아니라고 생각했다.

그러나 케이는 오히려 재협상을 하게 된 계약에 계약금을 거는 쪽으로 생각하는 눈치였다. *자기는 내가 그리웠구나. 기분이 나쁠 때 내가 필요해. 우리가 커플로 가지 않은 게 유감이라고 했지. 자, 그러면 앞으로 그런 실수는 다시는 하지 말자.* 그 후로 그를 대하는 그녀 태도가 한층 편안해졌다. 팔팔하게 기운이 나서 새로운 기대감에 들뜬 느낌.

그는 오늘 밤 스파게티 볼로네즈를 만들고 있었다. 그는 고의적으로 푸딩을 사거나 테이블을 먼저 차려놓는 걸 생략했다. 대단한 정성을 들이지는 않았다는 느낌을 주려고 고심하고 있었다. 하지만 케이는 전혀 눈치채지 못하는 듯했고, 심지어 이 무심한 태도 자체를 좋은 쪽으로 받아들이기로 작정한 것 같기도 했다. 그녀는 주방의 작은 식탁에 앉아 채광창을 두드리는 빗소리를 배경 삼아 그에게 수다를 떨었고, 눈으로는 집 안 세간살이들을 분주히 살폈다. 여기 자주 와보지 못했던 것이다.

"리사가 이 노란색을 고른 거 같은데?"

또 시작이었다. 최근에 더 깊은 관계로 발전한 사이인 것처럼, 금기를 깨는 짓. 개빈은 피할 수 있다면 리사 얘기는 안 하는 게 좋았다. 지금쯤은 설마 그녀도 알 텐데? 그는 프라이팬의 간 고기에 오레가노를 흔들어 넣으며 말했다. "아니, 이건 다 그전 주인이 한 거야. 아직 짬을 내서 바꾸질 못해서."

"아." 그녀는 와인을 홀짝이며 말했다. "뭐, 굉장히 좋은데. 약간 밍밍하긴 하지만."

이 말이 개빈은 거슬렸는데, 그의 견해로는, 스미디의 내부는 적어도 호프 스트리트 10번지보다는 어느 모로 보나 훨씬 훌륭했기 때문이었다. 그는 그녀를 등진 채로 보글보글 끓고 있는 파스타를 지켜보았다.

"이거 알아?" 그녀가 말했다. "오늘 오후에 서맨사 몰리슨 만났다."

개빈이 빙글 돌아섰다. 서맨사 몰리슨이 어떻게 생겼는지 케이가 대체 어떻게 알지?

"광장에 있는 식료품점 밖에서. 이걸 사러 갔던 참이거든." 케이가 말했다. 손톱으로 옆에 놓인 포도주병을 톡톡 치면서. "내가 *개빈의 여자 친구*냐고 물어보더라고."

케이는 장난스럽게 말했지만, 사실 서맨사가 선택한 단어들 때문에 한층 고무되어 있었다. 개빈이 친구들에게 그녀를 그런 말로 설명한다는 생각에 마음이 놓였던 것이다.

"그래서 뭐라고 했어?"

"그래서…… 그렇다고 했지."

그녀의 표정은 풀이 팍 죽었다. 개빈은 그렇게까지 공격적으로 질문을 던질 생각은 없었다. 케이와 서맨사가 절대 못 만나게 하기 위해서 어떻게든 했어야 하는데.

"아무튼." 케이는 목소리에 살짝 날을 세우고 말을 계속했다. "다음 주 금요일 저녁 식사에 초대받았어. 일주일 후 오늘."

"아, 이런 빌어먹을." 개빈이 퉁명스럽게 말했다.

좋아졌던 케이의 기분이 이제 싹 사라져버렸다.

"문제가 뭐야?"

"아냐. 아무것도…… 아니야." 그는 보글보글 끓는 스파게티를 쿡쿡 찌르며 말했다. "그저 근무시간 내내 마일스를 보는 것만도 지겨워서 그렇지. 솔직히 말해서."

그가 그동안 주욱 두려워했던 사태가 벌어지고 있었다. 그녀는 벌레처럼 야금야금 갉아먹고 들어올 테고 두 사람은 '개빈과 케이'가 되어 같은 모임에 속하게 될 것이며, 그녀를 그의 인생에서 잘라내 버리기는 갈수록 어려워질 것이다. 어쩌다 이런 사태까지 오도록 방치해뒀을까? 여기로 이사 온다고 했을 때 왜 막지 못했을까? 자기 자신에 대한 분노는 어렵지 않게 그녀에 대한 분노로 변질되었다. 어째서 저 여자는, 그가 얼마나 자기를 원치 않는지 알아서 눈치채지를 못할까? 더러운 악역을 억지로 떠맡게 만들지 말고 알아서 떠나주면 안 되나? 그는 스파게티 삶은 물을 개수대에 버리며, 끓는 물이 몸에 튀자 숨죽여 욕을 내뱉었다.

"그러면 자기가 마일스와 서맨사에게 전화해서 싫다고 해." 케이가 말했다.

그녀의 목소리가 단단하게 굳어 있었다. 개빈은 고질적인 버릇대로 임박한 갈등부터 면피하고 미래의 일은 알아서 해결되길 바랐다.

"아니, 아니야." 그는 젖은 셔츠를 행주로 문지르며 말했다. "가자. 괜찮아. 같이 가자고."

그러나 전혀 달갑지 않다는 걸 꾸미지 않고 드러냄으로써 그는 훗날 자기가 써먹을 수 있는 표식을 찍어놓기를 원했다. *내가 가기 싫은 건 자기도 알았잖아. 아니, 재미없었어. 아니, 다시 그런 일은 없으면 좋겠어.*

그들은 몇 분 동안 말없이 음식을 먹었다. 개빈은 또 언쟁이 붙을까 봐 두려웠다. 그리고 케이가 그를 몰아붙여 하는 수 없이 내포된 문제들을 논할까 봐 두려웠다. 뭐 할 말이 없을까 찾던 그는 메리 페어브라더와 생명보험 회사 얘기를 하기 시작했다.

"진짜 개새끼들처럼 굴더라고." 그가 말했다. "그가 거액의 보험을 들었더라고. 그런데 그쪽 변호사들이 지불하지 않을 방법을 찾고 있는 거지. 정보를 모두 공개하지 않았다는 사실을 밝혀내려고 하는 거야."

"어떤 식으로?"

"그러니까, 삼촌 한 사람이 동맥류로 죽었다는 거야. 메리는 배리가 계약서에 사인할 때 보험사 직원한테 말했다고 하는데, 기록에 전혀 남아 있지 않아. 아무래도 그 직원이 질병이 유전일 가능성을 몰랐던 것 같아. 사실 배리가 알았는지도…….."

개빈의 목이 메었다. 공포에 질리고 죽도록 창피해서 그는 시뻘겋게 달아오른 얼굴을 접시 위로 푹 수그렸다. 목에 맺힌 단단한 슬픔의 응어리를 어떻게 할 수가 없었다. 케이의 의자 다리가 바닥을 긁었다. 그는 그녀가 화장실에 가면 좋겠다고 생각하고 있었지만, 다음 순간 그의 어깨를 감싸 안고 부드럽게 끌어당기는 그녀의 팔이 느껴졌다. 아무 생각 없이 그는 자기도 한쪽 팔로 그녀를 안았다.

안겨 있으니 너무 좋았다. 두 사람의 관계가 이렇게 단순하고, 아무 말도 없는 위로로 증류될 수 있다면 얼마나 좋을까. 어째서 사람들은 말이라는 걸 배웠던 걸까?

그는 그녀 블라우스의 등에 콧물을 흘렸다.

"미안해." 그는 목멘 소리로 말하고 자기 냅킨으로 닦아주었다.

그녀에게서 떨어져 코를 풀었다. 그녀는 의자를 끌고 그의 곁에 앉아 한 손을 그의 팔에 얹었다. 아무 말도 하지 않고 지금처럼 부드럽고 걱정에 찬 얼굴을 하고 있을 때면 그녀가 훨씬 더 좋아졌다.

"나 아직도……. 정말 좋은 친구였는데." 그가 말했다. "배리. 정말 좋은 친구였어."

"그래, 다들 그렇게 좋게 말하더라." 케이가 말했다.

그녀는 이 유명한 배리 페어브라더를 만날 기회가 한 번도 없었지만 개빈이 이렇게 감정을 보이자 흥미가 생겼고, 이런 감정을 유발한 사람은 어떨까 궁금해졌다.

“재미있는 사람이었어?” 그녀가 이렇게 물었던 건, 개빈이 코미디언이나 단골 술집에서 한잔하며 시끄럽게 좌중을 주도하는 사람에게 정신없이 매료되는 모습이라면 상상이 갔기 때문이었다.

“그래, 그런 거 같아. 뭐, 특별히 웃기지는 않았어. 평범했어. 소리 내 웃는 걸 좋아했지만 그보다…… 그보다 정말 좋은 사람이었어. 사람들을 좋아했어, 알아?”

그녀는 기다렸지만 개빈은 배리가 어떻게 좋은 사람이었는지에 대해 더 심도 깊게 설명해줄 능력이 없어 보였다.

“그리고 아이들…… 그리고 메리…… 불쌍한 메리……. 아, 자긴 정말 상상도 못 할 거야.”

케이는 부드럽게 팔을 토닥였지만 공감은 살짝 식었다. 혼자라는 게 어떤 건지 상상도 못 한다고? 혼자 남겨져 가족을 이끌어가야 한다는 게 얼마나 힘든지 상상도 못 한다고? 나에 대한 연민은 대체 어디 있는 거야?

“그들은 정말 행복했었어.” 개빈이 갈라진 목소리로 말했다. “메리는 완전히 폐인이 됐어.”

말없이 케이는 그의 팔을 어루만졌다. 자기에게는 폐인이 될 여유조차 없었다고 생각하면서.

“나 이제 괜찮아.” 그는 냅킨으로 코를 닦으며 포크를 집어 들었다. 아주 살짝 꿈틀거림으로써 그는 이제 손을 치우라는 표시를 했다.

IV

서맨사가 케이를 저녁에 초대한 동기에는 복수심과 지루함이 뒤섞여 있었다. 늘 분주하게 계략을 꾸미면서 자기한테 발언권은 주지 않고 무조건 협조만 기대하는 마일스에 대한 응징으로 보았던 것이다. 그녀가 상의 없이 일처리를 하면 얼마나 좋아하나 보자는 심정이었다. 그리고 모린과 셜리보다 한발 먼저 고지를 점령하게 되는 것이기도 했다. 그 오지랖 넓은 할멈들은 개빈의 사생활에 몹시 관심이 많았지만 그와 런던 여자 친구의 관계에 대해 아는 바가 거의 없다시피 했다. 그리고 마지막으로, 여자관계에 있어 그렇게 소심하고 우유부단하게 구는 개빈을 할퀴어댈 발톱을 더 날카롭게 갈 수 있는 기회이기도 했다. 케이 앞에서 결혼식 얘기를 한다거나 개빈이 드디어 정착하는 모습을 보니 정말 좋다는 얘기 같은 걸 할 수 있었으니까.

그러나 다른 사람들을 당혹스럽게 만들 이런 계획은 서맨사가 바랐던 만큼 신 나지가 않았다. 토요일 아침 마일스에게 자기가 저지른 짓을 말하자 그는 수상쩍을 정도로 열렬한 호응을 해왔다.

"잘됐어, 그래, 우리가 개빈을 부르지 않은 지 굉장히 오래됐지. 그리고 자기가 케이와 알게 됐다니 잘됐네."

"왜?"

"뭐, 자기는 리사와도 늘 사이가 좋았잖아, 안 그래?"

"마일스, 나는 리사가 진짜 싫었어."

"뭐, 좋아……. 그러면 케이를 더 좋아할지도 모르지!"

그녀는 대체 왜 이렇게 기분이 좋은가 생각하며 남편을 노려보았다. 주말을 맞아 집에 왔다가 비 때문에 집 안에 처박혀 있게 된 렉시와 리비가 거실에서 음악 DVD를 보고 있었다. 기타 반주의 발라드가 뻥뻥 울리며 부모가 서서 이야기를 나누고 있는 주방까지 퍼졌다.

"들어봐." 마일스가 자기 휴대전화를 휘두르며 말했다. "오브리가 의회 문제로 나하고 얘기를 좀 하고 싶대. 방금 아버지한테 전화를 했는데 파울리 부부가 우리 모두를 오늘 밤 스위트러브하우스의 만찬에 초대……."

"아니 됐어." 서맨사가 그의 말을 딱 자르며 말했다. 갑자기 자기 스스로도 설명하기 힘든 분노가 치밀어 올랐다. 그래서 그녀는 밖으로 나와버렸다.

그들은 그날 내내 집 안 구석구석에서 언성을 낮추고 말다툼을 하며, 딸들의 주말을 망치지 않으려 애썼다. 서맨사는 마음을 돌리기도 싫고 이유를 설명하기도 싫다고 버텼다. 마일스는 아내에게 화를 내는 게 두려워서 화해하려 들다가 쌀쌀맞게 굴기를 반복했다.

"자기가 안 가면 모양이 어떻겠어?" 그날 저녁 8시 10분 전, 그는 정장을 입고 당장이라도 갈 준비를 마친 채 거실 문턱에 서서 말했다.

"나하고는 아무 상관 없는 일이야, 마일스." 서맨사가 말했다. "공직에 출마한 건 자기잖아."

그녀는 남편이 쩔쩔매는 꼴을 보고 있는 게 좋았다. 지각할까 봐 무서워 죽겠으면서도 그녀를 설득해서 데리고 갈 수 없을까 생각하고 있다는 걸 잘 알았다.

"우리 둘 다 올 거라고 생각한다는 거 알잖아."

"정말? 아무도 나한테는 초대장을 안 보냈는데."

"아, 제발 이러지 마, 샘. 그 사람들 말이 무슨 뜻인지 알잖아. 당연히 그렇게……."

"그러면 더 바보지. 말했잖아, 내키지 않는다고. 서두르는 게 좋을 거야. 엄마하고 아빠를 기다리시게 해서야 되겠어."

그는 나갔다. 그녀는 자동차가 후진해 진입로를 빠져나가는 소리를 듣고 나서 주방으로 들어가 와인 한 병을 따서 술잔과 함께 거실로 들고 들어왔다. 하워드, 셜리, 그리고 마일스가 다 같이 스위트러브하우스에서 만찬을 즐기는 광경이 계속 눈앞에 떠올랐다. 아마 셜리가 수년 만에 느껴보는 황홀한 오르가슴이리라.

그녀의 생각은 불가항력적으로 주중에 회계사가 했던 말로 돌아갔다. 하워드에게는 잘난 척을 했지만 수익이 굉장히 떨어졌다. 회계사는 사실 가게 문을 닫고 온라인 사업에 주력하라는 제안을 했다. 이건 실패를 자인하는 꼴이었는데, 서맨사는 아직 그럴 준비가 되어 있지 않았다. 일단 가게 문을 닫으면 셜리가 굉장히 좋아할 터였다. 처음부터 그 일에 대해 지독하게 못되게 굴었던 것이다. *미안하구나, 샘, 정말 내 취향은 아니야……. 아주 약간 과하다 싶어…….* 그러나 서맨사는 야빌에 위치한 빨간색과 흑색으로 꾸며진 조그만 가게를 정말 사랑했다. 날마다 패그포드에서 벗어나 손님들과 수다를 떨고 점원 칼리와 남들의 뒷이야기를 하는 게 좋았다. 14년 동안 가꿔온 가게가 없다면 그녀의 세상은 손바닥만 할 것이다. 한마디로 말해 쪼그라들어 패그포드만 남을 것이다.

(패그포드, 빌어먹을 패그포드. 서맨사는 한 번도 여기 살 생각이 없었다. 그녀와 마일스는 일을 시작하기 전 1년 동안 나가서 세계 일주 여행을 하기로 했었다. 여행 일정도 다 짜놓고 비자도 준비해놓았다. 서맨사는 손에 손을 잡고 하얗고 긴 호주의 백사장을 거니는 꿈을 꾸었다. 그런데 임신했다는 사실을 알게 된 것이다.

그녀는 임신 검사를 받은 다음 날, '앰블사이드'로 그를 만나러 왔었다. 졸업식으로부터 일주일이 지났을 때였다. 여드레 후면 싱가포르로 떠날 예정이었다.

서맨사는 부모님 댁에서 마일스에게 그 말을 하고 싶지는 않았다. 혹시 그들이 엿들을까 봐 두려웠다. 셜리는 서맨사가 집 안에서 문을 열 때마다 그 뒤에 서 있는 것 같았다.

그래서 블랙캐년의 작은 모퉁이 테이블에 함께 앉게 될 때까지 기다렸다. 그 말을 했을 때 마일스의 턱이 뻣뻣해졌던 것이 기억났다. 그 소식에 얻어맞은 마일스는 뭐라 형용할 수 없이 나이가 들어 보였다.

그는 화석처럼 굳어버린 몇 초 동안 아무 말도 없었다. 그러더니 "좋아. 우리 결혼하는 거야"라고 말했다.

이미 자기가 반지를 사났고, 어디 좋은 데서 청혼할 계획을 세워두고 있었다고, 어디 에어스록(호주에 있는 세계 최대의 단일암체—옮긴이) 정상 같은 데서 청혼할 생각이었다고 말했다. 아니나 다를까, 집으로 돌아왔을 때 그는 벌써부터 배낭에 숨겨두었던 작은 상자를 꺼내왔다. 야빌의 보석상에서 산, 작은 다이아몬드 외알 반지였다. 할머니가 남겨주신 유산 일부로 샀다고 했다. 서맨사는 마일스의 침대 끝에 걸터앉아 울고 또 울었다. 그들은 3개월 후 결혼했다.)

와인 한 병만 들고 혼자 앉아서 서맨사는 텔레비전을 켰다. 렉시와 리비가 보던 DVD 화면이 나왔다. 몸에 꼭 끼는 티셔츠를 입은 네 청년들이 노래를 부르는 장면의 정지화면이었다. 10대 티를 채 벗지 못한 것 같은 앳된 남자애들이었다. 그녀는 재생 버튼을 눌렀다. 소년들이 노래를 끝내자 DVD가 인터뷰로 넘어갔다. 서맨사는 와인을 벌컥벌컥 마시며 밴드가 서로에 대한 농담을 하다가 갑자기 진지해지면서 팬들을 얼마나 사랑하는지 토로하는 걸 지켜보았다. 사운드가 꺼져 있었대도 미국 애들이라는 걸 알아볼 수 있었을 거라는 생각을 했다. 치열이 완벽했다.

시간이 늦어졌다. DVD를 일시정지에 놓고 2층으로 올라가 딸들에게 플레이스테이션 게임기는 이제 치우고 잠자리에 들라고 말했다. 그리고 거실로 내려왔다. 4분의 3 정도 마셔버린 와인 병이 놓여 있었다. 그녀는 불을 켜지 않았다. 재생 버튼을 누르고 계속 술을 마셨다. DVD

가 다 끝났을 때 그녀는 시작으로 다시 돌리고 놓친 부분을 보았다.

남자아이 한 명이 다른 셋보다 두드러지게 성숙해 보였다. 어깨도 훨씬 넓었다. 이두박근이 티셔츠의 짧은 소매 밑으로 툭 튀어나와 있었다. 두껍고 강한 목과 사각턱을 갖고 있었다. 서맨사는 웨이브를 추며 그 핸섬한 얼굴에 무심한 듯 진지한 표정을 띤 채 카메라를 똑바로 바라보는 그를 바라보았다. 그 얼굴에는 또렷한 이목구비와 둥그렇게 휜 검은 눈썹이 오밀조밀 들어차 있었다.

그녀는 마일스와의 섹스를 생각했다. 마지막으로 했던 게 3주 전이었다. 그의 행위는 프리메이슨의 악수처럼 뻔히 다 예상할 수 있었다. 그가 가장 좋아하는 격언은 "고장 나지 않았으면 고치지 말라"였다.

서맨사는 마지막으로 병에 남은 술을 잔에 따르고 스크린에 나오는 소년과 사랑을 나누는 상상을 했다. 요즘 그녀의 젖가슴은 브래지어를 하고 있을 때 더 보기가 좋았다. 누우면 사방으로 퍼졌던 것이다. 그러면 축 늘어지고 끔찍한 꼴이 된 기분이 들었다. 그녀는 자신의 모습을 상상했다. 강제로 벽에 밀어젖혀져 한 다리를 치켜 올린 채 허리까지 드레스가 올라가 있고, 그 힘센 검은 머리 소년이 청바지를 무릎까지 내리고 그녀 몸속에 힘차게 들어왔다 나갔다…….

위장 깊은 곳에서 거의 행복처럼 느껴지는 꿈틀거림이 이는 순간, 진입로로 돌아 들어오는 차 소리가 들리고 전조등 불빛이 어두운 거실을 빙 둘러 밝혔다.

그녀는 리모컨을 더듬거리며 뉴스로 돌렸는데, 그러는 데 시간이 지나치게 오래 걸렸다. 빈 와인 병을 소파 밑에 쑤셔 박고 거의 다 빈 잔을 소품으로 손에 꼭 쥐었다. 현관문이 열렸다 닫혔다. 마일스가 그녀 뒤로 들어섰다.

"왜 깜깜한데 여기 이러고 앉아 있어?"

그가 등불을 켜자 그녀가 올려다보았다. 양복 상의에 빗방울이 좀 떨어진 것 말고는 떠날 때와 다름없이 말쑥한 모습이었다.

"저녁은 어땠어?"

"좋았어." 그가 말했다. "다들 서운해했어. 오브리와 줄리아가 당신이 못 와서 유감이라고 하더라."

"아, 그렇겠지. 그리고 내가 장담하는데 당신 어머니가 실망해서 우셨을걸."

그는 90도 각도로 안락의자에 앉아 그녀를 물끄러미 쳐다보았다. 그녀는 눈에 들어간 머리카락을 쓸었다.

"이게 다 뭐하자는 거야, 샘?"

"모른다면 말인데, 마일스……."

하지만 그녀 자신도 확실히 알 수가 없었다. 아니 적어도, 푸대접을 받고 있다는 이 막연한 느낌을 어떻게 앞뒤가 딱딱 맞는 비난으로 축약해야 할지 알 수가 없었다.

"난 이해가 안 돼. 내가 자치구의회에 입후보하는 게 왜……."

"아, 제발, 마일스!" 그녀는 소리를 질렀고, 자기 목소리가 너무 커서 잠깐 당혹스러워졌다.

"제발, 나한테 설명을 좀 해줘." 그가 말했다. "그런다고 당신한테 뭐가 달라져?"

그녀는 남편의 현학적이고 법적인 사고방식에 맞게 또박또박 말하려고 애쓰며 무섭게 노려보았다. 남편의 사고방식은 어디 하나 쓸 데 없는 족집게와 같아서 한심한 말들만 쏙쏙 뽑아내면서도 더 큰 그림의 의미는 놓치기가 일쑤였다. 그녀가 어떤 말을 해야 그가 이해할 수 있겠는가? 하워드와 셜리가 끝도 없이 자치구의회 얘기를 하는 게 지옥처럼 지루하다고? 안 그래도 럭비 클럽이니 뭐니 좋았던 옛날 얘기를 끝도 없이 반복하고 직장에서 잘한 일을 자화자찬하고 사는 당신이 지루해 죽겠는데 여기다 필즈의 공무수행까지 더해야겠느냐고?

"글쎄, 난 우리한테 다른 계획이 있는 줄 알았는데." 서맨사는 불빛이 침침한 거실에서 말했다.

"어떤?" 마일스가 말했다. "무슨 소리 하는 거야?"

"우리 그랬었잖아." 서맨사는 파르르 떨리는 유리잔 테두리 너머로 또박또박 말했다. "애들이 학교 졸업하면 여행 가자고. 우리 그 약속은 했었지, 기억 나?"

마일스가 자치의원이 되겠다고 선언한 후부터 계속해서 그녀를 괴롭혀온 형체 없는 분노와 비참함 때문에 그때 못 간 여행을 한탄한 적은 한 번도 없었다. 하지만 이 순간에는 그게 진짜 문제인 것처럼 느껴졌다. 아니 적어도, 그게 그녀 내면에 존재하는 적의와 갈망을 동시에 표현하는 데 가장 가깝게 느껴졌다.

마일스는 전혀 영문을 몰라 어리둥절한 얼굴이었다.

"대체 당신 진짜 무슨 소리를 하는 거야?"

"렉시를 임신했을 때……." 서맨사는 큰 소리로 말했다. "그래서 여행을 못 가게 되었던 때, 그리고 당신네 빌어먹을 엄마가 우리를 2배속으로 결혼시켰을 때, 그리고 당신 아버지가 에드워드 콜린스에 취직을 시켜줬을 때, 당신이 말했잖아, *우리 둘 다 그러기로 했잖아,* 아이들이 다 크고 나면 멀리 떠나서 그때 못 했던 일들을 다 하자고."

그는 천천히 고개를 흔들었다.

"이건 처음 듣는 소리야." 그가 말했다. "대체 어디서 나온 얘기야?"

"마일스, 우리는 블랙캐넌에 있었어. 내가 아기를 가졌다고 말했고, 당신이 말했어. 제기랄, 마일스, 내가 아기를 가졌다고 말했더니, 당신이 약속했어, *약속했다고*……."

"휴가 가고 싶은 거야?" 마일스가 말했다. "그거야? 휴가를 가고 싶어?"

"아니, 마일스. 망할 놈의 휴가 따위는 가고 싶지 않아. 나는…… 기억 안 나? 아이들이 다 자라면 1년 쉬면서 나중에 여행을 하기로 했잖아!"

"좋아, 그럼." 그는 꿈쩍도 하지 않았다. 그녀의 말은 대충 묵살하기로 작정하고 있었다. "좋아. 4년 후에 리비가 열여덟 살이 되면, 그때 다시 얘기를 해보자고. 내가 자치의원이 되는 게 이런 일에 대체 무슨 영향이 있는 건지 모르겠군."

"뭐, 살아 있는 여생 동안 당신과 당신 부모님이 필즈 얘기로 징징거리는 소리를 듣고 있어야 하는 그 빌어먹을 *권태로움을* 빼고도 말이지……."

"우리 살아 있는 여생?" 그는 비웃었다. "살아 있는 여생이 아니면……?"

"꺼져." 그녀가 내뱉었다. "그렇게 잘난 척하지 마시고, 마일스. 당신 어머니라면 감명을 받을지 몰라도……."

"뭐, 솔직히 말해서, 난 문제가 뭔지 아직도 전혀 모르겠……."

"*문제*가 뭐냐 하면 이게 우리 *미래*가 걸린 일이라는 거야, 마일스. 우리 미래. 그리고 나는 4년 후에 그 망할 얘기를 하고 싶지 않아. *지금 당장* 얘기하고 싶다고!"

"당신 뭘 좀 먹는 게 좋겠어." 마일스가 말했다. 그러더니 일어섰다. "마실 건 충분히 들어간 거 같으니까."

"엿이나 먹어, 마일스!"

"미안한데, 그렇게 사람을 매도할 거면……."

그는 돌아서서 방에서 나가버렸다. 그녀는 그의 등 뒤로 와인 잔을 던지고 싶은 걸 가까스로 참았다.

의회. 거기 들어가면 절대 나오지 않을 것이다. 절대 그 의석을, 패그포드의 잘난 실세가 될 기회를 결코 포기하지 않을 것이다. 하워드처럼. 그는 새로이 패그포드에 충성을 맹세할 것이다. 자기가 태어난 고향에 했던 서약을 갱신하고, 침대에 걸터앉아 흐느껴 울던, 제정신이 아니었던 새 약혼녀에게 약속했던 것과는 전혀 다른 미래에 투신할 것이다.

그들이 마지막으로 세계 여행 이야기를 했던 때가 언제였던가? 확실히 생각도 나지 않았다. 아마도 오래전 까마득히 오래전, 하지만 오늘 밤 서맨사는 적어도 그녀는 한 번도 마음을 바꾼 적이 없었다고 확신했다. 그렇다, 그녀는 항상 그들이 짐을 꾸려 떠날 언젠가를 고대해왔다. 열기와 자유를 찾아서, 패그포드와 셜리와 몰리슨앤드로와 비와 치졸함과 늘 똑같은 세상으로부터 지구 반 바퀴 떨어진 곳으로. 어쩌면 그녀가 호주의 하얀 백사장과 싱가포르를 갈망을 담아 생각하지 않은 지 오래되었는지도 모른다. 그러나 여기서, 패그포드에 갇힌 채 마일스가 천천히 하워드로 변해가는 꼴을 도리 없이 지켜보고 있는 것보다는, 무거운 허벅지와 튼 뱃살을 안고서라도 차라리 거기 있고 싶었다.

그녀는 소파에 풀썩 주저앉아 리모컨을 손으로 더듬어 다시 리비의 DVD로 스위치를 돌렸다. 이제 흑백으로 나오는 밴드는 노래를 부르며 인적 없는 긴 해변을 천천히 걷고 있었다. 어깨가 넓은 소년의 셔츠 자락이 산들바람에 팔락거리고 있었다. 그의 배꼽에서 청바지 속으로 희미한 솜털 자국이 이어져 있었다.

V

《야빌지역신문》의 앨리슨 젠킨스는 야빌의 수많은 위든 가 중에서 어느 집이 크리스털을 데리고 살고 있는지를 마침내 찾아냈다. 어려운 일이었다. 그 주소에는 유권자로 등록된 사람이 아무도 없었고 그 사유지로 연결된 전화번호도 전혀 없었다. 앨리슨은 일요일에 직접 폴리 로드를 방문했지만 크리스털이 나가고 없었고, 의심 많고 적대적인 테리는 아이가 언제 돌아오는지 거기 살고 있기는 한지 아무것도 확인해주지 않았다.

크리스털은 기자가 차를 타고 떠난 후 불과 20분 만에 집에 돌아왔고 그녀와 어머니는 또 한번 언쟁을 했다.

"왜 그 여자한테 좀 기다리라고 말을 안 했어? 필즈하고 또 이런저런 걸로 나를 인터뷰하려고 했단 말이야!"

"널 인터뷰해? 퍽이나. 지랄, 뭐 때문에?"

말다툼은 점점 고조되었고 크리스털은 다시 집을 나가버렸다. 운동복 바지 차림으로 테리의 휴대전화를 든 채 니키의 집으로 가버렸다. 그녀는 자주 이 전화기를 가지고 휙 나가버리곤 했다. 엄마가 다시 내놓으라고 했지만 크리스털이 어디 있는지 모른다고 하는 바람에 수많은 언쟁들이 촉발되곤 했다. 막연하게 크리스털은 기자가 어떻게든 그 전화번호를 알아내 직접 전화하기를 바랐다.

그녀가 북적거리고 시끄러운 쇼핑센터 카페에서 니키와 리앤에게 기자에 대한 얘기를 다 해주고 있는데 휴대전화가 울렸다.

"누구? 기자, 같은 사람이에요?"

"……누구……테리?"

"크리스털이에요. 누구세요?"

"……너희……마……생이다."

"누구?" 크리스털이 버럭 소리를 쳤다. 휴대전화에 대지 않은 귀를 한 손가락으로 꼭 막고서, 빽빽하게 들어찬 테이블들을 이리저리 피해 가며 좀 더 조용한 곳을 찾아갔다.

"다니엘 이모." 수화기 너머로 여자가 큰 소리로 또렷하게 말했다. "네 엄마 동생이다."

"아, 네." 크리스털은 낙심했다.

씨발 속물 같은 년, 테리는 다니엘의 이름이 나오면 늘 말하곤 했다. 크리스털은 다니엘 이모를 만나본 적이 있는지도 생각이 나지 않았다.

"너희 증조할머님 일이다."

"누구요?"

"*나나 캐스.*" 다니엘이 답답하다는 듯 말했다. 크리스털은 쇼핑센터 앞마당이 내려다보이는 발코니에 도착했다. 여기서는 수신 상태가 좋았다. 그녀는 발길을 멈추었다.

"할머니가 어디 잘못됐어요?" 크리스털이 말했다. 어린 시절 지금 앞에 있는 것과 비슷한 난간 위에서 공중돌기를 할 때처럼 위장이 거꾸로 뒤집어지는 기분이었다. 10미터 아래에서 인파가 파도처럼 흘러가고 있었다. 쇼핑백을 들고, 유모차를 밀고 아장아장 걷는 아이들을 질질 끌고서.

"지금 사우스웨스트 종합병원에 계셔. 거기 계신 지 일주일 됐다. 중풍이 들었대."

"일주일이나 입원하셨다고요?" 크리스털의 위장은 아직도 낙하하고 있었다. "아무도 우리한테 말 안 해 줬는데."

"그래, 뭐, 제대로 말씀을 못 하셔. 하지만 네 이름을 두 번이나 말씀 하시더라."

"내 이름요?" 크리스털이 휴대전화를 꼭 움켜쥐며 말했다.

"그래. 널 보고 싶으신 거 같아. 상태가 위중해. 회복을 못 하실지도 모른다더라."

"병동이 어딘데요?" 크리스털이 말했다. 마음속이 웅웅 울렸다.

"12병동. 중환자실. 면회시간은 12시에서 4시, 6시에서 8시야. 알았니?"

"어……?"

"끊어야겠다. 네가 혹시 할머니를 뵙고 싶어 할까 해서 알려주러 전화했을 뿐이다. 잘 있어."

전화가 끊겼다. 크리스털은 귀에서 휴대전화를 내리고 액정화면을 물끄러미 들여다보았다. 엄지로 계속 버튼을 눌렀지만 "차단"이라는 단어밖에 나오지 않았다. 이모는 그녀의 전화번호를 수신 차단으로 해놓았다.

크리스털은 다시 니키와 리앤에게 돌아갔다. 그들은 뭔가 잘못됐다는 걸 금세 알아챘다.

"가서 만나." 니키가 자기 휴대전화로 시간을 확인하며 말했다. "2시면 도착할 거야. 버스 타."

"그래." 크리스털이 멍하니 말했다.

엄마를 데려갈까 생각했다. 엄마와 로비도 데리고 나나 캐스를 보러 가야겠다고 생각했지만 1년 전에 엄청나게 큰 다툼이 있었고 그 후로 엄마와 나나 캐스는 연락을 끊었다. 크리스털은 테리를 데리고 병원에 가려면 굉장히 힘들게 오래 설득해야 할 게 분명한데, 나나 캐스가 엄마를 보고 과연 좋아할지도 잘 알 수가 없었다.

상태가 위중해. 회복을 못 하실지도 모른다더라.

"너 돈 넉넉히 갖고 있어?" 셋이 정류장까지 길을 걸어가는데, 리앤이 자기 호주머니를 뒤적거리며 말했다.

"응." 크리스털이 확인해봤다. "병원까지는 겨우 1파운드잖아, 그렇지?"

27번 버스가 오기 전에 짬을 내어 셋은 담배 한 개비를 나눠 피웠다. 니키와 리앤은 어디 좋은 데로 보내는 것처럼 손을 흔들어 마중을 해주었다. 마지막 순간에 크리스털은 겁이 덜컥 나서 "같이 가!"라고 소리를 지르고 싶어졌다. 하지만 그때 버스가 출발했고 니키와 리앤은 벌써 수다를 떨며 돌아서고 있었다.

좌석은 쿡쿡 배겼고 낡고 냄새나는 천으로 덮여 있었다. 버스는 터덜터덜 도로를 달리더니 곧장 우회전을 해서 온갖 이름난 상점들이 늘어선 대로로 접어들었다.

두려움이 크리스털의 배 속에서 태아처럼 파닥거렸다. 그녀는 나나 캐스가 점점 나이 들고 쇠약해지고 있다는 사실은 알고 있었지만, 왠지 막연하게, 회춘하셔서 까마득하게 오래 지속된 듯한 전성기로 돌아가실 거라고 생각했었다. 왜냐하면 할머니의 머리카락은 까맣고 척추도 곧고 신랄한 혀만큼이나 기억도 날카로웠기 때문이었다. 나나 캐스가 죽을 거라는 생각은 한 번도 해보지 못했다. 늘 터프하고 천하무적이라고만 생각했을 뿐. 그런 가능성을 생각해보기라도 했으면 나나 캐스의 가슴이 기형이라는 사실이나 지그재그로 얼굴에 난 헤아릴 수도 없는 주름들이, 생존하기 위해 벌여온 나나 캐스의 성공적인 전투로 인한 영예로운 흉터라 여겼을 텐데. 크리스털과 가까운 사람 중에 노환으로 죽은 사람은 아무도 없었다.

(외가에는 유독 요절이 잦았다. 가끔은 심지어 얼굴과 몸이 깡마르고 피폐해질 여유도 없이 말이다. 크리스털이 여섯 살 때 발견한 시체는 조각처럼 하얗고 어여쁜 젊은 남자였다. 아니 적어도 그녀 기억으로는

그랬다. 그러나 가끔은 그 기억이 뒤죽박죽이라 의심스럽게 느껴질 때도 있었다. 무엇을 믿어야 할지 알기가 어려웠다. 어렸을 때 들은 말인데도 나중에 어른들이 아니라고 잘못 들은 거라고 부정하는 경우도 종종 있었다. 그녀는 테리가 "그 사람이 네 아빠였어"라고 말하는 걸 틀림없이 들었다고 맹세라도 할 수 있었다. 하지만 한참 후에는 "바보 같은 소리 하지 마. 네 아빠는 안 죽었어. 브리스톨에 있잖아?"라고 말했다. 그래서 크리스틸은 '똥차'와 자기를 연결시키느라고 애써야 했다. 그게 다들 아버지를 부르는 별명이라고 했다.

하지만 그녀의 뒤에는 항상 나나 캐스가 있었다. 그녀는 패그포드에서 준비된 채 기다리고 있는 나나 캐스가 있어 수양부모의 보호를 피할 수 있었다. 불편할지는 몰라도 강력한 안전망이었다. 나나 캐스는 욕설을 퍼붓고 길길이 뛰며 테리와 사회복지사 양쪽에 똑같이 공격적으로 달려들어서 그녀를 낚아채서는, 그녀에게도 똑같이 화를 내며 자신의 집으로 데리고 갔다.

크리스틸은 자기가 호프 스트리트의 그 작은 집을 사랑했는지 증오했는지 알 수 없었다. 추레하고 표백제 냄새가 났다. 옴짝달싹도 못 하게 갇혀 있는 기분이 들었다. 그렇지만 동시에, 그곳은 안전했다. 철저히 안전했다. 나나 캐스는 공인된 사람들만 문 안으로 들였다. 욕조 끝에는 유리단지에 든 구식 입욕제가 놓여 있었다.)

막상 갔는데 나나 캐스의 침대맡에 다른 사람들이 있으면 어떻게 할까? 친척의 절반은 얼굴도 모르는 사람들이고, 혈연관계가 있는 낯선 사람들과 맞닥뜨리게 될지도 모른다는 생각은 너무 무서웠다. 테리는 이복 자매들이 몇 명 있었는데, 아버지의 수많은 여자관계에서 파생된 이들 중에는 테리도 만난 적 없는 사람도 있었다. 그러나 나나 캐스는 아들들이 생산해낸 거대하고 절연된 가족과 집요하게 연락을 취하며,

모두의 소식을 알고 지내려고 애썼다. 그래서 크리스털이 거기 살던 시절에도 긴 세월에 걸쳐 뜨문뜨문 그녀가 모르는 친척이 나나 캐스의 집에 나타나는 때가 있었다. 크리스털은 그들이 자기를 곁눈질로 흘겨보며 언성을 낮춰 나나 캐스에게 자기에 대해 속살거린다고 생각했다. 그녀는 그들이 떠나고 나나 캐스를 독차지하게 될 때까지 모른 척 기다렸다. 특히 그녀는 나나 캐스의 삶에 다른 어린애가 있다는 사실 자체가 싫었다.

("누구예요?" 크리스털은 아홉 살 때 나나 캐스의 협탁에서 팩스턴 고등학교 교복을 입은 두 소년의 사진 액자를 질투심에 차 가리키며 물었던 적이 있다.

"걔들은 내 증손자들이지." 나나 캐스가 말했다. "하나는 댄이고 하나는 리키다. 네 사촌들이야."

크리스털은 그런 애들이 사촌이라는 게 싫었고, 그 사진들이 나나 캐스의 협탁 위에 놓여 있는 것도 싫었다.

"그런데 저건 누구예요?" 금발의 곱슬머리를 한 여자애를 가리키며, 따지듯 물었다.

"그건 우리 마이클의 어린 딸 리아논이 다섯 살 때 사진이지. 예쁘지, 안 그러니? 하지만 무슨 아랍 사람하고 결혼했다더라." 나나 캐스가 말했다.

나나 캐스의 협탁에는 로비의 사진이 한 번도 놓인 적이 없었다.

그래 누가 아버지인 줄도 모른다 이거지, 이 화냥년아? 이제 너한테는 손 떼겠다. 해도 해도 너무하는구나, 테리. 이제 질렸어. 네 일은 이제 네가 알아서 해라.)

버스가 터덜터덜 시내를 통과해 일요일 오후의 쇼핑객들을 모두 지나쳤다. 크리스털이 어렸을 때 테리는 거의 주말마다 크리스털을 야빌

중심가로 데려오곤 했다. 유모차를 탈 나이가 훨씬 지나고 나서도 억지로 유모차에 태워 밀고 다녔는데, 유모차가 있으면 훔친 물건을 숨기기가 훨씬 쉬웠기 때문이었다. 아이 다리 밑으로 슬쩍 밀어 넣기도 하고 좌석 밑에 달린 바구니 속 가방에다 쑤셔 넣기도 했다. 가끔 테리는 얘기를 하고 지내는 사이인 자매 셰릴과 함께 유모차를 나란히 끌고 소매치기 여행을 나가곤 했다. 셰릴은 셰인 털리와 결혼한 사이였다.

셰릴과 테리는 필즈에서 길을 네 번 건너는 거리에 살고 있었고, 싸움을 할 때는 험한 욕설로 주변 공기를 꽁꽁 얼어붙게 했다. 흔히 있는 일이었다. 크리스털은 그녀와 사촌 털리네가 말을 하고 사는 사이인지 아닌지 도저히 알 수가 없어서 아예 신경을 끊어버렸지만, 데인하고는 만날 때마다 얘기를 했다. 그들은 열네 살 때 유원지에서 사과주 한 병을 나눠 마신 후에 그걸 한 번 한 적도 있다. 그 후로 둘 중 아무도 그 말을 꺼내지 않았다. 크리스털은 사촌하고 하는 게 법에 어긋나는지 아닌지 아리송했다. 니키가 뭐라고 했는데, 그 말이 왠지 불법이라는 느낌을 갖게 했다.

버스가 사우스웨스트 종합병원 정문으로 이어지는 길로 접어들더니 거대한 직사각형의 회색 유리 건물 앞 18미터 되는 곳에 정차했다. 깔끔한 잔디밭이 군데군데 깔려 있고 작은 나무 몇 그루, 그리고 표지판 기둥들이 여럿 모여 서 있었다.

크리스털은 할머니 두 분을 따라 버스에서 내려 운동복 주머니에 손을 찔러 넣고 서서 주변을 둘러보았다. 다니엘이 가르쳐준 나나 캐스의 병동이 어디였는지 벌써 잊어버렸다. 12번이라는 번호밖에 기억이 나지 않았다. 무심하게 제일 가까운 표지판 기둥에 다가가서 어쩌다 보게 된 것처럼 흘긋 곁눈질을 했다. 기둥에는 줄줄이 불가해한 활자들이 적혀 있었고 단어들은 다 크리스털의 팔 길이만큼 길었으며 왼쪽, 오른쪽, 대각선 방향을 가리키는 화살표들이 그려져 있었다. 크리스털은 읽기에 능숙하지 않았다. 이렇게 엄청난 양의 단어들 앞에 서니 주눅도 들면서 공격성이 솟구쳤다. 몇 번 더 화살표를 슬쩍슬쩍 훔쳐보다가 번호가 없는 게 분명하다고 결론을 내리고 두 할머니들을 따라 본관 정면의 유리문으로 들어갔다.

로비는 표지판 기둥보다 더 복잡하고 혼란스러웠다. 메인 홀에 있는 북적거리는 상점은 바닥에서 천장까지 이어지는 통유리 창으로 구획되어 있었고, 줄줄이 놓인 플라스틱 의자들은 샌드위치를 먹는 사람들로 가득 찬 것 같았다. 한쪽 구석에는 만석의 카페가 하나 있고 로비 한가운데에 육각형의 카운터 같은 게 있어서 여자들이 컴퓨터를 보며 문의에 답하고 있었다. 크리스털은 양손을 주머니에 넣고 그리로 걸어갔다.

"12병동이 어디예요?" 크리스털이 퉁명스러운 목소리로 한 여자에게 물었다. "3층." 여자 역시 그녀와 같은 말투로 대꾸했다.

크리스털은 자존심이 상해서 더 이상은 묻고 싶지가 않았고, 그래서 돌아서서 걸어가다가 로비 반대편 끝에서 엘리베이터를 발견하고 올라가는 엘리베이터 하나를 잡아탔다.

병동을 찾는 데 거의 15분이 걸렸다. 어째서 숫자니 화살표 같은 건 안 써놓고 이렇게 멍청하게 긴 단어들만 붙여놓은 걸까? 리놀륨이 깔린 바닥에 운동화 소리를 찍찍 내며 연녹색의 복도를 걷고 있는데 누가 그녀의 이름을 불렀다.

"크리스털?"

셰릴 이모였다. 덩치도 크고 어깨도 넓은 사람이 데님 치마와 타이트한 하얀 조끼를 입고 바나나처럼 노랗고 뿌리 쪽은 새까만 머리를 하고 있었다. 손등 뼈에서 두꺼운 팔뚝 끝까지 문신을 하고 양쪽 귀에는 커튼 고리처럼 커다란 금색 링 귀걸이를 주렁주렁 달고 있었다. 손에는 코카콜라 캔을 들고 있었다.

"결국 싫다고 했구나?" 셰릴이 말했다. 그녀의 맨다리가 보초병처럼 든든하게 떡 벌리고 땅을 단단히 밟고 있었다.

"누구요?"

"테리. 안 오겠대?"

"엄마는 아직 몰라요. 저도 방금 들어서. 다니엘 이모가 전화해서 말해줬어요."

셰릴이 고리에 손을 넣고 콜라 뚜껑을 따더니 꿀꺽꿀꺽 마셨다. 콘비프처럼 얼룩덜룩한, 그 넓적하고 판판한 얼굴에 박혀 푹 꺼진 작은 눈이 깡통 너머로 크리스털을 찬찬히 훑어보고 있었다.

"일이 났을 때 다니엘한테 전화 좀 해보라고 했어. 집 안에 사흘이나 누워 있었는데 아무도 몰랐다더라. 꼬락서니가 진짜. 아주 지랄 맞아."

크리스털은 왜 얼마 되지도 않는 거리인데 폴리 로드까지 직접 와서 테리에게 소식을 전해주지 않았느냐고 셰릴에게 묻지 않았다. 보아하니 자매가 또 불화 중인 모양이었다. 도무지 따라가기가 힘들었다.

"어디 계세요?" 크리스털이 물었다.

셰릴이 길을 안내했다. 플라스틱 슬리퍼가 바닥에 부딪혀 철썩철썩 소리를 냈다.

"어이." 들어가면서 그녀가 말했다. "네 문제로 기자한테 전화를 받았다."

"그래요?"

"전화번호를 주더라."

크리스털은 몇 가지 더 물어보고 싶었지만 아주 조용한 병동에 들어가자 갑자기 겁이 덜컥 났다. 냄새가 마음에 들지 않았다.

나나 캐스는 거의 알아보기도 힘든 몰골이었다. 한쪽 얼굴은 철사로 끌어당긴 것처럼 끔찍하게 뒤틀려 있었다. 입도 한쪽이 끌려 올라간 형상이었다. 심지어 눈도 축 처진 것 같았다. 튜브가 테이프로 고정되어 있었고 팔에는 바늘이 꽂혀 있었다. 똑바로 누워 있으니 가슴의 기형이 훨씬 더 눈에 잘 띄었다. 침대 시트가 이상한 데서 올라갔다 내려갔다 했다. 꼭 앙상한 목이 달린 기괴한 머리가 통에서 튀어나오는 것처럼.

크리스털이 곁에 앉아도 나나 캐스는 아무런 움직임도 보이지 않았다. 그냥 빤히 쳐다보기만 했다. 작은 한 손이 살짝 떨렸다.

"말씀은 안 하시는데, 어젯밤에 네 이름을 두 번이나 부르셨어." 셰릴이 캔 테두리 너머로 울적하게 바라보며 말했다.

크리스털은 가슴속이 딴딴하게 굳는 느낌이 들었다. 손을 잡으면 나나 캐스가 아플지 알 수가 없었다. 손가락을 살금살금 움직여 나나 캐스의 손에서 얼마 떨어지지 않은 데까지 다가갔지만, 그냥 시트 위에 가만히 올려두었다.

"리안논이 왔었어." 셰릴이 말했다. "존과 수도. 수는 앤마리한테 연락을 해보겠다고 했어."

크리스털의 기분이 순식간에 확 피었다.

"어디 있는데요?" 셰릴에게 물었다.

"프렌셰이 웨이 근처 어디 있다더라. 이제 아기 엄마가 된 거 아니?"

"네, 들었어요." 크리스털이 말했다. "딸이래요, 아들이래요?"

"몰라." 셰릴이 콜라를 들이켜며 말했다.

학교에서 누가 말해주었다. *어이, 크리스털, 네 언니가 임신했다더라!* 그 소식을 듣고 들뜨고 기뻤다. 아기는 본 적이 없지만 이모가 되었다. 평생 동안 그녀는 앤마리가 있다는 생각 자체가 무척 좋았다. 크리스털이 태어나기도 전에 빼앗긴 언니. 마치 동화 속의 캐릭터처럼, 테리의 화장실에서 죽은 아름답고 신비스러운 남자처럼 다른 차원으로 사라져버린 존재였다.

나나 캐스의 입술이 달싹였다.

"네?" 크리스털이 허리를 바짝 굽혔다. 반쯤 겁이 나고 또 한편으로 무지하게 기뻤다.

"뭐 필요한 거 있으세요, 나나 캐스?" 셰릴이 물었다. 그 목소리가 어찌나 우렁찬지 다른 침상에서 속삭이던 방문객들이 눈총을 주었다.

크리스털의 귀에는 씩씩거리고 덜거덕거리는 소리만 들렸지만 나나 캐스는 분명히 뭔가 말하려고 하고 있었다. 셰릴이 침대 반대편에서 침대 머리맡의 금속 봉을 붙잡고 몸을 굽혔다.

"……오……으음." 나나 캐스가 말했다.

"네?" 크리스털과 셰릴이 한목소리로 말했다.

눈이 아주 미세하게 움직였다. 곱이 끼어 번들거리는 흐릿한 눈이, 증조할머니의 몸 위로 바짝 허리를 굽히고 어리둥절한 채 한마디도 놓치지 않으려고 집중하고 있는, 겁먹은 크리스털의 매끈하고 젊은 얼굴을, 벌린 입을 바라보았다.

"……오정……." 갈라진 늙은 목소리가 말했다.

"당신이 무슨 말 하시는지도 몰라요." 옆 병상에 병문안을 온 소심한 남녀를 보고 어깨 너머로 외쳤다. "빌어먹을 마룻바닥에 사흘이나 쓰러져 있었으니, 당연한 일 아니겠어요?"

그러나 눈물 때문에 크리스털은 눈앞이 온통 흐릿해졌다. 유리창이 높은 병동은 하얀빛과 그림자로 녹아 사라져버렸다. 물을 차며 올라갔다 내려오는 노의 움직임에 반짝이는 파편들로 부서져 쏟아지던, 짙은 초록색 수면에 찬란하게 번득이는 햇빛의 섬광이 눈앞에 보이는 것만 같았다.

“네.” 그녀는 나나 캐스에게 속삭여 말했다. “네, 조정하러 가요, 할머니.”

그러나 더 이상 사실이 아니었다. 페어브라더 씨가 죽고 없었으니까.

VI

“얼굴에 좆도 무슨 짓을 한 거냐? 또 자전거에서 떨어졌어?” 팻츠가 물었다.

“아니.” 앤드루가 말했다. “사이파이한테 맞았어. 빌어먹을 새끼한테 페어브라더 건은 잘못 짚었다고 말해주려고 했더니.”

그와 아버지는 땔감 창고에서 거실 벽난로 양쪽에 놓아두는 바구니를 채우고 있었다. 사이먼이 땔나무로 앤드루의 머리를 쳐서 땔감 더미에 쓰러뜨리는 바람에 여드름으로 뒤덮인 뺨이 다 까졌다.

나보다 세상 돌아가는 걸 네놈이 더 잘 안다고 생각하는 거냐, 이 여드름쟁이 새끼야? 이 집구석 일을 어디 가서 한마디라도 떠벌리기만 하면……

안 그랬어요……

널 산 채로 껍데기를 벗겨버릴 거다, 내 말 알아들었냐? 페어브라더도 챙겨 먹고 있지 않았는지, 그걸 네가 어떻게 알아, 어? 그리고 다른 새끼는 그냥 멍청해서 걸린 거였으면 어떡할래?

그리고 자존심 때문인지 반항심 때문인지, 아니면 공돈에 대한 환상에 상상력을 너무 심하게 휘어잡혀 사실이야 어떻든 개의치 않게 된 탓인지, 사이먼은 신청서를 제출해버렸다. 굴욕은, 틀림없이 온 가족이 대가를 치러야만 할 굴욕은 이제 기정사실이었다.

사보타주. 앤드루는 그 말을 곰곰이 생각했다. 공돈을 꿈꾸다가 기어 올라간 저 높은 곳에서 아버지를 추락시키고 싶었고, 가능하다면 사이먼이 자기 야망을 무산시킨 게 과연 누구 짓인지 끝내 알지 못하게 하고 싶었다(죽지 않고 영광을 누리는 쪽이 더 좋았으니까).

아무한테도, 심지어 팻츠에게도 털어놓지 않았다. 팻츠에게는 거의 무슨 말이든 다 하는 사이였지만 몇 가지 생략한 것들은 어마어마하게 광대한 주제들이었다. 자기 내면의 공간을 거의 다 차지하는 것들이었으니까. 팻츠의 방에서 딱딱하게 발기한 채 인터넷으로 "여자끼리 하는 짓"을 찾는 건 그렇다 치자. 가이아 보든과 대화를 나누려면 어떻게 해야 할지 고심하는 데 자기가 얼마나 강박적으로 골몰하고 있는지 털어놓는다는 건 완전히 다른 문제였다. 그와 마찬가지로, 커비홀에 앉아서 아버지를 개새끼라고 부르는 건 그렇다 쳐도, 사이먼이 분노하면 자기 손이 차가워지고 속이 다 뒤집혀 욕지기가 올라오는 기분이라는 얘기는 절대로 할 수 없었다.

그러다가 모든 걸 바꾸어놓은 때가 왔다. 시작은 니코틴과 미녀에 대한 갈망에 불과했다. 마침내 비가 그쳤고, 패그포드의 비좁은 거리들을 뚫고 덜컹거리고 꿀렁대는 스쿨버스 창유리에 비늘처럼 두껍게 앉은 먼지 위로 창백한 봄날의 햇살이 반짝거렸다. 앤드루는 뒷자리 근처에 앉아 있어서 가이아를 볼 수가 없었다. 가이아는 수크빈더와 최근 학교로 돌아온 아버지 잃은 페어브라더네 딸들 옆자리에 끼어 앉아 있었다. 하루 종일 가이아를 거의 보지 못했고, 이젠 위안 거리라고는 김 빠진 페이스북 사진들밖에 없는 황량한 저녁을 보내게 생긴 참이었다.

버스가 호프 스트리트에 다가가자, 부모님이 둘 다 집에 안 계셔서 자기가 안 들어가도 모를 거라는 생각이 앤드루의 뇌리를 스쳤다. 팻츠한테 받은 담배 세 개비가 주머니 속에 들어 있었다. 그리고 가이아가 일어나려 하고 있었다. 의자 등에 붙은 손잡이를 단단히 잡고서 버스에서 내릴 준비를 하면서도 여전히 수크빈더 자완다와 이야기를 나누고 있었다.

안 될 게 뭐야? 왜 안 돼?

그래서 그도 내렸다. 어깨에 가방을 둘러메고 버스가 서자 차에서 내리는 두 소녀의 뒤를 따라 씩씩하게 통로를 걸어갔다.

"집에서 보자." 그는 소스라치게 놀란 폴을 지나치면서 한마디 던졌다.

햇살 환한 인도로 그가 내려서자 버스가 덜컹거리며 떠났다. 담뱃불을 붙이며, 오므린 손 위로 가이아와 수크빈더를 바라보았다. 그들은 호프 스트리트에 있는 가이아네 집으로 가지 않고 광장 쪽으로 여유롭게 걸어가고 있었다. 담배를 피우고, 자기가 알고 있는 사람 중에 가장 남의 눈을 신경 쓰지 않는 팻츠를 따라 무의식적으로 살며시 인상을 쓰면서, 앤드루는 그들을 뒤따라갔다. 눈으로는 어깨뼈에 찰랑거리는 가이아의 구릿빛 도는 갈색 머리칼과 살랑거리는 치마 아래로 흔들리는 골반을 실컷 만끽하면서.

두 소녀는 광장에 가까워지자 발걸음을 늦추더니 몰리슨앤드로로 다가갔다. 광장에서 외관이 가장 인상적인 몰리슨앤드로는 전면에 파란색과 금색 글씨로 쓴 간판을 달고 꽃바구니 네 개를 달아놓았다. 앤드루는 주춤하며 물러섰다. 여자애들은 멈춰 서서 새 카페 유리창에 붙어 있는 작고 하얀 표지판을 살펴보더니 식료품점 안으로 사라졌다.

앤드루는 일단 광장을 한 바퀴 둘러 걸었다. 블랙캐넌과 조지 호텔을 지나쳐 한 표지판 앞에서 발길을 멈췄다. 그건 주말에 일할 직원을 구하는 손으로 쓴 공고였다.

특히 그때 유달리 심하게 돋아난 여드름에 과민해져서, 그는 담배 끝의 재를 털고 긴 꽁초를 다시 주머니에 넣은 후 가이아와 수크빈더를 따라 안으로 들어갔다.

소녀들은 귀리 비스킷과 크래커 상자들이 높이 쌓여 있는 작은 테이블 옆에 서서 사냥 모자를 쓴 거구의 사내가 카운터 뒤에서 나이 지긋한 손님과 이야기를 나누고 있는 모습을 지켜보았다. 문에 달린 종이 딸랑거리자 가이아가 뒤돌아보았다.

"안녕." 앤드루가 말했다. 입이 바짝바짝 말랐다.

"안녕." 그녀가 대답했다.

자신의 대담성에 눈이 멀어 앤드루는 더 가까이 다가갔는데, 어깨에 걸친 책가방이 패그포드 안내서와 〈서부지방 전통 요리〉가 전시된 회전 스탠드에 부딪히고 말았다. 그는 스탠드를 손으로 잡아 균형을 잡아놓고, 황급히 책가방을 내려 들었다.

"너도 일자리 찾아왔니?" 가이아가 그 기적 같은 런던 억양으로 조용히 말했다.

"그래." 그가 말했다. "너도?"

그녀가 고개를 끄덕였다.

"건의사항 페이지에다가 잘 보이게 올려놓게, 에디." 하워드가 손님에게 쩌렁쩌렁 울리는 목소리로 말했다. "패그포드 자치구의회 웹사이트에다가 올리라고. 그러면 내가 자네 대신 안건으로 올려주지. 단어를 전부 붙여 써. PagfordParishCouncil.co.uk / SuggestionPage. 아니면 링크로 들어가. 패그포드……." 그는 남자가 떨리는 손으로 종이와 펜을 꺼내 들자 천천히 다시 한 번 되풀이해 말해주었다. "……자치구……."

하워드의 눈이 짭짤한 비스킷 옆에서 조용히 기다리고 있는 세 명의 10대들을 날카롭게 훑었다. 윈터다운의 불량한 교복을 입고 있었다.

방종과 변형을 너무 심하게 허락해서 교복이라고 하기도 힘들었다. (깔끔한 타탄체크 스커트와 블레이저로 구성된 세인트앤스의 교복과 달리 말이다.) 그럼에도 불구하고 하얀 여자애는 눈부시게 아름다웠다. 하워드가 이름도 기억 못 하는 못생긴 자완다네 집 여식과 지독하게 피부가 뒤집어진 쥐색 머리칼의 소년에 비하면, 정교하게 세공된 다이아몬드였다.

손님이 가게 문을 끼익 열고 나가자 종이 딸랑거렸다.

"무슨 용건이냐?" 하워드가 눈으로는 가이아를 바라보며 말했다.

"네." 가이아가 앞으로 나서며 말했다. "어, 일자리 말인데요." 그녀는 창문에 붙은 작은 공지를 가리켰다.

"아, 그래." 하워드가 활짝 웃으며 말했다. 새로 구한 주말 웨이터가 며칠 전 그를 실망시켰다. 야빌에서 수퍼마켓 일을 하겠다면서 카페를 버리고 갔던 것이다. "그래, 그래. 웨이트리스 일을 하고 싶으냐? 우리는 최저임금을 제공하고, 토요일은 9시에서 5시 반까지, 일요일은 12시에서 5시 반까지 한다. 오늘부터 2주 후에 문 열고 교육은 시켜주고. 나이가 몇 살이나 되니, 애야?"

그녀는 *완벽했다.* 그가 상상했던 그대로였다. 신선한 얼굴에 굴곡 있는 몸매. 몸매를 감싸는 검은 원피스에 레이스 테두리가 달린 하얀 에이프런을 두른 모습을 딱 상상할 수 있었다. 그가 직접 돈궤를 쓰는 법을 가르쳐주고 창고를 구경시켜주리라. 약간은 말장난도 오갈 테고, 매출액이 좋은 날이면 소정의 보너스도 좀 있어야겠지.

하워드는 옆걸음을 쳐서 카운터에서 나와 수크빈더와 앤드루는 본체만체하고 가이아의 팔뚝을 잡고 아치문 안으로 데리고 들어갔다. 아직 테이블도 의자도 없었지만 카운터는 설치되어 있고 그 뒤로 검은색과 크림색의 벽화도 다 그려져 있었다. 그림에는 옛날의 광장 모습이 그려져 있었다. 불룩한 치마를 입은 여자들과 실크해트를 쓴 남자들이 여기저기 무리지어 있었다. 사륜마차가 또렷하게 표시된 몰리슨앤드로 앞에 서 있고 그 옆에 작은 카페 코퍼케틀이 있었다. 화가는 자기 마음대로 전쟁 기념비 대신 장식적인 펌프를 그려 넣었다.

앤드루와 수크빈더는 둘만 남겨져 있었다. 어색하기도 했거니와 막연하게 서로에게 반감을 품고 있었다.

"음? 용건이 뭐니?"

칠흑처럼 검고 부풀린 머리를 한 구부정한 여자가 뒷방에서 나왔다. 앤드루와 수크빈더는 기다리고 있다고 말했는데, 그 순간 하워드와 가이아가 아치문에서 다시 나타났다. 모린을 보자 하워드는 가이아의 팔을 뚝 떨어뜨렸다. 웨이트리스가 해야 할 일을 설명해주다가 별 생각 없이 잡고 있었던 것이다.

"'케틀'을 도와줄 일손을 좀 더 찾은 거 같은데, 모."

"오, 그래?" 모린이 굶주린 눈길을 가이아에게로 휙 돌리며 말했다. "경험은 있니?"

그러나 하워드가 쩌렁쩌렁하니 그녀 목소리를 덮어버리며 가이아에게 식료품점에 대한 설명을 낱낱이 해주고 이곳이 패그포드의 명물, 일종의 랜드마크라고 생각하면 참으로 기분이 좋다고 말하고 있었다.

"35년이나 되었지." 하워드는 자기 벽화를 고고하게 내려다보며 말했다. "이 젊은 아가씨는 새로 이사 왔대, 모." 그가 덧붙여 말했다.

"그리고 너희 둘도 일자리를 구하는 거 맞지, 안 그러니?" 모린이 수크빈더와 앤드루에게 물었다.

수크빈더는 고개를 저었다. 앤드루는 어깨로 모호한 몸짓을 해 보였다. 그러나 가이아가 수크빈더를 바라보며 말했다. "어서 말해. 할지도 모른다고 했잖아."

하워드는 수크빈더를 살펴보았다. 타이트한 검은 원피스와 프릴 달린 앞치마를 입었을 때 예뻐 보일 만한 인물은 확실히 아니었다. 그러나 워낙 상상력이 풍부하고 융통성 넘치는 그의 정신은 이미 사방으로 뻗고 있었다. 저 아이 아버지에게는 감사의 표시가 될 테고—엄마한테는 일종의 영향력을 행사할 수 있을 테고—청하지도 않은 부탁을 들어준 셈이 되겠지. 여기에는 어쩌면, 순전히 미학적인 쪽 말고도 고려해야 할 문제들이 있을지도 모르겠다.

"자, 우리 예상만큼 사업이 잘되면, 두 사람도 좋을 거 같은데." 그는 얼굴을 붉혀도 못나 보이는 수크빈더를 계속 바라보며 턱을 긁고 있었다.

"나는……." 그녀가 말했지만 가이아가 재촉했다.

"어서. 같이 하자."

수크빈더의 얼굴은 빨갛게 달아오르고 눈에는 눈물이 글썽거렸다.

"나는……."

"어서." 가이아가 속삭였다.

"나는…… 좋아요."

"그러면 시험 채용을 하기로 하지, 미스 자완다." 하워드가 말했다.

공포에 푹 젖어 수크빈더는 거의 숨도 못 쉴 지경이었다. 어머니가 대체 뭐라고 하실까?

"그리고 너도 잡일꾼을 하고 싶은 모양이구나, 안 그러냐?" 하워드가 앤드루에게 쩌렁쩌렁한 목소리로 말했다.

잡일꾼?

"우리는 무거운 걸 번쩍번쩍 드는 사람이 필요하단다, 친구." 하워드가 말했고, 앤드루는 당황해서 눈만 껌벅거리고 있었다. 공지 맨 위에 적혀 있는 큰 글자만 읽었던 것이다. "식료품 저장소로 화물을 운반하고, 우유를 지하실에서 들고 올라오고 쓰레기는 뒤에서 봉지에 넣고. 완전히 육체노동이야. 할 수 있겠나?"

"네." 앤드루가 말했다. 가이아가 있을 때 같이 있어도 되나요? 중요한 건 오로지 그것뿐이었다.

"너는 일찍 와야 된다. 아마 8시쯤 될 거야. 일단 8시에서 3시라고 하고, 어떻게 되나 보지. 시험 채용 기간은 2주야."

"네, 좋아요." 앤드루가 말했다.

"네 이름은 뭐냐?"

하워드는 이름을 듣더니 눈썹을 치켜세웠다.

"너희 아버지가 사이먼이냐? 사이먼 프라이스?"

"네."

앤드루는 불안했다. 보통은 그의 아버지를 아는 사람이 아무도 없었다. 하워드는 두 소녀에게 일요일 오후에 다시 오라고 했다. 그때는 돈궤가 배달되어 있을 테니 마음껏 가르쳐줄 수 있었다. 하워드는 계속 가이아와 이야기를 이어가고 싶은 눈치였지만, 그때 손님이 들어와서 10대들은 그 틈을 타 밖으로 빠져나왔다.

딸랑거리는 유리문 밖으로 나오자 앤드루는 할 말이 전혀 생각나지 않았다. 그러나 그가 생각을 정리하기도 전에 가이아가 무심하게 "안녕"이라고 인사를 던지고는 수크빈더와 함께 걸어가버렸다. 앤드루는 팻츠의 담배 세 개비 중 두 번째를 꺼내(지금은 반쯤 태우다 만 꽁초를 피울 때가 아니었다) 불을 붙였다. 덕분에 길어지는 그림자들 속으로 그녀가 걸어가는 걸 지켜보며 가만 서 있을 핑계가 생겼다.

"왜 애들이 재한테 '땅콩'이라고 불러? 저 남자애 말이야." 가이아는 말소리가 앤드루에게 들리지 않을 정도로 멀어지자 수크빈더에게 물었다.

"알레르기가 있어." 수크빈더가 말했다. 자기가 저지른 짓을 파민더에게 말할 생각에 겁에 잔뜩 질려 있었다. 자신의 목소리가 딴사람 것처럼 들렸다. "세인트토머스 시절에 거의 죽을 뻔했어. 누가 땅콩 한 알을 마시멜로에 숨겨서 줬거든."

"아." 가이아가 말했다. "난 또 거시기가 콩알만 해서 그런 줄 알았지."

그녀가 웃음을 터뜨려서 수크빈더도 억지로 웃음을 터뜨렸다. 마치 성기에 대한 농담을 하루 종일 밤낮으로 듣고 사는 사람처럼.

앤드루는 두 소녀가 깔깔 웃으며 그를 슬쩍 돌아보는 모습을 보고 자기 얘기를 하고 있다는 걸 깨달았다. 낄낄거리는 웃음은 희망적인 징조였다. 그래도 여자에 대해 그 정도는 알았다. 싸늘해지는 공기밖에 아무것도 없는데 씨익 웃으며, 그는 어깨에 책가방을 걸치고 손에는 담배를 들고서 걷기 시작했다. 광장을 가로질러 처치 로로 가면, 시내에서 벗어나 힐톱하우스까지 거기서부터 40분 동안 가파른 언덕길을 올라가야 했다.

어스름 속 하얗게 꽃핀 산울타리는 유령처럼 으스스하게 창백했고, 산사나무가 그의 양편으로 꽃망울을 터뜨리고 있었으며 애기똥풀이 조그맣고 반들반들한 하트 모양의 이파리들로 길가를 수놓고 있었다. 꽃 냄새, 담배 그리고 가이아와 함께 보낼 약속된 주말의 깊은 쾌감, 앤드루가 담배를 뻐끔거리며 언덕길을 올라가는데 이 모든 게 뒤섞여 환희와 아름다움의 영광스러운 심포니로 울려 퍼졌다. 다음에 사이먼이 "취직은 했냐, 이 피자 상판아?"라고 물으면 "네"라고 대답할 수 있을 터였다. 가이아 보든의 주말 직장동료가 될 것이다.

그리고, 무엇보다 신 나는 건, 마침내 아버지의 견갑골 사이로 익명의 비수를 꽂을 방법을 확실히 찾아냈다는 사실이었다.

처음에 충동적으로 떠올랐던 악의가 빛바래 사라지고 난 후, 서맨사는 개빈과 케이를 식사에 초대한 걸 쓰디쓰게 후회했다. 금요일 아침에는 앞으로 있을 끔찍한 저녁 식사에 대해 비서와 농담 따먹기를 하며 보냈다. 그렇지만 일단 조수 칼리에게 '오버 더 숄더 볼더 홀더'(서맨사가 운영하는 브래지어 매장 이름으로, 하워드는 가게 이름을 처음 듣고 너무 심하게 웃은 나머지 천식 발작을 일으켰고, 그 후로 셜리는 자기 앞에서 그 이름이 나올 때마다 험악하게 인상을 썼다)를 맡기고 나오자 기분이 곤두박질쳤다. 장을 보고 요리를 할 수 있도록 러시아워를 피해서 패그포드로 운전해 돌아오면서 서맨사는 개빈에게 물어볼 고약한 질문들을 생각하며 가라앉은 기분을 끌어올려 보려 했다. 케이는 왜 개빈과 동거하지 않는 거냐고 큰 소리로 물어볼 수도 있겠다. 그거 좋겠다.

양손에 불룩한 몰리슨앤드로 쇼핑백들을 들고 광장에서 집으로 오던 길에, 배리가 다니던 은행 벽에 붙은 현금 출납기 앞에서 메리 페어브라더와 우연히 마주쳤다.

"메리, 안녕…… 안녕하세요?"

메리는 마르고 창백했으며, 눈 주위로 회색 기미가 있었다. 그들의 대화는 형식적이고 낯설었다. 장례식장에서 나눈 짤막하고 어색한 위로의 인사를 제외한다면, 응급차를 타고 갔던 날 이후로 두 사람이 말을 섞은 건 처음이었다.

"한번 찾아뵐 생각이었어요." 메리가 말했다. "너무 친절하게 대해주셔서…… 그리고 마일스에게도 감사하다고…….."

"그럴 필요 없어요." 서맨사가 어색하게 말했다.

"아, 하지만 제가 그러고 싶…….."

"아, 그러면, 한번 꼭 오세요……."

메리가 가고 나서 서맨사는 바로 그날 저녁이 메리가 방문하기에 완벽한 때라는 암시를 준 게 아닐까 하는 끔찍한 예감에 사로잡혔다.

집에 돌아온 그녀는 가방을 복도에 내팽개치고 마일스의 직장으로 전화를 걸어 자기가 무슨 짓을 했는지 말했지만, 그는 네 사람의 식사에 갓 미망인이 된 사람이 더 오게 생겼다고 얘기하는데도 사람 속 터지게 태연한 말투로 일관하는 것이었다.

"사실 문제가 뭔지 난 잘 모르겠는데." 그가 말했다. "메리에게도 외출할 기회가 있으면 좋잖아."

"그렇지만 우리 집에 개빈하고 케이가 오기로 했다는 얘기를 못 했단 말이야……."

"메리는 개브를 좋아해." 마일스가 말했다. "나라면 그런 걱정은 안 하겠어."

서맨사는 그가 일부러 둔감한 척하고 있는 거라고 생각했다. 스위트러브하우스에 따라가지 않겠다고 했던 일에 대한 복수가 틀림없었다. 전화를 끊고 나서 그녀는 메리에게 전화를 걸어 오늘 저녁에는 오지 말라고 하려다가 무례하게 들릴까 봐 겁이 나서 그냥 메리가 인사차 방문하는 걸 부담스럽게 느끼길 바라는 정도에서 그치기로 했다.

거실로 성큼성큼 걸어 들어가 주방에서도 들을 수 있게 리비의 보이밴드 DVD를 최대 볼륨으로 틀어놓고 장바구니들을 들고 와서 캐서롤과 만약의 사태에 대비한 푸딩, 미시시피 머드파이를 만들기 시작했다. 일거리를 덜기 위해 몰리슨앤드로에서 커다란 케이크 하나를 사오고 싶었지만, 그러면 곧장 셜리한테 얘기가 들어갔을 것이다. 셜리는 종종 서맨사가 너무 냉동식품과 인스턴트 식품들에 의존한다는 말을 넌지시 흘리곤 했다.

서맨사는 이제 그 보이밴드 DVD를 하도 봐서 주방에서도 빵빵 울려 나오는 음악에 맞는 이미지를 눈앞에 선하게 그릴 수 있었다. 그 주일만 해도 마일스가 2층 서재에 있거나 하워드와 통화하는 틈을 타서 그 비디오를 몇 번이나 다시 봤다. 근육질 소년이 풀어헤친 셔츠 앞자락을 펄럭거리며 해변을 따라 걷는 장면이 나오는 곡의 앞 소절이 나오자 그녀는 앞치마 바람으로 달려가서 지켜보며 초콜릿 범벅인 손가락을 멍하니 빨았다.

그녀는 마일스가 테이블을 세팅하는 동안 느긋하게 샤워를 할 생각이었다. 마일스가 야빌까지 차를 몰고 가서 세인트앤스에서 아이들을 데려와야 하기 때문에 집에 늦게 온다는 걸 까맣게 잊고 있었던 것이다. 왜 남편이 제때 돌아오지 않는지 깨달았을 때, 그리고 남편과 함께 딸들도 온다는 걸 깨달았을 때, 그녀는 정신없이 식당으로 가서 직접 정리를 해야 했고, 손님들이 오기 전에 렉시와 리비가 먹을 걸 찾아내야 했다. 마일스가 집에 왔을 때 아내는 7시 반인데도 일하던 옷차림 그대로 땀범벅에 짜증을 내며 자기 생각대로 한 일을 다 남편 탓으로 돌릴 태세를 하고 있었다.

열네 살짜리 리비는 서맨사에게 인사도 하지 않고 거실로 곧장 들어가더니 DVD 플레이어에서 디스크를 꺼냈다.

"아, 잘됐다. 이게 어디 갔나 했네." 그녀가 말했다. "TV는 왜 켜져 있어? 혹시 *엄마가* 이거 본 거야?"

가끔, 서맨사는 그녀의 둘째 딸이 자기를 셜리처럼 쳐다본다는 생각이 들곤 했다.

"뉴스를 보고 있었어, 리비. DVD 같은 거 볼 시간이 어딨니. 어서 이리 와, 피자 다 됐다. 우리 집에 곧 손님들이 오실 거야."

"또 냉동피자야?"

“마일스! 나 옷 갈아입어야 해. 자기가 내 대신 감자 좀 으깨줄 수 있어? 마일스?”

그러나 그는 이미 2층으로 사라져버린 후였고, 그래서 서맨사는 딸들이 주방 가운데 있는 아일랜드 식탁에서 식사를 하는 동안 직접 감자를 으깨야 했다. 리비는 DVD 커버를 다이어트펩시가 담긴 유리잔에 기대놓고 아주 뚫어져라 들여다보고 있었다.

“마이키는 정말 *관능적이야.*” 리비는 이 말과 함께, 육감적인 신음소리를 내서 서맨사를 혼비백산하게 만들었다. 그러나 근육질 소년의 이름은 제이크였다. 서맨사는 딸과 같은 소년을 좋아하지 않는다는 사실이 기뻤다.

시끄럽고 당당한 렉시는 학교 얘기를 미주알고주알 재잘거렸다. 서맨사가 알지 못하는 여자애들에 대한 정보와, 그 애들과의 장난, 다툼, 파벌 나누기처럼 도저히 따라갈 수도 없는 이야기들을 따발총처럼 쏟아내는 것이었다.

“좋아, 너희 둘, 엄마 이제 옷 갈아입어야 해. 다 먹고 나서 꼭 치워, 알았지?”

캐서롤 요리의 온도를 낮추고 황급히 2층으로 뛰어 올라갔다. 마일스는 침실에서 셔츠 단추를 채우며, 옷장 거울에 비친 자기 모습을 보고 있었다. 방 전체에서 비누와 애프터셰이브 냄새가 풍겼다.

“전부 다 잘되어가고 있어, 여보?”

“응, 덕분에. 자기는 샤워할 시간이 있었다니 진짜 다행이다.” 서맨사는 제일 아끼는 치마와 윗옷을 꺼내고 옷장 문을 쾅 닫으면서 말했다.

“자기도 지금 샤워하면 되잖아.”

“10분 후에 올 거 아냐. 머리 말리고 화장할 시간도 없을 텐데.” 그녀는 신발을 벗어 던졌다. 한 짝이 라디에이터에 부딪혀 시끄럽게 쨍그렁 소리를 냈다. "몸단장 다 끝나셨으면 제발 내려가서 마실 것 좀 준비해 줄래?"

마일스가 방에서 나간 후 그녀는 두꺼운 머리카락이 헝클어진 걸 풀고 화장을 고치려 애썼다. 몰골이 끔찍했다. 옷을 다 갈아입고 나서야 딱 달라붙는 윗도리에 맞지 않는 브래지어를 했다는 걸 깨달았다. 미친 듯이 찾아 헤매다가 제대로 된 브래지어는 다용도실에서 말리는 중이라는 걸 깨달았다. 황급히 층계참까지 나갔는데 초인종이 울렸다. 욕을 하며 다시 침실로 후다닥 뛰어 들어갔다. 보이밴드의 음악이 리비의 방에서 뻥뻥 울리고 있었다.

개빈과 케이가 8시 정각에 1초도 틀림없이 나타난 건 개빈이 늦으면 서맨사가 뭐라고 할까 무서워했던 탓이다. 섹스를 하거나 말다툼을 하고 있다가 시간 가는 줄도 몰랐던 모양이라고 서맨사가 한마디 하는 게 너무나 상상이 갔다. 서맨사는 유부녀의 장점은 독신들의 연애사에 마음껏 토를 달고 간섭할 권리를 얻는 거라 여기는 것 같았다. 그리고 무신경하고 거리낌없는 말버릇이, 특히 술에 취했을 때는, 굉장히 통렬한 유머가 된다고 생각하는 눈치였다.

"안녕안녕안녕하쇼." 개빈과 케이가 들어올 수 있도록 뒤로 물러서며 마일스가 말했다. "들어와요, 들어와. '몰리슨 저택'에 오신 걸 환영합니다."

그는 케이의 양 볼에 키스를 하고 그녀 손에 들린 초콜릿을 받아 들었다.

"우리한테 주시려고요? 정말 감사합니다. 드디어 제대로 만나 뵙게 되어서 정말 기쁩니다. 개빈이 너무 오래 꽁꽁 싸매고 안 보여줘서요."

마일스는 개빈의 손에 들려 있던 와인병을 잡고 흔들더니 등을 철썩

철썩 쳤다. 개빈은 그런 게 기분이 나빴다.

"어서 들어와요. 샘이 금방 내려올 겁니다. 뭘 좀 마시겠어요?"

케이는 보통 때라면 마일스가 너무 느끼하고 지나치게 친근하게 군다고 생각했겠지만 오늘은 판단을 보류하기로 굳게 마음을 먹고 있었다. 커플이라면 상대가 어울리는 사람들과 사귀어서 잘 지내야만 한다. 오늘 저녁은 개빈이 결코 허락하지 않던 삶의 한 층을 뚫고 들어가려는 그녀의 탐색 과정에서 의미심장한 발전을 뜻하는 것이었다. 따라서 그녀는 자기가 몰리슨의 커다랗고 속물적인 집에서 편안하다는 걸, 그러니 더 이상 그녀를 따돌릴 필요가 없다는 사실을 보여주고 싶었다. 그래서 마일스를 보고 미소를 짓고, 레드와인을 청하고, 바닥이 벗겨진 소나무 마루와 지나치게 쿠션이 많은 소파, 프린트 액자들로 장식된 널찍한 거실을 보며 감탄했다.

"여기 산 게, 그러니까, 오, 14년이 되어가네요." 코르크마개를 따느라 분주한 마일스가 말했다. "호프 스트리트에 사시지요? 아담하고 좋은 집들이 있지요. 그쪽에서 개조 사업을 하면 좋은 기회가 많을 텐데."

서맨사가 온기 없는 웃음을 띠고 나타났다. 서맨사의 외투 차림만 본 케이는 딱 달라붙는 오렌지색 상의와 그 아래로 또렷하게 디테일까지 다 비쳐 보이는 레이스 브래지어를 눈여겨보았다. 그녀의 얼굴은 그을리고 맨들맨들해서 가죽 같은 가슴보다 심지어 더 어두워 보였다. 눈화장은 두껍고 보기 싫었으며, 쩔렁거리는 금 귀걸이와 금색의 굽 높은 뮬 샌들은 케이가 보기에 매춘부 같았다. 서맨사는 시끌벅적하게 여자끼리 밤에 외출해 놀고 스트립쇼 서비스가 집에 배달되면 신 난다고 좋아할, 그리고 술이 취하면 파티에서 다른 사람들 파트너한테 대놓고 집적거릴, 그런 부류의 여자로 보였다.

"안녕하세요." 서맨사가 말했다. 그녀는 개빈에게 키스를 하고 케이에게 미소를 지었다. "멋지네요, 술을 드시고 계시니. 나도 케이랑 같은 거 마실게, 마일스."

그녀는 돌아서서 자리에 앉아, 벌써 다른 여자의 외모를 깐깐하게 평가하고 있었다. 케이는 젖가슴이 작고 골반이 컸으며, 엉덩이가 최대한 작아 보이게 하려고 검은 바지를 고른 게 틀림없었다. 서맨사가 보기에는 다리가 짧으니 하이힐을 신으면 좀 나아 보일 것 같았다. 얼굴은 고른 살결의 올리브색 피부와 커다란 검은 눈, 그리고 시원스러운 입매까지 충분히 매력적이었지만 짧게 깎은 소년풍의 머리와 고집스럽게 플랫슈즈를 신는 걸로 봐서 보나마나 뭔가 신성불가침의 신념이 있으신 모양이었다. 개빈이 이번에도 또 해냈다. 이번에도 또 자기 삶을 비참하게 만들어줄, 유머도 없고 위압적인 여자를 잘도 골라 왔구나.

"자!" 서맨사가 밝은 목소리로 유리잔을 들며 말했다. "개빈과 케이를 위하여!"

그녀는 개빈이 비굴하게 움츠러드는 미소를 짓는 걸 보며 흡족해했다. 그러나 그를 좀 더 움츠러들게 만들고 나중에 셜리와 모린의 머리 위에서 약 올리며 흔들어댈 사적인 정보들을 두 사람에게서 뽑아내기도 전에, 초인종이 또 울렸다.

메리가 연약하고 뼈만 앙상한 모습으로 나타났다. 그녀를 방으로 안내한 마일스 옆에 서니 한층 더 그렇게 보였다. 티셔츠가 툭 튀어나온 쇄골에 늘어져 있었다.

"아." 그녀가 문턱에서 소스라치게 놀라 발길을 멈추며 말했다. "손님이 계신 줄 몰……."

"개빈하고 케이가 방금 놀러 왔어요." 서맨사가 심하다 싶게 들뜬 목소리로 말했다. "들어와요, 메리, 괜찮아요…… 들어와서 한잔하고 가요……."

"메리, 이분은 케이예요." 마일스가 말했다. "케이, 메리 페어브라더예요."

"아." 케이는 황당했다. 그녀는 네 사람이서만 식사를 하는 줄 알았던 것이다. "네, 안녕하세요."

개빈은 메리가 디너파티에 올 생각은 아니었고 곧장 다시 걸어 나가기 일보 직전이라는 걸 알아챘다. 그래서 자기가 앉은 소파의 옆자리를 손으로 툭툭 두드렸다. 메리는 희미하게 미소를 띠며 자리에 앉았다. 그는 메리가 말도 못 하게 반가웠다. 여기 그의 완충지대가 있었다. 아무리 서맨사라도 그 특유의 색욕이 상을 당한 여자 앞에서는 적절하지 못하다는 걸 알 것이다. 덧붙여, 이 옥죄듯 답답한 네 명의 균형이 깨어지지 않았는가.

"어떻게 지내요?" 그는 조용히 말했다. "안 그래도 전화 드리려고 했습니다. 사실…… 보험 건으로 좀 진척된 사항이 있어서요……."

"우리 뭐 좀 먹을 거 없어, 샘?" 마일스가 물었다.

서맨사가 마일스를 독하게 노려보며 방에서 나갔다. 주방문을 여는데 새까맣게 탄 고기 냄새가 그녀를 맞았다.

"아 젠장, 젠장, 젠장……."

그녀가 완전히 잊고 있는 바람에 캐서롤은 다 말라빠져버렸다. 바싹 마른 고기와 야채들만 그나마 이 참사에서 쓸쓸하게 살아남아 그을린 냄비 바닥에 들러붙어 있었다. 서맨사는 열기로 땀을 비 오듯 흘려대며, 와인과 육수를 부어 스푼으로 팬에 붙어 있는 조각들을 박박 긁어내 힘차게 저었다. 거실에서 마일스의 높은 웃음소리가 울려 퍼졌다. 서맨사는 줄기가 긴 브로콜리를 찜기에 올리고, 자기 술잔의 와인을 비운 후, 토르티야 칩 한 봉지를 찢고 후무스(병아리콩 샐러드로 중동지방 음식이다—옮긴이) 한 통을 뜯어 그릇에 쏟아 담았다.

그녀가 거실로 돌아갔을 때 메리와 개빈은 여전히 소파에서 조용히 이야기를 나누고 있었고, 마일스는 케이에게 액자에 표구한 패그포드의 항공사진을 보여주며 마을의 역사에 대한 강의를 하고 있었다. 서맨사는 그릇들을 커피테이블에 내려놓고 혼자 술을 한 잔 더 따라 안락의자에 편하게 자리 잡고 앉아 양쪽 대화 중 어디에도 끼어들 시도조차 하지 않았다. 메리가 거기 있으니 끔찍스럽게 불편했다. 슬픔을 그토록 묵직하게 끌고 다니느니 차라리 수의를 질질 끌고 다니는 편이 나을 것 같았다. 당연히 저녁 식사 전에 떠나겠지만.

개빈은 메리를 반드시 남게 해야겠다고 작정하고 있었다. 그들이 계속해서 보험회사와 치르고 있는 전쟁에서 최근 상황을 논하는 동안, 그는 보통 때 마일스와 서맨사와 함께 있을 때보다 훨씬 더 마음 편하고 상황을 주도하는 기분이 들었다. 아무도 그를 쪼아대거나 깔보지 않았다. 그리고 마일스가 잠시나마 케이에 대한 책임을 전적으로 떠맡아주어 홀가분했다.

"……그리고 바로 여기, 딱 안 보이는 데 말이죠." 마일스는 액자 바깥으로 5센티미터쯤 벗어난 지점을 손가락으로 가리키며 말했다. "파울리 저택인 스위트러브하우스가 있습니다. 거대한 퀸앤풍의 장원 저택인데요. 지붕창도 있고, 석조 귀돌도 있고…… 눈부시게 아름다워요. 꼭 한번 방문해보세요. 여름철에는 일요일마다 대중에게 개방합니다. 지역에서도 중요한 유지인 가문이지요, 파울리 가는."

'석조 귀돌?' '지역에서도 중요한 유지?' 맙소사, 당신은 진짜 멍청이야, 마일스.

서맨사는 안락의자에서 몸을 일으켜 주방으로 돌아갔다. 캐서롤은 다시 축축해졌지만, 까맣게 탄 냄새는 압도적이었다. 브로콜리는 축 늘어져 맛이 없었으며, 매시트포테이토는 차게 식고 말라 있었다. 더 이상 신경도 쓰이지 않아 그녀는 그걸 전부 그릇에 덜어 둥근 식당 테이블에다 쿵쾅거리며 올려놓았다.

"저녁 식사 다 됐어요!" 그녀는 거실 문에서 외쳤다.

"아, 저는 가야 해요." 메리가 벌떡 일어나며 말했다. "저는 이럴 생각이……."

"아니, 아니, 안 돼요!" 개빈이 말했다. 케이가 한 번도 들어본 적이 없는 말투였다. 친절하고 달래는 듯한 저 말투. "뭘 좀 드셔야 돼요……. 한 시간 정도는 애들도 괜찮을 거예요."

마일스까지 거들자 메리는 머뭇거리며 서맨사를 바라보았고, 그녀도 어쩔 수 없이 그들과 한목소리를 낸 후 황급히 식당으로 돌아와 한 사람 분을 더 차렸다.

그녀는 메리에게 개빈과 마일스 사이에 앉으라고 청했다. 여자들 옆에 앉히면 남편이 없다는 게 너무 눈에 띌 것 같아서였다. 케이와 마일스는 이제 주제를 돌려 사회복지사 일을 논하고 있었다.

"솔직히 부럽지는 않군요." 그는 케이에게 캐서롤 한 국자를 듬뿍 퍼 주며 말했다. 서맨사의 눈에 하얀 접시에 퍼지는 소스 속에 새까맣게 탄 부스러기들이 다 보였다. "엄청나게 어려운 일이지요."

"뭐, 우리는 늘 자금이 부족하죠." 케이가 말했다. "그렇지만 보람이 있답니다. 특히 의미 있는 변화를 이끌어내고 있다는 느낌이 들 때 그래요."

그리고 그녀는 위든 가족을 생각했다. 어제 클리닉에서 테리의 소변 검사 결과가 음성으로 나왔고 로비는 일주일 내내 어린이집을 다녔다. 그 기억이 떠오르자 그녀의 기분이 좋아져서, 개빈의 주의가 아직도 전적으로 메리에게 향해 있다는 사실에 약간 짜증스럽던 기분이 다소 풀렸다. 그는 자기 친구들과 대화하는 케이를 도와줄 생각을 조금도 하지 않았다.

"딸이 있죠, 케이?"

"네. 가이아라고 해요. 열여섯 살이죠."

"렉시하고 같은 나이네요. 한번 같이 모여 놀게 해야겠어요." 마일스가 말했다.

"이혼하셨어요?" 서맨사가 조심스럽게 물었다.

"아니요." 케이가 말했다. "결혼을 안 했어요. 남편은 대학 때 남자 친구였는데 아이가 태어나고 나서 얼마 되지 않아 헤어졌지요."

"네, 마일스와 저도 대학은 간신히 졸업하다시피 했어요." 서맨사가 말했다.

케이는 서맨사가 자기와 선을 그으려 했던 건지 아닌지 알 수가 없었다. 자기는 덩치 크고 잘난 아이들 아빠와 결혼을 했고 케이는 혼자 남겨져……. 브렌든이 자기를 버리고 떠났다는 걸 서맨사가 알 리는 없지만…….

"가이아가 사실 아버님 댁에서 토요일마다 일을 하게 됐어요." 케이가 마일스에게 말했다. "새로 생긴 카페에서요."

마일스는 굉장히 좋아했다. 그는 자신과 하워드가 이 마을 조직에 너무나 깊이 연루되어 있어 패그포드의 모든 사람들이 친구든 고객이든, 손님이든 고용인이든, 어떤 식으로든 이어져 있다는 생각 자체에서 무한한 기쁨을 느꼈다. 개빈은 치아에 항복하기를 거절하는 고무처럼 질긴 고깃덩어리를 씹고 씹고 또 씹고 있다가 뱃속 한구석이 한층 더 덜컥 내려앉는 느낌을 받았다. 가이아가 마일스 부친네 가게에 일자리를 얻었다는 건 처음 듣는 소식이었다. 아무튼 케이에게는 가이아를 통해서도 패그포드에 닻을 내리고 정착할 수단이 있다는 걸 까맣게 잊고 있었다. 바로 근처에서 쾅쾅 닫아대는 문과 표독한 눈길과 신랄한 방백이 쏟아질 때를 제외하면, 개빈은 가이아가 독립적인 존재라는 사실 자체를 까맣게 잊어버리곤 했다. 그와 케이의 휘청거리는 관계가 벌어지는 추레한 시트, 맛없는 요리와 곪아 터지는 불만들로 구성된 불편한 배경의 일부가 아니라는 사실을 잊고 있었다.

"가이아가 패그포드를 좋아하나요?" 서맨사가 물었다.

"글쎄요, 해크니에 비해 좀 조용하니까요." 케이가 말했다. "그렇지만 잘 적응하고 있어요."

그녀는 어마어마한 거짓말을 토해낸 후 입을 씻기 위해 와인을 한 모금 꿀꺽 마셨다. 오늘 밤 떠나기 전에도 또 한번 언쟁이 있었다.

(“넌 대체 왜 이러니?” 옷 위에 잠옷 가운을 걸친 채 식탁 의자에 앉아 노트북컴퓨터에 구부정하니 고개를 파묻고 있는 가이아를 보고 케이가 물었다. 너덧 개의 대화상자가 한꺼번에 화면에 띄워져 있었다. 케이는 가이아가 해크니에 두고 온 친구들과 온라인으로 연락을 한다는 걸 잘 알고 있었다. 대부분 초등학교 때부터 친하던 친구들이었다.)

"가이아?"

대답을 거부하는 건 새롭고 불길했다. 케이는 그녀를 향한, 그리고 누구보다 개빈을 향해 폭발하는 독설과 분노에 익숙해져 있었다.

"가이아? 너한테 말하고 있잖니."

"알아, 들려."

"그러면 제발 예의상 대답을 좀 해주겠니."

검은 대화상자가 화면의 상자들 속에서 펄쩍 뛰어 맨 위로 튀어나왔다. 웃기는 작은 아이콘들이 깜박거리며 흔들거리고 있었다.

"가이아, 제발 대답 좀 할래?"

“뭐? 뭘 원하는데?”

“오늘 하루가 어땠냐고 묻잖아.”

“오늘은 똥 같았어. 어제도 똥이었고. 내일도 똥 같을 거야.”

“집에는 언제 왔니?”

“늘 오는 시간에 왔지.”

가끔, 이 오랜 세월이 지난 후에도, 가이아는 자기가 문을 열고 집에 들어와야 한다는 사실에, 동화책에 나오는 엄마처럼 케이가 집에서 맞아주지 않는다는 사실에 화를 낼 때가 있었다.

“왜 하루가 똥 같았는지 말해줄 생각 있니?”

“엄마가 똥통으로 끌고 왔으니까 그렇지.”

케이는 소리를 지르지 않겠다고 마음을 먹었다. 최근에 소리 지르기 경연대회가 몇 번 열렸는데 길거리 전체에 다 들렸을 게 분명했다.

“오늘 밤에 엄마가 개빈과 외출하는 거 알고 있지?”

가이아는 케이가 알아들을 수 없는 소리를 툭 내뱉었다.

“뭐라고?”

“그 사람은 엄마랑 외출하는 거 별로 좋아하지 않는 것 같다고 했어.”

“그게 대체 무슨 뜻이니?”

하지만 가이아는 대답하지 않았다. 그냥 화면에 올라오는 대화에 답변을 타이핑할 뿐이었다. 케이는 머뭇거렸다. 아이를 더 조르고 싶기도 하고 무슨 소리를 듣게 될까 싶어 두렵기도 했다.

“자정쯤에 돌아올 것 같아.”

가이아는 대답하지 않았다. 케이는 개빈을 기다리기 위해 복도로 나갔다.)

“가이아가 친구를 사귀었어요.” 케이가 마일스에게 말했다. “이 거리에 사는 여자앤데. 이름이 뭐더라……. 나린더?"

"수크빈더." 마일스와 서맨사가 한목소리로 말했다.

"좋은 애예요." 메리가 말했다.

"그 애 아버지 뵌 적 있어요?" 서맨사가 케이에게 말했다.

"아뇨." 케이가 말했다.

"심장외과 전문의예요." 와인을 넉 잔째 마시며 서맨사가 말했다. "아주 기가 막히게 잘생겼어요."

"아." 케이가 말했다.

"발리우드 영화스타 같아요."

아무도 저녁 식사가 맛있다는 얘기는 해주지 않는구나. 아무리 맛이 없어도 그건 단순한 예의일 텐데, 라고 서맨사는 생각했다. 개빈을 괴롭히지 못한다면 최소한 마일스의 신경이라도 건드려줘야 했다.

"비크람은 이 한심한 시골구석에 살면서 딱 하나 좋은 점이에요, 제가 장담해요." 서맨사가 말했다. "걸어다니는 섹스의 화신이라니까요."

"그리고 부인은 우리 지역 가정의예요." 마일스가 말했다. "자치의원이기도 하고요. 케이는 야빌 지방의회에 고용된 거죠, 안 그래요?"

"맞아요." 케이가 말했다. "그렇지만 대부분의 시간은 필즈에서 보내죠. 필즈는 엄밀히 말하면 패그포드 자치구 소속 아닌가요?"

필즈는 안 돼, 서맨사가 생각했다. *아, 제발 망할 놈의 필즈 얘기는 넣어둬.*

"아." 마일스는 의미심장한 미소를 띠며 말했다. "그래요, 뭐, 필즈는 엄밀히 말하면 물론 패그포드 소속이죠. 엄밀히 따지자면 그래요. 괴로운 주제예요, 케이."

"정말요? 어째서요?" 케이는 대화를 일반적인 주제로 바꾸고 싶어 물었다. 개빈은 아직도 미망인과 언성을 낮춰 대화하고 있었기 때문이다.

"뭐, 그러니까…… 50년대로 거슬러 올라가는 일인데요." 마일스는 미리 연습해둔 연설을 시작하는 것 같았다. "야빌이 캔터밀 단지를 확장하고 싶어 했는데, 지금 우회도로가 있는 서쪽으로 건설하지 않고……."

"개빈? 메리? 와인 좀 더 마실래요?" 서맨사가 마일스의 말을 덮고 큰 소리로 말했다.

"……그쪽에서 뭐랄까 한 입으로 두말을 한 거죠. 토지를 사면서 부지 용도를 정확히 밝히지 않았고, 그러고 나서 패그포드 자치구 쪽으로 단지를 확장하겠다고 나선 겁니다."

"어째서 오브리 파울리 영감 얘기는 안 해요, 마일스?" 서맨사가 말했다. 마침내 혀가 사악해지고 결과에 대한 두려움도 모두 사라지는 취기의 달콤한 경지에 이르자, 도발하고 짜증을 유발하면서 오로지 자기 즐거움 외에는 아무것도 생각지 않게 된 것이다. "진실을 말하자면 늙은 오브리 파울리 영감이, 그러니까 그 아름다운 석조 귀돌인가 뭔가, 마일스가 아까 얘기했던 그런 것들을 다 소유하고 있던 사람인데요, 모든 사람들의 등을 치는 거래를 한 거죠."

"그건 너무한데, 샘." 마일스가 말했지만 이번에도 서맨사는 그의 말을 묵살하고 계속 말했다. "필즈가 세워진 부지를 팔아치우고 돈을 챙긴 거예요. 난 잘 모르겠지만, 아마 25만 파운드나 대충 그 정도……."

"헛소리는 그만해, 샘. 50년대에?"

"……그랬다가, 다들 자기한테 분통을 터뜨리고 있다는 걸 알고 나서, 그게 골칫거리가 될 줄 자기는 몰랐다는 식으로 나온 거죠. 상류층 머저리랄까요. 게다가 주정뱅이고." 서맨사가 덧붙여 말했다.

"그건 한마디로 사실이 아니야. 안타깝지만." 마일스가 단호하게 말했다. "그 문제를 제대로 이해하려면요, 케이. 이 지역의 역사를 좀 이해하셔야 합니다."

서맨사는 턱을 손으로 괴고 있다가 지루해서 팔꿈치를 테이블에서 툭 떨어뜨리는 시늉을 했다. 서맨사를 도저히 좋아할 수 없었지만 케이는 웃음을 터뜨렸고 개빈과 메리는 조용히 나누던 대화를 잠시 멈추었다.

"우리는 필즈 얘기를 하고 있었어요." 케이는 자기가 거기 있다는 걸 개빈에게 상기시켜주겠다는 말투로 얘기했다. 도리상 그가 자기편을 들고 지지해줘야 한다고.

마일스, 서맨사, 그리고 개빈은 동시에 필즈야말로 메리 앞에서 꺼낼 수 있는 최악의 눈치 없는 주제라는 걸 깨달았다. 배리와 하워드 사이에서 그토록 엄청난 분쟁의 씨앗이었으니 말이다.

"이 지역에서는 굉장히 민감한 주제인가 봐." 케이는 개빈을 어떻게든 대화에 끌어들이고 싶어서 그가 뭐라도 자기 견해를 표현하길 바라며 이렇게 말했다.

"으음." 그는 대답하더니 다시 메리에게 돌아섰다. "그래서 데클란의 축구는 어떻게 돼가요?"

케이는 분노가 마치 비수처럼 자신을 찌르는 듯한 느낌에 사로잡혔다. 메리가 최근 상을 당하긴 했다지만, 개빈의 세심한 배려는 쓸데없이 노골적이었다. 그녀는 오늘 저녁을 전혀 딴판으로 상상했었다. 쌍쌍이 단출하게 앉은 자리에서 개빈이 어쩔 수 없이 두 사람이 커플이라는 걸 인정할 수밖에 없게 될 거라고. 그렇지만 지금은 누가 보더라도 두 사람은 연인이라기보다는 그저 아는 사람들에 불과했다. 게다가 음식은 끔찍스럽게 맛이 없었다. 케이는 4분의 3이나 되는 음식을 손도 대지 않은 채 포크와 나이프를 가지런히 모아 놓아두고—서맨사는 이 행동을 놓치지 않았다—다시 마일스에게 말을 걸었다.

"패그포드에서 성장기를 보내셨나요?"

"유감이지만 그렇네요." 마일스가 만족스러운 미소를 지으며 말했다. "저기 길을 따라가면 나오는 옛날 켈런드 병원에서 태어났죠. 80년대에 문을 닫았어요."

"그리고 서맨사는?" 케이가 묻자 서맨사가 말을 뚝 끊었다.

"이런, 세상에. 나는 우연히 여기 온 사람이에요."

"죄송해요. 무슨 일을 하신다고 하셨죠, 서맨사?" 케이가 물었다.

"저는 제 사업이 따로……."

"빅 사이즈 브래지어를 팔아요." 마일스가 말했다.

서맨사는 불쑥 일어서더니 와인 한 병을 더 가지러 갔다. 다시 테이블로 돌아왔을 때 마일스는 케이에게 유머러스한 일화를 말해주고 있었다. 두말할 것도 없이 패그포드에서는 어떻게 서로서로 다 알고 있는지에 대한 얘기로, 어느 날 밤, 경찰이 차를 세우기에 봤더니 초등학교 때부터 알던 친구였다는 것이었다. 마일스와 스티브 에드워즈 사이에 오간 대화의 한마디 한마디를 다 다시 읊조리는 얘기를, 서맨사는 하도 들어서 귀에 인이 배길 지경이었다. 그녀는 테이블을 돌면서 술잔들을 채우며 케이의 근엄한 표정을 지켜보았다. 케이는 음주운전이 웃고 넘길 농담거리가 아니라고 생각하는 게 틀림없었다.

"……그래서 스티브가 음주 측정기를 들이밀었는데, 내가 대고 입김을 불려고 하자 갑자기 뜬금없이 둘 다 폭소를 터뜨린 겁니다. 그 친구 동료는 대체 무슨 일이 벌어지고 있는지 영문을 몰랐죠. 이러고 보는 거예요." 마일스는 놀라서 두리번거리는 사람을 흉내 냈다. "그래서 스티브는 또 허리가 꺾어져라 오줌을 지리도록 웃었다니까요. 왜냐하면 우리는 마지막으로 그 친구가 내 입에다 뭘 불라고 대줬던 것밖에 생각이 안 났거든요. 그게 벌써 20년이 다 되어가는 일인데……."

"그건 바람을 불어넣는 인형이었어요." 서맨사가 웃음기도 없이 마일스 옆자리에 다시 풀썩 앉으며 말했다. "마일스하고 스티브는 친구이안의 부모님 침대에다 그 공기주입식 인형을 넣어놨죠. 이안이 열여덟 살 생일파티를 하는 중에요. 아무튼, 결국 마일스는 1천 파운드 벌금을 내고 벌점 3점을 받았어요. 음주운전으로 걸린 게 두 번째였거든요. 그러니까 그 부분은 배가 째지게 웃기는 거죠."

마일스의 미소는 파티가 끝나고 잊힌 바람 빠진 풍선처럼 그 자리에 멍청하게 걸려 있었다. 경직된 한기가 잠시 조용해진 방 안에 스미는 것 같았다. 마일스가 아무리 황당무계하게 재미없는 인간이라도, 케이는 그의 편이었다. 이 테이블에서 케이가 패그포드의 사교생활로 수월하게 진입할 수 있게 도와주겠다는 의향을 조금이라도 가진 사람은 오로지 그뿐이었다.

"그런데 정말이지, 필즈는 굉장히 험해요." 케이는 마일스가 가장 편안하게 논하는 것처럼 보이는 주제로 다시 돌아갔다. 아직도 이 이야기가 메리 근처에서는 그리 좋지 못하다는 걸 전혀 파악하지 못하고 있었다. "저는 도시 중심가에서만 일했거든요. 시골 지역에 이런 식의 빈민가가 있을 줄은 몰랐어요. 하지만 런던과 별로 달라 보이지 않더라고요. 인종적으로는 좀 덜 섞여 있지만요, 물론."

"아, 그래요, 우리도 중독자들과 건달들이라면 있을 만큼 있죠." 마일스가 말했다. "이 정도면 식사는 충분히 한 것 같아, 샘." 그는 아직도 상당량의 음식이 남아 있는 접시를 밀어내며 말했다.

서맨사는 식탁을 치우기 시작했다. 메리가 도와주려고 일어섰다.

"아니, 아니, 괜찮아요, 메리. 편히 있어요." 서맨사가 말했다. 개빈이 벌떡 일어나서 기사도를 발휘해 메리에게 다시 앉으라고 종용하는 걸 보고 케이는 신경이 거슬렸다. 하지만 메리는 고집을 부렸다.

"정말 맛있었어요, 샘." 주방에서 대부분의 음식을 쓰레기통에 긁어 버리면서 메리가 말했다.

"아니, 아니에요. 정말 끔찍하게 맛없었어요." 서맨사는 일어서 있다 보니 자기가 얼마나 취했는지 실감하기 시작한 참이었다. "케이를 어떻게 생각해요?"

"모르겠어요. 내 예상하고는 다르네요." 메리가 말했다.

"내 예상이랑은 완전히 똑같은데요." 서맨사가 푸딩을 담을 접시를 꺼내며 말했다. "제가 보기에는 또 다른 리사예요."

"아, 설마요, 그런 말은 하지도 마세요." 메리가 말했다. "이번에는 좀 좋은 사람을 만날 자격이 있는 사람인데."

서맨사에게 이렇게 참신한 시각은 처음이었다. 그녀는 개빈의 질척거리는 우유부단함은 계속해서 벌을 받아 마땅하다는 의견을 갖고 있었다.

그들이 식당으로 돌아가 보니 케이와 마일스 사이에 열띤 대화가 진척되고 있었고, 개빈은 말없이 혼자 앉아 있었다.

"……자기들 책임을 덜고…… 그런 건 제가 보기에 굉장히 자기중심적이고 자기만족적인 것 같은데요……."

"글쎄요, '책임'이라는 말을 쓰시는 게 흥미롭군요." 마일스가 말했다. "왜냐하면 내가 보기에는 그게 문제의 핵심을 관통하거든요, 안 그렇습니까? 문제는, 대체 어디서 선을 긋느냐 하는 겁니다."

"필즈 너머에서겠죠, 당연히." 케이는 선심 쓰듯이 웃었다. "자택을 소유한 중산층과 하층민들 사이에 깨끗하게 선을 긋고 싶어 하시잖아요."

"패그포드에도 근로직 종사자들이 많이 있습니다, 케이. 차이는 대부분이 일을 한다는 점이죠. 필즈 사람들 중에 몇 퍼센트가 사회보장으로 생활하는지 아십니까? 책임이라고 말씀하셨죠? 개인의 책임은 대체 어떻게 된 겁니까? 우리는 수년간 우리 지역 학교에 그런 사람들을 받았어요. 집 안에 일하는 사람이 한 명도 없는 아이들, 자력으로 생계를 책임진다는 건 그 사람들에게 완전히 생소한 얘기예요. 몇 세대에 걸쳐 일도 안 하는 사람들을 우리가 먹여 살려야 한다는……."

"그러니까 선생님은 문제를 야빌로 전가하자는 거군요." 케이가 말했다. "내재한 문제에 전혀 연루되지 않고……."

"미시시피 머드 파이 드실래요?" 서맨사가 외쳤다.

개빈과 메리는 감사의 말과 함께 한 조각씩 잘라 가져갔다. 그러나 케이는 마일스에게 온통 정신이 팔린 나머지 서맨사가 무슨 웨이트리스인 것처럼 그냥 접시를 내밀고 있어서 서맨사는 화가 치밀었다.

"……중독 클리닉은, 굉장히 중대한 부분인데, 어떤 사람들이 글쎄 폐쇄하겠다고 로비를……."

"아, 뭐, 지금 벨채플 얘기를 하시는 거면 말이죠." 마일스가 고개를 흔들고 쓴웃음을 지으며 말했다. "성공률을 좀 확실히 파악하셔야 할 것 같습니다, 케이. 한심해요. 솔직히 말해서 아주 한심하기 짝이 없어요. 수치를 봤는데, 사실 오늘 아침에 훑어봤는데 말입니다. 거짓말은 섞지 않고 말할게요. 최대한 빨리 닫을수록……."

"그런데 지금 말씀하시는 숫자라는 게……?"

"성공률이오, 케이. 정확히 내가 말한 대로입니다. 실제로 마약 사용을 끊고 깨끗하게 사는 사람들의 숫자 말입니다."

"죄송하지만 그건 굉장히 고지식한 관점이네요. 혹시 성공에 대한 판단을 순전히……."

"하지만 그럼 대체 중독클리닉의 성과를 뭘로 판단해야 합니까?"

마일스가 전혀 모르겠다는 표정으로 따졌다. "내가 이해할 수 있는 한에서는, 벨채플에서 하는 일이라고는 메타돈을 나눠주는 것뿐인데, 절반의 손님들은 어차피 헤로인하고 같이 쓰잖아요."

"중독이라는 문제는 엄청나게 복잡해요." 케이가 말했다. "그리고 문제를 순전히 마약 사용자와 비사용자로 나누는 건 너무 고지식하고 극단적으로 단순화하는 견해……."

그러나 마일스는 미소를 지으며 고개를 젓고 있었다. 이 자기만족적인 변호사와의 언어적 결투를 즐기고 있던 케이는 갑자기 화가 벌컥 났다.

"자, 벨채플이 어떤 일을 하고 있는지 아주 구체적인 예를 들어드릴 수 있어요. 제가 지금 관리하고 있는 한 가족은―어머니, 10대 딸과 어린 아들인데―어머니가 메타돈을 쓰지 않았다면 아마 거리에 나가서 약값을 벌어야 했을 겁니다. 아이들은 지금 훨씬 더 살기가……."

"얘기만 들으면 아예 어머니한테서 떼어놓는 편이 나을 것 같군요." 마일스가 말했다.

"그러면 정확히 어디로 애들을 보내야 한다고 생각하세요?"

"괜찮은 수양부모네 집부터 시작하는 게 좋겠는데요." 마일스가 말했다.

"수양부모가 필요한 아이들은 얼마나 많고, 그에 비해 수양부모를 하겠다는 집은 얼마나 적은지, 혹시 아시나요?" 케이가 물었다.

"최고의 해법은 태어날 때 아예 입양을 보내는 겁니다……."

"멋지네요. 제가 가서 타임머신에 올라탈게요." 케이가 대꾸했다.

"뭐, 우리가 아는 부부 하나도 입양을 하고 싶어서 안달이 났어요." 서맨사는 뜻밖에도 마일스의 말에 힘을 실어주며 말했다. 그녀는 무례하게 접시를 내밀었던 케이를 용서하지 않을 생각이었다. 저 여자는 성

질머리도 고약하고 선심 쓰는 양 잘난 척하는 여자였다. 모임이 있을 때마다 정치적 견해며 가족법 전문가인 자기 직업 얘기로 화제를 독점하고 브래지어 가게를 운영하는 서맨사를 경멸했던 리사와 아주 똑같았다. "아담과 재니스 말이야." 그녀는 마일스에게 덧붙여 말하며 상기시켜주었고, 남편은 고개를 끄덕였다. "그런데 사랑을 준대도 돈을 준대도 도저히 아기를 구할 수 없었지?"

"그래요, *아기.*" 케이가 눈을 굴리며 말했다. "다들 *아기*를 원하죠. 로비는 거의 네 살이 다 됐어요. 아직 변기 쓰는 훈련도 제대로 다 안 되었고, 발육도 나이에 비해 늦고, 분명 성적인 행위에 부적절하게 노출되기도 했을 거예요. 친구분들께서 그 *아이*를 입양하길 원할까요?"

"하지만 요점은, 만일 출생 당시 어머니에게서 격리되었다면……."

"그 애가 태어났을 때 어머니는 마약을 끊은 상태였고 재활도 잘하고 있었어요." 케이가 말했다. "아이를 사랑해서 곁에 두고 싶어 했고, 당시에는 아기의 요구도 잘 충족시켜주고 있었지요. 벌써 가족의 도움을 받아서 크리스털을 키웠으니까……."

"크리스털!" 서맨사가 새된 비명을 질렀다. "아 하느님 맙소사, 우리가 지금 *위든 가족* 얘기를 하는 거예요?"

케이는 자기가 실명을 사용했다는 사실에 경악했다. 런던에서는 아무 문제가 없었는데, 정말로 패그포드에서는 서로 모르는 사람이 없는 모양이었다.

"제가 큰 잘못을……."

그러나 마일스와 서맨사는 깔깔 웃고 있었고, 메리의 표정은 굳어 있었다. 파이에 손도 대지 않고 처음 코스는 아주 조금밖에 먹지 않은 케이는, 그만 술을 너무 마셨다는 사실을 깨달았다. 신경을 가라앉히려 계속 와인을 홀짝거리고 있었는데, 그러다 지금 중차대한 과실을 저지르고 만 것이었다. 하지만 이미 돌이키기에는 너무 늦었다. 다른 문제를 고려하기 전에 분노가 압도적이었다.

"크리스털 위든은 그 여자의 양육 기술을 광고하기에 별로 좋은 예가 되지 못하겠는데요." 마일스가 말했다.

"빌어먹을 크리스털은 가족을 유지하려고 최선을 다하고 있어요." 케이가 말했다. "그 애는 어린 동생을 진심으로 사랑해요. 그 애를 빼앗길까 봐 겁에 질려 있다고요."

"크리스털 위든이라면 삶은 달걀 하나도 보라고 맡기지 못할 것 같은데." 마일스가 말하자 서맨사가 또 웃음을 터뜨렸다. "아, 봐요, 그 애가 동생을 사랑하는 건 좋지만 아이가 장난감 인형도 아니고 말이오……."

"그래요, 저도 알아요." 케이는 로비의 똥이 들러붙어 딱지가 앉은 엉덩이를 떠올리며 쏘아붙였다. "하지만 그 애는 여전히 사랑받고 있어요."

"크리스털은 우리 딸 렉시를 괴롭혔어요." 서맨사가 말했다. "그러니까 우린 당신한테 그 애가 보여주는 면과는 전혀 다른 면을 보았다고 할 수 있겠죠."

"봐요, 우리 모두 크리스털이 힘들게 살았다는 건 알고 있어요." 마일스가 말했다. "아무도 그걸 부정하지는 않습니다. 내가 문제 삼는 건 마약에 전 어머니죠."

"사실, 지금은 벨채플 클리닉 프로그램에서 아주 잘하고 있어요."

"하지만 전력을 보면요." 마일스가 말했다. "다시 약을 하게 될 거라고 짐작하는 건, 어린애라도 할 수 있는 *계산 아닙니까?*"

"그 법칙을 무차별적으로 적용하자면, 그쪽도 운전면허를 소지하시면 안 되죠. 왜냐하면 *전력*으로 볼 때 당연히 음주운전을 또 하실 테니까요."

마일스는 잠시 당황한 얼굴이었지만 서맨사가 냉랭하게 말했다. "그건 좀 다른 문제 같네요."

"그런가요?" 케이가 말했다. "똑같은 원칙인걸요."

"그래, 뭐, 원칙이란 건 가끔 문제가 될 수도 있다는 게 제 생각이에요." 마일스가 말했다. "오히려 약간의 상식이 필요할 때가 자주 있으니까요."

"그건 사람들이 보통 편견에 붙이는 이름이지요." 케이가 다시 대꾸했다.

"니체에 따르면," 하고 날카로운 새로운 목소리가 말하는 바람에, 다들 소스라치게 놀랐다. "철학은 그 철학자의 전기라고 하죠."

축소판 서맨사가 복도로 이어지는 문턱에 서 있었다. 열여섯 살쯤 되어 보이는 가슴이 풍만한 여자애가 타이트한 청바지와 티셔츠 차림으로 서 있었다. 포도를 한 주먹 들고 먹으며 스스로에게 굉장히 만족한 듯 보였다.

"모두에게 렉시를 소개합니다." 마일스가 자랑스럽게 말했다. "고맙다, 우리 천재."

"천만에요." 렉시가 버릇없이 말하더니 후닥닥 위층으로 뛰어 올라갔다.

묵직한 침묵이 테이블에 내리깔렸다. 왜 그랬는지 모르지만 서맨사, 마일스, 그리고 케이는 모두 메리를 쳐다보았다. 메리는 당장이라도 울음을 터뜨릴 것 같은 표정을 하고 있었다.

"커피." 서맨사가 벌떡 일어서며 말했다. 메리는 화장실로 사라졌다.

"가서 앉읍시다." 일촉즉발의 다소 팽팽한 분위기를 감지한 마일스는 이렇게 말하면서도, 몇 마디 농담을 하고 여느 때와 같이 온후하게 이끌면 다들 알아서 다시 이웃을 사랑하게 될 거라는 자신감에 차 있었다. "다들 잔을 가져오세요."

케이와 아무리 논쟁을 했어도 그 내면의 확신들은 산들바람이 바위를 스치듯 꿈쩍도 하지 않았다. 케이에 대한 감정은 불쾌함보다 연민에 가까웠다. 계속 잔을 채웠어도 그가 제일 취기가 없었지만, 거실로 들어가다 보니 방광이 얼마나 꽉 찼는지 실감이 왔다.

"음악 좀 틀게, 개브. 나는 가서 그 초콜릿을 좀 가져오지."

그러나 개빈은 미끈한 퍼스펙스 스탠드에 수직으로 꽂혀 있는 CD들 쪽으로 움직일 기미도 보이지 않았다. 케이가 자기한테 퍼붓기를 기다리고 있었다. 아니나 다를까, 마일스가 시야에서 사라지자마자 케이가 말했다. "뭐, 아주 고마워, 개브. 든든히 받쳐줘서 고맙다고."

개빈은 식사 내내 케이보다 더 게걸스럽게 술을 마시고 있었다. 어찌 됐든 간에, 자기가 서맨사의 검투사 같은 괴롭힘에 희생 제물로 바쳐지지 않았다는 사실에 혼자서 축배를 들고 있었던 것이다. 그는 케이를 똑바로 보았다. 와인뿐만이 아니라, 한 시간 동안 메리한테서 중요하고 아는 것도 많고 큰 도움이 되는 사람으로 대접받았다는 사실에서 충만한 용기가 용솟음쳤다.

"혼자 잘하는 거 같던데, 왜." 그가 말했다.

사실은, 얼마 듣지도 않았지만 케이와 마일스의 언쟁은 그에게 뚜렷한 데자뷰를 안겨주었다. 메리 때문에 정신을 팔고 있지 않았더라면, 자기가 그 유명한 날 밤으로 돌아간 줄 알았을 것이다. 바로 이 똑같은 식당에서, 리사가 마일스에게 사회의 악을 온몸으로 체현하고 있다고 말했고 마일스가 그녀 면전에서 웃음을 터뜨렸으며, 리사가 평정심을 잃고 분노를 터뜨려 커피는 못 마시고 가겠다고 중간에 일어섰던 그날 밤 말이다. 그 후로 그리 오래되지 않아, 리사는 자기가 회사의 파트너하고 자고 있었다고 털어놓았고 개빈에게 클라미디아 성병 검사를 받아보라고 권했다.

"난 이 사람들을 전혀 모르는데, 당신은 손 놓고 앉아서 내가 좀 편해지게 도와주지도 않았잖아. 안 그래?"

"내가 뭘 해주길 바랐는데?" 개빈이 물었다. 그는 몰리슨 부부와 메리가 곧 돌아온다는 사실과 넉넉하게 들이켠 키안티 와인으로 방어막을 치고 놀라울 정도로 차분하게 말했다. "나는 필즈에 대한 언쟁 따위는 원치 않았어. 필즈에 대해서는 원숭이 똥구멍만 한 관심도 없어." 그는 덧붙여 말했다. "게다가, 그건 메리 앞에서는 굉장히 민감한 문제야. 배리는 필즈를 패그포드의 일부로 유지하기 위해서 자치구의회에서 싸우고 있었다고."

"그래, 그럼, 그런 얘기를 왜 안 해준 거야? 힌트라도 줬어야지?"

그는 마일스가 그랬던 것과 정확히 똑같이 웃음을 터뜨렸다. 그녀가 뭐라 대꾸하기도 전에, 다른 사람들이 선물을 가지고 온 동방박사들처럼 들어왔다. 서맨사는 쟁반에 찻잔을 받쳐 들고, 그 뒤로 메리가 프렌치프레스를 들고 왔으며, 마일스는 케이가 가져온 초콜릿을 들고 왔다. 케이는 상자의 현란한 금빛 리본을 보며 그 초콜릿을 살 때만 해도 자기가 오늘 저녁에 대해 얼마나 낙관적이었나 생각했다. 그녀는 분노를 숨기려고 애쓰며 고개를 돌렸다. 미친 듯이 개빈을 향해 악을 쓰고 싶기도 했거니와, 또 돌연히 울음을 터뜨리고 싶은 충동이 솟구쳤다.

"정말 감사했어요." 그녀는 메리가, 그녀 역시 울고 있었다는 걸 보여주는, 목메인 목소리로 말하는 것을 들었다. "하지만 커피는 못 마시고 가겠어요. 너무 늦게 돌아가기 싫어서요. 데클란이 약간…… 약간, 그러니까 좀 불안해요. 정말 감사드려요, 샘, 마일스, 그러니까…… 밖으로 좀 나올 수 있어서…… 좋았어요."

"제가 바래다드리……." 마일스의 말을 개빈이 결연하게 잘랐다.

"마일스, 여기 계세요. 제가 메리를 데려다주고 올게요. 메리, 제가 바래다드릴게요. 겨우 5분밖에 안 걸릴 거예요. 거기 위쪽은 깜깜해요."

케이는 숨이 잘 쉬어지지 않았다. 그녀의 모든 감각이 자기만족적인 마일스와 창녀 같은 서맨사와 유약하고 축 늘어진 메리를 향한, 아니 무엇보다도 개빈에 대한 혐오로 집중되었다.

"아, 그래요." 모두들 자기를 보고 허락을 구하는 눈치였기에, 이렇게 말하는 자기 목소리가 들려왔다. "그럼요. 당신이 메리를 바래다주고 와요, 개브."

그녀는 현관문이 닫히고 개빈이 사라지는 소리를 들었다. 마일스가 케이의 커피를 따라주고 있었다. 그녀는 뜨겁고 검은 액체가 흘러 떨어지는 걸 지켜보며 갑자기, 다른 여자와 밤길로 사라져버리는 남자를 위해 자기 인생을 뒤엎다니 대체 얼마나 무모한 짓을 한 건가 고통스러울 정도로 생생하게 절감했다.

VIII

콜린 월은 개빈과 메리가 자기 서재 창문 밑으로 지나가는 모습을 보았다. 그는 메리의 실루엣을 당장 알아보았지만, 그들이 가로등이 드리운 후광을 벗어나기 전에 옆에 붙어 있는 깡마른 남자를 알아보기 위해서는 실눈을 떠야 했다. 구부정하니 컴퓨터 의자에서 반쯤 일어선 채, 콜린은 어둠 속으로 사라지는 형체들을 보며 입을 떡 벌렸다.

그는 큰 충격을 받았다. 메리가 일종의 푸르다(인도의 여자들이 규방에 틀어박혀 남자를 만나지 않는 풍습—옮긴이)에 들어 있어, 자기 집이라는 성역에 오로지 여자만 들이고 있다고 당연히 믿어 의심치 않았던 것이다. 그리고 그 여자들 중 한 사람이 바로 테사였다. 아직도 테사는 이틀에 한 번꼴로 메리를 방문하고 있었다. 메리가 해가 지고 나서 사람들과, 그것도 독신 남자와 어울릴 거라는 생각은 한 번도 해본 적이 없었다. 그는 사적인 배신감마저 느꼈다. 마치 메리가, 어떤 정신적인 차원에서, 자기를 두고 바람을 피운 것만 같았다.

메리는 개빈에게 배리의 시체를 봐도 좋다고 허락했을까? 개빈이 벽난로 옆 배리가 좋아하던 자리에 앉아 저녁 시간을 보냈던 걸까? 개빈과 메리가…… 혹시 설마……? 사실 그런 일들도 날마다 일어나고 있었다. 어쩌면…… 어쩌면 심지어 배리가 죽기 전에도……?

콜린은 언제나 다른 사람들의 너덜너덜해진 윤리의식에 경악을 금치 못했다. 그래서 일부러 최악의 상태를 상상하도록 자신을 밀어붙임으로써 스스로를 보호하려 애썼다. 진실이 유탄처럼 자신의 무지한 환각을 찢고 들어올 때까지 기다리기보다는 타락과 배신의 끔찍한 환상들을 마구 불러내곤 했다. 콜린에게 있어 삶이란 고통과 낙심에 굳건하게 저항하는 오랜 투쟁이었고, 아내를 제외한 모든 사람은 달리 판정되기 전까지는 적군으로 간주되었다.

아래층으로 달려가 테사에게 방금 본 걸 말해주고 싶은 마음도 반쯤은 있었다. 그녀라면 메리가 한밤중에 산책을 한 일에 대해 무해한 설명을 해주며 제일 친한 친구의 아내가 여태껏 남편에게 충실했으며 아직도 그렇다고 장담을 해줄 수도 있을 테니까. 그럼에도 불구하고 그는 그런 충동을 억눌렀다. 테사에게도 화가 나 있었던 것이다.

어째서 그녀는 앞으로 다가올 자치의원 입후보 건에 대해 그토록 작정한 듯 무심한 태도를 보이고 있을까? 신청서를 제출하고 난 후로 불안감이 그의 목을 얼마나 끔찍하게 옥죄는지 모르는 걸까? 이런 기분이 들 줄 미리 예상하긴 했지만, 그렇다고 해서 고통이 경감되지는 않았다. 열차에 치이는 충격이 궤도를 타고 다가오는 열차를 본다고 덜 참담해지는 게 아닌 것처럼. 콜린은 그저 수난을 두 번 겪을 뿐이었다. 예상 속에서, 그리고 또 실제에서.

악몽 같은 그의 새로운 환상들은 몰리슨 가족과 그들이 그를 공격해 올 방법들을 중심으로 핑글핑글 돌았다. 반대논증, 해명과 정상참작이 그의 마음속을 계속 휘젓고 돌아다녔다. 벌써 포위되어 평판을 걸고 싸우고 있는 자기 모습이 눈에 선했다. 콜린이 세상을 대하는 방식에서 늘 드러나던 편집증의 기운이 점점 더 뚜렷해지고 있었다. 그런 와중에도 테사는 아무것도 모르는 척하면서, 이 끔찍하고 참담한 긴장감을 덜어주기 위해 아무런 노력도 하지 않고 있었다.

그는 아내가 자기는 입후보하면 안 된다고 생각한다는 걸 잘 알고 있었다. 아마 그녀 역시 하워드 몰리슨이 그들 과거의 툭 튀어나온 배를 갈라 그 섬뜩한 비밀들을 줄줄 엎질러 패그포드의 대머리수리들이 다 몰려들어 뜯어먹게 만들까 봐 겁에 질려 있을 것이다.

콜린은 이미 배리가 확실한 지지자라고 생각했던 사람들에게 전화를 몇 통 돌렸다. 그중 한 사람도 그의 자격요건을 문제 삼지 않고 논점에 대해 따져 묻지 않았다는 사실에 놀라고 또 고무되었다. 예외 없이, 그들은 배리의 죽음에 깊은 조의를 표하고 하워드 몰리슨에 대한 격렬한 반감을 표출했다. 아니, 그중 직설적인 유권자의 호칭을 빌리자면 "그 잘난 뚱보 새끼"라고 해야 할까. "자기 아들을 인맥으로 억지로 쑤셔 넣으려 하고 있어. 배리가 죽었다는 소리를 들었을 때 아마 배가 째지게 웃지 않으려고 용깨나 썼을 거야." 콜린은 필즈를 옹호하는 논점의 목록을 작성했지만, 한 번도 그 종이를 들여다볼 필요가 없었다. 지금까지, 후보로서 그의 주된 매력은 배리의 친구라는 것과, 몰리슨의 일원이 아니라는 것이었다.

그의 축소판 흑백 얼굴이 컴퓨터 모니터 속에서 그를 보며 웃고 있었다. 그는 저녁 내내 여기 이렇게 앉아 선거 팸플릿을 작성하려 애쓰고 있었다. 팸플릿에는 윈터다운 웹사이트에 올려놓은 것과 똑같은 사진을 쓰기로 마음을 먹고 있었다. 통통한 얼굴, 온건해 보이는 미소, 가파르고 반들거리는 이마. 이 이미지는 이미 대중들의 시선에 노출되었기 때문에 새삼스럽게 조롱이나 참사를 가져오지 않을 거라는 장점이 있었다. 강력한 추천 사유였다. 그러나 그 사진 아래, 개인정보가 있어야 할 부분에는, 겨우 잠정적인 문장 한두 줄밖에 쓰여 있지 않았다. 콜린은 지난 두 시간의 대부분을 단어를 썼다 지웠다 하며 허송했다. 어느 시점에서는 간신히 단락 전체를 완성하기도 했지만, 초조하게 콕콕 찌르는 검지로 백스페이스를 하나하나 눌러서 결국 다 지워버리고 말았다.

우유부단과 고독을 견디지 못하고 그는 결국 벌떡 일어나 아래층으로 내려갔다. 테사가 거실 소파 위에 누워, 텔레비전을 켜놓고 졸고 있었다.

"어떻게 돼가?" 그녀는 눈을 뜨며 졸린 투로 말했다.

"메리가 방금 지나갔어. 개빈 휴즈하고 거리를 걷고 있던데."

"아." 테사가 말했다. "마일스와 서맨사네 집에 간다고 얘기했었어, 아까. 개빈이 아마 거기 왔었나 봐. 집에 바래다주려고 가는 걸 거야."

콜린은 경악했다. 메리가 마일스네 집을, 남편의 자리를 차지하려고 노리는 남자네 집을, 배리가 지키고자 싸웠던 모든 것들에 반대하는 인간을 방문하다니?

"대체 몰리슨네 집에서 뭘 하는데?"

"그 사람들이 병원에 같이 가줬잖아. 당신도 알잖아." 테사가 약간 앓는 소리를 내며 짧은 다리를 쭉 뻗으며 일어나 앉았다. "그 후로 제 대로 얘기 한번 해본 적이 없대. 고맙다고 인사를 하고 싶다고. 팸플릿 은 다 썼어?"

"거의 다 써가. 이봐, 그 정보, 그러니까 인적사항 말이야. 전직들 같은 거, 써야 할까? 아니면 윈터다운으로 한정할까?"

"지금 어디서 일하는지 말고 더 말할 필요는 없을 것 같은데. 왜, 민다에게 물어보지그래? 그녀는……." 테사가 하품을 했다. "직접 해봐서 알 텐데."

"그래." 콜린이 말했다. 아내 옆에 지켜서서 기다려봤지만 도와주겠다는 얘기는 나오지 않았다. 심지어 지금까지 쓴 걸 한번 읽어봐 주겠다는 소리도 하지 않았다. "그래, 좋은 생각이네." 그가 좀 더 큰 소리로 말했다. "민다한테 좀 살펴봐달라고 해야겠다."

그녀는 앓는 소리를 내며 발목을 마사지했고 그는 자존심이 잔뜩 상한 채 방에서 나갔다. 아내는 자기가 어떤 상태인지, 얼마나 잠도 못 자고 있는지, 속은 얼마나 쓰라린지 아마 꿈에도 알지 못할 것이다.

테사는 그저 잠든 척했을 뿐이었다. 메리와 개빈의 발소리 때문에 이미 10분 전에 일어나 있었다.

테사는 개빈과는 안면이 거의 없었다. 개빈은 그녀와 콜린에 비해 열다섯 살이나 젊었고, 콜린이 배리의 다른 친구들을 질투하는 경향이 있어 더 가까워지기가 어려웠다.

"그 사람이 보험 일로 정말 얼마나 잘해주었는지 몰라요." 메리는 아까 전화 통화에서 그렇게 말했다. "내가 보니까 그쪽에 날마다 전화를 거는 모양이에요. 그리고 계속 수임료 걱정은 하지 말라고 해요. 아, 하느님, 테사, 만일 보험료가 나오지 않으면……."

"개빈이 알아서 잘 처리해줄 거예요." 테사가 말했다. "그럴 거라고 믿어요."

얼마나 좋았을까. 테사는 목이 말랐지만 소파에 계속 뻣뻣한 몸을 누이고 생각했다. 그녀와 콜린이 메리를 집으로 불러서 기분 전환도 시켜주고 제대로 잘 먹고 있는지 챙겨줄 수만 있었다면 좋았을 거라고. 그러나 도저히 넘을 수 없는 장벽이 하나 있었다. 메리는 콜린을 어렵고 힘든 사람이라고 생각한 것이다. 이제까지 숨겨져 있던 이 불편한 사실은 배리의 죽음 이후 마치 썰물이 빠진 후 모습을 드러내는 표류물처럼 서서히 수면으로 떠올랐다. 메리가 오로지 테사만 원한다는 건 이 이상 명명백백할 수가 없었다. 그녀는 콜린이 뭘 도와주겠다고 하면 수줍게 몸을 뺐고, 전화상으로도 콜린과 오래 이야기하기를 꺼렸다. 오랜 세월 동안 부부동반으로 그토록 자주 만났는데, 메리의 적의는 한 번도 눈에 띈 적이 없었다. 배리의 털털한 성격이 가려주고 있었던 것이 틀림없었다.

테사는 이 새로운 상황을 몹시 조심스럽게 다루어야만 했다. 그녀는 콜린에게 메리가 다른 여자들하고 함께 있을 때 그나마 제일 기분이 낫다고 설득하는 데 성공했다. 장례식 때 딱 한 번 그녀는 실패를 했다. 왜냐하면 다들 성 미카엘을 떠나는데 콜린이 메리가 가는 길에 숨어 있다가 튀어나와서, 꺼이꺼이 울어대면서, 자기가 자치구의회에서 배리 대신 의원이 되겠다고, 그래서 배리가 하던 일을 계속 이어나가고, 배리가 죽어서라도 승리하게 하겠다고 구구절절 설명하려 했던 것이다. 테사는 메리의 얼굴에 떠오른 충격과 반감을 분명히 보고 남편을 떼어냈다.

그 후로 한두 번, 콜린은 그 집에 가서 선거자료를 메리에게 다 보여주고 배리가 마음에 들어 했을지 물어보곤 했다. 심지어 배리라면 표를 모으기 위한 유세 과정을 어떻게 다루었을지 메리에게서 조언을 구하자고 말하기도 했다. 결국 테사는 자치구의회 문제로 메리를 더 이상 괴롭히면 안 된다고 단호하게 말할 수밖에 없었다. 그는 이 말에 성마르게 화를 냈지만, 테사로서는 메리의 괴로움을 더하거나, 배리의 시신을 보겠다고 했던 때처럼 결국 퇴짜를 도발하기보다는 차라리 자기한테 화를 내는 편이 훨씬 낫다고 생각했다.

"하지만 몰리슨네 집이라니!" 콜린은 홍차 한 잔을 들고 다시 방으로 들어오며 말했다. 그는 테사에게 차를 권하지 않았다. 그는 가끔 이런 소소한 점에서 이기적이기 일쑤였는데, 자기 걱정에 너무 바빠 눈치채지도 못했다. "같이 저녁 먹을 사람이 그렇게 많은데! 그들은 배리가 지지했던 모든 것에 반대했다고!"

"그건 좀 과하게 신파다, 콜." 테사가 말했다. "아무튼 메리는 한 번도 배리만큼 필즈 문제에 관심을 가진 적이 없었어."

그러나 콜린이 이해하는바 유일한 사랑은 끝없는 충실함과 무한한 관용이었다. 메리는 그의 기준에서 볼 때 돌이킬 수 없이 추락하고 말았다.

IX

"그런데 어디 가는 거냐?" 사이먼이 작은 복도 한가운데 삼엄하게 버티고 서서 물었다.

앞문이 열려 있어서, 신발과 코트로 가득한 등 뒤의 유리 현관으로 눈이 멀 정도로 토요일 아침의 태양이 쏟아져 들어와 사이먼의 실루엣밖에 보이지 않았다. 그의 그림자가 층계를 따라 잔물결처럼 일렁이며, 앤드루가 서 있는 계단에 닿을락 말락 했다.

"팻츠하고 시내로 가요."

"숙제는 다 끝냈냐?"

"네."

거짓말이었다. 하지만 사이먼은 절대 수고스럽게 확인 같은 걸 하는 법이 없었다.

"루스? 루스!"

루스가 앞치마를 걸치고 얼굴이 시뻘겋게 달아오른 채 양손에는 밀가루 범벅을 하고 주방 문간에 나타났다.

"왜?"

"시내에서 뭐 필요한 거 있어?"

"뭐? 아니, 없는 것 같은데."

"내 자전거 가지고 가는 거냐?" 사이먼이 앤드루에게 따져 물었다.

"네. 저……."

"팻츠네 집에 두고 간다고?"

"네."

"이 녀석 몇 시까지 들어오면 돼?" 사이먼이 다시 루스를 돌아보며 말했다.

"아, 몰라, 사이." 루스가 귀찮다는 듯 말했다. 남편에 대한 짜증이 최고조에 달할 때는, 사이먼이 기본적으로는 나쁘지 않은 기분인데도, 그냥 재미로 이런저런 규칙을 만들 때였다. 앤드루와 팻츠는 종종 시내로 같이 나갔고, 막연하게 앤드루는 어두워지기 전에 돌아오면 된다고 알고 있었다.

"그럼 5시로 하지." 사이먼이 멋대로 말했다. "조금이라도 늦으면 외출금지다."

"알았어요." 앤드루가 대답했다.

앤드루는 단단히 접은 종이 뭉치를 오른손으로 꼭 쥐어 재킷 주머니에 넣고 꼭 쥐고, 똑딱거리는 수류탄처럼 그것을 강렬하게 의식하고 있었다. 꼼꼼하게 쓴 코드 한 줄과 여러 번 지우고 고쳐 쓰고 심하게 교정한 일련의 문장들이 새겨져 있는 이 종잇조각을 잃어버릴지도 모른다는 두려움에 일주일이나 시달리고 있었다. 항상 어딜 가나 이 종잇조각을 소지하고 다녔고 잘 때는 베갯잇 속에다 넣어두었다.

사이먼이 옆으로 제대로 비켜주지도 않아서 앤드루는 옆걸음질로 지나쳐 현관으로 나가야 했다. 손가락으로는 종잇조각을 꼭 움켜쥐고 있었다. 사이먼이 담배를 찾는다는 핑계로 호주머니를 뒤집어보라고 할까 봐 무서워서 죽을 것만 같았다.

"그럼 다녀오겠습니다."

사이먼은 대답도 하지 않았다. 앤드루는 차고로 가서 쪽지를 꺼내 펼쳐서 다시 읽어봤다. 자기가 비이성적으로 굴고 있고, 사이먼 근처에 잠깐 있었다고 마법처럼 종이가 뒤바뀌거나 할 리 없지만 그래도 확인해야 했다. 전부 안전하다는 데 만족한 그는 다시 쪽지를 접어서 호주머니 속 더 깊이 쑤셔 넣고 단추로 잠근 후 경주용 자전거를 차고 밖으로 밀고 나가 정문을 지나 도로로 내달렸다. 아버지가 현관 유리문을 통해 자기를 지켜보고 있다는 걸 알 수 있었다. 앤드루는 틀림없이 아버지는 자기가 자전거에서 떨어지거나 어떤 식으로든 자전거를 잘못 다루기를 바라고 있을 거라 믿어 의심치 않았다.

패그포드는 앤드루의 발밑에 펼쳐져 있었다. 서늘한 봄날 햇살을 받아 아지랑이가 일어 살짝 흐릿했고, 공기는 신선하고 싸했다. 앤드루는 사이먼의 눈길이 더 이상 자신을 좇을 수 없는 지점을 감지했다. 마치 등을 누르던 압박감이 사라진 기분이었다.

패그포드를 향해 언덕을 내려가면서, 그는 브레이크를 걸지 않고 활주했다. 그리고 처치 로로 접어들었다. 대략 거리의 절반 지점에서 그는 속도를 늦추고 단정하게 자전거를 타고 월 가족의 집 진입로로 들어가며, 커비의 자동차를 조심스럽게 피했다.

"안녕, 앤디." 테사가 앞문을 열어주며 말했다.

"안녕하세요, 월 부인."

앤드루는 팻츠의 부모님이 우스꽝스럽다는 공통된 인식에 수긍했다. 테사는 뚱뚱하고 못생겼으며 머리 모양도 이상하고 옷 입는 센스는 창피스러운 수준이다. 커비는 완고하다 못해 웃길 지경이었다. 그러나 앤드루는 만일 월 부부가 자기 부모였다면, 좋아하고 싶은 유혹을 느꼈을지 모른다는 생각을 하지 않을 수가 없었다. 그들은 교양 있고 점잖았다. 그 집 안에서는 땅바닥이 갑자기 꺼지거나 혼돈으로 빠져들지도 모른다는 생각이 결코 들지 않았다.

팻츠는 맨 아래 층계에 앉아 운동화를 신고 있었다. 말지 않은 담배가루 주머니가 웃옷 가슴 주머니에서 삐져나와 뚜렷하게 잘 보였다.

"아프."

"팻츠."

"네 아버지 자전거는 차고에 두고 갈 거니, 앤디?"

"예. 감사합니다, 월 부인."

(월 부인이 절대로 "네 아빠"라고 하지 않고 꼭 "네 아버지"라고 한다는 생각을 했다. 앤드루는 테사가 사이먼을 몹시 싫어한다는 걸 알고 있었다. 그건 그녀가 차려입은 몰골 사나운 옷과 보기 싫게 뭉툭하게 자른 앞머리를 기쁜 마음으로 간과하게 만드는 몇 가지 중 하나였다.

그녀의 적의는 까마득하게 오랜 세월 전에 여섯 살짜리 팻츠가 처음으로 토요일 오후를 힐톱하우스에서 보내러 갔을 때 일어났던 그 끔찍하고 획기적인 사건으로 거슬러 올라갔다. 차고에서 상자를 밟고 올라가 아슬아슬하게 균형을 잡고 낡은 배드민턴 라켓을 한두 개 꺼내려고 하다가, 두 소년은 우연히 흔들거리던 선반의 내용물을 쳐서 떨어뜨리고 말았다.

앤드루는 목재 보존재 깡통이 떨어져 자동차 지붕에 부딪혀 박살이 나던 모습과, 그를 에워싼 공포, 그리고 낄낄 웃고 있는 친구에게 지금 대체 우리가 무슨 끔찍한 꼴을 자초한 건지 설명할 수 없어 답답하기만 했던 기억이 났다.

사이먼은 그 박살 나는 소리를 들었다. 그는 차고로 달려나와 턱을 내밀고 나지막하게 짐승 같은 신음소리를 내면서 그들에게 다가오더니 치켜든 그들의 작은 얼굴 코앞에다 주먹을 갖다 대고 무시무시한 체벌을 하겠다고 겁을 주며 울부짖었다.

팻츠는 오줌을 쌌다. 한 줄기 오줌이 바지 속에서 흘러내려 차고 바닥으로 뚝뚝 떨어졌다. 주방에서 고함 소리를 들은 루스가 집 안에서 뛰어나와 말렸다. "그러지 마, 사이…… 사이…… 안 돼…… 사고였어." 팻츠는 얼굴이 하얗게 질려서 덜덜 떨고 있었다. 당장 집에 가고 싶은 마음뿐이었다. 그는 엄마가 보고 싶었다.

테사가 달려왔고, 팻츠는 흠뻑 젖은 반바지 차림으로 흐느껴 울며 엄마에게 달려갔다. 아버지가 그렇게 쩔쩔매면서 물러서는 모습을 본 건 평생 그때가 유일했다. 어떻게 한 건지 테사는 언성을 높이지도 않고, 위협도 하지 않고, 때리지 않고도 하얗게 타오르는 분노를 전달했다. 루스가 "아니, 아니에요, 필요 없어요, 전혀 필요 없어요" 하고 말하는데도 수표를 써서 사이먼의 손에다 억지로 쥐어주었다. 사이먼은 그녀를 자동차까지 따라가며 계속 껄껄 웃어넘기려고 했다. 하지만 테사는 여전히 흐느끼는 팻츠를 조수석에 태우는 동안 경멸에 찬 눈길로 바라보다가 웃고 있는 사이먼의 얼굴에 대고 운전석 문을 쾅 닫아버렸다.

앤드루는 부모님의 표정을 보았다. 그때 언덕을 내려가 시내로 돌아가는 테사는, 언덕마루의 집 안에 숨겨져 있던 무언가를 빼내가고 있었다.)

팻츠는 요즘 사이먼의 비위를 맞췄다. 힐톱하우스에 올라올 때마다 무리수를 두면서까지 사이먼을 웃게 만들려고 애썼다. 그리고 대가로 사이먼은 팻츠의 방문을 환영하고 조잡한 농담도 재밌어하고 별난 장난 얘기를 듣는 것도 좋아했다. 그렇지만 앤드루와 단둘이 있을 때면 팻츠는 사이먼이 A급 24캐럿의 순도 높은 비열한 놈이라는 데 전적으로 동의했다.

"레즈인 거 같아." 스코틀랜드 소나무 그늘이 져 어두컴컴하고 담쟁이덩굴로 집 전면이 온통 뒤덮여 있는 올드 비카리지를 지나쳐 걷고 있는데 팻츠가 말했다.

"네 어머니?" 앤드루는 자기 생각에 골몰해 제대로 듣지도 않고 있다가 말했다.

"뭐라고?" 팻츠가 빽 소리를 질렀다. 앤드루는 그가 진심으로 화가 났다는 걸 알았다. "꺼져! 수크빈더 자완다 말이야."

"아, 그래. 맞아."

앤드루는 웃음을 터뜨렸고, 한 박자 늦게 팻츠도 웃었다.

야빌 시내로 들어가는 버스는 사람이 많았다. 앤드루와 팻츠는 원래 좋아하는 대로 2인 좌석을 하나씩 차지하지 못하고 나란히 앉았다. 호프 스트리트 끝을 지나칠 때 앤드루는 밖을 흘긋 바라보았으나 인적이 없었다. 코퍼케틀에서 둘 다 일자리를 확보한 그날 이후로는 학교 밖에서 가이아와 마주친 적이 없었다. 카페는 다음 주 주말에 문을 열 예정이었다. 그 생각만 하면 물결처럼 일렁거리는 환희가 느껴졌다.

"사이파이의 선거 캠페인은 잘되고 있어?" 담배를 분주히 말고 있던 팻츠가 말했다. 긴 한쪽 다리가 버스 통로 쪽으로 툭 튀어나와 있었다. 사람들은 비켜달라고 말하지도 않고 그냥 그 위로 넘어 다녔다.

"커비는 벌써부터 다 망치고 있어. 이제 겨우 팸플릿 하나 만들면서 말이야."

"그래, 바쁘지." 앤드루는 위장 깊숙한 곳에서부터 울컥 소리 없이 분출되는 공포를 움찔거리지 않고 견뎌냈다.

그는 주방에서 지난주 내내 전처럼 주방 식탁에 앉아 있던 부모님을 생각했고, 사이먼이 직장에서 인쇄해온 멍청한 팸플릿 상자를 생각했고, 루스가 도와줘서 사이먼이 작성한 연설 쟁점 목록을 생각했다. 사이먼은 저녁마다 그 목록을 보며 투표구 안에 사는 아는 사람들에게 모조리 전화를 걸었다. 사이먼은 자기가 엄청나게 노력한다는 분위기를 풍기며 그 모든 일을 처리했다. 집에서는 팽팽하게 신경이 곤두서 있어, 아들들에게 한층 더 고조된 공격성을 보였다. 꼭 아들들이 회피한 짐을 자기가 떠메고 가는 사람 같았다. 식사 때 유일한 주제는 선거였고, 사이먼과 루스는 사이먼에게 반대하는 세력들을 논하곤 했다. 그들은 다른 후보들이 배리 페어브라더가 차지했던 의석에 입후보한다고 하면 굉장히 사적으로 받아들였고, 콜린 월과 마일스 몰리슨이 대부분의 시간을 함께 음모를 꾸미며 보낸다고 생각하는 눈치였다. 힐톱하우스만 빤히 올려다보며 오로지 거기 사는 남자를 패퇴시키는 일에 집중하고 있다고.

앤드루는 호주머니 안에 접은 종이가 잘 들어 있는지 확인했다. 그는 팻츠에게 자기가 하려는 일을 말하지 않았다. 팻츠가 동네방네 떠들고 다닐까 봐 겁이 났다. 앤드루는 절대적으로 비밀을 유지하는 게 얼마나 중요한 일인지를 어떻게 해야 확실히 각인시킬 수 있을지 자신이 없었다. 어떻게 해야 팻츠에게 어린 소년들로 하여금 오줌을 지리게 했던 그 미친놈이 아직도 멀쩡하게 앤드루의 집에 살고 있다는 사실을 상기시킬 수 있을지 알 수가 없었다.

"커비는 사이파이에 대해서는 별로 걱정을 하지 않아." 팻츠가 말했다. "제일 큰 경쟁상대는 마일스 몰리슨이라고 보는 것 같더라."

"그래." 앤드루가 말했다. 부모님도 그 얘기를 하는 걸 들었다. 두 사람 다 셜리가 그들을 배신했다고 여기는 것 같았다. 자기 아들이 사이먼에게 도전장을 내밀지 못하도록 셜리가 금지했어야 마땅하다는 생각이었다.

"커비한테는 이게 좆나 성스러운 십자군 전쟁이셔." 팻츠가 엄지와 검지 사이로 담배 한 개비를 굴리며 말했다. "쓰러진 동지를 위해 연대의 깃발을 치켜드는 거라니까. 고故 배리 페어브라더."

그는 성냥으로 튀어나온 담뱃잎 몇 가닥을 담배 종이 속으로 꾹꾹 쑤셔 넣었다.

"마일스 몰리슨의 아내는 거대한 젖가슴을 갖고 있어." 팻츠가 말했다.

그들 앞에 앉아 있던 연세 지긋하신 부인이 고개를 돌리더니 팻츠를 노려보았다. 앤드루는 또 웃기 시작했다.

"엄청나게 출렁거리는 젖가슴이야." 팻츠가 험상궂게 일그러진 얼굴에 대고 큰 소리로 말했다. "엄청나고 거대한 군침 도는 더블 F 사이즈의 젖통."

그녀는 빨갛게 물든 얼굴을 천천히 돌려 다시 버스 앞쪽을 보았다. 앤드루는 숨도 제대로 못 쉬고 있었다.

그들은 야빌 시내 한가운데에서 내렸다. 번화가와 보행자 전용 쇼핑거리 근처여서 팻츠가 손으로 만 담배를 피우며 쇼핑하러 나온 사람들을 헤치고 걸었다. 앤드루에게는 사실상 남은 돈이 한 푼도 없었다. 하워드 몰리슨에게서 받을 월급이 썩 반가울 터였다.

인터넷 카페의 밝은 오렌지색 간판이 저 멀리에서도 앤드루에게 손짓을 하며 눈부시게 밝게 빛나고 있었다. 팻츠가 하는 말에 집중할 수가 없었다. *할 거야?* 그는 자기 자신에게 계속 따져 물었다. *정말 할 거야?*

그는 몰랐다. 발은 계속 움직였고 간판은 점점 더 커지면서 그를 유혹하고, 추파를 던지고 있었다.

네놈이 이 집구석에서 한 말을 한마디라도 떠벌렸다는 걸 알게 되면, 산 채로 껍질을 벗길 테다.

그러나 대안은…… 사이먼이 세상에 정체를 드러내는 굴욕, 그리고 몇 주 동안 기대하고 멍청한 짓거리들을 한 후에, 당연히 그럴 테지만 결국 패배하게 되면 가족이 치러야 할 대가는. 그러고 나면 분노와 원한이 찾아올 테고, 미친 결정은 정작 자기가 내린 거면서 다른 사람들한테 대가를 치르게 하겠다는 결심도 따르리라. 바로 그 전날 저녁에만 해도 루스는 해맑게 "애들이 패그포드를 돌아다니면서 당신 대신 팸플릿을 붙일 거예요"라고 말했다. 앤드루는 시야 한쪽 구석에서, 폴이 공포에 질린 표정으로 자신과 시선을 맞추려 애쓰는 것을 보았다.

"여기 가고 싶어." 앤드루는 오른쪽으로 돌며 웅얼거렸다.

그들은 암호가 적힌 티켓을 사서 각자 다른 컴퓨터 앞에 앉았다. 두 사람은 따로 떨어진 자리를 차지했다. 앤드루의 오른편에 있는 중년 남자는 몸에서 심한 악취와 오래된 담배 냄새가 났고, 거기에 계속 코를 훌쩍거리기까지 했다.

앤드루는 인터넷에 접속해서 패그포드 자치구의회의 웹사이트 이름을 쳐 넣었다. Pagford……Parish……Council…….co.uk…….

홈페이지에는 파란색과 흰색으로 의회 문장이 나와 있었고, 힐톱하우스에서 가까운 지점에서 찍은 패그포드의 사진이 나와 있었는데, 파게터 수녀원은 하늘을 배경으로 한 실루엣으로 드러나 있었다. 사이트는 앤드루가 학교 컴퓨터로 봤을 때 이미 알았던 것처럼 구식인 데다아마추어처럼 보였다. 감히 자기 노트북으로는 그 웹사이트 가까이 갈용기도 낼 수 없었다. 아버지는 인터넷에 대해서는 무식하기가 이루 말할 수 없었지만, 일단 그 일을 감행하고 나면 직장에서 누굴 시켜 조사를 도와줄 사람을 찾을 수도 있었다…….

심지어 이 북적거리는 익명의 장소에서도, 오늘 날짜가 게시물에나타난다거나 그 일이 있었을 때 야빌에 간 적이 없는 척해야 한다는문제는 여전히 남아 있었다. 그러나 사이먼은 평생 인터넷 카페라는데를 한 번도 출입한 적이 없었고, 어쩌면 아예 존재 자체를 모를 수도 있었다.

앤드루의 심장이 급속히 수축해 고통스러웠다. 그는 재빨리 스크롤을 내려 게시판을 살펴보았다. 방문자가 그렇게 많은 것 같지는 않았다. "쓰레기 수거-질의"와 "크램턴과 리틀 매닝의 통학 거리?"라는게시물이 보였다. 열 개 정도의 게시물마다 운영자가 지난 자치구의회회의 기록을 첨부한 글을 올렸다. 페이지 맨 밑에는 '배리 페어브라더의원 사망'이라는 글이 있었다. 이 글은 조회수 152에 마흔세 개의 답글이 달려 있었다. 그리고 게시판 두 번째 페이지에서 그는 찾고자 했던 걸 찾았다. 죽은 남자가 쓴 글이었다.

두세 달 전, 앤드루의 전산 조를 젊은 대리교사가 맡아 지도했던 적이 있었다. 그는 쿨하게 보이면서 반을 제대로 이끌어가려고 애를 썼었다. 그러나 SQL 인젝션(대표적인 해킹 방법—옮긴이) 같은 소리는 입에담지 말았어야 했고, 앤드루는 당장 집에 가서 그걸 찾아본 사람이 자기 혼자가 아니었으리라 확신했다. 그는 학교에서 짬이 날 때마다 조사

해서 코드를 적어놓은 종잇조각을 꺼내 자치구의회 웹사이트의 로그인 페이지를 열었다. 모든 건 이 사이트가 아주 오래전에 아마추어가 만들어서 고전적인 해킹 중에서도 가장 단순한 형태에 대한 보호조차 없다는 전제에 걸려 있었다.

그는 조심스럽게 검지만 써서, 마법의 글자 한 줄을 입력했다.

문장부호 하나까지 있어야 할 자리에 제대로 있는지 두 번 읽으며 확인한 후, 그는 마지막 순간 밭은 호흡을 하며 1초쯤 망설이다가 엔터 키를 눌렀다.

헉, 하고 숨을 몰아쉰 그는 어린애처럼 신이 나서 큰 소리로 고함을 치거나 공중에 주먹질을 하고 싶은 충동을 억눌러야만 했다. 첫 번째 시도에서 양철깡통처럼 허술한 웹사이트를 뚫었기 때문이다. 눈앞의 화면에, 배리 페어브라더의 사용자 정보가 나와 있었다. 이름, 비밀번호, 그리고 프로필 전체가.

앤드루는 일주일 내내 베개 밑에 넣고 잤던 마법의 종이 주름을 펴서 작업에 돌입했다. 수없이 지웠다 또 고쳐 쓴 한 단락을 타이핑하는 일이 오히려 해킹보다 힘들고 귀찮았다.

그는 최대한 몰개성적이고 유추하기 힘든 문체로 쓰려고 노력했었다. 신문기자처럼 감정이 실리지 않은 말투를 표방했다.

자치의원 후보 사이먼 프라이스는 낭비되는 자치구의회 예산을 절감하겠다는 공약으로 입후보하고자 한다. 프라이스 씨는 예산 절감에는 일가견이 있는 사람으로서 의회는 그가 지닌 유용한 인맥의 혜택을 볼 수 있을 것이다. 그는 집에서는 장물로 살림을 장만해 돈을 절감하며—최근에는 PC였다—현금으로 비용을 절감해 인쇄 작업을 하고 싶다면 하코트 월쉬 인쇄소로 간부들이 퇴근한 후 그를 찾아가보면 될 것이다.

앤드루는 메시지를 처음부터 끝까지 두 번 더 읽었다. 마음속으로 수도 없이 읽고 또 읽은 글이었다. 그가 사이먼을 공개적으로 비난할 수 있는 혐의는 수없이 많았으나, 앤드루가 직접 친부를 향해 진짜 기소를 할 수 있는, 그러니까 몸으로 실감하는 공포와 의례적인 굴욕의 기억을 증거로 제출할 수 있는 법정은 세상에 없었다. 그가 가진 건 오로지 사이먼이 자랑스럽게 떠벌렸던 소소한 법의 치졸한 위반사항들뿐이었고, 그중에서 그는 이 구체적인 두 가지 사례를 고른 것이었다. 훔친 컴퓨터와 근무시간 외 남몰래 하는 인쇄 작업. 왜냐하면 둘 다 사이먼의 직장과 깊은 관련이 있기 때문이었다. 인쇄소 사람들은 사이먼이 이런 짓들을 한다는 걸 잘 알고 있었고, 누구한테든 말했을 수 있었다. 친구들이나 가족들이나.

사이먼이 통제력을 완전히 잃고 손 닿는 데 있는 사람 아무한테나 마구 공격을 퍼부을 때처럼 그의 내장이 극심하게 흔들렸다. 화면에 글로 새겨진 자신의 반역 행위를 지켜보고 있자니 죽도록 무서웠다.

"씨발 대체 너 무슨 짓 하고 있냐?" 귓전에서 팻츠의 조용한 목소리가 물었다.

악취 풍기는 중년 남자는 사라지고 없었다. 팻츠가 자리를 옮겨온 것이다. 그는 앤드루가 쓴 글을 읽고 있었다.

"씨발 대박." 팻츠가 말했다.

앤드루의 입이 바짝 말랐다. 손은 마우스를 쥐고 가만히 있었다.

"어떻게 들어간 거야?" 팻츠가 속삭였다.

"SQL 인젝션." 앤드루가 말했다. "전부 인터넷에 나와 있어. 보안이 거지 같아."

팻츠는 신이 나서 들뜬 눈치였다. 엄청나게 감명을 받은 모양이었다. 앤드루는 그의 반응에 반쯤은 기분이 좋았고, 반쯤은 덜컥 겁이 났다.

"너 이거 절대 비밀로……."

"나도 커비에 대해 하나만 쓰게 해줘!"

"안 돼!"

마우스를 잡은 앤드루의 손이 뻗어오는 팻츠의 손가락을 피해 미끄러졌다. 이 추악한 불효 행위는 그가 이성적 삶을 살아오는 동안 평생 내면에서 출렁거리던 분노, 좌절, 그리고 두려움의 원초적 혼합물에서 나온 것이었지만, 이를 팻츠에게 전달할 길은 "그냥 웃자고 하는 일이 아니야"라고 말하는 것밖에 없었다.

그는 세 번째로 메시지를 정독하고 제목을 덧붙였다. 둘이서 같이 포르노를 보기라도 하는 것처럼 잔뜩 들뜬 팻츠의 흥분감이 고스란히 느껴졌다. 앤드루는 좀 더 감명을 주고 싶은 욕망에 사로잡혔다.

"봐."

그는 이 말과 함께 배리의 사용자명을 '배리 페어브라더의 유령'으로 바꾸었다.

팻츠는 큰 소리로 웃어댔다. 앤드루의 손가락들이 마우스 위에서 움찔거렸다. 그는 마우스를 옆으로 굴렸다. 팻츠가 지켜보고 있지 않았다면 과연 끝까지 감행했을까, 그건 알 수가 없었다. 단 한 번의 클릭으로 새로운 게시물이 패그포드 자치구의회 게시판 상단에 나타났다. "사이먼 프라이스는 의회 대표로 부적격".

바깥 인도로 나와서 그들은 서로를 마주 보고 숨이 차도록 웃어댔다. 방금 일어난 일에 살짝 압도되어 있었다. 그리고 앤드루는 팻츠의 성냥을 빌려 메시지 초안을 작성한 종잇조각에 불을 붙이고 지켜보았다. 종이는 힘없는 검은 조각들이 되어 해체되더니, 더러운 인도 위로 훨훨 날아가 행인들의 발밑으로 사라졌다.

X

앤드루는 5시 전에 힐톱하우스에 틀림없이 도착할 수 있도록 3시 반에 야빌을 떠났다. 팻츠는 버스 정류장까지 같이 가다가, 겉보기에는 갑자기 마음이 달라진 것처럼 앤드루에게 아무래도 자기는 시내에 좀 더 머물러 있다가 집에 가야 될 것 같다고 말했다.

팻츠는 쇼핑센터에서 크리스털을 만나기로 대충 약속을 했었다. 다시 상점가로 유유히 걸어가면서, 앤드루가 인터넷 카페에서 한 짓을 생각하고 잔뜩 뒤엉킨 자신의 반응을 정리하려 애썼다.

감명을 받은 사실은 인정해야 했다. 왠지 한 수 밑으로 처진 기분도 들었다. 앤드루는 주도면밀하게 일처리를 고심했고 혼자 비밀로 간직하고 있다가 효율적으로 수행했다. 이 모든 게 찬탄할 만했다. 팻츠는 앤드루가 자기한테 한마디도 하지 않고 이 계획을 수립했다는 사실이 약간 불쾌했는데, 그래서 팻츠는 혹시, 앤드루가 아버지에 대해 감행한 공격의 이 은밀한 본질을 자기가 개탄하면 안 되는 것인가를 따져보게 되었다. 어쩐지 약삭 빠르고 과도할 정도로 정교한 면이 있지 않았던가? 사이먼을 면전에서 협박하거나 한 대 치는 쪽이 훨씬 더 진정성이 있지 않을까?

그렇다, 사이먼은 똥 같은 인간이었고, 의심의 여지 없이 참된 똥이었다. 그는 사회적인 제약이나 인습적 윤리에 얽매이지 않고 자기가 하고 싶은 짓을 자기가 하고 싶을 때 했다. 팻츠는 사이먼과 공감하면 안 되는가를 자문했다. 그는 주로 사람들이 자처해서 멍청이 노릇을 하거나 우스꽝스럽게 부상을 입는 얘기에 초점을 맞춘 거칠고 조잡한 유머로 사이먼을 웃기는 걸 좋아했다. 팻츠는 변덕이 죽 끓듯 하는 성깔에 언제 시비를 걸지 예측 불가능한 사이먼이면 호적수로서, 교전상대로서, 커비보다 차라리 낫지 않을까 생각했다.

반면 팻츠는 추락하던 목재 보존재 깡통과 사이먼의 짐승 같은 얼굴과 주먹, 그가 냈던 그 무시무시한 소리, 자기 다리를 타고 흐르던 뜨겁고 축축한 오줌의 느낌, 그리고 (가장 부끄럽기 짝이 없는 것일 텐데) 온 마음을 다해 절박하게 테사가 와서 안전한 데로 데려가주기만 바라던 자신의 필사적인 소망을 잊지 않고 있었다. 팻츠는 아직은 절대 상처받지 않을 만큼 강하지 못했기에 응징을 원하는 앤드루의 소망에 공감하지 않을 수 없었다.

그래서 팻츠는 결국 한 바퀴 빙 돌아 제자리로 돌아왔다. 앤드루는 대담무쌍하고 기발하고 잠재적으로 폭발적인 결과를 초래할 수 있는 일을 해냈다. 역시나 팻츠는 그 모든 걸 생각해낸 사람이 자기가 아니라는 사실이 원통해 아릿하게 가슴이 저며왔다. 그는 언어에 의존하는 중산층 특유의 습관을 떨쳐내려고 애쓰고 있었지만 가장 뛰어나게 잘하는 스포츠를 포기한다는 건 힘든 일이었고, 따라서 쇼핑센터 앞마당의 윤기 나는 타일을 터덜터덜 밟고 가면서도 자기도 모르게 커비의 잘난 척 생색내는 허세를 박살내고 그의 실체를 야유하는 대중에게 폭로할 수 있는 구절이 무엇일까 생각하고 있었다…….

가게들 사이 대로 한가운데 놓여 있는 벤치들을 둘러싸고 모여 있는 필즈 아이들 한 무리 속에서 크리스털을 발견했다. 니키, 리앤과 데인 털리도 그 속에 있었다. 팻츠는 망설이지도 않고 마음을 다잡는 기색도 하나 없이, 양손을 호주머니에 찔러 넣은 채 똑같은 속도로 그를 머리 끝에서 운동화 발끝까지 샅샅이 훑어보고 있는 호기심에 가득 찬 비판

적 시선들 속으로 곧장 걸어 들어갔다.

"잘 지냈어, 팻보이?" 리앤이 말했다.

"안녕." 팻츠가 인사했다. 리앤이 니키에게 뭐라고 말하자 니키가 킬킬 웃었다. 크리스털은 뺨까지 발갛게 물든 채 힘차게 껌을 씹고 있었고, 귀걸이가 춤을 추도록 머리카락을 뒤로 넘기고 운동복 바지를 추슬러 올렸다.

"잘 지내?" 팻츠는 크리스털에게 따로 인사했다.

"그래."

"네 엄마가 여기 나온 거 아시냐, 팻츠?" 니키가 물었다.

"당연하지. 여기까지 데려다주더라." 팻츠가 게걸스러운 침묵에 대고 말했다. "바깥에 차에서 기다리고 있다. 나보고 집에 가서 차 마시게 빨리 섹스 한판 뜨고 오라고 하시더라."

그들은 모두 폭소를 터뜨렸지만 크리스털은 꺅 소리를 질렀다. "꺼져, 이 짓궂은 새끼야." 그러나 얼굴은 기분 좋은 표정이었다.

"너 담배 말아 피우냐?" 데인 털리가 팻츠의 웃옷 호주머니에 눈길을 주며 툴툴거렸다. 입술에 커다란 검은 피딱지가 앉아 있었다.

"그래." 팻츠가 말했다.

"우리 삼촌도 그런 거 피우는데." 데인이 말했다. "씨발 허파가 다 나갔어."

그는 입술의 딱지를 나른하게 뗐다.

"너희 둘이 어디 갈 거니?" 리앤이 팻츠와 크리스털을 번갈아 흘겨보며 말했다.

"몰라." 크리스털이 껌을 씹으며 팻츠를 곁눈질로 살폈다.

그는 둘 다에게 대답해주지 않았지만, 엄지를 휙 꺾어 쇼핑센터 출구 쪽을 가리켜 보였다.

"나중에 봐." 크리스털이 큰 소리로 나머지 아이들에게 말했다.

팻츠가 무심하게 손을 반쯤 들다 마는 인사를 하고 나가자 크리스털이 그 곁에서 성큼성큼 걸어갔다. 등 뒤에서 더 큰 폭소가 터져 나왔지만 그는 개의치 않았다. 자기가 처신을 꽤 잘했다는 걸 알고 있었다.

"우리 어디 가?" 크리스털이 물었다.

"몰라." 팻츠가 말했다. "너는 보통 어디로 가?"

그녀는 어깨를 으쓱했다. 껌을 씹고 걸으면서 그들은 쇼핑센터를 나와 시내 중심가를 따라 걷기 시작했다. 지난번에 은밀한 장소를 찾아갔던 유원지까지는 꽤 거리가 멀었다.

"너희 엄마가 정말로 태워줬어?" 크리스털이 물었다.

"씨발 당연히 아니지. 버스 타고 왔다, 됐냐?"

크리스털은 악감정 없이 순순히 면박을 받아들이며 두 사람의 모습을 나란히 비추는 상점 진열장들을 슬쩍슬쩍 곁눈질해 보고 있었다. 깡마르고 희한한 팻츠는 학교의 명사였다. 심지어 데인마저도 그가 웃긴다고 생각했다.

"그 새끼는 너를 이용하는 거야, 바보 같은 년아." 애슐리 멜러가 사흘 전에 폴리 로드 모퉁이에서 그녀에게 말했다. "네가 네 엄마처럼 화냥년이니까."

애슐리는 크리스털 패거리의 일원이었다가 둘이 다른 남자애를 두고 싸우게 되는 바람에 멀어졌다. 애슐리는 머리에 문제가 있는 걸로 악명이 높았다. 격하게 분노를 터뜨리거나 울음을 터뜨리기 일쑤였고 윈터다운에 있을 때도 학습지원과 상담을 오가며 대부분의 시간을 보냈다. 얼마나 결과를 생각지 않고 행동하는지는, 크리스털의 홈그라운드에서 도전을 해왔다는 것만 봐도 알 수 있다. 크리스털에게는 지원군이 있고 애슐리에게는 아무도 없었는데 말이다. 니키, 젬마와 리앤이 애슐리를 한구석으로 몰아 붙잡았고, 크리스털은 애슐리를 떡이 되도록 패고 손이 닿는 대로 때렸다. 결국 손등 뼈가 상대의 입에 물려 피범벅이 될 때까지.

크리스털은 반격이 걱정되지는 않았다.

"똥처럼 무른 데다 두 배는 더 질척거려." 크리스털은 애슐리와 일족을 싸잡아 그렇게 말했다.

그러나 애슐리가 했던 말은 크리스털의 마음에서 여리고 곪아 터진 부분을 정통으로 찔렀고, 그래서 팻츠가 다음 날 학교에서 그녀를 찾아와서 처음으로 주말에 따로 만나자고 청해온 건 마치 상처에 바르는 연고처럼 위안이 되었다. 그녀는 곧장 니키와 리앤에게 팻츠 월과 토요일에 데이트를 한다고 말했고 그 놀라는 표정에 기분이 더욱 흡족해졌다. 더군다나 팻츠가 오겠다던 시간에 (아니면 적어도 약속시간 30분 내에) 친구들 모두 앞에 떡하니 나타나서 그녀를 데리고 나왔던 것이다. 마치 정말로 두 사람이 제대로 사귀고 있기라도 한 것처럼.

"그래서 그동안 뭐하고 지냈냐?" 팻츠는 말없이 50미터 정도를 걸어 인터넷 카페를 다시 지나치고 나서 물었다. 30분은 더 걸어가야 나오는 유원지 전에 한적한 곳을 찾을 수 있을까 생각하면서도 그는 뭔가 대화를 이어가야 할 것만 같은 관례적인 필요성을 느꼈다. 둘 다 약에 취한 상태에서 그녀에게 하고 싶었다. 그러면 기분이 어떨지 호기심이 동했기 때문이었다.

"오늘 아침 병원에 할머니를 보러 갔었어. 중풍이 왔거든." 크리스털이 말했다.

나나 캐스는 이번에는 말을 하려 하지 않았지만, 크리스털은 자기가 왔다는 사실을 할머니가 안다고 생각했다. 크리스털의 예상대로 테리는 가기 싫다고 했고, 그래서 크리스털은 쇼핑센터로 떠날 시간이 되기 전까지 침대 옆에 혼자 한 시간 동안 앉아 있었다.

팻츠는 크리스털의 삶을 아주 세세한 부분까지 알고 싶었다. 그러나 그건 그녀가 필즈의 진짜 현실에 진입하는 시발점이라는 데 한정된 얘기였다. 병문안 같은 시시콜콜한 얘기는 전혀 관심이 없었다.

"그리고." 크리스털은 억누를 수 없이 솟아오르는 자부심을 품고 덧붙여 말했다. "신문사하고 인터뷰를 했어."

"뭐라고?" 팻츠가 깜짝 놀라 말했다. "왜?"

"그냥 필즈에 대해서." 크리스털이 말했다. "거기서 자라는 게 어떤 건가, 그런 거."

(기자는 마침내 집에 있는 그녀를 찾아냈고 테리가 투덜거리며 허락을 해주자 그녀를 카페에 데리고 가서 이야기를 나누었다. 계속해서 세인트토머스에서 교육받은 게 크리스털에게 도움이 되었느냐고, 어떤 식으로든 인생을 바꾸었느냐고 묻는 것이었다. 크리스털의 대답에 약간 조급하고 답답해하는 눈치였다.

"학교 성적은 어땠어요?" 그녀가 그렇게 물었을 때 크리스털은 모호하게 말을 피하며 방어적이 되었다.

"페어브라더 씨는 그 덕분에 학생의 지평이 넓어졌을 거라고 했어요."

크리스털은 지평에 대해서도 무슨 말을 해야 할지 몰랐다. 세인트토머스를 생각하면 커다란 밤나무가 있는 운동장에서 노는 게 즐거웠다는 기억이 났다. 밤나무에서는 매년 어마어마하게 크고 반들거리는 밤들이 비처럼 쏟아져내렸다. 세인트토머스에 가기 전에는 밤송이라는 걸 한 번도 본 적이 없었다. 처음에는 교복도 좋았다. 다른 애들과 똑같이 보이는 게 좋았다. 광장 한가운데 전쟁기념비에 증조할아버지의 이름이 있는 걸 보고 신이 나기도 했었다. *사무엘 위든 이등병.* 전쟁기념비에 성이 올라 있는 건 자기 말고 다른 남자애 하나밖에 없었는데, 그 애는 농부의 아들이었다. 아홉 살 때 경운기를 운전할 줄 알았고 쇼앤 텔(아끼는 물건을 가져와 설명하는 시간—옮긴이)에 양 한 마리를 데리고 온 적도 있었다. 크리스털은 손에 스치던 양털의 감촉을 잊은 적이 없었다. 나나 캐스한테 그 얘기를 했더니, 나나 캐스는 그녀의 가족도 옛날에는 농장 일꾼이었다고 말해주었다.

크리스털은 생태체험을 나갔던 초록빛 풍요로운 강이 무척 좋았다. 제일 좋았던 건 라운더스(영국에서 하는 야구와 유사한 구기—옮긴이)와 육상경기였다. 그녀는 종류를 막론하고 스포츠 팀이라면 1순위로 선발되었고, 그녀가 뽑혀 나갈 때마다 다른 팀에서 터져 나오는 불만 섞인 탄성 소리가 좋았다. 그리고 가끔 그녀에게 배정되었던 특별 교사들이 생각날 때가 있었다. 특히 긴 금발에 젊고 세련되었던 제임슨 선생님이 생각났다. 크리스털은 항상 앤마리 언니가 약간 제임슨 선생님과 닮았을 거라고 상상했다.

그리고 크리스털이 낱낱이 생생하고 정확하게 기억하고 있는 작은 정보들이 몇 가지 있었다. 화산들이라든가. 화산은 땅속에서 자리를 바꾸는 판들에 의해 생겨나는 것이었다. 그들은 모형 화산을 만들었고 그 속을 소다의 중탄산나트륨과 액체 세제를 섞어 채웠다. 그러자 화산은 폭발해 플라스틱 쟁반 위로 흘러내렸다. 크리스털은 그게 그렇게 좋았다. 바이킹에 대해서도 알게 됐다. 갤리선을 타고 뿔 달린 투구를 썼다. 그들이 영국에 언제 왔는지, 왜 왔는지는 잊어버렸지만.

그러나 세인트토머스의 다른 기억 중에는 같은 반 여학생들끼리 자기를 보고 뭐라고 중얼거려, 그중 한두 명의 뺨을 때려준 일도 있었다. 사회복지사가 크리스털이 어머니에게 돌아가도 된다고 허락했을 때, 교복이 너무 꼭 끼고 짧고 더러워져서 학교에서 주의하라는 서신들이

쇄도했고 나나 캐스와 테리는 크게 말다툼을 했었다. 학교의 다른 여자 애들은 라운더스 팀 빼고는 자기네 패거리에 넣어주지 않았다. 아직도 렉시 몰리슨이 파티 초대장이 든 작은 분홍색 봉투를 반 아이 모두에게 나눠주고서—크리스털의 기억에 따르면—코를 하늘로 치켜들고 크리스털 옆을 그냥 스쳐 지나 걸어갔던 기억이 났다.

그녀를 파티에 초대했던 건 한두 사람밖에 없었다. 그녀는 팻츠나 그의 어머니가 한때 자신이 그 집의 파티에 참석한 적이 있다는 걸 기억하고 있을까 궁금했다. 반 전체가 초청을 받았고, 나나 캐스가 크리스털에게 파티 드레스를 한 벌 사주었다. 그래서 그녀는 팻츠네 커다란 뒤뜰에는 연못이며 그네, 사과나무가 있다는 걸 알았다. 그들은 젤리를 먹고 자루 속에 다리를 넣고 뛰는 경주를 했다. 크리스털은 테사한테 혼이 났는데, 플라스틱 메달을 따려고 너무 필사적으로 애쓰다가 다른 아이들을 손으로 밀쳐냈기 때문이었다. 그중 한 명은 코피가 났다.

"하지만 세인트토머스에서 즐거웠지, 그렇지 않니?" 기자가 물었다.

"그래요." 크리스털은 말했지만, 자기가 페어브라더 씨가 그녀를 통해 전달하기를 원한 내용을 제대로 말하지 못했다는 걸 알았고, 그가 곁에서 자기를 도와주면 얼마나 좋을까 생각했다. "네. 즐거웠어요.")

"어쩌다가 신문에서 너하고 필즈에 대해 얘기를 하자고 한 거야?" 팻츠가 물었다.

"페어브라더 씨의 아이디어였어." 크리스털이 말했다.

몇 분 더 흐른 뒤 팻츠가 물었다. "너 피우냐?"

"뭐, 마리화나 같은 거? 응, 데인하고 해본 적 있어."

"나한테 좀 있는데." 팻츠가 말했다.

"스카이 커비한테서 얻었구나, 그렇지?" 크리스털이 물었다. 팻츠는 방금 그 목소리에서 좀 우습다는 말투의 흔적을 들은 게 맞나 싶었다. 왜냐하면 스카이는 중산층 아이들이 찾아갈 만한 안일하고 안전한 선택이었기 때문이다. 만약 그렇다면 팻츠는 그녀의 진정성 담긴 조롱이 마음에 들었다.

"그럼 너는 어디서 구했는데?" 이제야 흥미가 동한 그가 물었다.

"몰라, 데인 거였어."

"오보한테서 구한 거야?" 팻츠가 은근 흘렸다.

"그 개새끼."

"그 사람이 어때서?"

그러나 크리스털은 오보가 뭐가 어떤지 말로 설명할 수가 없었다. 그리고 설명할 수 있다 해도 팻츠에게 말하고 싶지는 않았을 것이다. 오보를 보면 소름이 오소소 끼치곤 했다. 그는 가끔씩 들러서 테리와 약을 하곤 했다. 아니면 테리와 그 짓을 했다. 크리스털은 층계를 올라가다 그와 마주칠 때가 있었다. 그럴 때면 그는 더러운 바지 지퍼를 올리며 술병 밑바닥 같은 부연 안경알 너머로 그녀를 보고 실실 웃고는 했다. 오보는 가끔씩 테리에게 소소한 심부름을 시켰다. 컴퓨터를 숨겨준다거나 낯선 사람들을 하룻밤 재워준다거나. 또 크리스털로서는 정확한 내막을 모르는 이런저런 일을 하게 만들면 어머니는 몇 시간씩 밖에 나가 들어오지 않곤 했다.

크리스털은 얼마 전 악몽을 꾸었는데, 꿈속에서 그녀의 어머니는 사지를 쫙 벌리고 일종의 틀 같은 데 묶여 있었다. 그녀는 털을 다 뽑아놓은 생닭처럼 몸의 대부분이 거대한, 커다랗게 입을 벌린 구멍으로 되어 있었다. 오보는 그 동굴 같은 몸속으로 들어갔다 나왔다 하면서 그 속에 있는 물건들을 만지작거렸고 테리의 아주 작은 머리는 겁에 질려 있었고 음울해 보였다. 크리스털은 속이 메슥거리고 화가 치밀고 구역질이 나는 기분으로 잠에서 깨었다.

"그 새끼는 죽여버려야 돼." 크리스털이 말했다.

"그 사람이 머리 빡빡 밀고 목덜미까지 문신한 그 키 큰 남자야?" 팻츠가 물었다. 팻츠는 그 주일에만 두 번째로 수업을 땡땡이치고 필즈에서 한 시간 동안 벽에 걸터앉아서 구경을 했다. 낡고 하얀 밴 뒷좌석에서 빈둥거리던 그 대머리 남자가 그의 흥미를 끌었다.

"아니. 그건 파이키 프리차드야." 크리스털이 말했다. "타펜 가에서 봤다면."

"그 사람은 뭐해?"

"몰라." 크리스털이 말했다. "데인한테 물어봐. 파이키 동생하고 친구니까."

그러나 팻츠의 온전한 관심이 그녀는 좋았다. 이렇게나 그녀와 이야기를 나누고 싶은 눈치를 보이는 건 처음이었다.

"파이키는 보호관찰 중이야."

"왜?"

"크로스 키즈에서 어떤 남자를 유리로 그었대."

"왜?"

"내가 씨발 어떻게 아냐? 거기 있었던 것도 아닌데." 크리스털이 말했다.

그녀는 행복했고, 그럴 때면 늘 도도해졌다. 나나 캐스에 대한 걱정만 좀 접어두면(아무튼, 아직 살아 있으니까, 회복하실 수도 있었다) 지난 한두 주는 좋았다. 테리는 다시 벨채플 프로그램을 착실히 따르고 있고 크리스털은 로비를 꼬박꼬박 어린이집에 보냈다. 엉덩이도 이젠 거의 다 나았다. 사회복지사는 그쪽 부류 사람들을 본 중에서 가장 흡족해하는 눈치였다. 크리스털은 학교에도 날마다 출석했다. 월요일이나 수요일에 테사와 함께하는 상담시간은 지키지 않았지만. 이유는 그녀도 알 수 없었다. 가끔은 하던 대로 하기 싫을 때가 있으니까.

그녀는 다시 곁눈질로 팻츠를 바라보았다. 그가 마음에 든다고 생각해본 적은 한 번도 없었다. 디스코 파티장에서 그가 자기를 표적으로 삼을 때까지. 팻츠를 모르는 사람은 하나도 없었다. 그의 농담들은 텔레비전에 나온 농담처럼 아이들의 입에 오르내렸다. (크리스털은 자기네 집에도 텔레비전이 있는 척했다. 친구네 집이나 나나 캐스네 집에서 텔레비전은 충분히 볼 수 있었기에, 대충 허세로 얼버무릴 수 있었다. "그래, 진짜 거지 같더라, 그치?" "알아, 나도 오줌 지릴 정도로 웃었어." 다른 사람들이 자기가 본 텔레비전 프로그램 얘기를 할 때면 그녀도 그렇게 말하곤 했다.)

팻츠는 유리에 찔리면 느낌이 어떨까 상상하고 있었다. 삐죽빼죽한 유리 파편에 그의 보드라운 얼굴 살점을 베이면 어떨까. 타는 듯 고통스러운 신경과 찢어진 피부를 따갑게 찌르는 공기, 피가 솟구치는 그 뜨끈한 축축함이 생생하게 느껴졌다. 벌써 흉이라도 진 것처럼 입가의 살이 간질간질하게 과민한 느낌이었다.

"그 녀석은 요즘도 칼 갖고 다녀? 데인 말이야."

"걔가 칼 갖고 있는 거 어떻게 알아?" 크리스털이 물었다.

"그걸로 케빈 쿠퍼를 협박했어."

"아, 그래." 크리스털이 알아들었다. "쿠퍼는 진짜 재수 없어, 그렇지?"

"그러게 말이야." 팻츠가 말했다.

"데인은 그냥 라이어던 형제들 때문에 칼을 갖고 다니는 것뿐이야." 크리스털이 말했다.

팻츠는 크리스털의 말에서 풍기는 사무적인 어조가 좋았다. 원한 관계가 있고 폭력이 발발할 가능성이 있으니 칼을 가지고 다닐 필요가 있다는 인정. 이게 가공되지 않은 실체였다. 이런 게 정말로 의미가 있는 것들이었다……. 아프가 그날 집에 찾아오기 전에 커비는 선거 캠페인 팸플릿을 인쇄하는 데 노란색 종이가 좋을지 하얀색 종이가 좋을지 의견을 말해달라고 테사를 성가시게 조르고 있었다…….

"저 안에서 어때?" 한참 후 팻츠가 말했다.

오른쪽에 긴 돌담이 있었는데 활짝 열린 문 속에 녹음과 묘비가 슬쩍 보였다.

"그래, 좋아." 크리스털이 말했다. 전에도 니키와 리앤과 함께 묘지에 와본 적이 있었다. 그들은 무덤에 앉아 깡통 한두 개를 따 마셨는데, 안 그래도 자기네들이 하고 있는 짓이 약간 마음에 걸리던 차에 어떤 여자가 그들을 보고 고래고래 악을 쓰며 욕을 했다. 일어나 나오는데, 리앤이 빈 깡통 하나를 여자 쪽으로 높이 던졌다.

그러나 팻츠는 크리스털과 함께 무덤들 사이 널찍한 콘크리트 보도를 걸으며 너무 훤히 드러나 있는 곳이라고 생각했다. 초록빛 판판한 땅, 묘석은 현실적으로 도저히 몸을 가려줄 수 없었다. 그때 그는 저 멀리 한편으로 담을 따라 늘어선 매자나무 덤불을 보았다. 그는 묘지를 곧장 가로질러 걸어갔고, 크리스털은 손을 호주머니에 찔러 넣고 그 뒤를 따랐다. 그들은 자갈돌 깔린 네모난 묏자리들과 금이 가 읽기도 힘든 묘석들을 피해서 걸어갔다. 넓고 잘 손질된 대규모 공동묘지였다. 그들은 반들반들 윤이 나는 검은 대리석에 금색 글씨가 새겨진 새 무덤들 쪽으로 차츰 다가갔다. 여기저기 최근에 죽은 사람들을 위한 생화들이 놓여 있었다.

1960년 9월 15일 ~ 2008년 3월 26일
린제이 카일에게,

"그래, 여기면 괜찮겠어." 팻츠가 가시가 있고 노란 꽃이 핀 덤불들과 공동묘지 담 사이의 어두운 틈새를 살피며 말했다.

그들은 축축한 그늘로 기어 들어가, 차가운 담벼락에 등을 기대고 흙바닥에 앉았다. 덤불숲 줄기들 사이사이로 저 멀리까지 나란히 열을 지어 서 있는 묘석들이 보였지만, 그 사이에 인적은 하나도 없었다. 팻츠는 능숙하게 마리화나를 말면서, 크리스털이 보고 감탄해주기를 바랐다.

그러나 그녀는 머리 위를 캐노피처럼 뒤덮은 반들반들한 검은 잎사귀들을 물끄러미 바라보며 앤마리를 생각했다. (셰릴 이모가 말해준 대로라면) 목요일에 나나 캐스의 병문안을 왔었다고 했다. 학교를 빠지고 그날 같은 시간에 갔더라면 마침내 만날 수 있었을 텐데. 그녀는 앤마리를 만나 "내가 언니 동생이야"라고 말하는 자기 모습을 환상 속에서 수없이 그려보았다. 그런 환상 속에서 앤마리는 늘 기뻐했고, 그 후로는 늘 함께 만나 어울리다가, 결국은 앤마리가 크리스털에게 자기 집으로 들어오라고 말했다. 상상 속의 앤마리는 훨씬 더 현대적이라는 점이 다를 뿐 나나 캐스처럼 깨끗하고 정돈된 집을 갖고 있었다. 최근 들어 크리스털은 그 환상에 주름장식 달린 요람 속 사랑스럽고 조그만 핑크색 아기를 덧붙였다.

"자, 여기 있어." 팻츠가 크리스털에게 마리화나를 건네며 말했다. 한 모금 빨고 몇 초 동안 연기를 폐에 머금고 있자, 마리화나가 마법을 발휘해 그녀의 표정이 부드럽게 풀어져 몽롱해졌다.

"너 형제는 없지?" 그녀가 물었다.

"없어." 팻츠가 챙겨온 콘돔을 찾느라 주머니를 뒤지며 말했다.

크리스털이 마리화나를 다시 돌려주었다. 머리가 기분 좋게 핑글핑글 돌았다. 팻츠는 엄청나게 연기를 많이 들이마시고 연기 고리를 퐁퐁 불었다.

"난 입양됐어." 한참 후 그가 말했다.

크리스털은 눈을 똥그랗게 뜨고 팻츠를 바라보았다.

"너 입양아야?"

감각이 약간 무뎌지고 안심이 되자 속내를 털어놓는 고백들이 술술 쉽게도 흘러나왔다. 만사가 참으로 수월했다.

"우리 언니도 입양됐어." 크리스털은 우연의 일치에 놀라며, 앤마리에 대해 얘기하게 된 게 너무 기뻐서 말했다.

"그래. 나도 아마 너희 같은 집안 출신일 거야." 팻츠가 말했다.

그러나 크리스털은 듣고 있지도 않았다. 말을 하고 싶었던 것이다.

"나는 언니하고 오빠 리암이 있어. 하지만 내가 태어나기도 전에 다른 사람네 집으로 갔지."

"왜?" 팻츠가 물었다.

갑자기 귀를 쫑긋 세우고 집중하고 있었다.

"우리 엄마가 그때는 리치 애덤스랑 살았거든." 크리스털이 말했다. 마리화나를 깊이 빨고 오랫동안 희미한 한 줄기 연기를 내뿜었다. "제대로 미친놈이었어. 지금 종신형 살고 있어. 사람을 죽였거든. 엄마와 애들한테 완전히 폭력적이었고, 그때 존하고 수가 와서 아기들을 데려갔어. 사회복지 쪽에서 개입해서 결국 존하고 수가 키우게 됐지."

그녀는 다시 마리화나를 빨며, 자기가 태어나기도 전의 이 시기를 곰곰 생각해보았다. 피와 분노와 어둠에 흠뻑 젖은 시기였다. 그녀는 리치 애덤스에 대한 이런저런 얘기를 들었다. 주로 셰릴 이모가 해준 얘기였다. 그는 한 살짜리 앤마리의 팔에 담배꽁초를 비벼 껐고 갈비뼈가 부러지도록 발길질을 했다. 테리의 얼굴뼈를 부러뜨려 아직까지도 오른쪽에 비해 왼쪽 광대뼈가 함몰되어 있었다. 테리의 중독은 참사 수준으로 악화되었다. 셰릴 이모는 부모에게 잔인한 학대를 당하고 홀대받은 두 아기를 데려가게 된 결정에 대해 무미건조한 말투로 이야기해주었다.

"어쩔 수 없는 일이었어." 셰릴의 말이었다.

존과 수는 아이가 없는 먼 친척이었다. 크리스털은 그들이 복잡한 가계도의 어디쯤에 오는지, 테리의 말만 들으면 유괴나 다름없는 짓을 어떻게 감행했는지 끝내 알아내지 못했다. 사회복지 기관과 오래도록 줄다리기를 한 끝에 그들은 아이들의 입양 허락을 받아냈다. 체포될 때까지 리치 곁을 떠나지 않은 테리는 앤마리나 리암을 다시는 보지 못했는데, 그 이유는 크리스털이 확실히 이해할 수 없었다. 이야기 전체가 증오와 용서할 수 없는 말들, 협박, 접근 금지 명령, 그리고 수많은 사회복지사들로 엉키고 곪아 있었다.

"그럼 네 아버지는 누구야?" 팻츠가 물었다.

"똥차." 크리스털이 말했다. 진짜 이름을 기억해내려 애썼다. "배리." 그녀는 불쑥 내뱉으면서도, 그게 맞는 이름이 아닌 것 같다는 의심이 들었다. "배리 코츠. 하지만 나는 엄마 성을 썼어, 위든."

테리의 화장실에서 마약 과다복용으로 죽은 젊은이의 기억이 달콤하고 묵직한 연기를 헤치고 다시 그녀에게 흘러들어 왔다. 마리화나를 다시 팻츠에게 넘기고 돌담 벽에 머리를 젖혀 기댄 채 새카만 잎사귀들로 얼룩덜룩한 은백색 하늘을 올려다보았다.

팻츠는 사람을 죽였다는 리치 애덤스를 생각하며 자신의 생물학적 아버지가 역시나 어딘가 감옥에 갇혀 있을 가능성을 가늠해보았다. 파이키처럼 문신을 하고 여윈 근육질의 남자. 그는 마음속으로 커비를 이

강인하고 단단한 진짜 사내와 비교했다. 팻츠는 자기가 아주 어린 아기였을 때 생물학적 어머니와 떨어졌다는 걸 알고 있었다. 머리에 폭신한 하얀 털모자를 쓴 유약하고 새처럼 생긴 자신을 안은 테사의 사진들이 있었던 것이다. 그는 미숙아였다. 테사는 묻지도 않았는데 몇 가지 이야기를 해주었다. 진짜 어머니는 그를 가졌을 때 아주 어린 나이였다는 것, 그건 알고 있었다. 어쩌면 크리스털 같았는지도 모른다. 학교에서 소문난 걸레…….

그는 이제 완전히 약에 취해 있었다. 손으로 크리스털의 목을 잡고 자기 쪽으로 끌어당겨 키스를 하며 혀를 입안으로 밀어 넣었다. 다른 손으로는 젖가슴을 찾아 더듬었다. 머릿속이 뿌옇고 팔다리는 무거웠다. 심지어 촉각마저 약 기운의 영향을 받은 것 같았다. 손을 그녀의 티셔츠 밑으로 넣어 억지로 브래지어 속으로 쑤셔 넣으려고 좀 헤맸다. 그녀의 입은 뜨겁고 담배와 마약의 맛이 났다. 입술은 메마르고 다 터 있었다. 흥분감은 약간 둔탁해졌다. 모든 감각적 정보가 보이지 않는 담요로 걸러져 들어오는 것만 같았다. 손을 쑤셔 넣어 그녀의 몸에서 옷을 느슨하게 벗겨내는 일이 지난번보다 훨씬 오래 걸렸고 손가락이 뻣뻣하고 느려져서 콘돔도 어려웠다. 게다가 잘못해서 팔꿈치에 온 체중을 실어 그녀의 부드럽고 살 많은 겨드랑이 안쪽을 누르는 바람에 그녀가 아파서 비명을 질렀다.

그녀는 지난번보다 메말라 있었다. 여기까지 왔으니 원하는 걸 얻어내겠다고 마음먹고, 억지로 그녀 몸속으로 들어갔다. 시간은 풀처럼 끈적거리고 느렸지만 그의 귓전에는 자신의 밭은 숨소리가 다 들렸다. 그래서 초조해졌다. 왜냐하면 누군가 다른 사람이, 그 어두운 공간 속에서 그들과 함께 몸을 쭈그리고 앉아 지켜보면서 그의 귓전에서 헐떡거리고 있는 상상이 떠올랐던 것이다. 크리스털은 약간 신음을 했다.

머리를 젖히자 그녀의 콧구멍이 커다랗고 돼지처럼 보였다. 그녀의 티셔츠를 밀어 올려, 풀어진 채 느슨하게 덮고 있는 브래지어 밑에서 살짝 흔들리는 매끄럽고 하얀 젖가슴을 보았다. 예상도 못 했는데 사정을 했다. 자기 입에서 나는 쾌감의 신음소리는 옆에서 쭈그리고 앉아 엿보며 구경하는 존재가 내는 것 같았다.

몸을 굴려 그녀에게서 떨어져 나와 콘돔을 벗겨 던져버리고, 신경이 곤두서 초조하게 지퍼를 올리고 정말로 단둘이 있는 게 맞는지 두리번거리며 확인을 했다. 크리스털은 한 손으로는 바지를 추켜올리고 다른 손으로는 티셔츠를 내리고, 등 뒤로 팔을 뻗어 브래지어를 채우려 하고 있었다.

덤불 뒤에 앉아 있는 동안 구름이 끼고 어두워졌다. 팻츠의 귓가에서 아득하게 윙윙거리는 소리가 들렸다. 극심하게 허기가 졌다. 뇌는 느릿느릿 돌아가는 반면 청각은 극도로 예민해졌다. 주시당하고 있었다는 느낌, 아마도 그들 뒤 담 위에서 누군가 보고 있었다는 느낌을 아무래도 떨칠 수 없었다. 가고 싶었다.

"가자……." 그는 불쑥 내뱉어 말하고 그녀를 기다리지도 않고서 덤불 속에서 기어 나와 몸을 툭툭 털며 일어섰다. 100미터쯤 떨어진 곳에 노부부가 무덤 옆에 쭈그리고 앉아 있었다. 그는 크리스털 위든을 범하는 동안 그를 지켜보았을 수도, 아닐 수도 있는 유령의 눈길로부터 당장 도망치고 싶었다. 그러나 한편으로 적당한 버스 정류장을 찾아 패그포드행 버스를 탄다는 생각만 해도, 참을 수 없이 성가신 느낌이 들었다. 이 순간, 당장 그의 다락방으로 순간이동하고 싶을 따름이었다.

크리스털이 그의 등 뒤에서 비틀거리며 나왔다. 티셔츠 밑자락을 잡아당겨 내리며 발치의 풀밭을 물끄러미 내려다보았다.

"씨발." 그녀가 중얼거렸다.

“뭐?” 팻츠가 말했다. “가자, 어서.”

“페어브라더 씨야.” 꼼짝도 하지 않고 그녀가 말했다.

“뭐?”

그녀는 자기 앞 불룩한 봉분을 가리켰다. 아직 묘석이 없었지만 생화들이 사방에 흩뿌려져 있었다.

“보여?” 그녀가 허리를 굽히고 셀로판지에 스테이플러로 고정한 카드를 가리켰다. “저기 페어브라더라고 쓰여 있어.” 미니버스를 타고 가도 된다는 엄마 허락을 받으려고 학교에서 집으로 가져왔던 그 많은 편지들에서 하도 봐서 그 이름은 쉽게 알아볼 수 있었다.

“배리에게.” 그녀는 조심스럽게 읽었다. “그리고 여기에는 ‘아빠에게’라고 쓰여 있어.” 그녀는 그 말들을 천천히 읽었다. “……로부터.”

그러나 나이암과 시오반의 이름은 그녀 능력으로 읽을 수가 없었다.

“그래서?” 팻츠가 따져 물었다. 하지만 솔직히 말하자면 그 말에 그는 오싹 소름이 끼쳤다. 그 고리버들 관이 그들 발밑에 묻혀 있고, 그 속에서 그토록 집에서 자주 봤던 커비의 절친한 친구, 그 땅딸막한 몸과 명랑한 얼굴이 흙 속에서 썩어가고 있었다. *배리 페어브라더의 유령……*. 그는 불안해졌다. 마치 무슨 천벌 같았다.

“어서 가자.” 그가 말했지만 크리스털은 움직이지 않았다. “왜 그래?”

“우리 조정 코치님이었잖아, 몰라?” 크리스털이 쏘아붙였다.

“아, 그렇지.”

팻츠는 가만히 있지 못하고 보채는 말처럼 안절부절못하며 슬금슬금 뒷걸음을 치고 있었다.

크리스털은 두 팔로 자기 몸을 꼭 껴안고 봉분을 물끄러미 내려다보았다. 허전하고 슬프고 더러워진 느낌이 들었다. 거기서, 그렇게 페어브라더 씨와 가까운 곳에서 그런 짓을 하지 않았더라면 얼마나 좋았을까 싶었다. 추웠다. 팻츠와 달리 그녀는 웃옷을 걸치지 않았다.

"어서 오라니까." 팻츠가 다시 말했다.

그녀는 묘지에서 그를 따라 나왔고 그동안 둘은 한마디도 나누지 않았다. 크리스털은 페어브라더 씨 생각에 잠겨 있었다. 그는 항상 그녀를 보고 '크리스'라고 불렀다. 다른 사람 그 누구도 그렇게 불러주지 않았는데. 그녀는 크리스라고 불리는 게 좋았다. 그는 정말 웃기는 사람이었다. 그녀는 울고 싶었다.

팻츠는 이걸 어떻게 꾸며서 앤드루한테 웃기는 이야기로 만들어 들려줄까 생각하고 있었다. 약에 취하고 크리스털한테 그 짓을 하고 편집 중에 사로잡혀 누군가 보고 있다는 생각에 마구 기어 나오다 배리 페어브라더의 무덤을 덮칠 뻔했다고. 그러나 아직은 웃긴다는 생각이 하나도 들지 않았다. 아직은.

*** 2권에서 계속됩니다.**

옮긴이 김선형

1969년 서울에서 출생하였다. 서울대학교 영어영문학과를 졸업하고 동 대학원에서 박사 학위를 받았다. 2010년 유영번역상을 수상했다. 옮긴 책으로는 아이작 아시모프의 《골드》, C.S. 루이스의 《스크루테이프의 편지》, 토니 모리슨의 《빌러비드》와 《재즈》, 마거릿 애트우드의 《시녀 이야기》, 실비아 플라스의 《실비아 플라스의 일기》, 더글러스 애덤스의 《은하수를 여행하는 히치하이커를 위한 안내서》 등이 있다. 현재 서울시립대학교 연구교수로 재직중이다.

캐주얼 베이컨시 1

초판 1쇄 인쇄   2012년 11월 26일
초판 1쇄 발행   2012년 12월 1일

지은이 ㅣ J.K. 롤링
옮긴이 ㅣ 김선형
발행인 ㅣ 강봉자
펴낸곳 ㅣ (주)문학수첩

주   소 ㅣ 경기도 파주시 회동길 192(문발동 513-10) 출판문화단지
전   화 ㅣ 031-955-4447(마케팅부) / 031-955-4453(편집부)
팩   스 ㅣ 031-955-4455
등   록 ㅣ 1991년 11월 27일 제16-482호

http://www.moonhak.co.kr
e-mail : moonhak@moonhak.co.kr

ISBN 978-89-8392-462-9 04840
     978-89-8392-461-2 04840 (SET)

*파본은 구입처에서 바꾸어 드립니다.